〔清〕錢謙益 撰集
許逸民 林淑敏 點校

列朝詩集

第三册

中華書局

列朝詩集目録

甲集第七

甲集第八

甲集第九

張司丞羽《静居集》五七言今體詩一百首

甲集第十

徐布政賁《北郭集》古今詩一百十首

甲集第十一

甲集第十二

甲集第十三

甲集第十四

甲集第十五

甲集第十六

韓高士奕三十五首

列朝詩集甲集第七

楊按察基《眉庵集》古今詩二百五首、集外詩十首

寄内婉素

天寒思故衣，家貧思良妻。所以孟德耀，舉案與眉齊。憶汝事我初，高樓映深閨。珠鈿照羅綺，簪佩摇玉犀。梳掠不待曉，妝成聽鳴鷄。中吴昔喪亂，廿口各東西。有母不得將，獨汝與提攜。我復竄遠方，送我當路啼。紛紛道上人，無不爲慘凄。今年我還家，赤手無所賫。汝亦遇多難，典賣罄珥笄。朝炊粥一盂，暮食鹽與齏。堂有九十姑，時復羞豚蹄。膏沐弗暇澤，發落瘦且黧。别來復秋深，露下百草凄。破碎要補綴，甘旨需醬醯。安貧兼養老，此事汝素稽。作詩遠相寄，新月當窗低。

舟中有感

水性日就下，大江日東馳。不知舟行遠，但覺青山移。我方念儔侣，手反坐拄頤。天風吹衣裳，明月來相隨。乘流非不住，逝者乃如斯。滔滔適意中，忽然令人悲。壯歲難再得，修名安可期。

出臺復還洪都

福至本無象，禍來非有因。方憂觸羅網，遽喜辭妖塵。念此蓬藋姿，忽遘蹇與屯。倉黄圜扉中，日夕與死鄰。皇明眷私照，寒谷回陽春。既免在滌牲，復縱充庖鱗。重沐飭冠裳，濟溺立要津。道路與我慶，况我骨肉親。歸來向妻孥，秉燭語及晨。猶疑是夢寐，歡樂恐未真。嗟余抑何艱，坎壈多苦辛。弱無勝力錐，而欲舉萬鈞。羸牛服鹽車，遥遥西入秦。進逢九阪危，退迫尺棰嗔。敢惜筋力疲，所慮車摧輪。哀鳴徒嗷嗷，仰訴空諄諄。聽者無不憐，誰復爲解轡。終當脱羈靮，滄波浩難馴。

送方以亨還吴興三首

以亨來洪都省兄以常，予因與之遊者累月。既而將還吴興，其兄録所贈詩見示，余喜而作三章以餞之。

草有不可偃，木有不可離。人心非秋蓬，安得隨風飄。憐君玉雪姿，明月當清宵。葳蕤紫荆花，輝映非一朝。嗈嗈寒江雁，去去誰能招。

遠别腸欲斷，近别淚滿纓。交游無不然，而况弟與兄。荒塗霜露繁，哀角響故城。去傷骨肉思，住感鄉里情。還家及東作，翳翳桑麻成。

賢女失之陋，壯夫失之貧。相逢無所遺，慷慨不得伸。臨歧歌短章，所道皆苦辛。淮陰未去楚，江總復仕陳。聊沽客中酒，用酌還鄉人。

送方員外之廬陵

十年在羈旅，未嘗憂別離。如何與君辭，愴如失群麋。君才非我儔，語默皆可師。温温霜天裘，細細當暑絺。不勞綺綉文，自然適時宜。嗟我百無補，不異面有眉。既乏視聽功，寧免耳目嗤。君行值重午，高花發榴葵。荆人擊鼉鼓，舟楫挾兩旗。當時懷沙心，後世爲水嬉。作歌贈君别，秋風以爲期。

發南浦

開船别西山，迤邐向南浦。帆輕去自速，初不用篙櫓。蒼蒼煙中樹，橐橐響斤斧。一女沙上汲，衆漁洲畔語。我行歲云晏，况復遠儔侣。回首北歸鴻，翩翩下寒渚。

夜過市汊驛時酒醒月出有懷幕中諸友 驛在豐城北。

驛樓枕迴洲，湍汊聲活活。霜蘆花猶泛，煙柳葉漸脱。月出梟雁鳴，孤艕寒江闊。酒緣風力退，詩苦真景奪。何處寄相思，浮雲楚天末。

望蘄州

未見蘄州城，已見蘄州山。諸山初不高，蒼石礪且頑。想當至正時，民物庶以殷。大江楚西來，萬里不閉關。兹山獨儲英，群雄出其間。遂爲禍亂階，滋蔓莫可删。憶我聞亂初，我方總兩鬟。侍立父祖旁，聽説國步艱。焉知三十年，見此草與菅。骨肉亦已零，安得髮不斑。披榛欲吊古，豺虎愴我顔。蒼茫望茅宇，日落孤舟還。

過小孤

大孤俯如盤，小孤儼而立。群山如從使，左右相拱揖。孤根屹撑拄，萬竅争噴噏。瀏瀏陰風旋，慘慘元氣濕。江流亘其下，震怒莫敢汲。洑爲盤渦深，馳作奔馬急。躋攀或失手，一跌不可及。我來值秋晚，木落衆鳥集。勿爨夜船犀，鮫人抱珠泣。

望南嶽

我從匡廬來，但覺諸山低。嵯峨望衡嶽，雲霄與之齊。下有赤蛇蟄，上有朱雀棲。仰瞻祝融拔，俯揖紫蓋迷。五嶺皆培塿，三江爲涔蹄。巍然南服尊，嵩霍相提攜。封秩崇君稱，諸神咸朝躋。丹書篆寶册，萬古封金泥。百王重祀典，赤繅藉玉圭。自非精靈通，牲帛勞焚賫。余方向遠道，無由陟層梯。蒼蒼煙霞中，喔喔聞天鷄。緬思昌黎伯，恭默開雲霓。靈貺自昭格，誠敬良可稽。斯人久云没，感念徒含悽。

發衡州　一本題作《白髮》。

五日白一髮，十日皺一膚。人生冰雪容，終作靴紋粗。今朝清鏡中，已與昨日殊。不憂鬢眉蒼，但恐皮肉枯。肉枯亦常理，所念非壯圖。有親恩最深，撫養勞勤劬。憐我幼失怙，愛我如掌珠。斯恩未及報，不敢忘須臾。書來得凶問，哀頓空號呼。衣衾與棺斂，弗得親走趨。家山在萬里，那能返故都。樹頭啞啞啼，愧殺返哺烏。有子初學言，行步要母扶。已解索梨栗，未知識之無。重在託宗祀，豈暇問賢愚。弟妹皆漂零，遠在天一隅。仲氏久無信，夢中時友于。艱難斥鹵濱，何以保微軀。計工當已還，母乃東歸吴。童僕各分飛，僅有赤脚奴。竛竮苦肺疾，終夜聲嗚嗚。憐渠亦解事，剪伐供樵蘇。異鄉骨肉遠，賴此相支吾。嗟我客梁楚，隻身亦崎嶇。白晝畏豺虎，夜防狸與狐。所賴筋力强，竄伏幸無虞。今年覺衰倦，自怯行遠途。東風洞庭波，落日青草湖。魚龍來欺人，煙濤慘模糊。兹晨過衡陽，霽景差可娱。桃花白練帶，春水緑菰蒲。感此顔色妍，暫使憂心蘇。萬事信有命，撫膺長嘆吁。

湘江道中思常宗

暮江散微雨，風定波自碧。一鷺立不飛，雙鴻遞相直。餘煙菱女唱，新月漁郎笛。此處忽懷人，相思杳何極。

湘竹有題

朝行湘竹下，暮宿湘竹中。雲情與雨態，萬變俄不同。密密深翳日，疏疏細含風。新梢露裊裊，老節煙蒙蒙。紛如千靈妃，從以萬青童。幡幢列縹緲，環佩摇丁東。來從蔚藍天，步入東華宫。悵望不可即，翩然若驚鴻。夭矯喜而笑，低回俯乃恭。質堅本外直，性潔緣中空。篲爾中弦矢，揉之可彤弓。冰雪誓不易，肯與時汙隆。今朝揭春晴，更覺翠色濃。戢戢琅玕叢，忽見桃花紅。直疑路不遠，便與桃源通。我欲捐輕舟，褰衣入崆峒。春禽迎我啼，音響諧絲桐。終當聽山雨，自號蒼莨翁。

瀟湘八景

靄靄復霏霏，横霄曳夕暉。巴人與湘女，相逐買鹽歸。回望墟煙處，蒼茫隔翠微。

右山市晴嵐

今朝罷漁早，挂網堤邊樹。雲斷一峰青，斜陽在坳處。癡兒晚睡醒，却訝東方曙。

右漁村夕照

孤塔望中青，鐘聲隔洞庭。蒼山不可及，烟闊浪冥冥。憶似寒山寺，楓橋半夜聽。

右煙寺曉鐘

風攪瑞花晚，江寒波欲凝。凍僵業漁者，歸載一船冰。一白迷沙渚，柴扉認有燈。

右江天暮雪。

輕帆挂春風，倒映湘江緑。天低浦溆遠，歸向誰家宿。遥指落花西，黄陵廟前屋。

右遠浦歸帆。

江横秋煙白，日落寒沙淺。鴻雁萬里來，翩翩下平遠。欲墮更低飛，斜行兩三轉。

右平沙落雁。

風急雨浪浪，孤舟夜正長。江湖隨處惡，何况是瀟湘。今夜殘燈裏，無人不斷腸。

右瀟湘夜雨。

湘水秋更清，湘月秋更白。光輝一相蕩，水月不辨色。何處洞簫聲，巴陵夜歸客。

右洞庭秋月。

登三夏故城二首

寒樹無柔柯，秋草有勁葉。原空鶻孤騫，山晚雲萬叠。登高得平曠，人馬皆意愜。思挽角胎弓，相從雁門獵。

關前葉猶青，關後草已白。氣候本不殊，山勢有阻隔。風高鼓角動，日落川塞黑。邊鴻一聲來，壯士亦變色。

金陵對雪用蘇長公聚星堂禁體韻

黄雲凍凝不成葉，十載江南無此雪。朱簾十二曉開齊，正值千山鳥飛絶。墻腰檐角危欲墮，竹頂松梢重將折。偏來舞殿鬥輕盈，忽上金釵易消滅。誰家沉火吹笙坐，着處銀瓶呵手掣。脂凝香靨罷晨妝，臉暈微渦散春纈。帶雨欲拈仍作片，因風誤觸俄成屑。漁蓑向晚畫難工，歌樓未曉光盈瞥。怪事休驚越犬吠，豐年每信吴儂説。欲和東坡白戰詩，冰滿霜毫硯如鐵。

聽老京妓宜時秀歌慢曲

春雲陰陰園繡幄，梨花風緊羅衣薄。白頭官妓近前歌，一曲才終淚先落。收淚從容説姓名，十三歌學郭芳卿。先皇最愛芳卿唱，五鳳樓前樂太平。鼎湖龍去紅妝委，此曲宜歌到人耳。潛向東風作慢腔，梨園不信芳卿死。從此京華獨擅場，時人争識杜韋娘。芙蓉秋水黄金殿，芍藥春屏白玉堂。風塵回首江南老，衰鬢如絲顔色槁。深嘆無人聽此詞，縱能來聽知音少。説罷重歌爾莫辭，我非徒聽更能知。樽前多少新翻調，一度相思一皺眉。

喜客來

壯年不愁長作客，亦不暇愁鬢雪白。但愁金盡酒樽空，辜負長安好春色。閉門三日生緑苔，失喜忽聞佳客來。急拈春衣典春酒，正值滿樹梨花開。花如冰雪人如玉，妙舞清歌歡不足。黄昏客醉酒未醒，細雨鶯啼梅子緑。

送張教諭

鑒湖五月凉風起，荷葉荷花香旎旎。先生到縣花正開，濯足船頭弄秋水。聖朝復興文武科，諸生習射更絃歌。他年大比登髦俊。應報新昌縣裏多。

雨中看花

青青楊柳深深竹，雨裏絳桃開一簇。羞將瘦蹇逐金鞍，着屐看花仍不俗。花枝净洗胭脂面，老眼驚如夢中見。已拚春色過三分，何止東風吹一片。只恐天晴是暮春，半隨流水半成塵。淡煙芳草長於路，作意能來有幾人。

送李琴川謫臨海

南風雨來塵作泥，稻花豆莢生初齊。一人失意解官去，席上衆賓顔色低。輶車欲發未忍别，感慨握手立大堤。綠荷爲杯樹爲蓋，碧酒蕩漾青琉璃。兹行觸熱向甌越，只尺浙水分東西。或登雲門探禹穴，或上雁岩聞天鷄。天台桃花千萬樹，中有睍睆黄鶯啼。雖云竄謫異憂喜，眺望自可窮天梯。韓潮柳播夜郎白，吉士往往遭傾擠。蕉中之鹿塞翁馬，此事何足含悲淒。但嗟靈物困污瀆，無一出手相提攜。不然寵辱實命致，毋乃天不哀群黎。渡江秋風未十日，織女值嫁牽牛妻。自甘沉匿守太拙，寧復乞巧陳瓜梨。嗟余遘患屢遷逐，親見鄖塢争燃臍。金多位重胡足恃，頃刻變化如雲霓。君年五十髮漆黑，壯氣鬱鬱衝端倪。騂騮歷塊偶蹔蹶，終展奮迅追風蹄。經過虎阜坐石壁，爲我拂拭苔中題。

宜秋軒桂

《宜秋軒詩》叙云：「予去官，結小軒自適。軒近秦淮，清曠幽寂，與秋相宜，故號宜秋。」

軒東古桂一株，花已爛熳，人無知者。偶夜聞香自東來，旦起訪之，得於荒庭廢苑中。余既嘆其不爲人所賞識，而復嘉其不以無人而不香也。繞樹嗟悼，慰之以詩。

宜秋軒東一株桂，香葉婆娑擁寒翠。秋堂夜静風滿簾，時覺幽芳來拂鼻。清晨曳履訪幽獨，一徑青苔雙户閉。離離嫩蕊罥蟲絲，蔌蔌輕花落深砌。麩金泫露濃更密，苞粟凝珠疏復細。半粒能含萬斛香，一枝解奪千姝麗。當年此地競攀折，月户雲窗敞秋霽。金樽灩泛緑色酒，翠袖涼簪寶妝髻。西風幾度人迹絶，獨有幽花能點綴。村荒地僻霜露繁，摧折紅蘭凋紫蕙。瞥然一見衆憂失，不意孤懷得佳麗。更深月出擬再來，明日紛紛嗟滿篲。

宜秋軒梅

萬松嶺上梅千樹，踏雪年年看花去。湖邊十里翠裙腰，盡是看花醉眠處。花今憔悴不如前，人亦飄零二十年。夢魂不到西湖上，春色自繞南枝邊。今年看花來杜曲，一樹寒香照茅屋。别是人間冰雪魂，肌膚綽約清如玉。雪更玲瓏玉更温，春風入頰淡無痕。數聲殘角黄昏後，獨自相看半掩門。

贈吴居易别

黄梅雨晴桑重緑，南風楝花開蔌蔌。故人謁我此山隈，帶束烏犀帽輕縠。入門相顧如夢寐，名姓雖忘面仍熟。久之稍稍憶舊游，尚恐非真問童僕。遂昌先生①客滿座，君時雄辯衆賓服。先生博學且敬君，况我才疏敢相逐。蘇臺一别已十載，世事飄如電經目。羡君遊俠印纍懸，嗟我巢傾卵俱覆。去年謫官向河洛，手脚酸皸雙鬢秃。歸來親友半死生，不意逢君此江曲。摩挲老眼爲君喜，更覺君顏美如玉。龍江花落乳燕飛，芙蓉葉大笋過竹。殺鷄沽酒招我飲，爛醉頽然坦其腹。深情密意語未終，舟楫匆匆去何速。臨流索我題詩送，詩句難工羞再讀。廬山東來五老峰，大孤小孤青亂矗。着我茅茨一二間，悠然醉把東籬菊。

① 原注："鄭元祐也，吴中老儒。"

題宋周曾秋塘圖有序

右宋周曾《秋塘圖》一卷，前元皇姊大長公主所藏也。前有皇姊圖書印記，後有集賢翰林諸詞臣奉皇姊教旨所題，自大學士趙世延、王約而下凡十六人。時鄧文原、袁伯長俱爲直學士，李泂以翰林待制居京師，爲監修國史，實至治三年也。元運方隆，皇姊雅尚文學，一時名公巨儒，以文章翰墨寵遇，當世其盛，蓋可想見。元既革命，此卷遂出江左，吾友薛起宗得於其私沈祥氏。一日，攜以見示，且徵題詩。余雖不獲援筆其間，而一十六人者猶及親炙一二，袁、鄧二老又皆先子之友，不可作矣。把玩再四，敬題於後。

陂塘九月菰蒲老，菱葉無多荷葉少。無數飛來白鷺明，一群遊去青凫小。寒雲弄影忽成霞，雁帶斜行下淺沙。晚色不隨流水去，秋光都在拒霜華。當時内殿春風細，紫衣傳教詞臣醉。鮑謝文章沈宋才，詩成曲盡秋塘意。塘水秋來景漸疏，低烟斜日照平蕪。鴛鴦去盡芙蓉死，空向人間看畫圖。

北山梨花有序

余卜居金川①，去北山無十里，每清明時，梨花盛開，輒動洗妝之想。鄰友薛起宗邀余看者再，俱以猥俗所繫，不能如約。昨又期出郭，風雨泥濘，弗良於行。起宗爲折一枝相贈，喜而賦此。辛亥暮春五日。

① 原注：「是金陵城西北門也。」

北山梨花千樹栽，年年清明花正開。薛君好事兩邀我，騎馬看花攜酒來。看花出郭我所愛，况是梨花最多態。我牽塵俗不得赴，花本無情花亦怪。君今折花馬上歸，索我細詠梨花詩。冰肌玉骨未受飾，敢以粉墨圖西施。東坡先生心似鐵，惆悵東闌一枝雪。重門晚掩沉沉雨，疏簾夜捲溶溶月。月宜淺淡雨宜濃，淡非浪白濃非紅。閨房秀麗林下趣，富貴標格神仙風。一枝寂寞開逾遍，朵朵玲瓏看應眩。皓腕輕籠素練衣，娥眉淡掃春風面。自須玉堂承露華，何事種向山人家。不愁占斷天下白，正恐壓盡人間花。江梅正好憐清楚，桃杏紛紛何足數。只有銀燈照海棠，海棠亦是嬌兒女。

句容送蔡惟中

昨日立秋今日涼，蔡子束書歸故鄉。我來未久子遽別，子豈與我如參商。自慚貧無橐金贈，解劍換酒澆愁腸。醉酣月出重露滴，梧飄金井芙蕖香。衆賓喧嘩噱笑口，我獨不語情徬徨。豈徒戚戚兒女態，感舊懷古增悲傷。憶昔追遊茂苑上，白馬紫轡青絲繮。子方年少富文學，面如紅玉肥有光。黄金曉酬西館客，緑錦夜贈東樓娼。三公走檄辟作掾，兩府交薦除爲郎。風塵一别未十載，短鬢蕭颯俱老蒼。黑巾籠頭着野服，微雨鵠立官道傍。自云匍匐事販鬻，蓋屐巾箑紙筆將。匪爭刀錐競微利，聊復糊口走四方。我聞此語重嘆息，助以唧唧鳴寒螿。丈夫失意固如此，屠狗買畚庸何妨。曲江之西沙柳黄，夜逐落潮登野航。相逢故友或相問，勾曲岡頭一草堂。

贈許白雲

白雲老翁樂且貧，眼如紫電炯有神。麻衣紙扇趿兩屐，頭戴一幅東坡巾。清晨扣户走過我，謂我舊是諸侯賓。入門長揖肆雄辯，動引四代卑先秦。初疑傲睨意骯髒，稍久漸覺情真淳。從兹興至每一到，不問風雨并昏晨。矯如野鹿不受縶，去不可挽送乃嗔。我來杜曲少朋舊，一境二姓唯朱陳。租徵税迫夜繼日，未暇與我談逡巡。荒村不意得此老，洗我三斗胸中塵。我時信口答所問，怪我出語多驚人。翁年耳順學不倦，片言有益書諸紳。我慚習懶竟成癖，日影照腹脚未伸。起來巾櫛不自理，一飯且飽南湖蓴。諸生幼弱學久廢，數字費我言諄諄。翁來相對輒太息，謂可館閣胡沉淪。人生富貴等泡幻，達何可喜窮何顰。紛紛道路餓死骨，半是臺省公侯身。龐公未爲無所遺，夫婦白首襄陽民。翁聞我語乃大噱，呼我共醉華陽春。正須狎昵到鷗鷺，何必影像圖麒麟。秦淮雨過秋水碧，中有一尺黄金鱗。明朝買魚期再酌，我自掇拾山中薪。

杜伯淵送新米

山人送我山田米，粒粒如霜新可喜。雨春風播落紅芒，照眼明珠絶糠粃。饑腸欲食未敢炊，未及秋嘗羞祖禰。憶我春來歲方旱，焦穗萎苗將槁矣。不意兹晨見精鑿，此寶更將何物比。終歲勤勞農可念，不耕而食余堪耻。歸買淞江雪色鱸，持向高堂奉甘旨。

省掖觀梅和宋草堂韻

玉肌瘦怯春風惱，唇紅不褪香雲老。綺窗人静月初圓，笑覺飛瓊顔色槁。羅幄銅瓶小几邊，銀燈疏影硯臺前。一株初破休輕折，半朵猶含最可憐。宫妝近眼人争愛，却恐愁多零落快。莫教纖手嗅東風，誰畫生香與真態。

西省海棠有序

山西陳則威，以晉無梅花，以管勾職初來江西，即求識之。省左掖東檻有海棠一小樹，則威尤鍾愛之。日數次至花下，風雨昏暮不忍去也。嘗索余賦詩，余時迫於案牘，不暇。舟行湘中，梨杏桃李每得厭觀，獨無海棠，因賦此補其缺云。

山西公子虬髯客，到處尋梅認香白。春風省掖海棠開，暫去還來抛不得。嗟我有癖常自笑，不意逢君同此癖。曉窗雲暖風日妍，數朵娉婷春半拆。睡損紅綃膩有痕，舞酣金殿嬌無力。銀燈不如微月照，珠簾更着疏煙隔。飛燕輕盈富貴姿，玉環態度神仙格。此日凝妝青瑣外，當時擅寵沉香北。繁開似妒却冥冥，半吐欲言終默默。豈惟人愛亦自愛，不獨春惜當誰惜。細雨重陰也看來，莫對空枝慢相憶。

千葉桃花并序

豫章氣候差早，春未半，花已岑寂。省掖後苑有千葉桃一株，人未之知也。衆卉已謝，芳草如積，偶與員外方君過其下，初開數朵，色韻標度，殆非人間所有，豈所謂瑶水之遺也歟？繞樹百匝，賞之以詩。壬子二月十七日。

江花先好還先落，二月芳菲已蕭索。掖垣一樹獨開遲，嫩葉蘢葱抱香萼。朝來小雨浥輕紅，春色千重與萬重。點注定知煩曉露，剪裁寧不費春工。春來到處尋桃李，不道東闌花自美。傷心世事總如花，何用勞勞行萬里。

憶北山梨花并序

辛亥清明，予與薛起宗聯騎遊北山，飲酒大梨樹下。時花盛開，余有詠北山梨花詩。壬子清明，備員江西省幕，風雨兀坐，案牘山積，緬懷北山之集，邈如夢寐，撫景感舊，紀之以詩。

去年清明花正繁，騎馬曉出神策門。千桃萬李看未了，小徑更入梨花村。低枝初開帶宿雨，高樹爛日迷朝暾。柔膚凝脂暖欲滴，香髓人面春無痕。青霞玲瓏翠羽亂，白雪照耀瓊瑶温。折花對酒藉草坐，花氣暗撲黄金尊。薛君起舞爲我壽，勸我一曲招花魂。須臾明月忽到樹，主人送客唯留髡。巾羅欹斜烏帽落，醉眼况復知清渾。村中至今爲故事，笑我自是劉伶孫。我慚不答竊自慶，大抵此樂皆君恩。今年清明空西省，雷雨兩日如翻盆。群花削迹净如掃，衆緑既暗不可捫。豈無青錢换斗酒，案牘雜沓窮晨昏。伻來督責至訶詈，面微發紅氣每吞。未能摶摇跨雕鶚，詎免束縛同鷄豚。人生屈辱乃淬礪，百煉正欲逢盤根。自知力不舉一羽，强欲扛鼎追烏賁。晚晴汲井試新火，紫笋緑薤共盤餐。歸來飯飽對妻子，萬事反復何足論。

壬子清明看花有感有序

熙寧五年壬子清明，眉山蘇公看花於錢塘吉祥寺，金盤彩藍，獻花者五十三人。有詩曰：「吉祥寺裏錦千堆，前年賞花真盛哉。道人勸我清明來，腰鼓百面如春雷，打徹凉州花始開。」是其事也。洪武五年，基與員外方君看花於西江省掖，節值清明，歲亦壬子，去蘇公三百年矣。嘆公之不可見，而猶以誦公之詩也。因賦長句，以記歲月，庶爲後三百年張本云。

吉祥寺裏千堆錦，緑發仙人對花飲。腰鼓金盤五色籃，醉歸猶帶花枝寢。東風壬子幾清明，三百年來寺已傾。沙河塘上癡兒女，猶誦錢塘太守名。看花我亦逢壬子，况是清明非偶耳。莫論南浦與西湖，楚水吴山正相似。青蓮居士識前因，金粟如來見後身。總不能知塵外劫，也須曾是會中人。

邀方員外看花

金昌亭西萬株花，胭脂玉雪争紛挐。春風攜酒看花去，騎馬徑到山人家。花深樹密無徑入，下馬徘徊映花立。紫萼風微翠袖香，紅絲露重烏巾濕。別來幾負看花期，客裏匆匆見一枝。白下橋邊寒食後，廣陵城外緑陰時。今年花最逢春早，準擬清樽對花倒。人意方邀酒伴來，花枝已向東風老。花雖漸老仍堪折，猶勝紛紛滿蹊雪。且共芙蓉幕裏人，坐看海棠枝上月。

樟樹鎮舟中作

儂是吴淞釣魚叟，全家生長吴江口。遲鈍長飛衆鳥先，迂疏每落諸人後。城中父老少相知，鄉里兒童亦見欺。几上細抄《高士傳》，壁間大篆《考槃》詩。春風百草承膏沐，强擲漁蓑親案牘。胥史猶嘲吏事疏，妻孥欲笑形容俗。羸馬長途恐不堪，君恩何日許投簪。半篷秋雨煙籠水，數點寒星月滿潭。

聞鄰船吹笛

江空月寒江露白，何人船頭夜吹笛。參差楚調轉吴音，定是江南遠行客。江南萬里不歸家，笛裏分明説鬢華。已分折殘堤上柳，莫教吹落隴頭花。

春江對雪

春雲作寒飛鳥絶，花雨紛紛暮成雪。江山最好雪中看，况是東風二三月。披蓑漁立柳邊航，戴笠僧歸竹外莊。草暖尚迷雙鷺白，樹寒先露一鶯黄。我愁春雪看難久，重爲江山更回首。莫煮清貧學士茶，且沽緑色人間酒。

登岳陽樓望君山

洞庭無烟晚風定，春水平鋪如練净。君山一點望中青，湘女梳頭對明鏡。鏡裏芙蓉夜不收，水光山色兩悠悠。直教流下春江去，消得巴陵萬古愁。

長江萬里圖

我家岷山更西住，正見岷江發源處。三巴春霽雪初消，百折千回向東去。江水東流萬里長，人今漂泊尚他鄉。煙波草色時牽恨，風雨猿聲欲斷腸。

湘漢秋晴圖

讀書不願賢良舉，朝醉霸陵暮湘渚。兩鬢從添鏡裏霜，十年聽遍江南雨。呼鷹臺上愛秋清，鸚鵡洲前看晚晴。紅葉蟬聲湘寺遠，碧潭鴻影漢川明。湘波漢水愁無盡，畫裏江山聊一哂。舉世唯稱王仲宣，當時亦有周公瑾。

湘陰廟梨花有序

癸丑二月廿日，泊舟湘陰廟下。廟東圃有棠梨一株，花猶未開。因念辛亥春與薛起宗賞花於鍾山之北，賦詩酌酒，爲一時勝集。壬子歲，宦居豫章，追憶舊遊，嘗與員外方君道其事，復有詩寄薛。今年見花於湘水之上，不惟北山之會不可尋，而豫章僚友亦相望數千里外，人和漂泊蓋如是也。舟中岑寂，賦詩一首，且歸以示方君，預與起宗締來歲之約云。

平生厭看桃與李，惟有梨花心獨喜。海雪樓前雪一株，歲歲清明醉花底。北山岡下花最盛，千樹玲瓏圍緑水。前年騎馬賞花處，我與河東兩人耳。青苔滿地芳草合，只有黄鸝映花蕊。當時美人三閣上，寶髻慵梳初睡起。鏡裏争先試一枝，真態欲將春色比。樓空燕去花自落，細雨黄昏淚如洗。疏籬蕭蕭茅屋破，況復臨春開結綺。我時賞花仍弔古，花亦燦然爲露齒。歸來婆娑簪滿帽，十日羅衣香不止。去年相憶豫章城，咫尺春江如萬里。今年邂逅洞庭曲，細蕚含愁照清泚。人至魂消楚雨中，花應腸斷湘煙裏。三年勝遊不再得，百歲歡娱能有幾。吉祥牡丹非舊夢，玄都桃花亦如此。更約明年載酒來，莫笑花前人老矣。

祁陽行

黄鶴樓前漢陽雪，岳陽樓前洞庭月。自謂人間無此清，到處相逢向人説。祁陽江頭春更佳，仿佛似是神仙家。黄鶯亂啼萬竿竹，緑水縈抱千株花。千紅萬碧深相映，鷄犬無聲茅屋静。野老回頭唤不應，匆匆況是通名姓。水流花落岸東西，只隔疏簾路已迷。天下于今皆樂土，何須更覓武陵溪。

皂角灘

烟蘿毿毿樹蒙松，夏緑更换春花紅。千山萬山無所聽，鷓鴣杜宇啼春風。穹崖斕斒高百尺，快劍無痕鑱翠碧。寶氣朝凝五色霞，丹光夜燭三分日。我從章江出彭蠡，巴陵長沙洞庭尾。看遍衡廬兩岸山，行盡瀟湘一江水。輕舠短楫辭零陵，似與亂石争功能。牛刀慣熟中肯綮，郢斧神捷回鋒棱。男兒性命固可惜，底事矜誇向群石。鷗邊短草一枝笻，牛背斜陽數聲笛。

湘中四詠

黑翎紅嘴花間鳥，映花一點珊瑚小。當時如意擊東風，萬語千言啼未了。雕玉籠開出繡楹，海棠庭院雨初晴。美人按拍教鸚鵡，學得《霓裳》四五聲。

右珊瑚。

棠梨花開滿山白，白鷴飛來春一色。黄鸝紫燕太匆忙，不道花間有閒客。却嫌香露污春衣，立向湘江映夕暉。鷗鷺相逢莫相妒，一雙還拂楚烟歸。

右白鷴。

湘江兩岸無茅宇，湘竹陰陰覆江渚。春來未聽一聲鶯，只有鷓鴣啼暮雨。憐渠亦是他鄉客，苦向人啼行不得。縱教行得也消魂，那個行人不頭白。

右鷓鴣。

暖風晴日融春晝，閑看花陰鷄吐綬。綺縠都將綵羽妝，紅絲不待金針繡。疊疊胭脂縷縷金，龍紋盤錯鳳紋深。憑誰剪作鴛鴦帶，雅稱佳人翡翠衿。

右錦鷄。

過高郵新開湖微雨有詠

殘紅曉落西陂岸，雨脚斜飛鷗鷺亂。扁舟盡日畫中行，荷葉荷花香不斷。船頭老翁一尺鬚，斗量菱角兼賣魚。兒能鼓柁女蕩楫，何用聰明多讀書。

夢緑軒有序

余與徐君幼文同謫鍾離，結屋四楹，幼文居東楹，余居西楹。又嘗賦詩曰：「夢裏緑陰幽草，畫中春水人家。何處江南風景，鶯啼小雨飛花。」蓋深有意於故園也。因題其室曰「夢緑」。

蜀山①江頭萬章木，細草幽泉蔭修竹。五月六月山雨晴，空翠紛紛滿衣緑。杖藜或來陰下行，雲影不斷涼風生。青連翠結欲無路，仿佛上有黄鸝鳴。去年吴城正酣戰，却倚危樓望葱蒨。今年放逐到長淮，萬緑時於夢中見。夢中見緑覺始知，索我亦賦夢緑詩。逢人説夢子堪笑，替人作夢余何癡。世間萬事同野馬，覺後非真夢非假。五色過眼本虚空，富貴于人誠土苴。南風劃然吹夢破，樹頭不知微雨過。從今寤寐俱兩忘，静與白雲相對坐。

① 原注：「蜀山乃吴中山名，幼文所居在焉，非西蜀之山也。」

舟入蔡河懷徐幼文

憶初見君江浦外，七尺長身齒含貝。君年未冠復新婚，錦帶吴鉤紫絲佩。豪姿俠氣颯蕭爽，春鴻輕便秋隼快。結交梁楚燕趙間，追慕廉藺羞郭解。誓將弓槊事鞍馬，耻作寒儒服巾帶。余時瑣屑箋蟲魚，折几寒燈寫秋芥。相逢一笑恍自失，不異低岑仰高岱。殺鷄爲黍三日談，深中肯綮入窅竅。方喜師君竟兄我，巵酒動輒受百拜。停觴爛熳出險語，磔裂鬼膽窮百怪。天然清真去雕飾，王嬙西施洗鉛黛。漱芳雋腴再三讀，項上之臠左手蟹。技癢礪秣互掎角，十捷一二八九敗。余實羨君敏且博，君亦憐余强而邁。英雄敢誇君與我，强弱不止楚敵蔡。孟潴豪士渤海高①，時復峙足如鼎鼐。高才於我十倍我，尚嘆追君力不逮。縱横千字戚生筆，迭宕百韵余公萊②。僧房秋迥鉢聲長，雪屋香銷燭痕在。清遊未竟夕漏終，落月殘星悲一慨。激烈正醉金陵酒，漂泊共泛濠梁載。城荒地僻生計拙，時脱春衫倩人賣。破樓夜雨鄰鐘急，委巷秋風茅屋壞。斯時愁絶正難禁，君獨相看勸余耐。别來奔走向西洛，面色痿黧病新差。章臺握手須臾立，胸臆梗塞若有礙。平生耻作兒女悲，此别戚戚若有慨。今朝過蔡將入陳，漸見舟艫艤灘瀨。平漪細石魚跳渚，斜日低煙雁横塞。相思無奈客中愁，聊述長歌歌一再。

① 原注：「季迪也。」

②原注：「幼文與余唐卿作《萊邁》詩二百句，甚工。」

鄭州道中

北風如刀吹面裂，弊裘無功塵絮折。星稀日出勢尚嚴，滿袖霜花厚如雪。馬上沉吟苦憶家，江南十月剩春華。金錢晚菊低叢葉，緑萼盤梅小樹花。

寄題水西草堂

鴛鴦湖東武塘西，桃花滿川蒲葉齊。春風二月微雨霽，鵝鴨拍水黄鶯啼。推窗只見參差柳，柳色波光淡於酒。烏紗官帽半籠頭，紫竹漁竿長在手。平生愛讀内景書，往往適意追禽魚。開門懶迎俗士駕，拄杖每叩高僧廬。客來舉酒邀明月，細瀹松濤煮春雪。但覺身無俯仰勞，安知世有東西别。今年扈從來大梁，錦袍白馬青絲韁。信陵宅畔暮鴉集，朱亥門前秋草黄。輪番夜直中書省，霜華滿巾鬢髮冷。粉署香銷紫綺袍，碧梧影落黄金井。魂夢時時到草堂，曲欄花藥漫分行。他年得遂歸田計，多種墻陰十畝桑。

留别楊公輔

將還滎陽，夜集公輔東齋，酒酣索詩，時銀燈結花，漏下二鼓，賦此留别。

紫簾凝煙碧香繞，銀燈結花金粟小。主人捧酒起勸賓，離别長多會長少。明朝騎驢鄭圃東，白沙黄葉滿林風。知君此際能相憶，笑指燈花映酒紅。

送朱明善少府

胙城主簿冰雪骨，天闊霜清見飛鶻。家住西湖第一橋，半生詩酒笙歌窟。斜肩兜子總宜①船，九里松陰十里蓮。松下看山船上宿，小娃隨索賣花錢。鶯嬌蝶妒春如綺，一夜東風變桃李。回首梁園望故鄉，咫尺吴山四千里。吴山漸遠音書絶，兩鬢青青未成雪。烏帽朝辭鄭圃烟，鹿車夜挽蘭臺雪。上官不憚路道長，豈問富庶并荒凉。正須到縣招竄匿，要使枳棘皆耕桑。婦女養蠶男種麥，食有鷄豚衣有帛。兒童不識成丁勞，父老能歌縣官德。慚余亦是滎陽簿，虎牢關下成皋路。有酒誰澆紀信魂，無人敢畫鴻溝渡。鄭衛由來本懿親，相思只隔大河津。愁將艮嶽風前柳，持贈山陽笛裏人。

① 原注：「舟名。」

梁園飲酒歌

我生之辰木入斗，烏啼東井命壁守。壁爲文府斗爲歲，許我文章播人口。二齡能言學誦詩，四齡指字識某某。五齡琢句對虚實，聯青儷黄配奇耦。客來當座賦短章，四韻不待八叉手。九齡《六經》已畢讀，掩卷背誦無掣肘。丰儀翩翩秋宇鶴，顔色濯濯春月柳。鄉閭每辱師長愛，學校耻與兒童友。毫分縷析辯同異，務植嘉穀去稂莠。揮毫直欲五色爛，倚馬未肯一字苟。龍蛇擬將赤手搏，富貴謂可拾芥取。文場馳騁竟一蹶，髫鬣局促俯其首。歸來焚膏坐長夜，盥櫛不暇面塵垢。淬鋒礪鍔期再策，狐豕隳突群兇吼。豈惟文運遭屯否，無乃曆數厄陽九。自漸定亂匪鉛槧，束縛經傳事南畝。耕童樵稚課朱墨，塗抹破硯掃敝帚。東藩諸侯遂見徵，白璧玄纁賁林藪。屢辭不獲始强起，野服長揖坐談久。青閨漏箭傳午滴，紫幕爐薰散春牖。時翻玉檢題鸞鳳，復賜銀箋篆科斗。鵑啼花落燕鶯飛，頃刻浮雲變蒼狗。遷逐西行泣楚囚，倉卒弗及拜慈母。初移錘離復入汴，山路匍匐十日走。皮焦足胝汗浹踵，手策羸蹇背有負。囊資空乏衣破裂，無以補綴謀諸婦。婦言別久簪珥空，借舊乞鄰無不有。高堂姑老繭女幼，日羞魚鰕買梨藕。恐無紈帛禦姑寒，安得吴綿爲君厚。余聞愧赧雙臉赤，灑泪出門心欲朽。病軀有僕不得將，藥食扶持賴親舊。寒沙古壘泣英靈，落日疏林嘯猿狖。前途尚遠節屢换，白露應候月在酉。榮枯萬變類觀弈，憂憤百結如錯鈕。筋力衰頽卧猶倦，鬢髮頒白照逾醜。盡將得失付忘言，且醉梁園一樽酒。

惜昔行贈楊仲亨

嗟我憶昔來臨濠，親友相送妻孥號。牽衣上船江雨急，辟歷半夜翻洪濤。濠州里長我所識，憐我一月風波勞。呼兒掃榻妾置酒，買魚炊飯羞溪毛。酒酣話舊各涕泣，鄰里怪問聲嘈嘈。明朝府帖促蓋屋，旋斸瓦礫除蓬蒿。大竹爲楹小榱桷，覆以菅草并索綯。君時亦自長干來，爲我遠致書與袍。密行細字讀未了，苦語渫渫如蠶繅。收書再拜問所歷，燈影照夜吴音操。異鄉寂寞遇知己，歡喜豈止饋百牢。藤牽蘿繞互依附，濡沫相潤脂和膏。薰風晝眠竹几静，落葉夜掩柴門高。黄鬚爲汲東井水，翠袖或送西家醪。中書大官捧檄下，霜鶻脱旋鷹解絛。君前挽鞘我後策，陟險攀峻隨猿猱。饑腸午渴掬澗飲，甘滑不啻青葡萄。到家倉卒席未暖，復此赴汴同輕舠。崖高水澀石溜急，時復著力撑長篙。予生有弟皆異域，漂泊幸與君逢遭。君才自是伯者佐，比擬管樂卑蕭曹。方期補劓拯焚溺，詎肯析利窮秋毫。比來縣邑久蕪廢，亦有桑柘柤梨桃。遺民可鳩業可復，應屈君輩揮牛刀。他時解綬歸故里，相期結居吴江皋。

君莫疑贈薛起宗

有弓莫朝射，有劍莫夜舞。舞劍空驚半夜鷄，射弓須射南山虎。當年意氣雙白虹，三尺寶劍兩石弓。平沙軟草馬蹄疾，仰面射落南飛鴻。歸來面皺頭雪白，魚皮包劍弓掛壁。逢君一笑杯酒空，憐我衰顔手無力。手無力，眼有眵，作歌贈君君莫疑。英雄老去衆所薄，何獨區區楊去非。

先生年五十，更名曰去非。

苧隱爲句曲山人翟好問作

種桑百箔蠶，種苧千匹布。先生種苧不種桑，布作衣裘布爲袴。桃花雨晴水滿塘，烏紗白苧春風香。

野樵山葛不敢並，越羅川錦争輝光。兒童漾紗婦紡織，賣布得錢還買帛。黄綿大襖一冬温，白雪中單半襟窄。今年苧好畝百斤，堆場積囤長輪囷。牀頭白酒夜來熟，殺鷄煮鴨邀比鄰。東家種桑青繞屋，官絹未輸空杼軸。婦姑相對嘆無衣，先生飯飽方捫腹。

舟抵南康望廬山

春山如春草，春來無不好。况是香爐峰百叠，屏風圍五老。嚶嚶歷歷谷鳥哀，朱朱粉粉山花開。芙蓉削出紫霧上，瀑布倒瀉青天來。船頭春山重回首，世上虚名一杯酒。李白雄豪妙絶詩，同與徐凝傳不朽。明日移舟過洞庭，蘭花斑竹繞沙汀。摩挲老子雙愁眼，細看君山一點青。

登繩金塔望廬山

過魯必謁岱，入洛須望嵩。嗟余夜半入彭蠡，月黑不見香爐峰。明登望湖亭，雨氣何空蒙。山僧指點笑，五老正在煙雲中。今朝躡層梯，高標揭晴空。匡廬無出百里外，紫翠映帶春霞紅。雖云仿佛見顔色，已覺浩蕩開心胸。在山看青山，佳處未盡逢。不如迥立萬仞表，一日覽盡千玲瓏。何當生羽翰，兩腋乘天風。不論雨雪與晴霽，回翔下上飽玩八面青芙蓉。

癸丑元日

霏霏元日雪，脈脈人日雨。春來無日不輕陰，薄霧寒雲滿南浦。常年有雨復新晴，淑氣韵光淡繞城。草色未逢金勒馬，柳條先映玉樓鶯。今年風雨兼冰雪，忘却春幡慶春節。野杏緘愁待酒催，江梅索笑邀人折。誰與觀雲卜大通，且須祈穀問年豐。相期十二樓前月，剩看花燈萬點紅。

憶左掖千葉桃花

穠李積皓雪，繁桃炫朝霞。江邊日日見春色，盡是尋常兒女花。東闌一樹能傾國，千瓣玲瓏誰剪刻？半吐疑紅却勝紅，全開似白元非白。旁雖淺淡正復濃，雅麗稱月間宜風。陰時晴午各異態，嗔喜笑顰無不工。嗟我匆匆簿書急，時復微吟對花立。白苧猶沾夕露香，青鞋不怕蒼苔濕。而今漂泊楚江濱，想像丰儀一愴神。惆悵當時看花客，對花還説去年人。

贈秦侍儀

文采玉娟娟，班行内外聯。蕃王從學拜，邊使候通箋。侍立彤庭上，追趨法駕前。今朝退朝早，衣上有爐煙。

宿高季迪京館

歲晚此相逢，鄉情似酒濃。語長銷夜燭，夢短及晨鐘。急雪風鳴葦，微雲月照松。鷄前趨闕去，寒樹曉蘢葱。

江村雜興十三首

春墅一鳩啼，橋危懶過溪。徑苔都上壁，野菜不分畦。倚杖妨花密，看山礙竹低。欲知幽隱處，風雨白門西。

陋巷泥三尺，無人訪隱淪。窗鳴風減睡，炊斷雨添貧。野路花迎客，江橋柳送人。暫須依薄俗，憩此竄餘身。

春色冶城東，花濃笑老翁。燕遲雙壘破，蜂早一房通。薄暝山腰雨，疏紋水面風。便携蓑笠去，垂釣緑蒲中。

判醉望愁醒，愁因醉轉增。已歸仍似客，投老漸如僧。詩興風樓笛，棋聲雪舫燈。莫言渾不解，此事野夫能。

東瀼復西圻，村村可釣磯。草於烟處密，花較雨前稀。小管催鶯出，疏簾待燕歸。傷心新柳色，猶妒舊羅衣。

偶因辭禄去，聊傍葦邊居。瓢棄頻賒後，衣存屢典餘。晚簾花掠燕，春水絮吹魚。復恐沙崩石，楊栽插繞廬。

江橋春別後，沙舸獨歸時。鵝鴨東西宅，菰蒲遠近陂。藕深荷蓋密，竹瘦笋鞭遲。野趣誰能識，唯應白鷺知。

斜檻俯江湍，輕簾矗小竿。柳寒鶯羽濕，花暖蝶須乾。酒或臨流酌，詩多寫石看。不因迂僻地，那得此身安。

江影搖春樹，潮痕折晚沙。緑蕪三尺雨，朱槿一籬花。去國仍思國，還家復夢家。自無干禄意，何必遠京華。

將雨山光黑，初晴樹色青。賣薪沙店遠，占穀瓦甌靈。石枕支頤冷，江瓢漱齒腥。醉餘春睡熟，長得鳥呼醒。

江月盈盈白，墟烟細細陰。茅茨孤碓急，機杼一燈深。短笛多悲調，長歌少醉吟。自憐知己盡，空負壁間琴。

清流曲幾回，吃飯此山隈。歌斷憐鶯續，詩遲畏酒催。晚晴初見月，春盡尚逢梅。歸路緣江熟，支筇不用陪。

情深却倦遊，矮屋任低頭。花落東風怨，鶯啼夜雨愁。酒煩鄰媼買，詩許社僧求。欲駕東家鶴，吹笙到十洲。

勾曲秋日郊居雜興十首

茅屋人歸後，荒村更異鄉。樹寒烏繞月，江冷雁啼霜。影賴燈相續，愁緣酒在忘。明朝覽青鏡，白髮幾多長。

出門山氣夕，循徑入谿陰。野水經寒淺，秋風到晚深。草潛驚鶻兔，莎露啄魚禽。自採黄花嗅，誰知獨步心。

漸老愛秋光，升沉意兩忘。雁聲偏到枕，蟲響故依牀。薜荔千林雨，芙蓉一樹霜。故園叢菊在，衰颯爲誰香。

庭樹聚栖鴉，溪流没淺沙。瘦憐人似菊，濃愛葉如花。秋色都連水，寒雲忽變霞。自漸長在客，無地不思家。

窗掩輝輝竹，爐消細細香。無風寒尚淺，有雨夜偏長。饑鼠摇空棗，枯螢委破囊。十年江海夢，此夕詎能忘。

地與華陽近，三峰獨往來。草香千品藥，松老一身苔。書怪猿偷讀，門經鹿撞開。墻東有修竹，移向北庭栽。

編竹補疏籬，生芻束酒旗。鷄豚田祖廟，鷹犬獵神祠。玉糝菰爲粉，瓊酥豆作糜。兒童採蘆葉，爭學短簫吹。

欲往竟無適，意行仍獨還。猿聲黄葉寺，牛背夕陽山。書棄將成業，身投未老閑。相逢莫嘲誚，才與不才間。

偶隨黄蝶去，岸幘樹邊橋。卯酒紅初散，朝霞白漸消。沙平留雁迹，水落見魚苗。却愛箕山老，從容棄一瓢。

落葉擁柴扉，村深客過稀。曉車分穀去，晚笛飯牛歸。漁負雨蓑立，鳥銜霜果飛。此中真小隱，予亦久忘機。

柏師文

白髮已千莖，相逢喜氣生。看山留十日，待月坐三更。秋浦槎頭釣，春泥谷口耕。莫言蹤迹闊，朝市久知名。

翟好問

愛爾山城隱，柴門對縣衙。酒資千畝苧，生計一園瓜。雨步荷巾濕，風吟席帽斜。時時扶短杖，看竹到東家。

送句容劉少府回揚州

家具一車輕，囊書與短檠。吏多難別意，人有去官情。帆影江沉寺，簫聲月到城。竹西尋舊業，煙雨緑蕪生。

沙河舟中

旅懷歸正急，春色到非遥。草際風初泛，蘭心雪未消。鷺明欺白髮，鷗快避輕橈。得遂歸田計，殊恩感聖朝。

瓜洲逢丘克莊

江水靚如空，江華冷未紅。憐予猶客裏，羡汝已鄉中。白苧青衫雨，烏紗短帽風。不須遥艇子，垂釣五湖東。

至鍾離發書寄婉素

漂泊嗟吾遠，支吾賴汝賢。老親思饌肉，痴女憶衣綿。刀尺砧聲裏，燈花笑影邊。聊將千里夢，持送到金川。

舟中聞促織

促織來何處，哀吟近短篷。不堪爲客裏，况復是舟中。殘夢寒衾月，孤燈夜枕風。此時腸欲斷，恨不耳雙聾。

哭陳仲野都事没任所

輿紼暗風沙，丹旐映晚霞。吏人營殯殮，童僕着衰麻。襲廕無遺嗣，招魂有外家。重來恐迷處，記取路三叉。

立夏前一日有賦

漸老緑陰天，無家怯杜鵑。東風有今夜，芳草又明年。蠶熟新絲後，茶香煮酒前。都將南浦恨，聊寄北窗眠。

東湖晚眺

漚没岸如無，凉多柳易枯。巫歸神廟静，兵語驛亭孤。日落霞明渚，虹收雨暗湖。此時篷底坐，天盡是東吴。

沙河至采石二首

河曲帆頻轉，波高夢屢驚。學人狐拜月，照骨鬼吹打。斷甓沉沙嘴，殘碑露石棱。不知何縣邑，芳草没荒塍。

舟中逾一月，驛路及三千。老淚青衫上，新愁白髮前。蛩聲秋岸雨，鴻影暮河烟。不有西征客，誰同此夜眠。

岳陽樓

春色醉巴陵，闌干落洞庭。水吞三楚白，山接九疑青。空闊魚龍舞，娉婷帝子靈。何人夜吹笛，風急雨冥冥。

入永州

石氣陰才霧，嵐霏暖欲霞。憩床腥畏虎，飲澗毒防蛇。紅葉秋崖樹，青蘿晚洞花。江山盤屈外，遥認兩三家。

零　陵

古瓦籠山葛，荒碑仆石楠。江晴初漲雨，城午未銷嵐。瓮富鯖羞鹿，杯渾酒餉蚺。邦人盡麻枲，終歲不知蠶。

湘中雜言 四首

鄂渚雲歸後，巴山雨過時。鵑啼湘女廟，花落楚王祠。家遠身如夢，愁多鬢易絲。聊將身暫泊，沙嘴看鸕鷀。

飄裊一湖香，青青杜若長。花迎衡浪楫，燕逐使風檣。欲採蘭爲佩，仍褰荔作裳。何如山閣上，屏裏看瀟湘。

城近江臨郭，沙虚月在川。柳宜春雪後，花怯晚風前。野爨三家市，鄉音幾處船。坐聽磯下水，嘈雜響湘絃。

指點鷗飛處，人間是岳州。湘潭山亂出，江漢水兼流。深竹新祠宇，飛花舊酒樓。平生巴楚夢，明日洞庭遊。

八月九日祀社稷述事

祝史祝王册，儒臣奉誓詞。衣冠陳盛典，秬鬯降洪釐。用報金穰瑞，仍祈雨露私。勾龍嚴配位，神棄肅明祠。幣玉趨宗伯，笙鏞奏瞽師。精靈潛格爾，肸蠁儼來思。赤壤新封國，玄牲舊制儀。豈惟宜土穀，還得奠邦畿。師出常依主，君行每告期。禮終受多祜，民物正熙熙。

奉天殿早朝二首

雙闕翬飛紫蓋高，日華雲影映松濤。萬年青擁連枝橘，千葉紅開並蒂桃。仗以玉龍銜寶玦，佩將金兕錯銀刀。乍晴風日欣妍美，闔殿齊穿御賜袍。

錦襠綉帽列金撾，玉節龍旂拱翠華。甘露欺霜凝紫液，卿雲如蓋結丹霞。鶯聲近隔宮中柳，駿騎遥穿仗外花。聖主直教恩澤遍，香羅先到小臣家。

雪

皚皚整整復皚皚，可是春冰細剪裁。到處江山皆玉立，誰家庭院不花開。幾回旋繞還飛去，半餉悠揚却下來。獨有梅邊易消滅，也應和氣近蓬萊。

上馬

晴來未覺是春朝，已有東風著柳條。雪自堅牢盈尺在，冰才輕薄一邊消。不愁霧暗看花眼，且倩人扶上馬腰。却憶探春湖上路，小紅船子木蘭橈。

感春

茂苑東風散鼓鼙，草堂近在柳營西。春衣禁酒聊存着，詩句懷人每謾題。花有底忙衝蝶過，鳥能多慧學鶯啼。閒身準擬看山色，又復朝參逐馬蹄。

晚春三首

旌旗獵獵繞高城，曲水飄香出繡楹。雨頡風頏枝外蝶，花遮柳映樹頭鶯。乍籠紗幘羞容老，試着羅衣覺體輕。猶憶醉歸湖上路，滿身飛絮馬縱横。

宮樹參差帶苑墻，暖塵兼霧撲衣裳。新蒲細柳皆春色，紫燕黄鶯欲斷腸。沽酒客來花未落，祓除人去水猶香。老懷無復登臨賞，坐對锺山到夕陽。

辛夷如雪照庭柯，老去愁驚日易過。芳草漸於歌館密，落花偏向舞筵多。故人别後皆黄土，南浦春來又緑波。便欲移家勾曲住，采芝種玉此山阿。

寓江寧村居病起寫懷十首

落梅風急晚蕭蕭，病起愁驚雪盡消。巵酒不添前日量，帶圍初減舊時腰。高樓錦瑟花連屋，深巷珠簾柳映橋。準擬青鞋踏春草，看他翡翠戲蘭苕。

病體支離倦裹巾，偶因行樂見陽春。梅緣無恨尋常瘦，柳故多愁日夜顰。夢裏笙歌隨騕褭，畫中羅綺綉麒麟。相期欲就吴姬飲，却恐江花笑客貧。

性懶逢春睡轉昏，曉鶯多在夢中聞。故人錦字憑誰寄，學士銀魚每自焚。布穀雨晴宜種藥，葡蒲水暖欲生芹。相思未信蓬山遠，只隔江東一片雲。

望盡吴山是楚峰，一緘芳信託歸鴻。丁香暗結盈盈露，豆蔻微含細細風。春水染衣鸚䳇緑，江花落酒杜鵑紅。此身曾是登瀛客，未信扶桑弱水東。

不知殘雪是春光，起見輕雲覆野塘。春草春江相妒緑，新鶯新柳鬭争黄。囊無太史新頒曆，衣有容臺舊賜香。但使清尊花底醉，任教白髮鏡中長。

東風拂柳軟婆娑，野鳥啼春聽未和。世事不隨人意好，雨聲偏爲客愁多。回文篆小香如蟻，凹面杯深酒勝鵝。一帶春江皆碧草，却愁無地著漁蓑。

醉舞狂歌四十年，老來參得一乘禪。東風未濕墻腰雪，細雨微添石眼泉。無數白鷗閑似我，一江春水碧於天。莫言笠澤非彭澤，定擬金川是輞川。

坐對青山覺眼明，山應憐我眼偏青。一官不博三竿日，萬事無過兩鬢星。花底蛛絲迷蛺蝶，草根蝦族變蜻蜓。文章無預封侯相，莫向人誇識一丁。

十里吴堤踏暖塵，老懷忽憶故鄉春。泥金孔雀裁歌扇，刻玉麒麟壓舞茵。翠袖錦筝邀上客，畫船銀燭照歸人。而今白髮東風裏，疑是前身與後身。

門外春泥一尺深，窗間雲氣十分陰。寒氈溜雨衾如鐵，濕竈凝煙火似金。酒解驅愁時强飲，詩多感舊懶長吟。貧家不願千金粟，但得陽烏照晚林。

新柳

濃如烟草淡如金，濯濯姿容裊裊陰。漸軟已無憔悴色，未長先有别離心。風來東面知春淺，月到梢頭覺夜深。惆悵吴宫千萬樹，亂鴉疏雨正沉沉。

春草

嫩緑柔香遠更濃，春來無處不茸茸。六朝舊恨斜陽裏，南浦新愁細雨中。近水欲迷歌扇緑，隔花偏襯舞裙紅。平川十里人歸晚，無數牛羊一笛風。

江畔尋花偶成二首

細草平沙暖更融，謾隨蝴蝶步東風。衰髯照水疑添白，老眼看花覺厭紅。且自細聽鶯宛宛，莫教深惜燕匆匆。江村到處皆春色，聊與行人弔客中。

偶隨流水到花邊，便覺心清似昔年。春色自來皆夢裏，人生何必盡樽前。平原席上三千客，金谷園中百萬錢。俯仰繁華竟陳迹，野花啼鳥謾留連。

用前韻書事

春來不到鳳凰坡，辜負江頭《白苧》歌。輕薄衣裳宜换夾，軟紅泥土不沾靴。鶯緣夢短嗔啼早，雨爲花疏厭聽多。只恐新晴便零落，南風吹老樹陰蘿。

春日白門寫懷用高季迪韻五首

得歸雖喜未忘悲，夢裏愁驚在别離。尚短柳如新折後，已殘梅似半開時。江雷殷夜蟲蛇早，山雨崇朝蛺蝶遲。制取烏紗籠白髮，免教春色笑人衰。

柴門斜對曲江頭，農具漁罾晚自收。細雨短莎寒似臘，淡煙新柳暝如秋。鷗能來往緣曾識，鶯或丁寧解説愁。回首故交零落盡，更將詩酒與誰游。

綠髮無多白髮長，謫居還復是他鄉。風紉晚佩猗蘭弱，雨滴春蔬早韭香。碧柳五株千本菊，黄牛十角一群羊。得閑隨地爲農好，不獨長安與洛陽。
遠歸偏惜竄餘身，多難番爲異姓親。前度劉郎非故物，當時燕子總西鄰。家貧母老難爲客，酒薄愁深不醉人。走向津頭看春色，綠波芳草却傷神。
綠蕪迷渚水漫沙，斷岸無舟路轉賒。細柳已黄千萬縷，小桃初白兩三花。煙中晚棹兼漚遠，雨裏春旗趁屋斜。野趣莫嫌渾寂寞，近來沙觜有人家。

春暮有感二首

春色鮮明不稱貧，越羅川錦照烏巾。斜陽芳草遲遲晚，流水桃花去去春。萬里歸心漚送客，片時閑夢鳥催人。五湖風雨煙波闊，便着青蓑採白蘋。
啼鳥匆匆變物華，雨池科蚪漸成蛙。青鞋謾踏間邊草，白髮羞簪醉裏花。此日驊騮思苜蓿，當時鸚鵡喚琵琶。遥憐簫鼓追遊地，薺麥青青已没鴉。

漸　老

漸老無營萬慮沈，鶯聲喚起向來心。春風顛似唐張旭，天氣和如魯展禽。結客每酬雙白璧，纏頭曾費萬黄金。短筇消得江村路，步步薔薇綠樹陰。

答李仲弘寫懷次韻

休對清江嘆逝波，且抛簪佩著漁蓑。愁邊卮酒歡娱少，老後文章感慨多。燕子緑蕪三月雨，杏花春水一群鵝。聊將白髮歸來意，總和東風懊恨歌。

寄張學録孟兼揭應奉孟同二文學

何用聰明萬卷書，自須卑陋一廛居。草于閑處生偏密，花到春深看漸疏。緑水滿渠澆藥後，青山無數捲簾初。相過莫道柴門窄，細柳高槐可蔭車。

雨中獨坐有懷滎陽道中用寄潛齋夜坐韻

山色秋光澹繞齋，雨聲蟲響互悲哀。清尊憐我攻愁去，白髮欺人送老來。江柳净無餘葉在，渚蓮遲有一花開。馬蹄却憶成臯路，野燒西風滿面埃。

早秋江墅晚步

秋前秋後十日雨，村北村南千頃麻。晚渚芙蓉輕落片，午前粳稻細含花。仙翁蠟屐高巾幘，溪女銀釵小髻鬟。老我不知官府事，水邊吟到日西斜。

梅杏桃李

落莫香魂繞舊宫，詎知色相本來空。笛聲黄鶴高樓上，詩句孤山小店中。曉樹烟霜千萬點，晚籬松竹兩三叢。相思只尺憑誰寄，目斷天南字字鴻。

右梅花。

當時庭館醉春風，客裏相逢意轉濃。只恐胭脂吹漸白，最憐春水照能紅。一枝争買珠簾外，千樹遥看小店中。惆悵先生歸去後，江南烟雨又蒙蒙。

右杏花。

深深翠竹映嬋娟，湘女梳妝立曉煙。流水落花成悵望，舞裙歌袖是因緣。也無人折休相妒，才有鶯啼更可憐。却憶東闌碧千葉，暖風香雨爲誰妍。

右桃花。

憶與盧仝共看來，花光月色兩徘徊。江村遠處長相識，風雨寒時已早開。霽雪玲瓏愁易濕，春冰輕薄笑難裁。江城二月城西路，誰惜柔香滿翠苔。

右李花。

寄諸葛同知彦飛

白髮慵梳步屧遲，老于田野最相宜。每當酒熟花開日，正值身閑客到時。雪屋夜燈因婦織，月波秋舫爲僧移。而今此樂同誰説，只有鄉人馬遠知。

哭高季迪舊知

鸛鵲才高竟殞身，思君别我愈傷神。每憐四海無知己，頓覺中年少故人。祀託友生香稻糈，魂歸丘隴杜鵑春。文章穹壤成何用，哽咽東風淚滿巾。

豫章早春

茸茸草色變枯荄，簌簌寒梅落徑苔。山頂雪惟朝北在，水邊風已自東來。不須銀管催鶯出，便好珠簾爲燕開。見説嶺南春更早，桃花流水勝天臺。

浦口逢春憶禁苑舊遊

春冰消盡草生齊，細雨香融紫陌泥。花裏小樓雙燕入，柳邊深巷一鶯啼。坐臨南浦彈流水，步逐東風唱大堤。還憶當年看花伴，錦衣驄馬玉門西。

省垣對雨有懷方員外

煮得新醅灩灩紅，省垣誰與晚樽同。人當暫别情偏惡，詩到無聊語更工。江浦荷花雙鷺雨，驛亭楊柳一蟬風。論文若到虞楊地，應對清江憶范公。

立秋日懷方員外

幾日西清晝掩屏，緑塵幽蘚遍閑廳。病中事少翻嫌健，醉裏愁多只願醒。誤響閣鈴飛夜鵲，偶攤書卷落秋螢。萍踪已辨東南别，風雨長更各自聽。

七月三十日祖母初度時年八十九

白髮青瞳壽者身，每逢佳節話咸淳。百年未盡四千日，來歲還周九十春。遷客無家空望拜，孤臣有表竟誰陳。今朝風雨茅茨底，應對兒孫説遠人。

謁小姑廟

月帔星冠敞翠屏，白腮紅頰兩眉青。魚鱗小殿波紋滑，龍尾長旗雨氣腥。巫女沉牛歌宛轉，彭郎回馬拜娉婷。蘭舟願祝東風便，一夜夷猶過洞庭。

晚泊溢浦逢冷節

小雨籠陰護晚霞，柳邊停棹聽啼鴉。湖光已緑皆春草，風信猶寒是杏花。到處青鞋隨蛺蝶，誰家紅袖泣琵琶。匆匆客裏逢佳節，那得行人鬢不華。

舟中聞鄰船吴歌有懷幼文來儀

輕帆短楫溯烟波，疊渚回舟奈遠何。一路詩從愁裏得，二分春向客中過。江通漢水晴偏緑，山入湘雲晚更多。何處思君腸欲斷，楚妃祠下聽吴歌。

途次感秋

裊裊西風吹逝波，冥冥灝氣逼星河。宣王石鼓青苔澀，武帝金盤白露多。八陣雲開屯虎豹，三江潮落見黿鼉。沅湘一帶皆秋草，欲採芙蓉奈晚何。

祁陽道中見海棠

桂陽江口望祁陽，疊疊煙雲入渺茫。高樹緑陰千嶂濕，野棠疏雨一籬香。縱無春在猶回首，况有鵑啼合斷腸。惆悵東湖堤上柳，暖風輕絮正悠揚。

客中寒食有感

減衣時節尚寒天，暫倚東風泊畫船。十里樓臺仍細雨，五侯池館又新煙。且簪楊柳酬佳節，莫對桃花憶去年。總是無情也腸斷，鷓鴣聲裏又啼鵑。

桂林即興

曾見重華巡狩來，灕江廟宇野棠開。山無檜柏皆岩穴，地有芝苓盡藥材。花布短衣齊膝製，竹皮長帽覆眉裁。也應風土交州近，丹荔紅椒不用栽。

舟次邵白有懷徐幼文

文章小技耻雕蟲，也逐群才赴洛中。多病不宜秋色裏，相思只在暮江東。鷄豚籬落茅茨雨，梟鴨陂塘菡萏風。欲買一樽澆寂寞，傷心不與故人同。

清明懷故園

縷縷輕烟細細風，秋千池館萬家同。高低草色相參緑，深淺桃花各自紅。人意盡隨流水去，風光都在笑聲中。多情白髮并州客，坐對西南雪滿峰。

春日山西寄王允原知司五首　并序

并州春半，無花可賞，追憶舊遊，情動於中，因賦長句五首，公退之暇，詠而味之，庶幾春色之在目也。允原知司善詠詩者，就録以贈。

十里煙光濕翠苕，二分春色到花朝。無人快擊華奴鼓，有伴同吹弄玉簫。遍地錦圍歌處席，滿身珠壓舞時腰。莫嗔老子疏狂甚，曾醉揚州廿四橋。

藥苗初茁水生菰，老麝收香鹿養茸。二月春光才霽雪，一番花信又顛風。參差鷗鷺全身白，淺淡棠梨半面紅。正是江南寒食近，滿簾飛絮雨蒙蒙。

畫船摇槳蕩晴波，步障圍風踏軟莎。簫鼓隊衝黄鳥散，綺羅人比白鷗多。不知酒與愁成敵，長恨花爲病作魔。回首六橋青草遍，水光山色近如何。

花時無處不黄鸝，偏到垂楊着意啼。人立晚風携便面，馬臨春水惜障泥。踏歌趁拍催腔急，旋舞回身應節齊。遥想故山行樂地，紫苔侵遍十年題。

一莖白髮已堪嗟，况是東風兩鬢華。醉裏誤將裙作紙，老來羞以帽簪花。疏狂不識眉雙結，敏捷曾經手八叉。閑喜日長公館静，自分新火試新茶。

無題和唐李義山商隱

嘗讀李義山《無題》詩，愛其音調清婉，雖極其穠麗，然皆託於臣不忘君之意，而深惜乎才之不遇也。客窗風雨，讀而悲之，爲和五章。

一瓣芙蕖是彩舟，棹歌離思兩夷猶。風鬟霧鬢遥相憶，月户雲窗許暫留。波冷緑塵羅襪曉，恨添紅葉翠顰秋。雙鸞鏡裏瑶臺雪，任是無情也上頭。

纔向瑶臺覓舊踪，曙鴉啼斷景陽鐘。薄施朱粉妝偏媚，倒插花枝態更濃。立近晚風迷蛺蝶，坐臨秋水亂芙蓉。多情莫恨蓬山遠，只隔珠簾抵萬重。

細骨輕軀不耐風，春來簾幕怕朝東。人間玉宇三山隔，天上銀河一水通。眉暈淺顰横曉緑，臉銷殘纈膩春紅。冰絃莫奏清商曲，滿地霜華泣翠蓬。

夜合花邊待月來，宫中轣轆響春雷。笙調恨譜參差度，錦織愁紋宛轉回。樓上緑珠知報主，座中紅拂解憐才。傷心兩炬緋羅燭，吹作銀荷葉下灰。

爲雨爲雲事兩難，蕙心蘭質易摧殘。箏移錦柱秋先斷，漏滴銅壺夜不乾。羅幕有香鶯夢暖，綺窗無月雁聲寒。芙蓉一樹金塘外，只有芳卿獨自看。

長沙雜詠三首

花深衆禽寂，格格啼山鷓。橈響一燈來，人歸碧湘夜。

筠嶼煙長碧，蘭坡水自香。只宜行畫裏，忘却在瀟湘。

湘人愛樓居，斜枕湘江起。樓下倚闌人，簪花照春水。

遇史克敬詢故園

克敬自長洲來，因詢吴中風景，大異往昔，賦此以寓鄉里之思云。

三年身不到姑蘇，見説城邊柳半枯。縱有蕭蕭幾株在，也應啼殺樹頭烏。

贈京妓宜時秀

欲唱清歌却掩襟，晚風亭子落花深。坐中年少休輕聽，此曲先皇有賜金。

憶挹翠亭聽歌示徐幼文余唐卿

清歌一曲動梁塵，只憶當時淚滿巾。何況春歸花落盡，眼前漂泊兩三人。

夢故人高季迪二首

辛亥八月十八，夜夢與季迪論詩。已而各出詩稿，互相商確。季迪在吴時，每得一詩，必走以見示，得意處輒自詫不已。夢中抵掌故態如常時，因賦二絶，季迪且索其舊作云。

詩社當年共頡頏，我才慚不似君長。可應句好無人識，夢裏相尋與較量。

驚人新句嘆無前，故態疏狂似少年。便寫錦囊三百首，爲君披詠步凉天。

舟泊南湖有懷二首

二月十二日，舟泊彭蠡南湖嘴，風雨甚寒。憶吴中是日郡人皆試夾紗衣，單羅扇，往范家園看杏花。入春來此，爲行樂之首。

紗衣羅扇一時裁，兩兩三三作伴來。正是吴中好風景，范家園裏杏花開。

單羅小扇夾紗衣，冠子梳頭插翠薇。知是范家園裏醉，無人不戴杏花歸。

到江西省看花次韻四首

青絲茵褥是柔莎，白苧衣裳勝綺羅。千樹桃花紅一色，春光誰道不須多。

小小旗亭曲曲闌，禁煙時節未鶯殘。便須連夜燒銀燭，莫待他年霧裏看。

東湖東畔柳枝長，滿苑飛花亂夕陽。何處祓除兒女散，過來流水郁金香。
生色屏風一面開，輕羅團扇合歡裁。深深院落青青柳，縱是無花也看來。

鯉魚山阻風天甚寒雨皆成霰

江南天氣太無憑，草色煙光暖欲蒸。向晚鯉魚風乍急，盡吹小雨作春冰。

望武昌二首

吹面風來杜若香，離離烟柳拂鷗長。人家鸚鵡洲邊住，一向開門對漢陽。
春風吹雨濕衣裾，緑水紅妝畫不如。却是漢陽川上女，過江來買武昌魚。

岳陽阻風

三湘風雨五湖春，萬里相思一病身。能向此中魂不斷，更無愁處可愁人。

祁陽道中二首

疏煙小雨濕流光，愁得楊花不暇狂。半晌春晴便飄蕩，綴人簾幕上人牀。
愁江怨白滿江濱，一樹盈盈恰破春。正是情多開自晚，雨中知有斷腸人。

潭州雜懷

桃花深紅杏花白，紅白花開弄春色。東風一片落衣裾，腸斷江南未歸客。

登宋宫故基

上皇宫殿碧參差，嗟我來登見廢基。盡道河邊金綫柳，腰肢猶似李師師。

集外詩十首

舟中聞春禽寄江陰包鶴洲

山中無音樂，絲竹在禽鳥。嚶嚶呼春晴，嚦嚦報春曉。嬌吟與柔哢，圓滑闘新巧。知君在山中，樂此長不少。疏籬密竹外，深澗緑樹表。青鞋踏花影，信步聽未了。歸去聞箏聲，應怪銀甲小。我來行一月，風雨春江渺。今朝豁晴霽，孤琴破幽悄。鏗如女媧笙，忽作餘音裊。平生黄鍾耳，直欲辨分杪。萬事付松風，翛然坐秋草。

觀宜春侯旋師

瘴地收鑾後，煙江棹槳過。旌旗皆綉虎，鼓角半吹螺。聖化方無外，民心詎有訛。馬循歸路熟，人比去時多。喜氣浮三峽，軍聲動九河。遥知雙闕下，齊進太平歌。

詠冰

連日毒熱，思冰不可得，因賦五言一首，素箑庶幾詠冰解暑，不啻望梅止渴，仍邀來儀、季迪、幼文三公子同詠。

凌室啓深藏，殊恩賜上方。壺清迷練色，甌薄耀寒光。當座人俱素，登筵體共凉。瑩含銀□潔，甘薦蜜脾香。淺碧迎歌扇，微紅映舞裳。明愁難作鑒，堅恐易成漿。瑞擬金窗雪，勳高玉井霜。屏慚雲母熱，簾咤水晶長。醉客狂思踏，詞臣渴願嘗。陳王方避暑，突兀殿中央。

燈夕觀妓戲作艷語

舞緩態偏濃，歌停拍未終。釵留人勝雪，釧響擘羅風。不畫眉長緑，非酣臉自紅。意將回眼送，嬌逐點頭通。此夕瑶臺下，當時洛浦中。莫言常見慣，腸斷杜司空。

上巳

暖日風雩好，晴江祓禊過。徑穿花底窄，春向水邊多。穠艷羞桃李，輕軀稱綺羅。髻摇金婀娜，鞍覆錦盤陀。曲浪留紋羽，峨峰進紫駝。遊人傾巷陌，啼鳥避笙歌。坐障陰圍柳，行茵軟藉莎。漱酣香泛渚，滌器膩浮波。富貴唐天寶，風流晋永和。暮歸車馬鬧，珠翠落平坡。

小孤山圖　徐賁畫，代莘野賦。

江流西來如箭急，小姑横截江心立。桃花水漲勢相争，峽口瞿塘猶不及。山神堂堂心膽粗，當時人間偉丈夫。江頭廟裏青綾帳，翠靨金釵塑小姑。

西園梨花春晚開一枝

明日是清明，孤花雪鬭輕。不須開滿樹，春少更多情。

春盡又開一枝

深院閉青苔，黄昏獨自來。花應憐我意，特放一枝開。

春夢二首

春夢復春夢，春夢有誰醒。昨日梨花白，今朝杏子青。

春夢復春夢，夢好不知春。只有雙蝴蝶，憐他夢裏人。

列朝詩集第八

張司丞羽《静居集》樂府、五七言古詩一百四十首

羽字來儀，以字行，更字附鳳，潯陽人。既壯，從其父宦遊，溯江逾浙，受《易》於山陰夏仲善。爲文學歐陽子，縝密宛轉，雖前輩自謂不及也。兵阻不得歸，因僑武林。來吴，喜吴興山水，與徐賁約，卜居家于戴山之東。元末，授安定書院山長。國初，舉賢良，不出。徵起，廷對稱旨，擢太常司丞，兼翰林院，同掌文淵閣事。十六年，上親藁滁陽王事實，命來儀撰廟碑。當時以大制作推任如此。以事竄嶺表，未半道召還。抵京信宿，知不免，自投龍江以死，年五十三，十八年之六月也。歸葬九里岡，儒學教授金華童冀爲銘。有《静居集》六卷。吴人張習曰：「國初以高、楊、張、徐比唐之四傑，故老言不惟文才之似，而其攸終亦不相遠。眉菴、盈川令終如一。太史之斃，同乎賓王。北郭雖不溺海，僅全要領，而非首丘。先生投龍江，又與照鄰無異。噫！亦異矣。」程孟陽曰：「静居五言古詩學杜學韋，各有神理，非苟然者。樂府歌行，材力馳騁。音節諧暢，不襲宋、元格調。眉菴樂府尚多套數語，不若静居才力深渾，有自得處。七言律詩，清圓渾脱，不事綢繢，全是唐音，頡頏高、楊，未知前

後。或謂楊不如高，又謂張、徐不及高、楊，皆耳食之論也。」

雜詩三首

后皇有嘉樹，受命生南國。謬承雨露恩，結根非一日。如何遊閒子，攀條摘其實。一摘已自傷，況乃再三摘。清霜凋緑葉，榮枯良未測。

泠泠山下泉，汩汩谷中源。中有雙鯉魚，浮游戲波瀾。江漢豈不深，欲往道無緣。風雲諒難遇，栖栖守故淵。但恐勺水枯，終爲漁者憐。感此令人悲，置身良獨難。

生平慕遊俠，驅馬適東周。周人重千金，所遇非我儔。撫劍登太山，歷覽魯與鄒。小儒事絃歌，齪齪安足由。北臨邯鄲道，平原曠悠悠。嘗聞虞卿賢，斯人不可求。悲哉窮途士，緩急將焉投。

擬古四首

閑夜會親友，置酒臨高堂。秦筝間趙舞，吹笙復鼓簧。清音隨飄風，逸響繞修梁。坐客咸同志，寧復算羽觴。人生忽如寄，富貴安可常。含情待所歡，渺渺天一方。譬彼鶗鴂鳥，揚聲待朝陽。憂思怨零雨，白日何時光。且當極歡宴，聊以慰中腸。

薄遊上東門，南望青山阿。松柏鬱蒼蒼，絶頂亦嵯峨。中有避世者，存身養元和。我欲求其人，年歲空蹉跎。驅車尋歸路，延目望三河。古來節俠士，孤墳蔽蓬科。殺身不成仁。倏如飛鳥過。宛轉採芝曲，令人生嘆嗟。

出門行康衢，所見但車馬。登高望太行，中原空曠野。胡雁投南遷，白日從西下。值此歲年宴，無可爲歡者。馳詠寄親友，孤懷聊用寫。布衣可終身，爵禄當自舍。

處世如逆旅，生年少至百。朱顔易枯槁，鬢髮終變白。一朝氣息盡，奄然歸幽宅。衣裳弗復御，車馬他人得。豈無俎豆陳，滿案不能食。所以君子心，鼓瑟以永日。佳賓時相過，濁酒聊共適。況此忘成憂，陶然謝形役。區區塵俗中，鄙吝深可惜。

雜　言十一首

予屏處閑默，久絶篇章。維時新春，偶感歲月，慨然興言。既復自課成帙，輒書以見襟抱。隨事爲篇，雜出無論，故云。

青陽萌始節，萬物咸光昭。我亦動新懷，晞沐起晨朝。俯覽手中鏡，仰看枝上條。枯卉有再榮，華髮行已焦。總角服遺訓，老大望逾遥。不傷華髮衰，但恐志業消。學成在永久，期之於後凋。

右軍懷逸民，向平悟《易》卦。如何不决去，皆云待婚嫁。區區兒女情，達士何足掛。我今履其境，此語叵深訝。嗟予喪鄉土，舊業廢耕稼。連蹇五九年，玄髮忽已化。一女首甫笄，兩男肩相亞。依依向父情，款款接言話。素懷歸衡廬，顧此豈遑暇。寒鷄翼其雛，鳴鳩均上下。物性猶有然，人情諒難捨。何當攜幼稚，盡室騰遠駕。

蜀嚴好沉冥，日食止百錢。卜筮人所輕，久之操彌堅。君子有所貴，乃不在當年。百世有知音，何必鍾期然。子雲大區區，譬之公卿間。卑哉益州牧，乃欲吏高賢。豈無王侯貴，敢見不敢言。欺道誠兩得，永爲後世傳。

此邦非吾土，寄迹聊在兹。旅食何所營，亦復假耘耔。玄冬苦霖潦，良苗奄離披。至今畎澮間，餘波渺相圍。行恐春澤盛，耕墾失其時。共虞斯人難，豈獨念吾私。先師有遺言，耕也有時饑。且當竭所務，天道非我知。

昔予居南山，樂有同心人。形迹不暫乖，棟宇復爲鄰。有酒更相呼，得粟還我分。時時榛曲中，相携采荆薪。兩賢不相猜，所貴得其真。一朝各異路，隔涉吴與閩。拙宦失其宜，薄責恒苦辛。慈母抱沉憂，興言涕盈巾。昨者訪故廬，松竹稍或存。依依親舊迹，戚戚感良辰。命駕欲相求，風波限通津。尚想古人交，俯仰愧此身。

士有避世者，高居浙江源。王室方横潰，斯人獨孤騫。抱琴倚衡門，清風拂朱絃。舉世莫能屈，乃獨詣任延。掃門恖爲辱，尺牘情屢宣。意義有相激，權位非所先。周公下白屋，斯禮自古然。區區功曹檄，何足致高賢。

生平頗愛酒，未嘗自斟酌。一與佳賓遇，陶然不復却。雖得一醉歡，傷生莫能覺。况復多謬忘，空爲俗所薄。静言思利己，一止良不惡。東鄰有父老，顧我忽大噱。與子共禿翁，忍棄手中爵。酒爲榮衛楨，多憂正相博。呼兒漉新釀，且復共酬酢。醉罷各相恕，誰誠責狂藥。

青青女貞樹，霜霰不改柯。託根一失所，罹此霖潦多。高枝委爲薪，落葉掩庭阿。弱柳對門植，秀色一何佳。物性固有常，變幻其奈何。

伯鸞春吴市，伉儷乃相之。布衣日操作，椎結無容輝。居貧敢忘敬，舉案與眉齊。斯人亦何修，感彼糟糠妻。買臣躬負薪，室家請長辭。豈惟匹婦醜，君子諒有虧。周道興閨房，衽席詎爲微。所以郤缺耨，重耳任不疑。斯道久寂寞，捃摭爲此詩。

余生憚遠涉，旅寄百里餘。自從去家來，歲月忽已除。歲晏人事迫，卷秩還故居。揚艫發東皋，挂席指西隅。且從家私務，暫與友愛疏。渺渺遵溪渚，行行入吾廬。依依携童弱，藹藹會里閭。啓扉玩東園，緑葉榮韭蔬。採之侑春酒，數酌忘饑劬。但苦遭潦荒，美秫無舊儲。猶當望來稔，尊中長不虚。空名百歲後，此事非我須。

抱拙衡門下，久已忘鳴琴。凝塵翳其徽，絃絶調亦沉。時還置我膝，命酒聊自斟。高歌出金石，拂拭趣已深。酣來枕之卧，冥此千古心。吾亦忘吾形，何事待知音。

春寒

齋居滯積晦，餘寒襲春服。谷風從東來，微雨亂相續。蘭心茁還卷，蟄户啓仍伏。樹冷寂鳴禽，庭荒絶來躅。此時重燃火，傾觴泛新醁。尋芳期自慰，懷人思方數。淑景元易徂，掩扉愁獨宿。

三月三日期黄許二山人遊覽不至因寄

曜靈無停機，四序互相更。唯有暮春節，在昔重其名。姬旦城洛邑，多士方來并。羽觴隨流波，逸語存遺聲。秦王臨河曲，高會列簪纓。金人貢長劍，夷夏俱來盟。偉哉伯王業，小人非所營。獨愛晉諸賢，流風有餘清。亭皋列茂樹，修竹蔭峥嶸。幽蘭交緑阪，清湍左右鳴。濟濟少長集，鮮鮮春服明。中有王與謝，文華冠群英。沿坻玩流轉，列坐無所争。觴來不復停，篇翰隨意成。一醉達天和，曠然遺死生。俯仰宇宙間，何物累其情。我欲效斯人，兹晨且遊行。如何千金諾，翻自意所輕。嘆逝懷方結，望來念徒縈。良遊誠難遇，默默掩柴荆。

春日陪諸公往戴山眺集暮入北麓得石牀巖洞諸勝

張宴凌崇顛，返策憩澗陰。南岑夙厭歷，北麓今始臨。危磴絶來術，崩壑瞰空潭。幽竇抱虚白，哀牝遞清音。傍探闃窈窕，側坐倚嶇嶔。古苔紋已駁，春蒲茸漸深。幽禽語相續，驚麛竄莫尋。扳蘿罥修袂，折蘭芳素衿。奇蹤閟自古，勝賞發予心。雖微舞雩詠，敢譜溱洧吟。山河永襟帶，微生終陸沉。愧乏古人操，將何視來今。

初至西林喜遇徐幼文

與君三春别，成此一會期。清言美無度，離緒俄相遺。況復在丘園，俱無冠帶縻。逶迤下澤游，皎潔艷陽時。桃紅媚墟圃，竿緑遍川坻。覆觴申宿戀，開帙問新知。澄懷悟淵泳，脱迹仰冥飛。幸同賞心遇，白首永無違。

春初遊戴山

雲羅横四海，田野無遺英。尚賴二三子，共怡山水情。煦煦新陽動，寥寥天宇清。昔人稱四美，兹晨遂成并。前登高丘阻，遥睇澄湖明。憑林招遠風，松檜自成聲。俯仰天地間，微軀良不輕。安能自羈束，坐使衆累縈。處賤足爲貴，抱素詎非榮。逍遥解神慮，庶以適吾生。

雨　夜

寢閣去門遠，春雨荒園夕。誰謂在人境，宛似空山客。禽歸暗竹喧，風斷疏鐘寂。戚戚寡歡悰，良宵端可惜。

山中送陳惟寅

春山有佳趣，累日同游寓。我爲採薪留，君先拂衣去。竹翠落閑階，鶯聲出高樹。空館愁獨歸，依然携手處。

春晝

人間白日静，烏鳴高枕餘。薜蘿引修蔓，緑覆茅檐虚。砌筠初過雨，窗風時弄書。已無車馬迹，適似田家廬。於焉何足戀，性自樂幽居。

雨中試筆

門徑素來静，雨中人更稀。山禽時一囀，田雉每雙飛。客散罷琴宴，心閒清道機。南山有佳色，相對共依依。

酒醒聞雨

端居苦炎熱，獨卧多早寤。微醉易成醒，起聞山雨度。蕭蕭煩燠解，寂寂涼飆舉。牀空簟更清，漏永天難曙。豐霤落芳塘，驚禽起山樹。此時一披襟，將何慰幽素。

晚涼放舟

徂暑驚節謝，幽煩倦日永。玩舟乘夕涼，沿渚入煙境。靄靄殘陽飛，沉沉綠陰静。蒼茫水容寂，照見歸禽影。開襟招遠風，延目認遐嶺。偶遊非素期，炎氛聊暫屏。守拙寡世用，尋幽得澄景。清賞猶未愜，孤舟當重整。

雨餘聞蟬

村園夏雨歇，衆綠陰已成。高齋掩晝寂，新蟬今始鳴。嘒嘒斷更續，嘒嘒遠還輕。響悲逐涼吹，歡謝引離情。屬耳念已集，感物襟易盈。煩聒方自此，稍待秋林清。

始聞早砧

寂寂秋景晏，蕭蕭涼吹生。閨人感寒至，一軫遠人情。嘹亮清砧動，紆徐搗杵鳴。微茫帶烟遠，蕭疏出林輕。此時離居客，單眠夢亦驚。披衣一惆悵，斜月滿山城。

詠秋荷

杪秋霜露重，弱質感涼頻。衰遲含夕氣，牢落凌蕭晨。衰紅已散雨，餘香尚近人。翻思盛夏節，玩舟涉廣津。摘花贈遊女，採緑宴佳賓。秋風不少佇，感此盡漂淪。人道每如此，誰知衰盛因。

秋陰遠望

重陰生夕霏，陰靄紛如霧。乍睹餘霞景，已失前山處。氛氳迷去鳥，杳眇沉疏樹。望遠一凄然，徘徊獨歸路。

初晴登望

兹晨氣候佳，淫霖始云歇。舉目眺西岑，青翠連城闕。卉木藹陽和，朝霞互興没。野杏花新試，谷鶯聲乍發。岩壑晴色斂，雲烟夕霏豁。遇物感時芳，馳思生超忽。心勝景無厭，理存情自達。延詠賦新篇，聊當慰寂蔑。

月夜舟行入金山　在吴中。

夙志羡山水，塵縈久未遑。名峰久在望，兹辰一來翔。揚舲入南渚，夕氣倏蒼蒼。紆直水無極，沿洄路更長。皓月懸高天，廣川散飛霜。夜寒人語清，煙扉繞洄塘。歸樵遞谷響，驚鳥動林光。愛此塵境遠，敢畏露霑裳。

立秋日早泛舟入郭

連霖啟秋期，金氣晨已兆。溪雲合餘陰，水霞相照耀。登艫泛凉飆，乘流駕奔峭。迴波蕩塵襟，青山列遠眺。蒲葵迷森沉，菱荷争窅窕。沙明衆女浣，潭浄孤禽嘯。端居積百憂，暫出窺衆妙。好爵豈不懷，衛生乃其要。寄謝滄海人，予亦堪同調。

雨中偶成

空齋自瀟灑，况復值秋初。焚香對微雨，如在古僧居。庭寒夕鳥下，煙淡暝松疏。知君寫詩處，高情方似予。

戴山石上聽松

溷耳俗喧久，兹晨一清聽。長松遞解飆，哀聲互相應。奔騰駭濤瀨，窈眇韵笙磬。至音不假器，始覺自然勝。緣觸故成聲，動極還歸静。此時憩石坐，默然待其定。乃知棄瓢者，未悟聞中性。

曉　起

新寒人獨卧，寢扉風自開。向無羈旅念，秋思亦佳哉。曙禽翻暗竹，白露瀉青苔。欲賦幽居意，對景每難裁。

秋郊行玩

新秋景物嘉，樹緑晝亦凝。微雨夜來歇，朗然天宇清。幽蛩倏知候，籬豆花間鳴。邊鴻未通信，叢桂已含英。恰因文墨暇，一繞林間行。幽棲寡塵慮，散步寫中情。逍遥玩澄景，焉知有世榮。

寄中竺泐季潭

師從鍾山來，遺我故人書。一入白雲去，相思秋雨餘。徒慚塵土迹，來擬竹林居。遥想中峰月，清梵滿空虛。

苕雪溪

巍巍天目峰，高大壓南紀。崩泉初濫觴，奔放成兹水。分流爲苕霅，匯此古城裏。滔滔逝不停，脈脈來難止。極目更清寒，漪漪澄遥滓。朝來春雨漲，汹涌蛟龍喜。舟檣紛來往，萬斛等一葦。翻翻輕鷗逝，裊裊漁歌起。我欲把釣竿，來問玄真子。

何楷讀書堂

整棹泛澄湖，春物暢我懷。前登何山嶺，短策窮縈迴。曾代有高人，結屋臨澗隈。至今讀書地，石磴不生苔。幽踪去已久，遺構安在哉。山僧依勝迹，下結蓮花臺。亂來各飄蕩，龍象亦傾頹。乃知興壞理，道俗俱可哀。清風動岩壑，松聲四山來。只疑斯人存，遺韻尚徘徊。我欲招其魂，舉目但蒿萊。臨觴聊一酹，惆悵愧高才。

碧瀾堂

藹藹層城陰，彌彌溪流漫。問誰所構堂，軒窗傍高岸。答云唐刺史，文采當時冠。華筵勢獨高，賓佐俱才彦。吹簫横落日，畫鷁如雲散。健兒簸旌旗，水戰逞奇玩。臨流賦新詩，意氣共稱嘆。烽火幾荒殘，城郭多遷换。歌聲久矣滅，郵亭鎖溪畔。臺傾鳥雀下，闌壞鳧鷖亂。惟餘南山青，依然眼中見。

白蘋洲

層城鬱迢迢，長溪貫雙流。喧然闤闠中，乃有白蘋洲。兹晨策杖往，秀色散我憂。窅眇蛟龍窟，澄明鷗鷺秋。開花照白日，接葉暗漁舟。凉風起其末，客衣薄飀飀。我欲携童稚，具此雙釣鉤。高歌緑水曲，散髮洲上頭。安能隨世人，負我平生遊。

下菰城

迢迢下菰城，乃在衡山址。卜築自何人，云是楚公子。連峰負崇墉，重闉抱溪水。得非蒸土成，詎乃久不圮。衢路化爲田，睥睨猶可指。牛羊恣來牧，狐兔穴不起。想當豪貴時，賓客盛莫比。高門游俠窟，諸侯交贄禮。劍佩紛相摩，雜沓曳珠履。榮華不可常，零落今如此。豈徒雍門琴，獨下田文泪。

峴山

蒼山走南門，雉堞隱相並。明湖眇東匯，亂石皆北向。勢如渴虹奔，飲首臨巨漲。孤亭壓其顛，窪石類盆盎。十手可對飲，斧鑿自天匠。平生愛山水，脱身事幽訪。落帆絶壁下，登探俯清曠。冥冥沙鳥逝，泛泛漁舟漾。崩崖露黄腸，云是古人葬。我聞襄陽山，兹名乃相況。羊公仁足懷，杜子功可尚。當時一躋攀，山勢益增壯。愧我非古人，登兹獨惆悵。且當隨鷗鷺，散髮凌浩蕩。長嘯天地間，身名兩俱忘。

「並」，音「傍」，與「忘」皆去聲。

陳武帝宅遺址

霸先亦人傑，出自太丘陳。洗馬初南遷，卜宅苕溪津。山川鍾奇秀，末運生異人。出當梁祚衰，殷憂致經綸。拯溺濟横流，受禪主生民。化家乃爲國，霸業誰與倫。我來弔遺址，四望静無鄰。狐兔竄古瓦，寒煙暮氛氲。哀泉瀉幽壑，鬼火明荆榛。感此興廢理，乘時各有因。憂來藉芳草，嘆息淚盈巾。

過雲巖 在虎丘寺。

透迤度前峰，到寺行屢歇。齋庖竹外烟，汲路松間雪。睹水悟真源，聞香解禪悦。欲共老僧言，相對還無説。

遷居懷沈都事

歲晏共依仁，孤舟泊烟麓。以君吏隱地，息我静者躅。家貧乞假多，情狎兒童熟。留滯連冬春，繞庭芳草緑。開樽對疏雨，懸燈照深竹。誰知今夜别，獨掩高樓宿。

懷景佺師

旅宿厭煩喧，愛此僧居静。蓮宇已摧頹，茅齋自清迥。山光林際來，野色雨中净。池水不生瀾，袈裟坐相映。累日滯幽尋，緑苔應滿徑。

舟中

朝發戴山岑，夕逗金溪瀆。雲天方慘栗，川途屢迴復。帆駛岸疑轉，棹奔山似逐。鷗鳥隨波泛，霜澌孕苔緑。依依浣女影，裊裊榜人曲。采奇忘來久，耽勝成往速。悅生良可懷，徇名非所欲。請試《孺子歌》，去矣從我獨。

送許尊師還大滌洞

青山九鎖處，白髮一龕居。清齋誦黄老，不閱世間書。餐霞食真氣，對月禮空虛。暫來流水地，應與孤雲疏。遥知還山日，仙壇春草餘。

由竹溪至梅蹊書贈莫雲樵

出門懷清曠，入舟苦炎熾。皇天從人欲，飛雨颯然至。風吹波上寒，凄其感秋氣。暝投山僧眠，復得清净地。舟人候明發，徒侣不得遲。溯流多枉渚，篙楫頗告瘁。雖微三巴險，事與五盤異。聞昔天目頂，靈物久潛閟。一朝赴大壑，怒折崖谷碎。回頭顧其兒，首尾屢相值。至今此溪水，斗折七十二。世遠衆喧傳，茫昧竟誰識。但欣秋濤壯，水物俱得志。我何憚行役，沿洄領佳致。鷗梟泛澹灔，蒲柳蔚蒼翠。人煙亂餘集，茅屋若棋置。之子住河涓，相望勞夢寐。每怨川無梁，握手今可跂。憶昨訪我初，茅齋夜深閉。扣門滿衣雪，僵立不得跪。移燈具鷄黍，濁酒寒不醉。同來鄭廣文，清瘦凜欲睡。絶勝王猷戇，返棹何太易。兹行冒暑雨，古禮尚報施。逝將艤輕橈，待子思共濟。散髮乘長流，垂竿釣清泚。虚舟縱超越，萬里誰能繫。恐此未易期，臨川一長喟。

山中答武康徐高士寄書

久别得君書，開緘散吾慮。不寄山僧來，何由知我處。剪紙答君書，還寄山僧去。爲問片雲間，何時一相遇。

舟中望佛燈院懷南澗　院在烏程六都施家橋東北，久廢，今爲歸安前丘吴氏墳墓。

蕩舟西陂上，望山懷遠公。遥知覆衲卧，雪屋一燈紅。事殊迹暫曠，神交理自通。維當待歲杪，期子白雲中。

擬過園隱阻雨

在遠每傷離，在近還成隔。飛雨渺何究，佳期悵難得。人寒市井空，天晚江潮白。知君掩閤卧，終朝遲來客。

續懷友五首　并序

予在吴城圍中作《懷友》詩廿三首，其後題識四人，乃嘉陵楊孟載、介休王止仲、渤海高季迪、郯郡徐幼文也。時予與諸君及永嘉余唐卿者遊，皆落魄不任事，故得流連詩酒間，若不知有風塵之警者。及兵後，予移寓武林，向所懷者往往不相見，而五君者或謫或隱，又各睽異。嘆離合之靡常，感遊從之難得也，故云。

幽居古垣下，共彼佳樹陰。里鄰豈無好，念子是同心。芳英帶露折，清樽向月斟。欲往尋遺躅，荒園春草深。

右余左司。

藩翰屈長才，蹉跎事文筆。賓筵罷醇醲，容臺淹下秩。高門去復醉，孤帆望中疾。少别歲已華，思君無終日。

右楊典簿。

衡廬古巷中，高駕日相顧。芳草掩空扉，知君斷幽步。殘煙北寺鐘，暮雨西閶樹。携賞邈難期，庶望遺緘素。

右王逸人。

予既遷山郡，子亦返郊園。兩地花俱發，離愁春共繁。已罷臨池賞，仍睽傾座言。從來作者意，寂寞向誰論。

右高徵君。

常懷稚子悲，復灑佳人泣。草草從軍旅，悠悠去鄉邑。芳郊連騎行，煙郭同舟入。當時苟不樂，追歡何由及。

右徐軍咨。

送方員外力疾歸吴興

終年不出户，出户即相違。疾病欣在告，田園應暫歸。天寒孤舟發，歲莫行人稀。棹師遵舊路，田翁識故衣。望閭桑梓在，入里人民非。傷哉展丘墓，遽爾辭荆扉。居鄉如遇客，回首情依依。晴春入舊臘，積雪含清暉。佳期遲子還，勿愛故山薇。

送莫翥入郭知還溪居二首

舉世皆如醉，何人獨愛才。余雖識君者，相對亦徒哉。落日收書卷，凉風送酒杯。紛紛俗中悶，空谷遲重來。

蟬鳴山郭晏，一棹出煙扉。凉風將皓月，迢遞送君歸。自識門前樹，遥聞窗下機。應嘆緇塵滿，臨流一浣衣。

讀書圖

幽棲出塵表，修翠連松竹。袖得碧苔篇，閑來石上讀。日暝欲忘還，山空人轉獨。

岳鄂王墓

中原千里志，西湖四尺墳。長城忍自壞，神器憑誰分。流血應爲碧，涅背謾成文。覆巢無全卵，讒鋒射元勳。英魄孰相友，濤江有伍君。

楚江清遠圖爲沈倫畫并寓九曲山房作四首

煙扉亂晴旭，遥見西林山。憶歸東湖遠，人家春樹間。荆扉映水掩，應待龐公還。

潮落寒沙廣，蒼然遠山暮。何處罟師歸，自識門前樹。披圖憶所歷，仿佛松滋渡。

猿啼楚山晚，雲生冒洲渚。返照入澄江，風吹半峰雨。中有遠行舟，悠悠待徒侶。

寒煙引輕素，斜日在高峰。但聞猿鳥響，更無塵土踪。山僧暝投寺，迢遞來清鐘。

松下曉櫛

凌晨盥漱罷，獨步南階行。悄然四鄰寂，暫此息營營。散髮緑陰下，一櫛晨風清。彈冠塵自散，振衣香更輕。松露空中墜，荷氣静時生。悟脱遂真性，俯仰忘憂情。

元日喜雪懷方員外以常

片片逐年來，皎色映樓臺。墜花驚爆竹，落素濕香梅。繞林春宴罷，撲馬早朝回。應知洛中客，高扉徒自開。

槎史赴臺 爲高季迪赴遠而作。

高臺闞江山，梯航輳成闤。佳麗焕夙昔，而獨慘我顏。遊者固云樂，子去不復還。平生五千卷，寧救此日艱。天網詎恢恢，康莊遍榛菅。所恃莫可滅，才名穹壤間。

題陳長司畫 是其臨難時作。

若人悟縣解，委蜕順天刑。慷慨赴東市，一日爲千齡。李公悲上蔡，陸子唱華亭。識機若不豫，達生良可經。朱絃亦易絶，仄景不可停。從容灑芳翰，炳焕若丹青。好藝永傳世，精魄長歸冥。披圖懷平素，涕泪緣襟零。

於書篋中得高吹臺所寄詩遺稿

拂塵啓弊篋，忽攬故人詩。撫迹疑若存，驚逝杳難追。憶昔吴苑遊，文采衆所推。名談析妙理，華襟吐芳詞。予時僑城北，高齋臨清池。焚蘭延佳月，對酒彈清絲。誰云兹夕歡，乃爲千載期。冥漠游魂遠，凄凉親翰遺。墨塵尚流馥，紙弊猶含滋。玩此塗灑澤，想君哦詠時。華章未及報，厚意良已虧。收竟一長慟，林風響餘悲。想當寫寄日，兹感君詎知。

娟净軒

緑竹有異質，夙著風人篇。猗猗瞻淇限，篧篧懷衛泉。拾遺美形容，復有娟净言。微植被奬飾，麗句永流傳。若人同所尚，掇辭以名軒。攢玉矗森爽，編翠鬱芊綿。鮮標貫寒日，密葉冒清漣。遥想佳雨餘，静對罷鳴絃。濡翰傳霜節，搦管題春妍。聊探詞詠妙，默寄圖繪宣。逝將泛濤江，息駕依名園。攀枝掃凉月，憩陰濯寒烟。雖微求羊高，請附嵇阮賢。緘詩附所愛，纏繫日爲年。

倪雲林畫

南枝有高士，乃在延陵東。清時不肯仕，滅迹雲林中。拂石坐蘿月，絃琴寫松風。焚香誦《黄庭》，望雲送歸鴻。門車常自滿，尊酒無時空。乘興畫滄洲，古人未爲工。干戈擾末路，白首隨飛蓬。名山乖始願，羈游無所終。賴有車武子，能哀阮籍窮。傾壺醉陶令，辟堂延蓋公。流俗輕高賢，貧賤困豪雄。孤鳳混鷄群，野鶴摧樊籠。豈乏梁伯鸞，不聞臯伯通。吾將傳遺逸，清芬千載同。

觀習禮神樂觀歸而有作

維皇忝明祀，卜郊時再陽。指期戒先事，習伏誦故章。竹宫儼清閟，羽佩溢中堂。葩階羅舞戚，著位表官行。升歌出睿藻，妙奏發清商。臚音肅遠響，華鐘泛高張。虚罍待實醴，薦璧顒承筐。想兹天步臨，穆若垂景光。駿奔貴有恪，報説永無疆。豈同交門享，惚恍事神方。揆予承人乏，具寮慚奉常。兹焉陪群彦，會此靈畤旁。執禮素寡術，敕躬何敢忘。愧無《安世歌》，裴褭望齋房。

紀行十首

洪武七年甲寅臘月，奉旨乘驛往鳳陽祭皇陵。道經目覽，爰筆舟中，用記其實。

龍江灣

玄天無烈風，江水日夜清。馳波渺東注，迴流抱神京。至哉鍾水德，乃以龍爲名。舟檣萬方合，雄麗殊百城。昔云天塹險，今作衣帶縈。山川迹不改，人理有代更。下馬入官船，兹焉始孤征。祀事有常期，中心念王程。俯視萬仞淵，不啻溝澮平。涉川古所戒，事重軀命輕。

觀音山

連山争南馳，劃斷滄江曲。勢如萬馬奔，鞭鐙忽迴復。石角不戴土，蒼然四無麓。寸草不得榮，唯含古苔緑。浪波撞其根，岩竇響琴筑。浮圖乃善幻，凌虚駕佛屋。行人願利涉，望拜各致祝。人生貴無事，安能慮存覆。我欲升其巔，憑高快心目。飛傳不可留，一往如電速。

竹篠潭

凍雨不成雪，客行利新晴。迴睇三山外，殘陽靄餘明。江神不揚波，歸流澹且平。使者誠寡德，國家育威靈。笳鼓發中州，棹歌悲且清。釃酒凌長風，篇翰倏已成。常讀《皇華》章，征夫任匪輕。愧無咨詢效，何以答聖情。

金川門

兩山夾滄江，拍浮若無根。利石侔劍戟，風濤相吐吞。維天設巨險，爲今國東門。試將一卒守，堅若萬馬屯。我來犯清曉，天空霜露繁。列宿森在列，北斗峭可援。江光合海氣，溟涬神攸存。俯視不敢唾，中有蛟龍蟠。浮圖者誰子，高居凌風幡？下見渡口人，擾擾蜂蟻喧。愧彼超世士，去去將何言。

邗溝

衰楊夾高防，北風暮飀飀。道逢長老問，答言是邗溝。相傳開鑿初，民勞天爲愁。至今濁河底，時見白髑髏。陸通梁宋郊，水漕荆吴舟。渠成萬世利，慮始難爲謀。至今南北交，此土爲名州。飛閣跨通波，張幄如雲浮。憶昨少年日，寶馬珊瑚鉤。經過劇辛輩，結託金張儔。醉月瓊花視，徵歌明月樓。羅綺朝還暮，笙竽春復秋。繁華逐逝水，一往不可留。向來歌舞地，茫然狐兔丘。家老無兒孫。杖棰驅羊牛。少小心尚爾，不知今白頭。欲從亂離説，恐予增離憂。長揖分袂去，零淚如絲流。

高郵城

茫茫高郵城，下有古戰場。當時魚鹽子，弄兵此跳踉。燕師掃境出，供饋走四方。長圍匝百里，旌甲耀八荒。譬如高山頹，一卵安足當。驕將存姑息，頓刃待若降。兩機不容發，百萬莫與亢。鹿走命在庖，居然屬真王。空餘菩薩臺，落日風吹黄。

清口

豁達兩河口，前與黄河通。高岸忽斗折，清淮匯其中。甘羅城在南，韓信城在東。一爲秦人英，一爲漢家雄。人生有不死，所貴在立功。方其未遇時，鹿鹿何異同。時命苟未會，丈夫有固窮。捨舟登高防，歲暮百草空。坡陀隴畝間，一二老弱翁。遺迹不可問，但見荒榛叢。行行重回首，目斷雙飛鴻。

龜　山

輕舟俯淮流，千里不見山。披衣起清曉，忽睹青孱顏。始覺客愁散，頓忘行路艱。安得策飛笻，一造幽人關。翻思在山日，午岩厭登攀。物少乃足貴，不在美惡間。役夫告我言，此下栖神奸。噓氣成江河，須臾駕岡巒。僧伽大威力，困彼一掬慳。石巖下無底，繫以千連環。至今風濤夕，猶聞響珊珊。茫茫淮泗流，禹功不可刊。傳寄乃由誰，此語當重删。作詩寄崖石，庶以開愚頑。

歸過白馬湖

沿流信歸棹，漸與青山遠。遥見鷺鷀飛，蘼蕪春尚淺。空嗟習愛離，莫緩愁腸轉。不對芳樽酒，紛思終難遣。

三江口望京闕

凋年赴陵邑，稚景懷京闕。引領鳷鵲觀，言旋桃李月。緑蕪滿芳甸，青山麗佳節。沙氣已含春，柳意方辭雪。征夫雖邇近，同心仍阻絶。逃空庶無遺，賞勝聊自悦。吾其和天倪，將從莊生説。

賈客樂

長年何曾在鄉國，心性由來好爲客。只將生事寄江湖，利市何愁遠行役。燒錢釃酒曉祈風，逐侶悠悠西復東。浮家泛宅無牽挂，姓名不繫官籍中。嵯峨大舶夾雙櫓，大婦能歌小婦舞。旗亭美酒日日沽，不識人間離别苦。長江兩岸娼樓多，千門萬户恣經過。人生何如賈客樂，除却風波奈若何。

長安道

長安城中多大道，滿路香塵風不掃。三條廣陌草斑斑，十二通衢人浩浩。少年結客事遨遊，繽紛冠蓋如雲浮。朱衣公子金泥障，白馬王孫錦帶鈎。五公七相稱豪貴，貴里豪家誰得似。走馬章臺柳似絲，鬬鷄下社人如市。涇川渭水轉依微，五陵北去望逶迤。還有閉門讀書者，長年不出長蒿藜。不學城中遊俠兒，百年身死何人知。

行路難

君不見富家翁，舊時貧賤不得志，平生親戚皆相棄。一朝金多賤還貴，百事勝人人莫比。子孫成列客滿堂，美人四座回鳴璫。躍馬揚鞭遊洛陽，片言出口生輝光。由來本自一人事，人心愛惡不相當。季子西遊窮困歸，妻織自若嫂不炊。行路難，良可悲。不貧賤，那得知。

守宫詞

鈿盒和丹食龍子，胭脂夜凝神血紫。老蟾玉杵寒丁東，鸞尾輕輕飛碎紅。靈砂沁透白玉腕，細看每將羅袖捲。分明皓雪栖彤霞，香痕笑比蕚緑華。還籠半臂縈盤帶，蝶粉蜂黄鎮長在。夭桃一點老青春，門前魚目深如海。

百索詞

越羅窄袖香如雪，五色絲茸相鬥結。看誰結得絲最長，管取自身無口舌。大姑巧擘松紋細，小姑雙盤作人字。揎來只依金釧寬，剩得留將繫郎臂。繫郎臂，結郎心，一寸絲繩一寸金。愛惜莫教容易斷，直到明年與郎换。

吴宫春詞擬王建

館娃宫中百花開，西施曉上姑蘇臺。霞裙翠袂當空舉，身輕似展凌風羽。遥望三江水一杯，兩點微茫洞庭樹。轉面凝眸未肯回，要見君王射麋處。城頭落日欲棲鴉，下階戲折棠梨花。隔岸行人莫偷盼，干將莫邪光粲粲。

楚宮夏詞擬張籍

渚宮四面芙蓉開，碧水晴摇冰井臺。玉壺蔗漿光滿滿，當晝君王頻賜來。雲綃半幅凉釵滑，援琴向風彈《白雪》。冷玉屏開十指寒，輸却鸞篦戲相奪。吴綾畫扇鎮長新，肯信年年有炎熱。不願生入蓬萊峰，願妾世世居王宫。

秦宮秋詞擬李賀

凉波翠濕南山影，露滴金人光炯炯。君王夜半捲衣回，樓壁斜開蜀雲冷。西宫桂熟離離子，海童不歸海塵起。蟪蛄啼老不勝秋，小玉採香惜香死。胭脂影破澄潭白，菱角尖尖怎堪摘。鮮紅皺緑來滿船，樓前凉月光團團。

漢宮冬詞擬温庭筠

石鯨呿浪摇金池，吹盡宫梅如雪枝。避風臺高風不到，寶帳熟眠人未知。象爐紅熾狻猊影，氍毹軟翠鴛鴦並。李娘唤春春爲回，笑却人間求火井。椒房小妓起常先，玉瓶暖手濯温泉。白頭臣朔寒無履，待詔金門霜滿天。

寄衣曲

家機織得流黄素，首尾量來寬尺度。象牀玉手熨帖平，緩剪輕裁燭花莫。含情暗忖今瘦肥，著處難知宜不宜。再拜征人寄將去，邊城寒早莫教遲。歸掩雙扉空淚落，舊綉遮身曉寒薄。良人早得封侯歸，妾身何愁少衣着。

長干行

長干人家向江住，朱雀橋邊舊衢路。參差碧瓦揚青旗，繫纜門前有楊樹。竹弓射鴨向汀洲，家家無井飲江流。女兒數錢當酒肆，商人買笑開娼樓。謝家子弟如蘭玉，不見當時舊遊躅。夜深月滿大堤寒，愁聽陳王後庭曲。送君策馬此中行，秣陵遥接石頭城。愁來滿引金陵酒，莫聽秋風淮水聲。

吴宫白苧辭

織成白苧勝白絲，恰稱吴娃冰雪肌。渚宫金剪製舞衣，白雲一片筵前飛。舞衣當筵潔且輕，君王回盼心已傾。徘徊玉階夜露零，桐花拂面微凉生。銀燈結穗晃疏櫺，墜簪遺佩滿中庭。此時不説紅錦綺，得以千秋薦恩喜。璧月團團墜江水，姑蘇臺上烏啼起。

温泉宫行并序

有客自秦地驪山來，言温泉宫已廢，唯泉尚未涸，上池使客所浴，下池行人所浴，感而賦此。

煌煌帝業三百年，驪山宫殿空雲煙。美人艷骨爲黄土，山前不改舊温泉。温泉雖在君王去，芳草凄凄滿宫路。泉聲如泣日將莫，山鷄亂鳴上林樹。憶昔玉環賜浴時，紅樓綺閣香風吹。頭上寶釵凉欲墮，蓮步輕扶雙侍兒。有客今年曾過此，宫壞墻傾山色死。虎旅知更不復聞，池上玉龍猶噴水。當時此水在天上，一沐恩波榮莫比。六宫粉黛不敢唾，今日行人鬭來洗。

咸陽宫行并序

客言咸陽宫亦廢，有民種瓜其上，感而遂賦。

百二山河象祖力，六雄仰關不敢敵。金人十二高峥嶸，天下甲兵從此息。天子曉御咸陽宫，樓閣高低復道通。十石之鐘萬石虡，遥聞天樂在虚空。宫車隱隱春雷起，渭川曉漲胭脂水。六宫粉黛謾如雲，不救明年祖龍死。榮華奄忽何可論，千門萬户無復存。遺墟久被民家占，四望空餘瓜蔓根。行人爲問瓜田老，地上揮鋤休草草。荆軻昔日猛如狼，曾來此地見秦王。百夫之勇猶披靡，汝今搪突何敢爾。

驛船謡

驛船來，鼓如雷。前船去，後船催。前船後船何敢住，鋪陳惡時逢彼怒。畫屏繡褥紅氍毹，春夢暫醒過船去。棹郎長跪勸使臣，願官莫喜更莫嗔。古來天地如郵傳，過盡匆匆無限人。

聽蟬曲

黄鶯紫燕寂無喧，新聲最好是聞蟬。棲煙初噪如喧籥，吸露才停似斷絃。乍向風前聞杳裊，營營嘈嘈鳴不了。斷續能牽客夢長，凄凉解動羈愁早。一番蜕脱已身輕，最是居高韵更清。莫道轉丸穢壤底，冠緌還比侍臣榮。長樂宫中百鳥静，十二簾開漏方永。忽向上林翻下苑，多少蛾眉倚闌聽。隋堤千樹柳如煙，無情偏向夕陽天。切切自將亡國恨，凄凄欲共路人言。蟬聲到處何曾别，人心聽來有悲悦。何如一枕北窗眠，喧寂都忘聞見絶。

古朴樹歌

山前古木不知年，婆娑黛色上參天。霜柯反足鬬龍虎，偃蓋倒影鳴蜩蟬。緑葉參差有生意，中間孔穴萃蟲蟻。上枝杳杳横蒼雲，下根落落穿厚地。樹傍古廟祀土神，人來酹酒澆樹根。但願神靈長血食，樹木與人終古存。村中老人長孫子，自言此樹多年紀。憶作兒童上樹時，今見根柯已如此。曾經喪亂見太平，幾遇斧斤還不死。山僧愛此來誅茅，盤鬱蒼翠當檐拗。待余六月攜牀至，卧聽南風鳴海濤。

踏水車謡

田舍生涯在田裏，家家種苗始云已。俄驚五月雨沉淫，一夜前溪半篙水。苗頭出水青幽幽，只恐飄零隨水流。不辭踏車朝復暮，但願皇天雨即休。前來秋夏重漂没，禾黍紛紜滿阡陌。傾家負債償王租，卒歲無衣更無食。共君努力莫下車，雨聲若止車聲息。君不見東家妻，前年换米向湖西。至今破屋風兼雨，夜夜孤兒牀下啼。

戴山迎送神曲

山蒼蒼兮多木，横絶四野兮下無麓。慭遠望兮登高，神不來兮勞予。目煦煦兮雅雅，靈修儼兮紛來御①。胡不來兮夷猶，將誰須兮遠者。芳莫芳兮澗有蘋，潔莫潔兮卣之清。雲爲蓋兮霓爲旌，神之來兮山冥冥。絳闕兮朱堂，冠余山兮神所宫。神之愉兮既降②，翩龍駕兮雲中。屢舞兮仙仙，紛進拜兮庭前。靈夭姣兮好服，神弗言兮意已傳。牲不實兮酒不旨，將淹神兮神安止。神弗止兮福遺我，事夫君兮長無已。

① 原注：「叶。」

② 原注：「叶。」

余將軍篆書拓本歌 即忠襄公闕也。

余將軍，守舒州。舒州之城大如礪，長江西來繞城流。賊船如雲壓城破，將軍提劍城頭坐。劍未動，虜已奔，鯨鯢蔽江江爲渾。孤軍六年二百戰，王師不來城自存。無兵猶足戰，無食安可支？豈無愛妾與愛馬，殺之不解壯士饑。力盡矢竭將奚爲？倉皇齰舌罵不已。義士千人同日死，祇今還有盡忠池，碧血清泠化爲水。將軍持節東州時，作此篆書形崛奇。妙墨已隨神物化，好事當時臨得之。雖非其真意獨在，垂金屈玉蟠蛟螭。我拜重是忠臣迹，秦相雖古其人非。嗚呼！將軍此書配者誰？請君摩取浯溪石上中興碑。

葵軒歌

昔君種葵吴門東，南風五月花茸茸。年年走馬看花去，君家有酒如花紅。今君種葵荆山下，五月開花還繞舍。看花對酒豈無人，祇憶故人無在者。種花人在未成翁，何事看花人不同。我亦當時看花者，忽到花前如夢中。握君手，爲君壽，但願長看君花酌君酒。

畫雲山歌

我昔曾遊廬嶽頂，欲上青天凌倒景。山中白雲如白衣，片片飛落春風影。雲晶晶兮花冥冥，萬壑盡送洪濤聲。恍然坐我滄海上，金銀樓觀空中明。上清真人笑迎客，夜然桂枝煮白石。手持鳳管叫雲開，虎咆龍吟山月白。明發邀我升東峰，導以絳節雙青童。天鷄先鳴海出日，赤氣照耀金芙蓉。屏風九叠花茸茸，霧閣雲窗千萬重。胡不置我丘壑中，一朝垂翅投樊籠。空留萬片雲，挂在清溪千丈之寒松。愁來弄翰北窗裏，貌得雲山偶相似。遂令殘夢逐秋風，一夜孤飛渡江水。夢亦不可到，圖亦不可傳，不如早賦歸來篇。仙之人兮待我還，安能齷齪塵土間，坐令白雲摧絶無所歸，青山笑我凋朱顔。

醉樵歌

華蓋山高亘南楚，剩産奇材少榛莽。山人嗜酒而業樵，背負清樽手持斧。丁丁伐木雲之深，束薪欲擔力不任。且傾醽醁藉盤石，痛飲莫知西日沉。白眼望天歌鼓腹，槲衣半染苔花緑。頽然俯枕樹根瞑，鼻息如雷撼巖谷。起來却笑朱買臣，底用金柴纏其身。堪羡劉伶行荷鍤，生死無累全天真。楩楠豫章等枯梗，惟取酕醄真樂境。泛觀世士多沉酣，誤入牢籠猶未醒。

松陰夢詞

陽坡碧草秋芊綿，疏影漏衣團緑煙。龍枝無聲山日午，仙骨蜕空神悄然。冰魂微回海山小，泠泠鶴語青林表。俯視黄塵蓋九州，悠悠凡夢何時曉。

寫生碧桃花歌

少年慣作看花客，陌上桃花總相識。春風似向此中偏，一種花開百般色。只愛深紅更殘紅，君家此本更不同。枝上白雲吹不散，階前明月照疑空。一從一衡根各别，香上斜封愁欲折。畫筵紅燭人半醉，忽見此花驚是雪。武陵秦人那得知，河陽滿縣徒爾爲。當時東風千樹錦，未比君家瓊樹枝。翠禽飛來嗟易見，粉蝶棲時難可辨。紅妝美女嬌如花，着向花間應掩面。花今正開鶯亂啼，酒醒拈筆爲君題。羨君兄弟如虹霓，豪飲不愁花下迷。玉壺清酒金偏提，纂箏琵琶羌管齊。走覓橋西舊酒伴，莫待風雨花成泥。

趙魏公竹枝歌

趙魏公，宋王孫，風流白皙更能文。丹青自比董北苑，書法兼工王右軍。至元詔書徵草澤，召見廷中推第一。三府趨朝賀得人，萬乘臨軒賜顔色。殿前落筆侍臣驚，鷄林象郡總知名。夫人通籍宫中宴，兒子承恩内裏行。一家三人書總好，天子頻稱古來少。疏廣歸來有賜金，張芝閒處多章草。全盛須臾那可倫，百年喬木易成塵。凄凉故宅屬官府，零落諸孫隨市人。空留遺迹傳身後，一紙千金争買售。屏風畫絶爲誰收，團扇書工亦何有。唐生購得墨竹枝，一尺中含千尺姿。若非松雪齋前見，應是漚波亭下披。曲池已平臺已壞，露葉煙叢竟何在。唯有雙溪水北流，至今猶繞空墻外。

畫山水行 題趙待制仲穆所畫《江浦歸帆》、《秋林瀟灑》二圖，沈才幹所藏也。

古來名畫傳父子，唐有二李蜀兩黄。吴興公子冠當代，雍也繼之早擅場。宋祖子孫畫龍種，毛骨固是非尋常。珊瑚寶玦久零落，空有妙藝傳文章。至元天子親召見，徒步便賜中書郎。奏圖每得天顔喜，盛以金匱白玉堂。遂令世人争貴重，門户雜遝如堵墻。雍初騰踔晚一蹶，五陵豪氣無時忘。吴姬越娥坐相擁，始肯落筆揮緗緗。五日十日一水石，屏障仿佛生輝光。君家雙圖何所得，私印乃出牟陵陽。一圖汗漫秋水闊，雁鴻排序投瀟湘。山僧悄尋孤寺遠，客子喜甚高帆張。一圖嵂兀衆峰出，疏林葉赤天雨霜。消摇巾舄者誰氏，可是商顔之綺黄？風塵澒洞二十載，玉軸錦題多散亡。圖書只應天上有，人間那得千金藏。從來好事遂成癖，雲烟過眼如毫芒。君不見王家桓家勢盡時，複墻走輭不得將。何如城南佳山水，千巖萬壑摩青蒼。與君對此飲美酒，雖無南宫北苑庸何傷。

梁節婦

赤城曉擁青絲騎，玉鏡愁鸞落紅泪。冰魂偷逐水仙歸，綺樓一夜靈犀碎。六曲闌空不凝春，羅帶盤風輕揚塵。池波不動夜光碧，青天影落桃花雲。相思月照樓前水，離離芳樹流紅子。無情桃李亂中開，不學芙蓉抱霜死。

贈四明袁生廷玉 儒而善相。

和氏善相玉，楚人乃失之。後王不深諒，空沉沙與泥。方歎善相馬，秦穆猶見疑。向無孫陽識，終與駑駘齊。人生窮達在用舍，吕公許負將何爲。君不見淮陰餓隸封侯面，沛公不遇仍貧賤。又不見新豐孤客人莫顧，可憐未入常何薦。英雄不用則爲鼠，燕頷虎頭何足羡。袁生炯炯雙瞳方，走馬能識人中王。如何不帶食肉相，一生奔走鬢眉蒼。由來目睫不自見，何必借取青銅光。生云富貴不足取，我欲玩世聊徜徉。昔年夏統在京洛，不説姓名惟賣藥。眼中不見賈侍中，小海歌闌風雨作。生乎生乎如其人，飄然東歸東海濱。倘過鑒湖逢賀監，爲報山人行乞身。

題赤城霞圖送友歸台

結髮好名山，遨遊遍吴楚。東遊不到天臺路，長憶興公賦中語。赤城煥高霞，翩然空中舉。靈溪碧草春淒淒，瀑水和風響秋雨。我欲振金策，飄飄凌九垓。遊神不死庭，迴光眺瓊臺。手招丹丘人，共卧石上苔。紅顔去人不復返，老大求仙嗟已晚。生今一去愁人心，贈生《赤城圖》，聽我赤城吟。勞勞亭下一杯酒，離愁萬里生秋陰。客車明日當早發，雲帆孤飛度東越。國清寺前千尺松，歲晚應歸望山雪。道逢寒山子，爲寄相思情未絶。山人若欲知我心，五界峰頭看明月。

望太湖

登高丘，望遠澤，蓬萊三山不可測。何如具區億萬頃，洞庭連娟向空碧。東風吹盡吴天雲，玉盤雙螺翠堪摘。我昔東遊鳳凰臺，嵯峨巨鯿如山來。白波不動鏡光曉，雲帆千幅争先開。中流縮首心茫然，恍如乘雲行九天。驚濤忽逐迴風旋，砰雷轉轂奔雪山。龍伯鬼國見眼前，失勢一落獰蛟涎。舟師拍浪咒浪婆，我亦再拜不敢言。平時之險且如此，何况震蕩洪荒先。帝堯咨嗟逾九年，黄能無勳幽羽淵。有子大聖與天通，一朝出我群魚中。試觀此湖險，始知四載功。長養草木華，無心謝春風。吴越之事良可鄙，虎戰龍争方未已。水犀百萬今安在，惟見夫椒白雲裏。鴟夷身退帶蛾眉，不直滄波一杯水。我欲臨流叫神禹，湘靈鼓瑟馮夷舞。盡挽湖波釀作葡萄春，飲醉扁舟卧煙雨。

程孟陽曰：「滄宕超忽，規模太白，語不凡近。」

沈氏宜春堂屏徐給事賁所畫春雲叠嶂

休文堂前花滿枝，風物四時春更宜。前年三月宴客時，坐上才傑皆能詩。衆中獨許姑蘇客，千里江山貯胸臆。醉來意氣爲傾倒，寫出層層好山色。素屏十尺粉堊鮮，千岩萬嶂含春烟。客子疑行灞橋路，人家似住武陵源。山僧投寺亂松裏，山下鳥啼人未起。柴扉日出扃薜蘿，漁網波生撒江水。楚水湘雲互蔽虧，渚宫隔岸遥霏微。東崦晴嵐西崦雨，何處長歌樵子歸。亭下流泉春浩浩，上有居人往來道。

相過總是看山來，衣冠雖别情皆好。主人愛玩不下堂，清晨掃地坐焚香。晴看似見孤雲起，莫對疑聞細草芳。夫君平生于我厚，記君新吟常在口。長干一去無尺書，謾對此圖嗟妙手。一從作吏此事廢，從前畫癖今除否。遥知紫陌紅塵下，每爲雲山一回首。人生適意在杯酒，萬事浮雲亦何有。君乎何日歸去來，畫裏青山待君久。

倪元鎮畫竹沈御史所藏

雲林之子有仙骨，平生好潔如好色。紛紛濁士等蟲沙，嗚呼瓚也何由得。憶昔常登清閟堂，鵲尾爐爇龍涎香。紹京妙墨僧繇畫，示我不啻千明璫。人間萬事如飛電，洗玉池空人不見。季子城東土一抔，何人爲著黔婁傳。繡衣使者騎青驄，曾聽《竹枝》湘水東。歸來見此若夢寐，巴陵洞庭生眼中。江湖豪翰今零落，君得此圖良勿薄。愧我題詩憶故人，黄鶴何年下廖廓。

王元章墨梅

王郎志奇貌亦奇，與世落落嘿莫施。一朝騎牛入都市，闞吏不識誰何之。歸來老作會稽客，干戈欻起西南陲。青袍白馬風塵裏，越州城邊戰不已。雄襟自許魯仲連，一箭無成身已死。世上空餘寫墨花，只將名姓花光比。於乎！人生有才不盡用，古來埋没皆如此。

錢舜舉溪岸圖

憶昔至元全盛日，天子詔下徵遺逸。吳興八俊皆奇才，秀邸王孫稱第一。一朝玉馬去朝周，諸子聲名總輝赫。豈知錢郎節獨苦，老作畫師頭雪白。江南没骨傳者稀，錢也得法誇精奇。晴窗點染弄顔色，得錢沽酒不復疑。今人祇知重花鳥，豈識此圖奪天巧。玄雲抱石雷雨垂，蒼山夾水龍蛇繞。岸側溪迴共杳冥，蒲稗深沉映魚鳥。漁舟乍隨遠煙散，客子競渡澄江曉。自雲布置師北苑，只恐庸工未深了。卷餘更有魏公題，字擬鍾王差未老。鄭侯得之恐神授，使我一見喜絶倒。雙溪流水清何極，城外南山空黛色。文章翰墨何代無，二子儔能躡其迹。爲君題詩三嘆息，於乎古人難再得。

吳興當元初時有「八俊」之號，以子昂爲稱首，而舜舉與焉。至元間，子昂被薦入朝，諸公皆相附取官達，獨舜舉齟齬不合，流連詩畫，以終其身。故二公之詩，各言己志，而子昂微有風意，覽者當自得之也。

胡廷暉畫

畫師我識吳興胡，身長八尺蒼髯鬚。目光至老炯不枯，藻繪萬象窮錙銖。大兒十歲能操觚，小兒五歲能含朱。得錢但供酒家需，時復縱博爲歡娱。魏公家藏《摘瓜圖》，妙筆奚翅千明珠。胡一見之神頓蘇，以指畫肚潛臨摹。落筆便與前人俱，祝融撑空閣道孤。朝雲暮雨相縈紆，中天碧瓦仙人廬。下有桃源風景殊，鷄犬似是先秦餘。潯陽野客山澤臞，自從喪亂遭窮途。幸逢治世容微軀，堯舜亦有巢由徒。已辦小艇長須奴，便欲往從漁父漁。江湖此境何地無。

趙文敏公家藏小李將軍《摘瓜圖》，歷代寶之。常倩廷暉全補，暉私記其筆意，歸寫一幅贋公，公大驚，賞亂真。由此名實俱進，故詩及之。

送沈孝廉讀書天屏山

秋空雨洗千芙蓉，霜樹繞谷攢青紅。嗟我欲遊不可得，子往畢業茲山中。念子出身自執綺，秀如青松茁蒿蓬。十年奔走鎩毛翮，黄金散盡家已空。懷中一經不敢棄，舍此將恐爲昏聾。束書上堂告父母，雲深獨往無僕僮。林僧谷叟頗驚客，粗茶糲飯意甚忠。身閑書静百事絶，經史左右相研攻。逕須跨海踏鯨背，且莫瑣屑箋魚蟲。車良路端期不止，跬步自可升華嵩。學成静俟時自至，譬彼力穡遭年豐。朝廷懸爵待奇雋，掇取五鼎榮三公。古來孝弟神所相，未必使子羸其躬。蹇予少學壯愈惰，聰明日損鬢已翁。世間有書未盡讀，安得返老還爲童。跛鱉那由追騄耳，贈子以策情何窮。倘有新知遠相教，爲我緘寄東飛鴻。

贈義興宣瘍醫

長橋下壓蛟龍宫，岸上人家如鏡中。道人賣藥臨溪水，醫得青蛇是龍子。報恩不受千金珠，龍伯親傳海藏書。門前扶杖人如市，妙術何愁三折臂。燕支山前白草秋，冷入金瘡淚欲流。安得金丹從爾乞，提攜玉龍還向敵。

雙節堂

奉化李公復，祖母沈，年二十生子，七月而寡。子既長，沈爲娶兄女爲婦，生二子亦寡。長公達，次即復。今皆已老，故扁其堂云。

鳳嘴鸞膠難續絃，雙龍鏡破再難圓。阿婆二十已守節，新婦哭夫方少年。大兒嬌啼母心苦，小兒十月安知父。破窗風雨來早秋，夜績燈前共相語。山頭松柏摧爲薪，山前翁仲亦成塵。紅顏憔悴垂白髮，生死不慚泉下人。

莘叔耕畫梅雪軒

叔時名野，世居湖之蓮花莊。

好畫誰如莘棗强，墮馬折肱猶未忘。何年寫此寒林趣，精絶未數左手王。屋裏何人坐吹笛，似是南昌郡中客。曲終朔雪忽飛來，開門滿樹梅花白。

送金秀才歸侍

風吹歷陽樹，石城悲早秋。高堂入遠夢，拂袖登吴舟。金陵官酒如乳香，酌君送君朱雀坊。前日同來二三伴，此時望君俱斷腸。科名古來人共羨，富貴不如歸故鄉。年年隨計多辛苦，十上風塵竟何補。秋卷留將篋内歸，綵衣重看階前舞。當時縣令親勸行，今日還家父老迎。門外清溪仍可釣，山下古田躬自耕。子身長健親長在，黄金如山不可買。君不見長安城中罷官客，欲作布衣那可得。

徐黄門畫

黄門給事三十餘，面如紅玉少有鬚。風骨豈是山澤臞，問着只愛山中居。前年版下鶴頭書，徵起直上青雲衢。文華堂高凌紫虚，出入侍從陪金輿。排方小帶紅羅襦，精神宛如馮子都。朝下手拈八尺殳，左旋右轉風生軀。有時自擘雙雕弧，命中叠發誰争呼。歸來賓客滿直廬，京城酒貴不住酤。爛醉坐叱蒼頭奴，執燭寫此雲山圖。方今臺閣多文儒，似君才藝衆中無。文宜侍中武金吾，不負堂堂美丈夫。山中故人交不疏，十年貧賤長相俱。升沉忽如鳥與魚，麋鹿敢逐夔龍趨。見君此畫恒嗟吁，關西行李今何如？祝君名成歸五湖，來尋高陽舊酒徒。何辭解衣貰百壺，與君痛醉黄公壚。

韓介玉畫爲童中州掌教題　介玉乃張仲舉門人。

我識河東老詞客，鶴骨伶俜長八尺。白頭徒步拾公卿，人生變化誰能測。將軍跋扈天爲傾，公持寸管力與争。當時直氣動朝野，至今文采傳諸生。諸生白面今已老，三載儒冠空潦倒。罷歸百事無所爲，萬壑千巖恣揮掃。丹丘玄圃落眼前，澗水松風鳴浩浩。由來絶藝出天機，肉眼紛紛争醜好。吴興博士今鄭虔，故山未歸雪滿顛。今年召對席屢前，蒙恩親賜水衡錢。歸來見畫心茫然，拄杖欲問金華船。金華之洞小有天，下與五嶽相鉤連。初平煉丹去成仙，弟兄聯袂風翩翩。洞前白石如羊眠，我欲訪之何由緣。安得與子相周施，饑餐紫霞拾瑶草，石上一笑三千年。

陳仲美夏木圖

董元夏木不復見，俗本紛紛何足觀。陳郎筆力能扛鼎，寫此千章生晝寒。陰森似有神靈會，偃蹇直作蛟螭蟠。天鷄曉鳴清籟發，木客夜度雲旂翻。林下文人行杖藜，石根葉落失舊蹊。孤童幞被向誰宿，山風蕭蕭日薄西。商岩紫芝自可食，武陵桃花原易迷。人間澒洞不可處，莫畏虎嘯并猿啼。

姚運使溪山仙館圖

去年冬，姚君繼華過予戴山，會飲順德堂，爲仲倫寫此圖。今年春，君遂以文學被徵，陞任河間都轉運使矣，喜而賦之。癸丑秋八月望識。

去年君爲郡文學，獨抱遺經憎命薄。出門無馬坐無氈，拜迎官長常作惡。今年君爲轉運使，殊恩親出官家賜。月給太倉三十斛，况復官閑少公事。人生貴賤反覆間，世上悠悠那解此。憶昨訪我當嚴冬，寫此溪山三數重。驊騮一去了無影，空有遺迹泥沙中。聞道河間故城裏，開門遥見滹沱水。何時爲畫古邯鄲，珍重函封寄千里。

青弁雲林圖

前代何人畫山水，長安關仝營丘李。華原特起范中立，三子相望古莫比。亦有北苑與河陽，後來作者誰能當。米家小虎出逸品，力挽元氣歸蒼茫。房山尚書初事米，晚自名家稱絶美。藝高一代誰頡頏，只數吴興趙公子。當時弭節匡廬峰，曾寫太平興國之神宫。五峰却立疑争雄，臺殿突兀紛青紅，中有雲氣隨游龍。我對此圖卧三日，遂令奇氣生心胸。亂來學士遭漂蕩，文藝草草誰能工。筆精墨妙心更苦，那得再有前賢風。於乎！乾坤浩蕩江海闊，使我執筆將安從？

丘大卿天柱峰圖

昔聞安期生，飄飄入秦京。上書三月初報罷，拂袖去作蓬萊行。却笑叔孫通，俯仰咸陽城。長生亦何補，身後留空名。何似長安少年客，天柱峰頭煮白石。朝辭猿鶴下雲中，暮逐夔龍侍君側。繡衣乘驄馬，蹀躞臺城下。愛道心不忘，歸來坐清夜。太平天子親齋祭，新擢祠官捧圭幣。紫壇醮火曉如星，獨着衮衣朝上帝。翻思舊隱地，石室生青苔。來時壁上蒼龍劍，七星剥落空塵埃。丹砂不復化，蘿衣誰更裁。人生窮達會有命，何須千歲如嬰孩。草衣木食苦復苦，王喬偓佺安在哉！寄語空山舊泉石，不須爲我生悲哀。功名倘遂乞身願，萬里青天騎鶴來。

再題廷暉山水

近代丹青誰第一，精絶獨數吴興胡。魏公家傳《摘瓜圖》，將軍妙筆絶代無。年深粉墨紛糢糊，公命胡也全其污。鷗波亭前山滿湖，賓客不來人跡疏。以手畫肚私傳摹，歸來三日神始蘇。下筆直與前人俱。今人不見古人畫，古畫自與今人殊。嗚呼！眼前不復見此物，吾與購之千明珠。

山泉隱居圖 入直回，爲雲間朱卿題。

日長侍立南薰殿，聖主從容正開卷。内臣如鵠擁圖書，詔許近前曾一見。玉躞金題照眼新，三王二李迹未陳。妙筆森芒洞冥漠，乃知今人非古人。歸來三嘆北窗下，開屏見此新圖畫。流淙百折挂石梁，古木寒松勢相亞。木末何人一草廬，山泉之人昔所居。鴻臚寺裏晚朝下，對此高堂心鬱紆。華亭柳湖眼中見，武陵桃源路豈殊。老夫曾住康王谷，五老香爐映飛瀑。亂來井臼今可存，因爾高歌望黄鵠。

列朝詩集甲集第九

張司丞羽《静居集》五七言今體詩一百首

尋春

朝來微雨罷，何處可尋春。冰散池容動，煙銷柳意新。穿林聽鶯遠，度陌問花頻。但覺相逢處，情親似故人。

尋梅

策杖度林塘，幽尋犯曉霜。臨池疑掩映，傍竹畏遮藏。款曲敲僧舍，徘徊繞苑墻。好携三弄笛，樹底爲催妝。

早春旅懷

遠客歸未得，東風冷尚嚴。燒痕山頂秃，春色柳眉尖。病久醫方熟，貧深酒債添。浮生欲何以，朝暮爲齏鹽。

寄王隱君止仲次高季迪韻

春江念久違，獨掩雨中扉。新水添漁網，初晴稅繭衣。饌餘憐笋嫩，酒熟惜花稀。在客偏相憶，韶光去若飛。

遊虎丘

春入翠微深，春風吹客襟。相攜木上座，來禮石觀音。老樹積古色，薄雲生晝陰。林僧修茗供，默坐契禪心。

杜宇

國亡知幾代，啼血轉聲頻。爾自無歸處，何須苦勸人。煙深青嶂曉，花落故城春。任是心如鐵，聞時亦愴神。

夏夜舟中

畫舫暮來過，風傳《子夜歌》。簟紋涼更浄，荷氣夕偏多。落月斜箏柱，流螢拂扇羅。此中無限意，其柰曙鐘何。

涼　夜

金氣已呈秋，新涼入夢幽。閨人砧欲動，侍女扇將收。玉露清瑶簟，銀河繞畫樓。更憐今夜月，隱隱樹西頭。

江晚旅懷

短長亭下景，引睇入吟哦。疏樹立寒色，短煙行夕波。山空秋氣老，江遠客愁多。忽動匡廬興，白雲生薜蘿。

秋夜旅懷

命與時相厄，勞生空瘦形。苦吟詩有債，久病藥無靈。夜雨和愁落，鄉山入夢青。歸心逐孤雁，飛過浙江亭。

池　上

秋水轉庭柯，臨池晚興多。禽閑棲缺岸，魚戲動涼波。露浥將衰柳，風欹欲敗荷。雖無江海思，咫尺得頻過。

約徐隱君幼文同隱吴興

吴興好山水，子我盍遷居。繞郭群峰列，迴波一鏡如。蠶餘即宜稼，樵罷亦堪漁。結屋雲林下，殘年共讀書。

耕樵軒題寄徐良夫

之子住銅阬，人傳好事名。如何同甲子，翻遣昧平生。野岸風中釣，湖田雨後耕。秋天漸涼冷，或可赴前盟。

送吕道士

石室無人住，歸心似鶴輕。山君驅虎去，童子報丹成。玉竇憑龍守，芝田借雨耕。懷君明月夜，遥聽《步虚》聲。

寄吴有本

相思不可見，夢裏却逢君。兩地共明月，一方空碧雲。江秋鴻背侶，山夜鶴離群。記得湖邊寺，詩題醉後分。

孫景翔幽居

厭踏軟紅塵，閒居江上村。養魚寬鑿沼，愛竹別移門。月色侵書幌，山光入酒樽。我慚行役擾，猶未卜田園。

送劉仲鼎歸杭州

欲別又牽衣，傷心故舊稀。自憐爲客久，不忍送君歸。遠岫明殘雪，空江淡落暉。東風重回首，一雁背人飛。

越上別范景文

君家難弟兄，當世結詩盟。五字關風雅，千年説姓名。遠煙拖柳色，薄月瀉灘聲。又作耶溪別，何是話此情。

隱者山房

家住白雲深，好山青對門。樹肥花結子，土暖竹生孫。猿挂枯松折，牛行淺水渾。自云歸隱後，懶與俗人言。

山陰曉發寄暨陽舊友

水漲官河遠，西風去棹輕。四山猶暝色，萬木盡秋聲。村近聞鷄犬，天寒憶弟兄。故園歸未得，漂泊若爲情。

詩窮

道在何妨拙，身安一任貧。已知如意事，不逐苦吟人。瀑布空山月，梅花破屋春。奚囊有佳句，未肯寄朝紳。

客夜懷王英甫

半生江海上，猶未卜菟裘。今夜雁初過，他鄉人正愁。青燈孤枕夢，黄葉一庭秋。何日尋歸棹，山陰訪子猷。

席上聞歌妓

艷色傾前席，高歌度遠楹。羞多時掩面，嬌重未成聲。淺按紅牙拍，輕和寶鈿箏。周郎知誤處，衆裏最多情。

山中答高彦敬

矮屋兩三間，無榮夢自安。好山看不厭，終日坐忘飡。書就松根讀，琴來石上彈。浮生閒是寶，何必望爲官。

文心之訪予山中

遠訪孤峰頂，凉荒見道情。别來多少事，話到二三更。燈影摇空壁，茶香山破鐺。山中無一物，何以贈君行。

寫懷

心上無俗事，禪餘只好吟。命窮甘白屋，身健直黄金。世路劍關險，侯門滄海深。虚名何必尚，吾志在山林。

塵事

春來秋又去，塵事轉茫茫。天下若無死，人間應更忙。燕銜泥葺壘，蜂釀蜜爲房。獨有幽棲者，眼高空八荒。

玉泉山中懷李景山田師孟二公

雁落蒼烟外，蟬吟夕照中。與誰論古道，獨自立秋風。遠岫青無數，晴波碧四空。故人成久別，不見寄詩筒。

送同行省親

送子緑楊堤，楊花如雪飛。相看忍相别，同出不同歸。雁背夕陽遠，馬嘶春草肥。北堂慰孤寂，喜色動斑衣。

旅　懷

寥落無人問，青尊獨自斟。思親兩行淚，倦客十年心。貧久難禁病，愁多欲廢吟。歲寒誰可語，莫逆有孤琴。

永康道中

石路多盤折，秋陽向鬱蒸。矮墻低貼水，老樹倒懸藤。白髮腰鐮叟，緇衣頂笠僧。村醪何處問，更入亂雲層。

過瓜州

落日瓜州渡，餘寒透薄衣。客囊空薏苡，春色自薔薇。江遠水東去，天晴雁北飛。故山千里外，昨夜夢先歸。

隱者山房

一龕俱絶頂，門外衆山横。池小魚能活，庭荒草亂生。窗虚延月色，林遠隔鐘聲。俗客不得到，主人無送迎。

贈唐師善父

唐君天目住，詩律有唐聲。父子同機軸，江湖識姓名。秋風吹破屋，夜雪酒寒檠。自説貧如許，儒官誤一生。

次李景山韻

道人無可愛，所嗜特清吟。墨痕沁春雪，燈影摇秋霖。試將不龜手，用鼓無絃琴。此意許誰會，思君滄海深。

送客還山

乍見即言還，望雲歸遠山。舟行白鳥外，路出緑陰間。鄰父開松徑，家童掃竹關。世途方擾擾，誰復似君閒。

訪道衍上人時寓海雲

尋僧自補屐，古寺夏雲中。聽鳥明聞性，看花悟色空。風傳煙磬遠，竹引野泉通。便欲捐塵累，香燈事遠公。

送僧之華亭行化

華亭多勝概，此去幾時還。古寺寒林外，荒城野水間。地靈偏有鶴，海近絶無山。龐老知音者，相看必破顔。

贈僧還日本

杖錫去隨緣，鄉山在日邊。遍參東土法，頓悟上乘禪。咒水龍歸鉢，翻經浪避船。本來無去住，相別與潸然。

早春遊望

燒燈城郭嫩寒天，早覺春光滿眼前。山翠全輕猶帶雪，柳絲才長便宜煙。佳人挑菜寧辭遠，公子尋芳各鬭先。從此陌頭車馬動，誰能閒坐負華年。

仲春遊望

春來結伴共閒行，此日山川色更明。望里樓臺多見柳，靜中阡陌但聞鶯。江蘼色帶王孫恨，蜀魄吟傷帝子情。莫道韶華鎮長在，落花看已滿東城。

過吴即景

片帆迢遞入吴煙，竹溆蘆汀斷復連。柳蔭濃遮官道上，蟬聲多傍驛樓前。近湖漁舍皆懸網，向浦人家盡種蓮。行到吴王夜遊處，滿川芳草獨堪憐。

首夏閑居

門巷開臨曲水濱，緑陰悄悄四無鄰。雨餘高筍初迎夏，風逗殘花尚駐春。倚杖多因聞好鳥，開樽每爲愛幽人。疏簾清簟終朝静，只有琴書自可親。

川上暮歸

此地頻經畫舫過，暮歸原不畏風波。烟中漁網懸楊柳，浦口船燈照芰荷。歸鳥去邊行客少，夕陽盡處亂山多。此時詩思渾無賴，聽得前溪《子夜歌》。

秋日郊居

蕭蕭晴日户庭幽，無數青山枕碧流。白露雨餘砧欲動，黄花風冷扇初收。雲迷征雁牽秋夢，煙引寒蟬急暮愁。此際不堪摇落恨，蒹葭如雪滿汀洲。

秋夜宿僧院

古寺昏鐘日已沉，禪房花木自成陰。流螢遠度還依草，宿鳥驚飛不出林。僧磬和泉清客慮，佛香入院净人心。夜深共講楞伽字，始識空門義趣深。

秋齋早起

高齋獨宿寢衣輕，覆簟餘香似有情。門掩青苔秋淡泊，心同白露曉澄清。新詩夜得思貽友，靈藥朝飡學養生。但乞閑身長似此，已將雲霧等浮名。

秋日登戴山佛閣

風物澄明宿靄收，登山欲盡更登樓。一行白雁投南下，百道清溪向北流。野嶂雲歸初歇雨，湖田稼熟始知秋。空門寂寂無塵事，騁望端能散客愁。

歲暮山居

寂寂閒居隱翠微，蕭蕭寒日映柴扉。葉聲亂響莓苔屐，雲氣時生薜荔衣。雪滿石床門閉早，草侵棋局客來稀。歲寒正好看書卷，不用登高怨落暉。

行樂過西崦

白日都消筆硯間，偶因行樂到松關。秋聲不盡蕭蕭葉，夕景無多淡淡山。蛩響寒齋僧自定，苔荒深院客常閑。已知身世俱成幻，莫嘆西風鬢易斑。

僧居寒夜

山館蕭條寢復興，經聲遥出最高層。客愁無伴依童子，禪學多難憶古僧。階下鳴蛩沿定石，竹間栖鴿避懸燈。遠遊亦有幽居志，擬絶塵緣愧未能。

寄王止仲高季迪

只恨孤城未解圍，圍開番遣別相知。夕陽江上匆匆酒，細雨燈前草草詩。有夢直從花落後，無書空過雁來時。郭西古寺題名處，今日重遊却共誰。

吴興南門懷古

郭門南面似襄州，野樹寒山對倚樓。公子城空無食客，霸王宅外有荒丘。夕陽冉冉仍西下，秋水茫茫共北流。只是今時已惆悵，不應更爲昔人愁。

唐叔良溪居

高齋每到思無窮，門巷玲瓏野望通。片雨隔村猶夕照，疏林映水已秋風。藥囊詩卷閒行後，香炷燈光静坐中。爲問只今江海上，如君無事幾人同？

寄梅雪

聞説公亭傍水開，黄茅爲瓦不須裁。商船無數青山繞，書案尋常白鳥來。已信漆園非俗吏，誰知關令是仙才。煩君莫抱窮途恨，萬事都將付酒杯。

次高静學韻

緼袍無裏食無餘，每被傍人笑著書。郭泰徒勞誇叔度，揚雄何敢擬相如。玉堂天上非吾夢，紫極宫前有弊廬。安得故人鄰壤住，溪頭來往賦閒居。

陳氏先壟圖

雲山漠漠冢嵬嵬，馬鬛封前躑躅開。宗子只緣懷牒去，路人時爲看碑來。松間芻狗埋秋草，地底漁燈徹夜臺。惆悵年年寒食近，白楊風起爲興哀。

送胡宗禹之播州驛丞

便路之官暫到家，九溪窮處是天涯。夜郎沙軟多龍迹，盤瓠山迴似犬牙。浦口勞歌催畫鷁，門前使節詠《皇華》。途中定有江行稿，好寄東風萬里槎。

送張憲史之江西

燕子歸時却離家，洪州迢遞隔天涯。風帆落浦朝投驛，江火明堤夜探沙。客裏寄書逢驛使，幕中提筆待霜銜。來春我亦尋歸棹，約爾南湖看杏花。

同安阻雨

出甸方到同安郭，水驛春寒懶放船。白浪翻江風愈壯，黑雲粘樹雨長懸。峰頭僧磬惟聞響，沙口漁罾已罷牽。寄語群鷗莫相狎，只今無暇與攀緣。

春園漫興

水漫芳塘生暖波，松林蘭若散鳴珂。題詩故欲愁花鳥，避酒還能憶薜蘿。煙柳萬條供妙舞，風鶯百轉當嬌歌。醉斜烏帽歸來晚，一路花飛撲面多。

曉過淮陰

軍城鐵鎖曉開關，使節星馳未敢閒。淮水東流應到海，瓜洲北去少逢山。行人欲斷寒烟外，遠燒時明亂葦間。却憶帝城風物盛，禮成須及上春還。

風陽使還

拜陵初罷雪雲晴，使者南還荷聖靈。馬上頓更新舊曆，風前重數短長亭。逢人問俗諳倫語，到處尋源驗水經。却憶長干橋畔柳，歸時應待眼青青。

送僧還天台省親

載經東去路迢迢，應爲寧親到石橋。江上中齋尋午墅，沙邊夜梵雜寒潮。宰官問法留三宿，慈母焚香製七條。歲晚定知歸本寺，待予聽雪坐終宵。

寄南屏渭長老

蒲室傳心第一宗，老尋古刹寄行踪。貫花偈就人争寫，壞色衣穿自懶縫。案上梵經皆貝葉，手中談塵是青松。何年惠遠重開社，來聽東林寺裏鐘。

贈景山中道立 寺在菁山東北高山上，今廢。

古寺殘僧亂後稀，獨來林下掩柴扉。化人每轉千聲偈，闢地惟將一衲衣。池上蓮芳辭伴去，山中松偃識師歸。非關願薄難行道，自是群生與道違。

重過蜀山徐幼文隱居

憐君舊隱此林間，一去神京未得還。獨客重來多白髮，胡人不見只青山。岸前古樹曾維艇，雪後高齋幾扣關。何日能除簪紱繫，莫年相約共投閑。

訪許文學不遇

杖策思尋半日閑，偶隨流水過前山。林中不見童迎客，竹外惟聞犬護關。道服自懸虚牖下，茶巾空挂夕陽間。到門不遇君攜手，惆悵荒村暮獨還。

贈彈箏人

先輩曾將舊曲傳，纖纖銀甲更堪憐。清和未數湘靈瑟，哀怨渾同蜀國絃。鶯弄晚風啼復歇，雁飛秋水斷還連。坐中北客聽來少，暗想當時一惘然。

贈鄭郊文

兩鬢星星小幅巾，蒼松氣節鶴精神。居常倒屣迎佳客，貧不將詩謁貴人。踏雪抱琴梅嶼曉，典衣沽酒柳橋春。若非道眼高明者，誰肯甘心寂寞濱。

送蕭縣丞朝京

天官妙選待才賢，茂宰清明衆所傳。漠漠去帆衝暮雨，蕭蕭行李似當年。逶迤客路朝京口，迢遞王城在日邊。爲説烏程民吏待，金陵酒美莫留連。

金華道中送鄭邴文東歸

柳絮飛飛共語離，尊前會面定何時。交情冷淡孤衷在，世味辛酸兩鬢知。春水亂灘船下疾，曉風殘月酒醒遲。湖邊鷗鷺休相笑，破篋無錢只有詩。

金陵道中

孤舟曉出古關西，江樹蕭疏繞壞堤。七里岡前寒雪霽，三茅峰頂暮雲齊。酒家寂寞人稀醉，車馬縱横客易迷。迢遞漸看宮闕近，月鳴時聽夜烏啼。

揚州道中

馬頭津口足風波，歲晏遥乘一傳過。南渡客來多漢語，下江船去半吴歌。蕪城總入新編户，瓜步斜連古漕河。何處吹簫明月夜，野田茅屋曉烟多。

燕山客中

只合山中度歲時，欲求聞達豈相宜。命輕似絮人争笑，心直如弦鬼亦知。怕見是非休看史，未忘習業尚耽詩。春風歸去江南路，芳草滿汀花滿枝。

閩中春暮

吳山入夢驛程賒，身逐孤帆客海涯。九十日春多是雨，三千里路未歸家。桃榔土潤蠻煙合，楊柳江深瘴霧遮。倚遍闌干愁似海，杜鵑啼過木蘭花。

燈花

畫堂銀燭映歌鐘，醉眼俄驚火樹紅。白玉屏深留晚艷，絳紗籠暖護春叢。闌干清淚非因雨，狼藉殘煤總爲風。更憶禁垣歸路靜，金蓮隨馬散文虹。

登姑蘇臺懷古

荒臺獨上故城西，輦路淒涼草樹迷。廢冢已無金虎踞，壞墻時有夜烏啼。採香徑斷來麋鹿，響屧廊空變蒺藜。欲弔伍員何處是，淡煙斜日不堪題。

送越上人住蔣山

落落晨星耆舊稀，奮然一出拯危機。石頭路滑有時到，山頂雲深無夢歸。帆葉飽風衝白浪，雪花和露濕緇衣。八功德水談空處，應有江禽入座飛。

送蓮社陸道師歸鏡湖别業

一錫横飛下鏡湖，頭顱老去世緣疏。庭栽竹少堪容鶴，池種蓮多不礙魚。滿室香雲經盡後，半窗明月定回初。陶潜懶入東林社，在在青山可結廬。

答山西楊憲副故舊見寄

晉鄙遥山接太霞，十年從仕鬢空華。秋來有雁偏催客，臘盡無梅更憶家。私屬羊毛皆入税，邊風馬乳代烹茶。番思共隱江南日，每爲論詩到晚鴉。

蘇小墳

冷落百花朝，無人上畫橋。東風吹緑草，依舊似裙腰。

蘭室詠

葉

泛露光偏亂，含風影自斜。俗人那解此，看葉勝看花。

花

能白更兼黄，無人亦自芳。寸心原不大，容得許多香。

畫

疏散元非用世才，日高林户尚慵開。爲憐湖上青山好，行到冬青樹底來。

暮過西疃

白水泱泱繞壞堤，隔林遥聽夕陽鷄。閒行每到東邊少，爲有青山在屋西。

悼高青丘季迪三首

燈前把卷淚雙垂，妻子驚看那得知。江上故人身已没，篋中尋得寄來詩。
消息初傳信又疑，君亡誰復可言詩。中郎幼女今癡小，遺稿千篇付與誰。
生平意氣竟何爲，無禄無田最可悲。賴有聲名消不得，漢家樂府盛唐詩。

挽楊憲府孟載二首

南北雲山賦遠游，白頭終老晉陽秋。千篇留得平生稿，半似蘇州半郢州。

恨不尋君未死前，須臾一别便千年。慰人幸有童烏在，他日應能續《太玄》。

聽老者理琵琶

老來絃索久相違，心事雖存指力微。莫更重彈《白翎雀》，如今座上北人稀。

取勝亭感舊

緑雨微消紫陌塵，湖光冷落似無春。朱門記得曾遊處，楊柳青青不見人。

寄友

客路尋常怨别離，况逢秋色倍堪悲。一封書到千山暮，正是思君獨坐時。

梅雪軒

山如東郭先生里，屋似西湖處士家。爲問軒中清白吏，還應比雪比梅花？

雙駁圖

內官妝束樣能齊，宛洛春風信馬蹄。共説放朝無一事，看花直到夾城西。

小遊仙 四首

洞口春泉漱碧沙，樓臺仿佛蔡經家。赤鸞銜得金盤子，擲向窗前樹樹花。
晞發扶桑露氣新，三花樹底坐調笙。到門解説長生理，只有茅家好弟兄。
朝遊碧海不騎魚，鳳引霓旌鶴引車。吟得《步虚》誰解和，歸來閑倩少霞書。
門外南風吹葛花，弈棋人散樹陰斜。青童睡起渾無事，乞與神丹喂白鴉。

廢寺

白晝閑門一兩僧，山房深掩蘚花青。西風不管鐘魚破，自在斜陽與塔鈴。

維陽春晚

烟籠柳影亂鶯啼，雨濕芹香乳燕飛。二十四橋春又盡，江南詞客正思歸。

燕山春暮

金水橋邊蜀鳥啼，玉泉山下柳花飛。江南江北三千里，愁絶春歸客未歸。

列朝詩集甲集第十

徐布政賁《北郭集》古今詩一百十首

賁字幼文，其先蜀人，由毗陵徙居吴，家城北望齊門外。時稱「十才子」，幼文其一也。工詩，善畫山水。淮張開閫，辟爲屬，與張羽俱避去。之吴興，張居菁山，徐居蜀山。甲辰九月，建蜀山精舍。丙午，吴城解圍後，復隱於蜀山。洪武七年，用薦起家。丙辰二月，遣廉訪晉冀，簡其橐，惟紀行詩數首。授給事中，改監察御史，出按廣東，改刑部主事，陞廣西参政、河南左布政使。大將軍兵出洮、岷，往返中原，訴所司缺犒勞，上以賁迂疏儒者，不即誅，下獄死。詩名《北郭集》，成化中吴人張習編次。習《後録》云：「幼文以丙辰起家，其卒以癸酉七月。」余考洪武六年癸丑，幼文與吕志學宿蜀山書舍，爲志敏作畫，次年甲寅，衍師過佛慧精舍，題此畫云：「幼文仕於朝，季迪已入鬼録。」則幼文以甲寅入朝，非丙辰也。庚申七月，志學題幼文畫云：「幼文已矣，而畫獨存。」則幼文之死獄當在己未、庚申間，非癸酉也。習云：「先生履歷，述諸故老所談。」故其紀年舛誤如此。

青青水中蒲

青青水中蒲，織作團團扇。不肯贈傍人，自掩春風面。

漁父篇贈瞿敬夫

君本煙波一釣徒，載得全家入五湖。耽詩每笑唐高士，致產能輕越大夫。往來不向州城住，朝泊西巖夜東渚。筆牀茶竈何用將，篷底惟留釣漁具。第四橋頭春水多，朝朝暮暮自經過。緑蓑常帶桃花雨，白漿頻翻荇葉波。春風秋月年年好，銅斗歌中鬢華老。閑愁總在醉中消，樂事從教行處少。但取魚來不論遲，黄粱緑竹手親炊。飽時把釣醒時唱，世事於君定不知。

舟行崑山懷陳惟寅山人

粼粼渡斜渚，宛宛漾晴川。日入風逾駛，舉棹屢洄沿。荇花拆還斂，漪文斷更聯。畔人歸負耒，漁郎行扣舷。煙巒各閟態，霞嶂獨逞妍。睇近固流迅，矚遠乃遲延。羈懷欣暫息，離思愴仍緣。安得偕吟侶，睹爾瑶華篇。

過荷葉浦

粼粼水溶春，淡淡烟銷午。不見唱歌人，空來荷葉浦。無處寄相思，停舟采芳杜。

題銅塢後山石

山行興未窮，復登白雲嶠。石上識曾遊，墨花破孤峭。鄰僧尚未見，知有幽人到。

燕余左司宅

初晴麗前楹，輕寒沍幽院。酒氣菊邊聞，鑪霏竹間見。禮秩俱澹忘，情交自深眷。嘉會在永期，閑歡足清宴。

題陳允中山居圖

昔年爲客處，看圖懷故山。今日還山住，儼然圖畫間。泉來繞蘭徑，月出對花關。應知農事畢，高坐有餘閑。

池上晚立

芳草湛微漣，高柳駐餘景。喧喧林鳥繁，藹藹墟煙迥。幽情卒難愜，因兹立俄頃。

衍上人蕭然齋

高林灑繁露，閑齋自翛然。俄聞一葉墜，應我琴中絃。野水寒欲淺，遥岑秋更妍。清晨理梵罷，窗扉靄餘煙。

獅子林竹下偶詠

客來竹林下，時聞澗中琴。經房在幽竹，庭户皆春陰。孤吟遂忘返，烟景生逾深。

劍池　在虎丘。

闔閭試劍處，靈泉湛澄静。苔花漬餘血，石色帶古礦。空山秋氣寒，幽林夜光冷。月明樹交壁，人静霜折綆。古懷且當置，清景庶足領。

詠屏送周伯陽

巧飾辭雲母，圖畫比晴天。密防宜便坐，連張須廣筵。月臨皎乃隱，風當駛亦旋。望處憑移障，只恐見離船。

晚步

雨餘夏氣清，煙聚園齋暮。紅萱宿困蝶，緑橘垂新蠹。艷情杯裏融，幽意琴中度。蕭散且未寢，遂適前度趣。

菜薖爲永嘉余唐卿右司賦

遠辭華蓋居，來卜山陰宅。乍到俗未諳，久住地旋辟。屋廬尚樸純，楹桷謝雕飾。高營踞山趾，深甃逗泉脈。檐將狼尾苫，門用鼠管織。缺垣唯補蘿，圮砌總蒙蔦。編籬限邇鄰，樹枏表殊埸。本來是野性，豈是耽地僻。學圃欲擬樊，爲功敢侔稷。寧惜勞外形，自甘食餘力。耕鋤限兒課，灌溉當僕役。破塊何畇畇，陳器亦叜叜。駕許俗士回，屐向鄰翁惜。筐筥織湘材，鍬鍤鑄棠液。卓钁鷹觜利，負蓑猬毛磔。俯仰疲桔槔，沾灑潰襏襫。循畦行策鑱，偃林卧攲石。鐮拔欲芟丘，刈削竟驅礫。值阜即爲坡，遇凹就成洫。堤崩防密葭，竇隙拒亂棘。地同農畝計，區學井田畫。長畛縱復橫，曲渠廣還窄。接流引餘清，疏沼匯深碧。架桁秋實垂，籬落夏蔓冪。雨露加膏腴，糞土發磽瘠。識種題裹藏，辨類分行植。蒔法常按譜，候時即看曆。蕨芽拳握紫，姜蘖拇駢赤。兩合憐蒯蓻，叢生愛銚芅。初篘迸蟄雷，新苔長春蕖。雀弁蓤葉峨，馬帚井莖直。黄繁微颬綿，瓠老枯瓣拆。芍苗卷龍鬚，藥幹擁牛膝。黄獨雪晴收，紫蘘露晞摘。陰階茂莀芭，下田豐菲蒠。捲輪木耳垂，攢刺菱角射。秋茄採更稀，夜韭剪仍殖。芝芳凝海瓊，茭鬱點池墨。枸杞香可醪，竹菇熟堪臘。石皮被柔藫，土酥膾肥菂。細蒓入饌鱸，鮮蔓雜羹鯽。荼苦檗與儔，菘脆冰爲敵。菌櫨西蜀致，苜蓿大宛得。長縈荇帶流，亂簇蔯絲繹。芹效野人獻，瓜爲天子副①。决明才一方，萵苣連數席。琼糜慰渴心，玉延起羸疾。蕈毒笑非喜，芥辛泣詎戚。盤根芋埋壤，脱穎筍穿壁。擷香憐鷄蘇，折甘嗜燕麥。粟腐切方圭，乳餅斫圓璧。孕子棕受刳，贅胕石被鹹。兔目淘夏槐，鹿角芼臘炙。菁託諸葛呼，巢以元修斥②。莧褒蔡守清，薇怨周節逆。邪蒿義所攘，穢萎理堪啞。薄利嘉拔葵，省謗惡遺薏。窮餐齏酸黄，儉啖薤留白。閑情付田園，生意仰膏澤。莢齊翠疑剪，甲拆緑訝擘。掩冉烟際姿，葱蒨雨餘色。始掇惜滓染，載滌畏蟲螫。新薦或在籩，薄湘亦須鬲。求久漸投酸，致爽遽沃醲。不煩僚友送，敬向先聖釋。對屠誇大嚼，燕客欣小摘。柈羞不過三，瓮菹當飫百。未能著蔬經，安敢逾食籍。旨蓄足山厨，素供過香積。用兹卒歲年，庶得勤朝夕。賓魏徐見厭，厄陳顔自懌。潔畚士耻污，造橋盗懷恤。抱甕忿設機，授書誚求益③。縱馬因致憂，吞蛭遂亡謫。萬錢柳復乞，片金華還擲。仕知吕侄妄，居味鄭人識。枕肱仲尼樂，傷指范宣阨。鼎臑固云嘉，食簞亦足適。敷淡分所安，堪味欲易極。毋因口體累，遂使慾民德。

① 原注：「音愊，判也。」
② 原注：「諸葛元修，菜名。」
③ 原注：「用侯君房征嚴光事。」

蜀　山在吴興弁山南十里

喧囂厭已久，閑居喜兹遂。茅茨起高明，澗道入深邃。鑿牖通震方，開扉面離位。藩編槿雜篁，壁補蘿牽荔。井椆旋解苞，田植齊吐穗。溪山固可娱，風雨亦足庇。到日始八九，良友得三二。客情卒難愜，人性頗煩記。時具茶果招，或携酒肴饋。感激壯歲心，慰藉平生意。兹欲尋幽期，弗暇理塵事。諸方未遍遊，近處聊一至。指引賴苾芻，隨行有童稚。陟怯危磴攲，瞰訝頽岡陂。褰蔓悟險途，披叢見傾隧。緩流似矜清，舊藏欲呈瑞。變緑亂薪蕘，發赬老葉醉。深村羈旅絶，荒山古祠閟。厓攢紫閣陰，松映綺疏致。聖像委蒙塵，靈幡颯驚吹。青史失記名，朱榜但題謚。庭空衆草羅，地僻百蟲歧。鳴禽語供絃，飄雲影翻幟。螢停暗帷燈，蝸篆仆碑字。柏瘦蟠輪囷，瓠子懸重膇。喬林神鴉號，卑薄鬼蝶戲。甃虚泉脈通，級夷石髮被。怒蛙恒瞋睛，疾螳忽掉臂。鼠行黠無聲，蟻旋馴有次。壞柱腐耳垂，敗几蒸眼漬。絲揚罥蠨蛸，磷飛見魑魅。螟蝕供後花，猿窺祭餘器。浮煙不熏爐，溜雨常停觶。崩垣竄驚麏，崇檐巢惡鴞。野蒿食復生，園棗啄將墜。牧笛秋霜清，樵歌晚風遲。嵐光疑積愁，谷氣如發喟。對景獨感情，覽物各求類。臞祝勞遠陪，慵僕倦久侍。歸時群動息，日脚在平地。

登戴山 在湖州臨湖門外二十里。

平田渺空曠，孤崗忽高峙。新松蔭其巔，白石繚其趾。初登若嶄絶，稍上乃如砥。嚴風蕩高寒，微月中霄起。亭亭日晷側，肅肅征鴻駛。南招天目雲，北覽具區水。比來局羈絆，游遨喜兹始。同心良可重，歡言得佳士。非惟外累遺，沉憂亦成委。薄暮聊旋歸，餘興會留此。

題崔生南軒

軒居曠宜夏，嘉樹覆前榮。南風藹繁緑，幽禽時一鳴。理櫛陽光啟，奏琴涼月生。逍遥自旦暮，於以暢閑情。

閑　居

謝事返丘壑，退耕理田園。兹心獲遂初，稍得酒中悁。振策升崇巘，揚舲溯長川。驚湍信汩汩，清溜自涓涓。新蘭艶遲日，密竹曳叢烟。東館朝燕坐，西林暮獨還。朋舊固云曠，山水聊夤緣。居諠暫亦遣，習静久乃便。已幸駐靈藥，復能諷瑶編。既無羡魚志，外物非所遷。

題王彦舉聽雨軒

高竹覆南榮，寒蕉滿前渚。蕭閑此中意，適對清秋雨。疏當簾外飄，密向窗前聚。聲聞俱兩忘，悠然坐無語。

晉冀紀行十四首

荆山揭高厓，塗山聳横堮。長淮出兩間，中斷見斧鑿。洪流受束縛，浪起石鬭角。誰能爲此功，在昔大禹作。至今遺廟存，香火乃寂寞。我來問邑人，往事竟緬邈。於是春正深，草木尚荒落。登臨欲開豁，睹兹反不樂。更傷卞和泣，三獻空抱璞。

右荆山。

舟行夜達曙，路入硤石口。平山帶孤城，一塔起高阜。問知古壽春，地經百戰後。群孽當倡亂，受禍此爲首。彼時土産民，十無一二有。田野滿蒿萊，無復識畎畝。去程不可稽，欲望敢遲久。

右壽州。

秋日何凄其，嚴風變陽卉。嘉節葉重乾，時菊芬且靡。臨高一眺望，俯見城郭裏。三關爲襟帶，雙溪流瀰瀰。浮雲起天末，鳴鴻在中沚。雖非吾故土，但悦山川美。獨遊意尚適，况兹值多士。珍肴出豐厨，吴萸泛芳醴。人生雖長壽，良時亦有幾。對此不爲歡，憂思何由弭。鑒此登山悲，飄飄然已矣。

右河口山登高。

昔聞陽臺名，今上陽臺路。我因興古懷，驅車暫停駐。餘基尚突兀，雲雨自朝暮。哀猿失故聲，野色剩孤樹。當時襄王夢，曾與神女遇。幽冥事莫測，萬載誰能悟。平原亘千里，巫山渺何處。凄凉宋公子，深情見遺賦。

右陽臺。

客程不論遠，所愁在陰晦。惡風滿川來，雨勢晚逾倍。船争急流上，寸進還尺退。枯葭夾崩沙，路轉百數匯。颯颯孤篷外，琅琅萬珠碎。篙師左右呼，坐客默與對。去心雖云迫，前途苦茫昧。德星無復睹，洗耳亦何在。有懷仰高風，令人發深慨。

右潁川。

前登盤子城，山隘勢欲逼。路回土峭絶，傍夾千仞壁。石狀如矩斫，巨細總方直。無泉土脈死，草木盡改色。高巔有堡障，重門閉重棘。陰慘行人險，惡意叵易測。信知狐鼠輩，得在此中匿。我生好壯觀，努力更攀陟。立久日將晡，浮雲渺鄉國。

右盤子城。

峰迴抱深壑，下視天鑿井。昔人建重關，扼險備邊警。鍵鑰久已絶，垣石尚森整。峨峨尼父祠，門掩衆山静。曾聞此回轍，無復過斯境。詢知鄉老言，此事古未省。餘氓數家在，破屋暮煙冷。我行力稍疲，景物不暇領。且爲投宿來，驚風夜愁永。

右天井關。

盤盤羊腸阪，路如羊腸曲。盤曲不足論，峻陡苦躑躅。上無樹可援，下有石亂蹙。一步一嗟吁，何以措手足。途人互相顧，屢見車折軸。少時徒耳聞，今日親在目。不經太行險，那識安居福。

右羊腸阪。

陸行渴懷抱，今渡沁河水。奔騰走百灘，聲遠聞數里。我來坐其涯，肩擔欣暫弛。不意山塢間，偶得見清泚。連朝塵沙目，豁爾净如洗。雖云倦行力，對此亦足喜。南風吹青蒲，白鷗忽飛起。

右渡沁。

一水隨山根，宛轉流出迴。灘聲繞縣門，孤城數家静。風土殊可怪，十人五生癭。土屋響牛鐸，壁滿殘日影。行遲欲問宿，連户皆莫肯。亭長獨見留，半榻亦多幸。呼童此晚炊，糲飯穀帶穎。野蔌不可得，敢望肉與餅。途行乃至此，儉素當自省。

右沁水縣。

巍巍太陰山，厓壁拔嶄峭。積水嵌層墟，凛若太古造。凍深草木堅，僵立勢難撓。高寒横障空，陽景未嘗到。鄰有羲和墓，欲問莫可吊。如何于此地，獨不被臨照。至今山中烏，無性識晴昊。聊爲志其事，因之發長嘯。

右太陰山。

土谷既深入，高山復巑岏。微徑才百尺，下轉十八盤。俯臨澗壑險，勢陡不可看。亂石鬭磊砢，置足恐不安。長鑱那可託，藤蔓無由攀。寸步每千慮，舉動如蹣跚。心膽掉欲碎，毛髮亦爲寒。戰兢尚未足，何暇發慨嘆。平生行路心，此日方知難。

右十八盤。

空山兩高冢，媧皇此中葬。焦土積層巘，勢助殿閣壯。大哉補天手，功出千古上。至今煉餘石，火氣夜猶放。轟雷常祓護，烈風日掀蕩。陰林慘可畏，怪木高數丈。百鳥飛繞枝，欲止不敢向。地靈氣所鍾，祭禱土人仰。經過謁祠下，幸獲拜神像。

右女媧墓。

霍山古北鎮，勢尊出群麓。山深異風景，春盡樹未緑。居人苦多寒，鑿土爲住屋。屋頂土元厚，亦種麻與菽。乃知此方民，猶有上古俗。我欲拜其廟，日斜去程促。窑煙斂暝色，牛羊半歸牧。征徒多險巘，村館早尋宿。

右霍山。

右《紀行》十四首。賫於洪武九年往山西，與顧廑同受上命，問俗於晉民。自京師下長江，歷淮、蔡，入大梁，渡黄河，登太行，覽唐虞故都，周旋於吉、絳、汾、沁間，過雁門、代郡，回觀上黨、長平之舊迹，跋陟五千餘里。其間山河形勢，佳景殊俗，未暇盡述，姑賦其萬一，聊以攄吾之見聞云爾。二月廿三日識。

丙午中秋與余左司王山人高記室同過張文學宅看月

商飆吹秋天如藍，出户圓月生東南。衆星次第斂芒角，獨有桂影垂毵毵。澄光無私照應遍，不間污澤兼清潭。冰輪軋軋上銀漢，玉龍左右駕兩驂。須臾當天蟾魄正，八表洞視明相涵。自憐下界苦迫寒，未得變化同書蟫。遥思海上看更好，水氣顥顥雲無曇。鮫人機室仰虚炤，綃絲薄袖抽冰蠶。孕珠老蚌躍波出，吸納華采争呀谽。山河大地影倒入，嗟此尺璧何由含。曾聞月乃七寶合，坳處修補須斤鏨。又聞姮娥竊靈藥，直欲不死真貪婪。如此怪事各有説，理或有之幽莫探。化橋擲杖本幻戲，兹事何故推難諳。分明以術誑人主，不即加罪誠痴憨。今宵貴家盛開宴，奔走席上羅女男。清絃脆管樂正作，金尊玉斝情方酣。羈愁誰念獨居者，家無隙地惟書龕。南鄰庭院未爲廣，較之我處殊差堪。便携濁酒扣門去，肴核瑣細毋煩擔。移牀露坐共邀月，更呼故友來清談。諸君豪邁總名士，長材落落皆楩楠。詞鋒出硎睹快利，鈍斧寧敢膺長鐔。胸奇每能斡造化，語峭似可欺巖嵌。我今結託豈偶爾，内切自喜忘其慚。當歌且用脱邊幅，買酒奚問墮珥簪。爲君起舞明月下，兩袖拂鬢風鬖鬖。佳節於人既不惡，暢懷痛飲心所甘。緣知樂景不易遇，匪曰嗜好成淫耽。此月一去又一載，坐看直待鷄號三。

連理木爲何垌賦

松陽之山如游龍，粤羅浮原獨巃嵸。有墳峨峨樹且封，誰其葬者楚國公。楚公系同正獻宗，煌煌炎宋祠業鴻。若子洎孫俱登庸，德澤綿衍何其隆。至坰七世慶未窮，坰也孝義被厥躬。祇率黨序相睦雍，上以承祀弗墜躬。下以奉親能婉容，昊天不憖降鞠訩。群丑戲兵儕蟻蜂，居民悉毁效甸空。母也奄忽時適逢，葬地罔差吉與凶。倉皇原傍鑿幽宫，禮弗克備誠匆匆。明年又復殂乃翁，五内摧裂號彼穹。相原石塘氣鬱葱，僉日合遷母也從。坰以體魄安其中，而更發露實所恫。歲丙午春時雨豐，連理木生元氣鍾。巨幹開合敷枝葼，廿又四尺爲其崇。望如車蓋儼童童，山靈揮訶護芳穠。禎奇孰云非化工，於戲孝感天地通。暴祥表瑞無以充，乃於兹木昭孝衷。眉山記語具始終，鄉人頌美萬口同。我聞其事愧愚蒙，作詩聊以備采風。

贈崔孝子

洪洞山前震鼙鼓，東家被殺西家虜。崔郎逃兵山更深，手引諸兒背馱母。須臾兵急行恐遲，月昏霜滑山險巇。大兒牽衣小兒哭，心在護母寧戀兒。倉皇棄兒巔岩裏，永割慈情知必死。明朝鄰里忽抱還，全家相看盡驚喜。我知此事由衷情，不有神護安能生。兒今拜父孫拜母，一家團欒居樂土。

晚　歸

樵風度溪波蕩影，水葉圓圓緑浮荇。白沙路遠雲花静。小艇争先野鶴歸，竹外依微衆山暝。

瑤芳樓

高樓春多風日妍，瑣窗瓊闌縈素煙。水晶簾捲香散席，瑤芳吹入琴中絃。美人手度陽春曲，水意山情斷還續。三山鸞鶴夜飛來，佩環摇曳玲瓏玉。琴聲宛轉響春空，滿樓白月梨花風。

次韻王止仲見寄并柬郡諸友

少年不用悲秋蓬，致身豈但儒冠中。壯心非干要誇世，平生直欲圖成功。枉將空言恣幽討，徒採衆説相芟礱。全功獨取遼城箭，大言誰信扶桑弓。亦當殺虜白登道，寧復獻賦甘泉宫。英雄不作等閑事，神仙自託浮游踪。求名未解吐辨舌，養壽莫必生方瞳。微生自有造化繫，皇輿已喜車書通。按國孰能索神駿，抱璞未易逢良工。散材遭焚固無用，蟠根爲器須先容。以兹嘆息委鈍質，匪云隱逸矜高風。安時從此甘蘋藿，傲世詎敢厭韭葱。蓑榮來往培草本，得失互有憐雞蟲。龐公到老終食力，欒布賤時曾賣傭。狂歌每增慷慨意，濁酒一洗芥蒂胸。學書未必醉乃聖，賦詩何待工爲窮。屢當求益懷故友，獨恨作客來新豐。明珠羞與魚目混，美玉亦藉山石攻。仁山道學麗白日，少陵文采明秋虹。又知席師學清静，可貴衍衲修真空。藥師老成飽兵學，安石俊健夸文雄。王家筆法到幼子，高君奇句欺三紅。相思寧問異遠近，結交尚賴全始終。將來大器君輩是，嗟此亂世吾難逢。明朝東書過湖去，放船鼓舵松陵東。

次韻楊孟載觀芍藥作

輕陰釀緑寒猶薄，龜甲疏簾映朱閣。美人偏有惜花心，新水銀瓶送紅藥。當階惟恐流塵污，纖手籠春爲花護。一捻芳容飽弄嬌，胭脂細結玲瓏露。彩貼單屏襯碧綃，微風才動見花摇。香凝膩粉肌全濕，影艷方諸臉半潮。高枝開滿低枝捲，翠檻移來隨步輦。濃染如分織女機，巧裁似出宫娥剪。花情最重是何人，應有鴛鴦帳裏身。不用傳心題綺字，踏歌當爲唤真真。

春陰應秦王令　時在山西。

雲花鱗鱗山漠漠，重城平障芳陰薄。膩雨輕吹飛復停，勾引東風到簾幕。草滋微濕沾芳塵，隴頭不見尋花人。桃英梅蕚同懊惱，水紋滿漲金河春。柳絲瞑蒙煙不醒，轆轤暫輟銀瓶綆。新鶯未换谷中聲，遊蜂竟失闌前影。丁香百結蕉有心，綃屏六曲春沉沉。香抽翠縷火長續，餘寒撲錦籠朱琴。江南春好多芳樹，林園半是看花處。明朝重整小紅車，風光滿路行春去。

楊孟載畫竹

江南看竹不爲罕，水郭山村常種滿。東里千竿繞佛亭，西鄰萬本連書館。密葉分陰小閣深，斜枝度影虚簾短。蕭疏夜月翠羽涼，摇曳南風鳥聲暖。嗟余好竹處處遊，徑造豈減王猷誕。湘江淇水無不到，嶰谷柯亭亦嘗款。人間音律性所好，收作鸞笙與鳳管。或裁文篳製小冠，時尋新笋供清饌。朝行竹下暮仍往，自謂竹緣終不斷。朅來并州苦寒地，沙土撲面心煩懣。寧無塞草共山花，惟覺粗疏俗吾眼。胸中塵氣久已積，對此汾河詎能浣。君心飽有渭川思，揮灑風煙意閒散。封圖遠送邀我題，措語苦澀顏何赧。

謝陳惟寅贈其故弟惟允所畫山水

大髯袖中有廬嶽，嵐氣噴人寒色薄。出贈生綃一幅圖，云是小髯之所作。我嘗游君伯仲間，仲今已矣空見山。畫中無限磐礴意，使我坐見愁滿顏。重崖復澗迷樵路，杳杳煙蘿晝如暮。溪閣風生醉客眠，野橋月出歸僧度。櫪林蒙密楓林高，深處似有猩鼯號。滿空雲凍動秋思，飛泉落日何蕭騷。揮毫若此難再得，白鶴何時返鄉國。良工自古多苦心，留賞人間賴遺墨。南宮北苑皆已仙，此圖與之當並傳。坐嗟存殁意難報，作歌愧匪瓊瑶篇。

宿王判簿宅送徐孟岳

來往頻吴越，扁舟只載書。言從交後浹，情恐别時疏。凉意蓮塘静，宵光竹牖虚。懸知待明發，柝盡是愁初。

東城道中與王守敬張思廉同賦

水郭秋風後，尋詩客共過。晚鴻將集渚，風葉盡隨波。野客便詩思，潭魚識棹歌。前山青數點，不似亂雲多。

送唐處敬赴嘉興

莫謾唱《陽關》，愁多湖上山。春風催去艇，酒色解離顔。路上三江外，程淹一日間。官亭車馬散，俱是送君還。

次韻答楊孟載池閣晚坐四首

獨坐面萍池，微凉泛碧漪。意緣多病懶，詩是苦吟遲。孤柳風難定，叢篁雨不欹。蕭閑此中趣，未信鬢如絲。

晚凉池閣静，藹藹緑陰交。野燕將新子，墻桑發舊苞。藥房因雨閉，茶臼待晴敲。誰念孤吟客，繩牀坐岸坳。

閣晚飆初歇，池萍水不漪。衆禽鳴未定，獨鶴宿常遲。無悶杯仍酌，多眠枕屢攲。黄梅時節裏，常是雨絲絲。

習靜消微恙，驚時念故交。花殘紅剩萼，蕉長緑成苞。茶器晚猶設，歌壺醒不敲。遥知凉思足，行樂到林坳。

秀野軒

何處問幽尋，軒居湖上林。竹陰看坐釣，苔迹想行吟。嶂日斜明牖，渚風凉到琴。相過有鄰叟，應只話閑心。

和高一啓聞鄰家琵琶之作

花暗短垣春，琵琶度隔鄰。促絃知改調，停撥似要人。得見情應眷，遥聽思已親。摧藏曲中怨，何事話能真。

送易架閣

何處唱離歌，前湖一棹過。日斜山似近，水落渚偏多。寒意歸沙柳，秋風到浦荷。不知今夜夢，還隔幾煙波。

送王團練赴邊

遠塞頻經擾，重煩團練行。堠兵傳虜信，關吏説邊情。月黑深防檄，風高屢按營。羽書聞近息，喜復見秋成。

丁未年人日

人日轉寒深，春城澹澹陰。殘梅仍故色，啼鳥換新音。曆喜逢時看，詩多感物吟。愁來渾是醉，誰道酒能禁。

飲櫻桃花下次韻饒參政

西園風雨過，今日始知春。對酒皆閑客，逢花即故人。悲歡情各異，醒醉量難均。忽灑樽前泪，愁多易滿巾。

待杜二寅不至

春水路西東，思君悵望中。落花湖上雨，歸鳥柳間風。雲影疑飛蓋，歌聲認短蓬。蕭條一杯酒，此夕向誰同。

夜投白蓮寺 在甫里。

飲別東家叟，行投西寺僧。無風收閣幔，有月罷廊燈。竹夜聲偏集，池寒色似凝。無端值詩景，清興覺逾增。

黄山人家次韻答陳秀才

相逢坐上客，俱是此鄉人。重見兵前面，能全竄後身。月遲疑夜短，風乍覺寒新。爲訴窮途事，能忘語意頻。

兵後過罨亭山

罨亭西去遠，一過一凄然。雁宿蘆中月，人歸草際煙。漁家多近水，戎壘半侵田。尚喜餘民在，停舟問昔年。

同衍師訪席有道分韻得尋字

邂逅空門友，仙家得共尋。石苔經屐破，冰溜落溪深。雲過松分影，林寒鶴避陰。何煩謝人世，心静只山林。

虞文學村居

行盡沙村路，林塘得隱居。竹光琴席上，蓮氣酒杯餘。露重時聞鸛，風平或見魚。會當明月夜，相與步前除。

李逸人同川藥隱

小墅離村遠，門當水竹開。芷蒲皆藥草，雲鳥盡詩材。春雨躬耕去，斜陽訪病回。花藏溪上路，只許酒船來。

夜坐池上有詠

新凉滿緑波，窗户雨纔過。岸響聞蒲葦，池香識芰荷。隔雲星現少，承月露凝多。夜静誰能到，詩成只自哦。

遊浮玉山 在碧浪湖中次韵。

浮玉山前路，樓船泊渚沙。蘋香風際草，杏色雨前花。閑鳥兼湖凈，遊絲趁岸斜。不因來此處，那得賞春華。

蓮花涇莊

洲渚緑縈回，菱荷面面開。路從花外過，山向柳間來。鳴鷺驚迴舫，游魚仰酬杯。同爲城郭裏，此地絶塵埃。

題周伯陽所居

山深獨置家，地帶竹林斜。花盡才收蜜，煙生正焙茶。客來門放㕑，樵出路鳴車。不但成高隱，營生亦有涯。

馮山人湖上别業

宅近南湖口，青山盡在門。田卑嘗冒水，鄰少不成村。住久諳農事，耽閑悟道言。如君避地者，今有幾家存。

送思上人

一瓶與一錫，游越復游吴。到寺長逢舊，看山每過湖。飯緣隨處有，法意本來無。南地多猿鳥，還驚梵語殊。

詠妓

出閤初含笑，臨筵復理妝。蘭膏分鬢緑，蕊粉間眉黄。掩扇羞嗔小，褰衣舞恨長。不知坐中客，若個是盧郎？

贈虚中上人

歸去東林寺，行循曲澗流。餘燈因佛在，宿飯爲猿留。竹屋煙迎夕，菱池雨送秋。還參衆師舊，一一話曾遊。

賦得廣文舍贈李文學

地與齋宫接，門臨泮水開。廣文騎馬到，司業送錢來。芹向春時采，槐多亂後栽。無氈不須嘆，相遇且銜杯。

送客

津亭鳴鼓罷，行色柳先知。酒到聽歌歇，詩因戀别遲。亂山投驛晚，疋馬扣門時。草檄軍中事，多因載筆隨。

戊申正月試筆

佳氣麗層城，龍河溢曉清。市橋緹騎集，巷陌寶車行。柳上春多思，蘭心雪有情。風光看更好，底事客愁生。

次韻楊孟載感故園池閣四首

草閣開清曉，鉤簾爽氣通。緑蒲藏藥裹，文荇縛詩筒。盥手纔臨澗，梳頭得面風。此時應待暇，行繞碧梧桐。

草閣開清晝，官閑過客多。枕材便澗石，酒具給池荷。蕉長宜聽雨，萍交不見波。此時情爛熳，歌詠復如何。

草閣開清晚，凉生自有期。菊因風始護，竹待雨方移。妓進調成瑟，童收弈罷棋。此時杯酒裏，明月是相知。

草閣開清夜，垂垂星斗零。水蒲藏白小，露草宿蜻蜓。文梓裁憑几，生綃畫卧屏。此時凉似水，看子拾流螢。

獨坐懷鄉中友人

獨坐荒山暮，相親是酒懷。人從鄉裏別，秋在客中來。倦鳥須臾去，幽花次第開。離心自多感，不爲歲時催。

送曾伯滋赴西河將幕

上將初分閫，儒官解習兵。風旗春獵野，雪帳夜歸營。洮水從岷下，祁山入隴平。知公能載筆，草檄報邊聲。

送朱知事

惆悵官亭酒，如何送客頻。水烟漁市晚，花氣野橋春。小騎行沙健，輕衫映柳新。尊前莫催別，明日異鄉人。

送人之吴江

垂虹橋下路，此地隔江湖。沙樹應多橘，寒魚半是鱸。風將菱唱遠，舟帶夕陽孤。離別琴三疊，悲歡酒一壺。不堪憶君處，煙雨滿秋蕪。

賦得石井贈虎丘蟾書記

來款生公室，因尋陸羽泉。虛泓雲液淨，陰甃土花圓。竹引歸香積，瓶分供法筵。虎跑晴見迹，龍伏暖浮涎。錫影孤亭日，茶香小竈煙。師心如定水，應悟趙州禪。

送張明府

每喜論文久，那堪又送行。壺深淹別酒，歌短促離程。水驛孤臨渡，寒山半隱城。潮生知海近，木落見秋清。明旦車塵下，應看父老迎。

次高二季迪留別韻 婁江東館。

柴門村徑帶溪橋，來往因君豈憚遥。淺水不波仍漾漾，疏林無雨自蕭蕭。檣留夕照人將别，江作新寒酒易消。明日秋風重悵望，還將離思託歸潮。

送張山人還天平

幾欲求田負舊盟，羡君西崦草堂成。每緣種橘多開地，獨爲修琴始到城。黄葉已先霜降落，白雲長在雨餘生。龍門林屋無多遠，此去尋幽莫計程。

丁未六月廿八夜作

西風作雨又仍休，卧起園齋夜更幽。天黑露華涼不下，雲疏河影淡還流。陰蟲齊響渾忘夏，落葉頻飄預報秋。亂後俄驚時節異，却將何計爲消憂。

次韻金子肅卜居

君家茅屋去村西，地接湖渠水上畦。黄菊遍生風掩户，緑萱新長雪消泥。酒香門客船中送，詩好鄰僧院裏題。誰道亂離無樂土，此鄉還自有安棲。

遊張林山 在甫里。

偶爲尋花到竹西，兩山雲氣接高低。午烟僧舍林塘窅，春野人家草樹齊。水鶴晴時行麥壟，園蜂暖處識蘭畦。自憐遠地歸來後，纔是登臨便感悽。

園隱圖送方以常

曾聞學圃成高隱，今日携書是宦遊。隔屋尚通分溜筧，傍溪空覓看花舟。菘葵盡作鄰僧供，芋栗還憑野老收。後夜月明江上夢，應隨歸鶴到林丘。

登廣州城樓

五嶺南來瘴海深，秋風榕葉尚陰陰。安期一去家遺舄，陸賈重來橐有金。門限虎頭潮上下，城開雁翅客登臨。清時不用頻興感，萬里惟存向闕心。

記　夢

夢裏緑陰幽草，畫中春水人家。昨夜紗窗細雨，銀燈獨照梨花。

雨後慰池上芙蓉

池上新晴偶獨過，芙蓉寂寞照寒波。相看莫厭秋情薄，若在春風怨更多。

折花背立一美人圖

綉罷春衫出閣遲，辛夷花下立多時。内園且是無人到，不省含羞怕見誰。

答楊署令送菜

隙地知君手自栽，紺芽紅甲雨中開。閑居我亦清齋久，肯折新葵爲送來。

答高季迪酒醒聞雨

江郭多陰暑到遲，夜凉孤枕怯疏帷。聽風聽雨尋常慣，不似今朝醉醒時。

訪柱上人

經院深深久護煙，雨中藥草午凉天。古香室裏人重到，恰似秋風五日前。

折蓮子呈孟載

落盡紅衣見緑房，折來猶帶水雲香。柔絲零落芳心苦，未及秋風已斷腸。

夜卧聞鄰家酒聲呈季迪

雨響槽牀滴夜長，重門雖閉四鄰香。近來不是忘醒酒，也學東家吏部郎。

同季迪宿丁至剛南軒

疏樹寒蕉緑繞池，夜凉雨到便先知。我家路遠君家近，能不開懷在此時。

月明聽胡琴

檀板朱絃出硏聲，停杯齊聽月當楹。分明自是《凉州曲》，不解何人最有情。

題倪雲林竹二首

憶君我有淚淋漓，正似湘江雨後枝。記得秋聲夜同聽，蕭閒館裏對牀時。

綺窗晝寂自焚香，十日春陰不下堂。幾度吟成微醉後，興來拈筆寫修篁。

送吕管勾

客情沙柳共依依，隔浦遥山向夕微。送别偶當花落後，傷心元不爲春歸。

過南垞赴黄德讓招

風暗沙村晚漸平，相邀應得遂閑情。南塘水滿人來少，疏雨寒波一舸行。

曉發秀州

路出雙湖煙樹東，舟行長是雨兼風。夢回重有離家恨，惆悵春寒此夜中。

揚州僧舍見花有感

風遞穠香到水涯，幾株桃李映門斜。侯家園圃多荒廢，不是僧房不見花。

居龍河寺懷高季迪二首

與君長辦酒家錢，共結山盟與水緣。今夜重思舊遊處，一龕閑坐佛燈前。

竹下幽泉細細流，寺閒人去暮煙愁。獨憐千里來京客，腸斷龍河寺裏秋。

九月十七日聞雁寄董莊

晚意秋陰兩不分，渚蘆沙竹護寒雲。雁聲客裏誰先聽，愁絶惟應我共君。

送葉知縣

黄葦丹楓葉落時，水雲漠漠雁來遲。秋風長是身爲客，已自傷心况別離。

神絃曲

靈風颭旗日光黑，燈影半明斜照壁。湘筠颯颯泣慘凄，翠裾香帶蘭葉齊。跳梁絳鼠舞碧鷄，神鴉飛出寒煙啼。紙錢嘯火高懸樹，千輪萬馬登天去。

余録幼文詩，採吴人張習集後記録撮爲小傳，引據衍公、吕敏題畫之語，辨證紀年之誤。是時僑居吴門，擕書不多，聊引其端，而未及詳考也。載觀高、張二集，高有《答余新鄭》詩云：「君初隨例詣闕下，有旨謫徙鍾離城。異鄉何人恤患難，喜有楊子兼徐卿。去年聖恩念逐客，特賜拉拭加朝纓。初春天子下明詔，辭謝不得來南京。」楊即孟載也，余則永嘉余堯臣，「北郭十友」之一。蓋三人同受淮張辟爲掾屬，吴亡例謫臨濠，洪武二年放歸，余主新鄭簿，楊知滎陽縣，徐未知何官，當亦此時銓授，而季迪徵修《元史》，正在南京，得相贈答也。楊有《夢緑軒詩》，序云：「余與徐君幼文同謫鍾離，結屋四楹，幼文居東楹，余居西楹。」詩云：「去年吴城正酣戰，却倚危樓望葱蒨。今年放逐到長淮，萬緑時於夢中見。」則楊、徐謫濠在吴亡之次年，其赦除在洪武二年，歷歷可考。而張習以爲吴亡後幼文隱居蜀山，洪武七年用薦起家。習自謂得諸故老傳聞，其入朝死獄之年，一一舛誤。《姑蘇志》於孟載傳記其謫濠事，而幼文傳略同，張習都無辨證。游寓中又不爲堯臣立傳。志成於弘治間大儒，而記載闕略如此。文獻無徵，不獨吴故也。余撰此集，仿元好問《中州》故事，用爲正史發端，搜摭考訂，頗有次第。十月之交，不戒於火，三百年琬琰盡矣。劫火秦灰，斯文蕩然。行且瘞硯冢筆，以答天戒。翻閱幼文之集，戚戚心動，謹書其後，以告世之君子，或亦爲撫卷而三嘆也。庚寅嘉平月再望，蒙叟謙益書於絳雲餘燼室。

列朝詩集甲集第十一

陶學士安五十六首

安字主敬，太平人。至正初，中江浙鄉試，下第授明道書院山長。乙未，太祖渡江，首率父老奉迎，敷陳大業，力贊攻取，留置幕府。歷左司郎中，出知黄州，降桐城令，移知饒州，仍改知黄州。國初置翰林院，首召爲學士。御製門帖賜之，曰「國朝謀略無雙士，翰苑文章第一家」。洪武元年，擢江西行中書省參知政事，卒於官。

送程子厚還新安　子厚精陰陽家，嘗教授鉛山陰陽學，調太平。

於穆蒼靈運，元化無始終。垂象炳躔逡，積閏成歲功。茫茫萬古餘，坐致理則同。清臺窺玉管，緹帷侯律筒。教筵分列郡，設官效儒宫。新安萬山深，閉户象數攻。青袍客江上，賓友藹文風。望氣登危城，占星指遥空。泉清壺漏滴，表正陽晷中。寒氈能慰藉，杯酒聊自充。風高白雲飛，澄波送歸篷。佳哉泉石墟，樹色環青葱。鳳凰銜書來，招邀遊紫宫。掃清黄道塵，曉望扶桑紅。

述寓　長明道書院作。

夙志慕前矩，琴趣愧難續。棄米曾賦歸，云何效奔逐。慈親日向老，無以報鞠育。明經不取士，奉養心未足。携家客秦淮，蒼苔蔽荒屋。年豐公廪虚，半載不沾禄。妻子樂我貧，朝夕共饘粥。母心愛兩孫，每食分鼎肉。自憐頭上巾，興到無酒漉。怡然坐窗下，一笑對秋菊。

秋風辭送梁生

凉飆蕩平野，遠送賓鴻翔。蕭蕭西北來，草木忽變黄。不惜草木衰，寒入客子裳。曉窗凋鬢影，夜堂摇燭光。值此素節宴，令人懷故鄉。援琴賦將歸，苦雨菊有芳。盼望掃積陰，下土見太陽。明當吹羽翰，高飛戾穹蒼。

九日登高翠微亭分韻得滿字

山川甚雄麗，積雨爲磨浣。天開秋氣清，遊娱共蕭散。石徑接巉巖，興到行不懶。微霜護新晴，杲日送餘暖。層嶺躡高寒，境勝世所罕。蒼茫四無極，自恨目力短。危亭基蘚殘，麋鹿荒町疃。居然龍虎勢，城郭在平坦。崇阿弔離宫，老木蔭僧館。松雲引徐步，蘭露入清盥。况當重九節，野菊相留款。賓朋笑語間，文理謝雕纂。好風襲尊俎，幽鳥哢絲管。人生光景速，每恨樂事緩。嘉會幸一逢，何辭累觴滿。

癸卯閏三月十九日奉旨代祠寶公遇環中子於山中送余出寺余止之環中子曰不出圓悟關因續爲句

不出圓悟關，已入清浄境。長松閉虚岩，闃坐吊孤影。我行寳珠林，聞君萬緣屏。意將叩玄奥，未敢輒呼警。童子倚馬睡，侍卒息馳騁。飛亭攬空翠，木末潮萬頃。煢然忽我即，握手語高嶺。脱屣人世外，豁若春夢醒。霏霞栖泬寥，幽雲蔭蒼冷。萬葉發遠香，半天覺清迥。山水多勝事，興到暫同領。嘉君匪逃儒，默几聊習静。樓閣起太空，先見常炯炯。沸海指龍濤，神光破溟涬。惜無浮生閒，共此白晝永。

夢覺

夢覺山雨來，萬點擊虚瓦。泠泠玉磬音，隳我羈枕下。回飆撼松濤，曲奏迭高雅。此身卧鈞天，傲睨洞庭野。造物慰孤寂，作意爲陶寫。殘夜破幽闃，心耳俱灑灑。清吟答洪調，勿謂和者寡。

秦友諒元帥邀飲

戎帥忽踵門，拱手向我語。兒從金陵來，江船載酒脯。請公飲一觴，陪坐無雜侶。但有守鎮官，新晴共鷄黍。老夫慨然諾，策杖至其户。盤飧已羅列，爵行聞樂府。不意寂寞濱，乃有此樽俎。郡民方凋瘵，貧家受饑苦。安得皆醉飽，豐年歡屢舞。

書事三十韻

離家仲冬望，溯江至鄂渚。凄風裂重裘，大雪慘行旅。蹉跎歲華晏，洲邊感鸚鵡。今年春二月，璽書命守土。兩旬抵黄州，又值連月雨。披榛古瓦埸，誅茅創廨宇。四招復業民，瘠殘必摩撫。事簡雖得暇，懷國鬱心腑。夢登閣道上，隔水不得語。覺後山月西，孤影在荒堵。新晴雲霧捲，南方旱炎暑。夏衣家未寄，晝汗生髀股。對客捫虱談，癢多翻成苦。土無絺綌賣，間有乏資與。空存麻城名，不見製白紵。赤日爍閭閻，卉服多困屢。一物差可意，美竹産村塢。削皮爲枕簟，纖巧類織組。凉光泛琉璃，病後難寢處。此身不足惜，所願六事舉。閔兹烽燹餘，民命滿荆楚。可怪近日來，船兵忽暴御。快槳蹴洪濤，劫貨殺物主。登岸拆郵亭，伏莽襲商賈。巴河遇三人，投之急流去。一人浮水還，赤體無寸縷。疆域幸開闢，道路仍齟齬。偶逢使者歸，封書聞政府。敢陳骨鯁言，天高聽常俯。踪迹懸幽遠，庶效涓埃補。

江色

竹屋晨啟關，江色直飛入。空碧壓几案，陰陰四壁濕。玻璃作天地，泠然手可挹。萬象隨升降，元氣動呼吸。臨岸步觀漲，石階没千級。岷巴與湘漢，衆水大會集。合流東北去，海水亦起立。

當門小山

山脚踏墻頭，全身盡呈露。殆類知己人，豁達吐心腑。秀色排闥入，意多默無語。晚來白霧起，對面不得睹。夜坐虚檐下，惆悵失佳侣。曉翠忽舒顔，爲爾早開户。

黿頭山

我聞黿頭山，乃在麻城縣。東離八十里，高峻遠先見。伸顙向南行，欲橋仍俯顫。巨吻谽谺張，穹脊坼絞現。鋭峰尾突揚，垂隴足深淺。戴石被介甲，噓雲零雨霰。仿佛洛書出，崒兀海鰲抃。綿延地一舍，巘險行不遍。形貌肖靈真，活動生孳變。不知在何時，傳自舊俗諺。竊食太倉米，官耗歲常洊。糞田東義州，豐肥最淮甸。天心惡饞暴，猛風激飛電。霹靂振頷下，鑿去唇一片。地靈鎖跌爪，骨死永不轉。至今涎沫凝，石乳方氣扇。文皇避暑亭，過此暫留戀。試劍斬石裂，馬迹尚可辨。禪寺傍黿峰，兵火毁樓殿。羅漢遺脚踪，錦綉生采絢。虎跑清泉湧，飛瀑日光炫。矮碧千年松，不盈一尺羡。石面開小蓮，或白或如茜。佳草解百毒，重樓裊金綫。二級四樓垂，三級九絲練。雌雄駢發處，群草停蔓莚。有蛇白花紋，剛尾插石健。直立長丈餘，吐氣毒熾煽。飛禽觸即僵，隨吸下供膳。又有鱉皮蛇，褊闊類街面。尾尖首如狗，吐絲草頭纏。人行犯其絲，逐啖恣所便。曾遇五獵犬，一犬被其咽。腹飽痴不動，四犬怒咬穿。野人舁入市,《山海經》未傳。白艾最可妙,土産入貢獻。低葉拂婆娑,大葉展葱蒨。草深妨長茂,耘耨如治佃。端午官採刈,禳毒先祭墠。精製似純綿,硝疾勝瞑眩。一炷火力透,貫串速如箭。暖具作氈褥,裹膝療寒倦。贈名張化主,靈嚮起塔院。遂名佛道艾,且可充贈錢。此事得了誰,羅判吏陳憲。

悼故妻喻氏　壬寅卒於黄州官舍。

世治壽爲福,唯恐不百年。天下兵興時,病中福亦全。行年四十七,伏枕竟不痊。非夭亦非壽,正命賦自天。夙昔性婉娩,志操仍泠然。父兄富田宅,姑妹豐貨錢。嫁爲貧士妻,殆類少君賢。資送物固華,澹素乃所便。身不服錦繡,首不飾珠璇。心不好暇逸,口不嗜肥鮮。乃肅閨閫儀,耻爲粉黛妍。先母未五旬,性嚴常見憐。緝麻躬機杼,具膳進几筵。燈下勤補紉,宵晝不遑眠。籯空無私鏹,有即獻姑前。勸我廣儒業,日夕當乾乾。居内理家務,因得力學專。充貢赴南宫,點額辭幽燕。檄作書院長,金陵坐寒氈。爲我奉母來,承顔意彌虔。賓朋常滿堂,酒食羅俎籩。再調餘姚山,孤踪涉長川。在家能色養,母心免懸懸。江南開大閫,幕下叨備員。石城奏雄捷,銜命使淮堧。風塵寒道路,百里如數千。茲親念行子,加飡煢氣纏。煢煢奉湯藥,深夜更煮饘。心勞不可救,慟絶鬱莫宣。慎終禮必誠,淺土封亦堅。庶冀良人歸,中心無悔愆。移家指鳳臺,華省初依蓮。臨行輟膏沐,其母問何緣。再拜懇致請,方今烽火連。郊野難安居,願隨母同遷。未能報劬勞,不忍更棄捐。母意似示俞,挽之强登船。其族後遭兵，母獨遐算綿。送終畢大事，篤孝情勤拳。生長兩男兒，教以攻簡編。怠逸必切責，不爲私愛牽。日用有節制，時祀常潔蠲。忽我病二載，將謂難久延。何意壬寅冬，瞑目在我先。是時領公務，夜宿郭北田。意若待我别，氣息猶戀咽。達旦望不來，長逝魂翩翩。日午及到家，偃卧面覆綿。頭髪如漆黑，容色清娟娟。憑床唤不醒，揮泪深徹淵。不得親永訣，衷腸疚如穿。慘慘夜無寐，鏡破安可圓。輔翣衛輀車，相送城南阡。身雖不及老，生來少憂煎。時危不識兵，歲饑不斷烟。禮義足自防，又合七誡篇。有子俱在侍，有孫可紹傳。生順死亦安，無憾入黄泉。姑執卜佳山，骸骨終當旋。同穴在異時，述此垂曾玄。

至正戊子下第南歸與同貢黄章仲珍雷燧景陽同舟仲珍賦詩因走筆次韻

鳳城酒美燕姬歌，禁花紅飄金水河。雨香翠島春晝暖，魚龍陸海揚風波。天門咫尺到不得，奈此飆摧雲翼何。時乎未至應有待，壯年不必傷蹉跎。君看松柏成大材，歷歲雪霜誰見過。拂衣南出指歸路，回首京闕山嵯峨。日高原頭紅霧散，潮平沽口青銅磨。牽船泝流狂吹逆，登車避鬧飛塵多。黄樓憑河遠眺望，身如冥鴻超網羅。客塗笑語浣羈思，詞鋒捷出如揮戈。天生人才必用世，豈無文藻宣金科。鸞臺鳳閣總華要，不然玉署聊鳴珂。丈夫小挫未爲辱，正氣耿耿非有它。匣中古硯助神變，銅蟾飽水手屢摩。隨身亦有動業鏡，依然照我顔色酡。與君今日動高興，買酒共酌澆天和。

五月旦日與黄仲珍雷景陽酌於維揚抵暮出城曉至瓜洲有懷同貢金景蘭姚仲誠周于一林元凱相約不至更次韻爲别以寄拳拳之餘意

蕩舟竹西聞好歌，飄如仙槎泛銀河。青樓傍市捲朱箔，舞裾緑皺如春波。香消紅藥采鸞去，其如青鏡寂寞何。金盤露清笋牙白，小住半日非蹉跎。雪乳泉甘醒午醉，瓊花霧散與客過。吹簫玉人杳然逝，橋亭拂柳空峨峨。櫓聲帶晚出城去，初月光吐新鎌磨。梅天雨歇黄潦漲，瓜洲渡近青山多。我懷初歸有髦士，金姚學富精搜羅。閩南周林師友盛，未見入室操吾戈。賦妙能追司馬聖，策高反黜劉蕡科。荆門有約久未至，回望不見玲瓏珂。黄君雷君吟嘯共，灑然行李餘無它。客途分襟心暫苦，詞場秉筆肩還摩。江流如黛送孤棹，離觴不辭顔易酡。佳哉璞玉當見遇，肯使抱恨同卞和。

送僧芳蘭谷住持明招寺

幽蘭之生在深谷，詎以無人而不芳。鉢盂朝採墜露飲，青蓮薝葡停馨香。谷中空明若圓鏡，須彌環海日月光。傲睨天台高鬱蒼，五百痴衲巖穴藏。小乘留戀不死鄉，何緣比肩大法王。後代演經談渺茫，天花紛飛七寶牀。遠窺正覺如望洋，伊誰面壁文字忘。獨栖金華山滿房，定中趺坐歲月長。聲音色相等妄幻，自謂學佛非荒唐。冰壺石笋出雲漢，飄然凌虚觀十方。龍蟠法界氣紫黄，渡杯如電江聲凉。偶然乞得袈裟地，已被東萊建道場。東萊先隴在武義，非爲薦福生天堂。正緣人家有興廢，寺觀經久願力强。金坊寶閣鐘鼓震，馬鬣肯使樵蘇傷。我思儒門經濟業，發育萬物隨翕張。存心養性禪所宗，浩氣剛大仙揣量。空玄衍説原有自，勸人作善來百祥。雖云離倫絶世故，恃此禮樂扶綱常。何必火書廬其居，然後鄒魯文教昌。東萊雲車自天降，撫掌應笑吾言狂。

自大關至小關

山徑多盤折，無勞怨苦辛。深巖不見日，凍雪幾經旬。衣薄肌生粟，輪馳眼翳塵。想應慈母意，日日望行人。

送人赴幕職

浙西第一縣，幕下總諸曹。興逐雲山遠，心忘案牘勞。寫詩嘲月兔，呼酒擘霜螯。應有安民策，方知贊畫高。

送人赴浙東

處儉愛齏淡，嗜經如柘甜。香煤浮硯沼，短燭照書簾。鮚岸漲春水，鰌潮沃夜蟾。十年交誼厚，兩地別懷添。

病後

飲水味吾易，秋江亦讓清。寒初身欲蟄，病後髮重生。乞米親書帖，淹菹未滿罌。高天風露潔，庭菊晚含英。

秦淮寓舍

官久忘羈思，門幽類隱居。犧圖天地象，鮒壁帝王書。秋徑霜前菊，朝盤雨後蔬。西風吹短鬢，歸夢雁來初。

晚晴

江上秋陰薄，晚風生樹顛。高塵捲蒼靄，歸鳥度青天。牧馬平蕪野，捕魚斜日船。千村新稻熟，茅屋起炊煙。

自效

出入兵戎裏，揮毫代執戈。病餘身易老，日短事偏多。山月出青靄，江風生白波。心專圖報效，才薄愧蹉跎。

聞上江消息二首

義旗西指鄂，不戰沛仁恩。拓地荆襄漢，降王祖子孫。米鹽通澤國，圖籍會轅門。全據長江險，京陵勢愈尊。

歸義諸文武，隨軍到里閭。城池今異代，妻子復同居。全國兵家尚，安民治體初。英雄平海宇，仁厚是權輿。

寄豐叔良二首

見説效居好，行吟野趣多。溪魚罾上活，山鳥酒邊歌。雪屋炊紅米，秋江老翠蛾。幾回時序换，奈此别離何。

阿咸九月到，寄我尺書看。盡日不釋手，空江頻倚欄。鄉山微雨外，客夢一窗寒。遥想林泉勝，無憂寢食安。

寄錢彦良

離群憶鄉里，知子歷艱難。博士官三考，空齋食一簞。江風吹鬢濕，竹雪照衣寒。清氣相酬酢，新詩正耐看。

寄潘章甫

每懷文學掾，絶類玉堂仙。家有雙峰記，書經五世傳。風摇秋案燭，露洗曉池蓮。古巷存廬舍，無時不誦絃。

次安慶

年餘罷争戰，地美類承平。茅屋添新户，江流繞舊城。關津遮道問，將帥出郊迎。天晚煙波闊，催行月未明。

泊巴河

蘭溪行過後，迤邐到巴河。江狹無磯險，沙平有港多。鄰舟同永夜，漁火照寒波。獨惜年華晏，其如道遠何。

晚至武昌

行至二十日，來臨鸚鵡洲。環城屯虎旅，伐鼓衛龍舟。新月羞初夜，寒雲黯一樓。波間燈影密，隱泊且無憂。

黄岡寓所

霧雨一城暗，梨花三月天。空梁春蟻墮，疏壁暮蚊穿。草密藏枯井，苔荒蝕斷磚。開門山色好，飛翠落吟箋。

郡寓偶成

江月簫聲遠，城春竹色斑。天文鶉尾次，地險虎頭關。綰綬此爲郡，結茅先對山。雨晴聞布穀，鬬草未能閒。

雨過

雨過山添色，推窗翠撲衣。袂隨新水長，蝶趁落花飛。江近檐頭挂，春從客裏歸。沙乾聊可步，倚杖緑陰肥。

遣悶

數日情懷惡，連宵風雨多。憂來成展轉，事至罷吟哦。園樹肥椒子，烟叢長薜蘿。一春不對鏡，正恐鬢絲皤。

縱步

傍市人家聚，瀕江草徑遥。燕尋曾到屋，魚候未來潮。訪友聊乘興，扶筇直過橋。晚峰煙外見，重疊翠如澆。

遣興

鵲立疏晨仗，蜂喧聚晚衙。寓居多澤水，吾分合漁槎。未病常儲藥，無眼減啜茶。從人笑潘岳，垂老更栽花。

湖鄉

泖水新無警，湖鄉頗有年。稻田驅夜豕，蓮蕩捕秋鯿。邏卒黄茅戍，歸人白板船。數家依緑樹，斜日照炊烟。

寄呈從兄松雲翁

别兄二載久，介壽六旬餘。清健如强日，蕭閑守故居。薄田供伏臘，稚子業詩書。小弟亦垂老，還思到里閭。

九月朔得阿晟所寄藥物

人自金陵至，兒封藥物來。家書千里達，旅況一時開。病想丹砂鼎，緣慳玉露杯。喜看葅醢列，鄉味出瓶罍。

九月七日雨

兩月晴明久，昨宵風雨聲。寒催秋色老，病怯袷衣輕。故壘低雲黑，荒衢濕蔓縈。重陽時節近，客裏助凄清。

秋夜

青燈對無語，白月透虚櫺。乍冷壁蟲響，向風山葉零。更長無久睡，意到索遺經。心境有餘寂，秋聲自厭聽。

人生

人生在天地，隨寓即爲家。着處燕營壘，行踪鶴印沙。征衫霑野露，舊隱笑溪花。還勝陽山令，篁茅障海涯。

夜永

山深無刻漏，夜永不知更。窗白只疑旦，月斜猶未明。離人江北住，華髮枕間生。孤館此懷寂，斷鴻何處聲。

雨館偶成

山中三日雨，榻上一氈寒。野暝雲吞樹，溪回雪舞湍。孤飛迷白鳥，數點淡蒼巒。閉户空林下，蕭條意强寬。

晚宿官段

村野人新聚，經營晚未閑。魚梁箔如柵，網户屋依山。鵝鴨喧籬落，蒹葭蔽水灣。舟中不堪卧，借榻叩林關。

泊松山湖

風逆湖波涌，維舟傍淺沙。松山雙石巘，茅舍幾人家。霜樹明丹葉，寒蔬長緑芽。客鄉今夜月，伴我宿蘆花。

次東無棣

土屋老荒苔，豐年亦可哀。塔檐飛十級，城址擁孤臺。雪積馳蹄陷，雲輕鳥翅開。縣庭貧少府，舉酒更憐才。

發松山湖

朝雨止還作，征人去復留。輕雲微放日，近午始行舟。雙島烟波繞，重湖晝夜流。白鷗飛適意，擾擾見渠羞。

聞除代者及召還之命

年殘動歸思，客至報除書。海内招文學，淮南起謫居。故人存有幾，短髮病來疏。天朗朝陽出，能無照曳裙。

臘八日發桐城

邑人生悵怏，送別郭東門。凍木知春早，晴風捲霧昏。石橋分古道，野燒露新痕。行處山農説，留聲到子孫。

歲暮即事

慰藉情懷臘酒香，光陰背我去堂堂。驛梅初破兩三蕊，官曆惟餘五六行。斷送殘年多雨雪，逢迎老境是星霜。街衢擊鼓驅儺出，却喜邦民共樂康。

三　湖

三澤茫茫一碧連，白蘋風起棹歌傳。樹頭烟浪浮沈日，水底星河上下天。葦長新沙留雁夢，草腥殘餡濕蛟涎。何當結屋瓊瑶窟，買取臨堤二頃田。

秋館書事

多半草樹未芟除，野豕山獐走傍廬。三五吏曹來捧牘，攲斜客枕罷觀書。秋江潮涌霜飛晚，暮靄鴻征月上初。木落風高生遠興，思歸意不在鱸魚。

贈朱允昇先生

年年應召赴秦淮，此會留連百日偕。王室大興新制作，客窗細話舊情懷。未霜荷葉迎湖露，初月梅花映雪齋。更爲相逢多勝事，御溝垂柳拂春街。

汪忠勤廣洋一百首

廣洋字朝宗，高郵人。少從余闕學，善篆隸大書，工歌詩。遊寓太平，事太祖於帥府，出參軍事，參政行省。召入，爲中書左丞，封忠勤伯，拜右丞相，貶廣東，行至太平，有詔追斬之。有《鳳池吟稿》五百三十餘首。宋景濂序其詩，以爲「絶人之資，博極群籍，從征伐則震蕩超越，在廊廟則莊雅尊嚴」。王元美詩評曰：「汪朝宗如胡琴羌管，雖非太常樂，琅琅有致。」

明發

膏車待明發，逶迤上河梁。親朋羅祖餞，冠蓋燦成章。遲予良繾綣，都門猶在望。條風被原隰，春日當載陽。鳴鳥餘好音，雜葩紛衆芳。魴魚始登薦，旨酒屢充觴。既醉復讙言，欲去故徬徨。維周仲山甫，王命慎所將。夙夜無有懈，庶幾終允臧。斯言啓深省，勖哉何日忘。

壯遊奉簡諸閣老

壯遊吴楚外，揚舲溯天風。名山浮紫翠，大江走蛟龍。歷覽思超越，毛骨生冰雪。脱巾漉清湍，舉手弄明月。明月懸青銅，古人難再逢。牛渚委陳迹，蛾眉斂愁容。九華舞傞傞，窺見滄溟底。小孤立亭亭，徘徊女蘿裏。流宕鄱湖湄，巒峰愈出奇。幽深構樓閣，峭絶挂猿獮。放意恣陶寫，援筆灑秋泚。神怪動窈冥，魚鳥覺欣喜。路逢丹丘生，來自赤霞城。麻姑後飛舄，子晉迭吹笙。湖光瀲灎開，雲壓蒲萄緑。狂引黄金罍，嘯歌紫芝曲。左蠡素相得，當湖忽見迎。揚瀾平一掌，中有黿鼉行。振衣板鶻巢，捫蘿踐苔石。崖氣凌空青，松花墜階白。舉首匡廬下，調笑煙霞間。屢會復屢往，今往幾時還。叢蘭被路蹊，芳草縈澗谷。長飆和鳴鶴，迸泉驚飲鹿。須臾面五老，邀我山之陽。授我長生訣，兼遺洞玄章。問我從東來，迢遥泛鯨波。三山得無恙，十洲近如何。旁招廣成子，俯挹山中老。鯉魚躍天江，鵷鸞下天沼。待以青精飯，勺以白玉漿。乖龍左耳潤，吠犬靈苗香。渴烏漸斂翼，拭目增晚碧。朵朵金芙蓉，憑虚落胸臆。西南挺奇異，江湖馳偉觀。披披古蘭若，丹堊耀巑岏。嘗聞遠法師，堅坐東林下。還許陶淵明，共結白蓮社。又聞李太白，酷愛香爐峰。長安卸塵鞅，欲歸巢雲松。往事既云遠，顧我復來此。濯泉坐繁陰，下洗巢由耳。緑髮雙青童，採芳留我行。我行欲不行，月高猿夜聲。西山招我遊，明日過湖水。笑隔南浦雲，遥謝數君子。

奉旨講賓之初筵

維周臨九有，運祚何其昌。本支既蕃衍，道化亦流行。粤若衛武公，展也令譽彰。耄年儆畏深，罔敢貽怠荒。反躬益淬礪，託言敷雅章。朝夕冀相接，寤寐耿弗忘。爰思庸爲詩，燕饗禮極明。苟不究終始，曷能悉抑揚。時維肆筵日，冠蓋來煌煌。秩然賓主分，蔚然鵷鳳翔。俎豆陳左右，肴核薦馨香。旅酬倡歡虞，八音迭鏗鏘。惟云在和樂，毋以逾大康。請觀嘉會初，靡不罄所饗。史臣相我右，監官佐我傍。容止慎有節，語言矜有常。終希蹈矩矱，勿爲深之涼。所以古君子，勉勉念自强。迨兹禮物既，寧莫懷所往。三爵稍不識，主賓實傍徨。峨峨弁傾側，傞傞舞趍蹌。喧笑四座起，謔浪殊未央。遽俾出童羖，而爲中心傷。所以古君子，兢兢恒自將。矧今創造始，風雲動八方。凡我百執事，豈不負責望。般樂誠怠傲，流連乃荒亡。屏翰既有託，啓居在不遑。至尊宵旰間，文武翕弛張。攬轡奠民庶，駐車問賢良。匱抽金石封，取鑒法殷湯。上以繼神聖，下以息搶攘。蒭蕘亦何幸，培植紆寵光。焉知作者意，諷詠悉其詳。據經掇訓詁，庶幾于佛仿。天容儼垂霽，諸老賦顒卬。拜手稽首書，愚衷見毫芒。彤庭扇征飆，白楮浮清霜。晴槐轉午影，堯日正舒長。

溯沙河

輕舟溯河流，信宿忘少暇。委蛇遵大堤，荏苒歷初夏。晴光泛流沫，川漲益湍瀉。遊子念遠行，假寐待明夜。方經鎦渡灣，倏過鶴丘下。嚶嚶山鳥鳴，的的水花謝。愛此堤上柳，緒風一披灑。棹師力張帆，中流去如馬。孤煙隔渚生，偶見捕魚者。相顧不得言，長歌恣陶寫。

過宜興西氿

青青銅棺山，麥秀盈町疃。輕飆動微瀾，佳卉麗初暖。層樓礙烟霏，衆鳥雜歌管。焉知氿水長，翻訝冬日短。徘徊林樾間，坐待月光滿。

登忠勤樓聽久孚賀架閣彈琴

畫棟栖朝霞，層檐宿秋霧。振衣坐前楹，援琴寫中素。幽泉鳴澗深，落花蕩春莫。油然聞至音，令人起遐慕。

遠遊陪師西征

朝發庾公樓①，夕扣滕王閣②。長歌奮激烈，清風蕩寥廓。張帆江水秋，伐鼓關月落。予亦將遠遊，明當造黃鶴③。

①原注：「辛丑年秋，克九江。」

②原注：「壬寅年春，入豫章。」

③原注：「將伐湖廣，故預期之。」

夜直與架閣欒秉德期孫伯融不至

雙立碧玉瓶，對酌紫薇省。長風吹翠梧，初月下金井。幽懷鬱未開，短髮醉慵整。夜分群籟沉，窗虛燭花冷。

與欒鳳同使廣陵馬上口占

昔爲歌舞地，今爲争戰場。與君騎瘦馬，聯轡蹋斜陽。荒草侵合路，苦蒿生過墻。遥憐鮑明遠，詞賦最凄凉。

擬銅雀伎

燕趙女如玉，輕盈掌上身。翠眉長不掃，悵望西陵人。酒闌歌舞罷，臺榭坐生塵。怨入漳河水，悠悠秋復春。

班枝花曲

班枝花，光煒煒，照耀交州二三月。交州人家花滿城，滿城花開未抽葉。焜煌隔水散霞彩，冪歷緣空張錦纈。信非韓郎丹染根，恐是杜宇啼成血。啼成血，著樹枝，點綴穠芳也自奇。嶺南到處足種此，嶺北居人稀見之。穠芳曉落花時雨，東家西家具鷄黍。當門笑拾瑪瑙鐘，持向城南踏春去。交州地暖春歸早，一夕東風爲誰老。翠苞半拆漸吐綿，雪花填滿行人道。越娃携筐争採綿，採綿盈筐勝萬錢。搓就瓊簪膩如繭，絲成冰縷細如煙。細如煙，千萬縷，綿綿到底知幾許？的的燈煤夜結花，軋軋機聲暗相語。停梭掩袂那得眠，吉貝相將下機杼。并刀裁剪秋江雲，與郎爲衣白且新。鄉社年豐載春酒，郎試新衣賽海神。從今只種班枝樹，開花結子兩成趣。勸郎切莫種垂楊，引惹長條繫愁緒。

寄孔博士

疇昔同趨召，鷄鳴候啓扉。聯章門下進，並馬月中歸。掖樹啼烏早，風花委路微。相望隔千里，目斷楚雲飛。

寄西掖諸友

玉簫吹鳳凰，闕月寫滄浪。故國幾時到，高樓今夜長。候蟲啼露壁，凉葉下銀牀。無限懷人意，裁詩遠寄將。

忠勤樓諸老夜直予時守省作詩二章寄之

西掖延秋爽，高樓倚太清。玉繩當座轉，銀漢近人明。上相思經濟，諸公任老成。不知前席夜，曾話及蒼生①。

① 原注：「太祖是時爲江南行省左丞相，故有上相之稱。」

耿耿衆星白，漫漫長夜寒。萬方猶事武，一榻豈容安。零露沾琴席，高梧下井闌。永懷何以託，詩罷動猗蘭。

和陶員外主敬韻

相國深圖治，郎官早見親。每賡前席夜，曾屬後車塵。種竹思儀鳳，將書究獲麟。憂時生白髮，迥比向來新。

雪夜子敬置酒有作

凍雪迷山屐，寒風襲毳袍。干戈猶未弭，戎幕敢辭勞。大字傳飛檄，深杯送濁醪。老懷殊自喜，早晚問包茅。

月　夜

休撥紫檀槽，且傾黄濁醪。凉天兼得月，我輩復持螯。彭蠡一杯大，匡廬半壁高。竹林瀟灑地，應有醉山濤。

送院判俞子茂進兵番陽

江東風日晴，把酒送君行。好慰三千士，將收七十城。煙花催疊鼓，雲騎擁連營。山越人争喜，殊方自此清。

九日

長劍客千里，一杯歌《七哀》。晚節忽已至，秋芳殊未開。平沙誰戲馬，落日自登臺。西北天垂遠，滄江聞雁來。

露坐

愁極覺宵永，坐深知露涼。遣時聊命酒，愛月屢移牀。北斗回杓近，高城下漏長。愧非疏附者，撫事即蒼茫。

嶺南道中

過盡梅關路，灘行喜順流。湞江元到海，横石不容輈。嶺樹垂紅果，汀沙聚白鷗。從來交廣地，還是古揚州。

望嘉祥山

放溜數百里，悠然才見山。涼風吹雨過，好鳥背人還。河水翻銀浪，岡巒擁翠鬟。不知幽谷底，能得幾家聞。

晚晴江上

江上鴨頭緑，楚山螺髻青。鷓鴣啼不盡，花發樹冥冥。微風泛蘭槳，落日過松亭。勝境思彌愜，漁歌隨處聽。

寄陳僉事

露白團秋草，天凉悲晚蛩。懷人當永夜，看月上疏桐。邊堠烽傳息，畬田歲喜豐。了知巡歷罷，雙旆引歸驄。

月夜登豫章南樓

酷熱不可敵，起登江上樓。焚香就華月，援琴彈素秋。高梧宿鳥下，芳蕙夕螢流。覽物感時序，清笳發暝愁。

寄崔元初

晴軒種竹罷，好月到窗時。坐我長松下，歌君流水詩。暮田歸野雀，清雨落山葵。偶遇南來使，殷勤寄所思。

别劉希敬

與君同里揚州棹，卧看長天入翠微。何事杜陵傷遠别，不如范蠡賦東歸。春風小店梨花發，宿雨疏林燕子飛。惆悵臨溪一杯酒，鑾江江上日暉暉。

廣陵懷舊

官柳陰陰鎖汴橋，暖催晴緑上蘭撓。花迎后土依然在，人去東風不可招。紫陌漸稀春試馬，青樓殊絶夜吹簫。回看烽火連雲起，應使江淹嘆寂寥。

過胥江寄鄭久誠參政

浦口潮來穩繫船，汀花如雪草如煙。幾家茅屋臨江水，一路松風響杜鵑。簾捲輕寒中酒日，香焚新霽熟梅天。少陵心事誰人識，頭白相知有鄭虔。

贛上

雨江流出萬山溪，雲霧蒸蒸動鼓鼙。沙暖迴回鴻雁到，草青偏有鷓鴣啼。霜餘榕葉凋何晚，雪裏梅花綻已齊。物候固殊聲教遠，會詢蠻獠及雕題。

贈孫炎

建業孫公子，文如李謫仙。江頭看明月，醉枕酒瓶眠。

過吴城山

夜過吴城下，不眠閒倚窗。泝流雙櫓健，摇月下西江。

江上

昔從江上去，今從江上還。家僮笑相語，又過小孤山。

灘行五首

花底駐鳴鞭，曉行灘上船。上流風較穩，百丈不須牽。

上峽灘水急，下峽灘水青。鄰船夜相語，兩日到嚴陵。

聞道沙溪酒，春來如蜜香。買將千百斛，取醉到東陽。

灘上水平沙，梭舟蕩落花。吴儂不相識，對面浣春紗。

三百六十灘，相逢相見灣。舟師憐遠客，數問幾時還。

登蔣山望江亭

絶頂出華構，有時來一登。曾將六朝事，閒問百年僧。

畫虎

虎爲百獸尊，罔敢觸其怒。惟有父子情，臨行更相顧。

夕景

水樹和煙生，人家傍沙語。孤帆何處來，驚鳧去如雨。

過叢山關觀孫炎題壁

空翠深深啼竹鷄，叢山塞口日沉西。數行大字光如漆，知是孫炎醉後題。

汪口渡捕魚者

芳草渡頭歌《竹枝》，晴天小艇放鸕鷀。比鄰爲報春醪熟，自起持魚貫柳絲。

蘇溪亭

蘇溪亭上草漫漫，誰倚東風十二闌。燕子不歸春事晚，一江煙雨杏花寒。

臨溪橋

石磴盤盤卧濕雲，山深瑶草不知春。馬頭忽見梅如雪，縱有輕寒不著人。

題宋徽宗雙鴛圖

蘆葉青青水滿塘，文鴛晴卧落花香。不因羌管驚飛起，三十六宫春夢長。

毗陵道中

凍合官橋雪作沙，落殘楓葉見梅花。短籬破屋臨流水，狼藉毗陵賣酒家。

江上六首

渚磯口闊浪如山，官船客船前後灣。明日天晴大家喜，看我鼓枻中流還。

大姑廟前花草香，女兒港口江水長。江水江花思無限，目斷鞵山又夕陽。

英英白雲多在山，愧我幾曾如此閒。贑江東下數千里，只許拏舟十日還。
蛾眉今日爲君開，一色青天絶點埃。浩想昔年經濟事，赤龍風雨過江來。
大山小山松樹齊，千聲萬聲子規啼。攬衣起舞夕露下，三更月落吴城西。
象牙灘上百花開，參差時復見樓臺。翠香芹菜緣沙出，雪色鰣魚上水來。

寫興

謝豹花開滿嶺紅，空蒙曉雨濕春叢。看山不盡行人意，處處東風啼郭公。

江上五首 戊申夏，奉召回京。

歸路貪行不覺多，館夫連日棹江波。滿船争唱湖州調，兩岸雲山側枕過。
小姑南岸對彭郎，天劈雲厓峙兩傍。日暮驚濤没沙尾，江流較比去年强。
吉陽洑裏採魚舟，採得鮮魚爲日謀。偶見官船忽撑去，却如鳬鴨不回頭。
順風全不廢簟牽，把柁沿江穩放船。指點大龍山色近，皖城只在水雲邊。
棹歌齊發浪聲喧，池口東邊又换船。秫酒發醅偏醉客，鰣魚出網不論錢。

朱伯徽自溪南携酒至婺源山中兼示垂絲海棠醉中求賦七言

一自朝雲委路歧，春風吹夢托游絲。内家叢裏分明見，仿佛盤旋立舞時。東家蝴蝶愛悠揚，不肯輕飛過短墻。剩買麝煤千百斛，暖熏濃抹到沈香。舞罷《霓裳》不耐嬌，口脂微動酒初潮。玉闌西畔春如海，擬倩東風整翠翹。

夜泊揚子橋

揚子橋頭夜泊船，水波才定月初圓。不眠細數經行日，笑隔東風又一年。

使關中經過鴻溝　在汜水縣西。

一雙秋水佩吴鈎，百二山河屬壯遊。往事銷沉遺迹在，斷鞭斜日過鴻溝。

寶雞縣

渭河霜滿水如苔，一縣人家半草萊。唯有秋風酸棗木，淡煙深鎖鬭雞臺。

登胥江驛亭

小閣開簾望遠岑，暖風晴日囀幽禽。胥江流水清無底，較比春愁一樣深。

嶺南雜録十二首〔一〕

一劍南來兩鬢星，户輿隨處看丹青。豈知庾嶺梅邊客，却上交州海角亭。

島嶼潮來日欲曛，聱牙蠻蛋動成群。挐舟盡入沙灣泊，爲避犁頭海上雲。

海濱朝夕易炎涼，濕氣蒸人沁薄裳。昨日崖州有船到，滿城争買白檳榔。

石鼎微熏茉莉香，椰瓢滿貯荔枝漿。木綿花落南風起，五月交州海氣涼。

牂牁流水碧潺潺，潮落潮生草木閑。一片海雲吹不起，越人遥指是厓山。

雁翅城東涌怒濤，外洋水長蛋船高。莫言昨夜南風急，今日登盤有海蚝。

吉貝衣單木屐輕，晚涼門外蹋新晴。相逢故舊無多語，解説邊鑪骨董羹。

倔强憑陵距海垠，半爲魚鱉半爲塵。只今編户聞聲教，遺類何由辨馬人。

誰跨鯨鯢斬斷虹，海波飛立瘴雲空。闍婆真蠟船收澳，知是來朝起颶風①。

① 原注：「斷虹見，乃颶風之兆。」

番禺南望渺煙波，怪底魚龍出没多。頃刻風霆飛白晝，黑雲拖雨過牂牁。

榕樹陰陰集莫鵶，竹深人静似仙家。芭蕉小苑垂雙實，茉莉南州壓萬花。

蠻落人家厭食魚，兒孫生長不知書。桄榔滿種緣山邏，翡翠新收越海墟。

〔一〕原題作「十首」，實則十二首，今改。

登南海驛樓

海氣空蒙日夜浮，山城才雨便成秋。馮唐頭白懷多感，倚遍天南百尺樓。

清遠峽

山酒吹香緑滿瓢，轉回隨峽放蘭橈。年來不奈愁成緒，都與春風付柳條。

凉州曲

琵琶初調古《凉州》，萬壑風泉指下流。好是貞元無事日，玉宸宫裏按新秋。

淳安棹歌

淳安縣前江水平，越女唱歌蘭葉青。山禽只管喚春雨，不道愁人不願聽。

過浦江縣

官樹冥冥啼早鴉，雨晴山縣踏春沙。誰家故宅無煙火，一葉松扉鎖落花。

東吴棹歌三首

太湖茫茫水拍天，吴儂只慣夜行船。《竹枝》歌罷燈將滅，風雨瀟瀟人未眠。

艇子搶風過太湖，水雲行盡是東吴。阿誰坐理青絲網，遮得松江巨口鱸。

玻璃冷浸洞庭山，雪竹攢青竹柚斑。白髮吴娃笑相語，官船不似釣船閑。

蘭溪棹歌三首

凉月如眉挂柳灣，越中山色鏡中看。蘭溪三日桃花雨，夜半鯉魚來上灘。

野梟晴踏浪梯平，越上人家住近城。箬葉裹魚來换米，松舟一個似梭輕。

棹郎歌到《竹枝詞》，一寸心腸一寸絲。莫倚官船聽此曲，白沙洲畔月明時。

孫凡陽炎八首

炎字伯融，句容人。高帝下金陵，辟行省掾，以省都事總制處州。壬寅二月，苗將叛，被禽，駡賊死。追封丹陽縣男。伯融長六尺餘，面黑如鐵，一足偏跛。長於歌詩。至正中，天台丁復、同郡夏煜皆以詩名，日夜相切劘，下筆快掃，百紙可立盡。常與煜對飲賦詩，務出奇相勝，每得一雋語，搥案大呼，嘩聲撼四鄰。在處時，以上命招致劉誠意，劉堅不肯出，以寶劍遺伯融。伯融作詩，以爲劍當獻天子，人臣不敢私，封還之。劉無以答，乃逡巡就見。今其詩具集中。

寶劍歌

寶劍光耿耿，佩之可以當一龍。只是陰山太古雪，爲誰結此青芙蓉。明珠爲寶錦爲帶，三尺枯蛟出冰海。自從虎革裹干戈，飛入芒碭育光彩。青田劉郎漢諸孫，傳家惟有此物存。匣中千年睡不醒，白帝血染桃花痕。山童神全眼如日，時見蜿蜒走虛室。我逢龍精不敢彈，正氣直貫青天寒。還君持之獻明主，若歲大旱爲霖雨。

題好溪圖送憲使黄繼先

君乘馬，望君來栝蒼下。君乘舟，望君來好溪頭。好溪水生玳瑁魚，好溪水生明月珠。好溪水生青珊瑚。使君來此月再樞，惟飲此水無一需。使君之清水不如，臨别贈君青絲轡。隨君馬頭行萬里，相思之心有如水。

龍灣城

龍灣城，壯如鐵。城下是長江，城頭有明月。月色照人心不移，江水長流無盡時。

迎日詞

鳳炙兮麟脯，瑶席兮桂俎。樂萬舞兮如雲，吹笙竽兮龍二女。干孑孑，載以輿。六蒼虬，歷天衢。雲霈霈兮夜未艾，執長轡兮久相待。

奉使還途中聞東征捷音

南來萬馬浄邊塵，銜璧歸朝盡大臣。城上玉繩浮婺女，帳前銀甲擁天人。出師已略扶桑國，奉使須通析木津。遂有江黄慕中夏，可無書檄諭全閩。

贈黄煉師

留侯弟子有初平，九歲從師住玉京。天與數書皆鳥迹，家傳一劍是龍精。瑶池桃子無消息，海水桑田又淺清。我爲紫芝歌一曲，夜深相答洞簫聲。

宛轉詞

流黄機，響春閨，織成幼時華彩衣。玉爲容，水爲瞳，二十嫁與梁家鴻。妾鼓瑟，郎鼓琴，海枯石爛同一心。雲母屏，夜向冥，郎是明月妾是星。鞭珊瑚，障流蘇，郎騎高馬妾坐車。女蘿枝，延兔絲，綿纏到老郎自知。徑寸珠，水中居，團圓到老妾不如。

題縉雲少微山次周伯温韻

少微方丈擬王宫，詩版流光射碧空。處士大星能比月，詞臣異代亦同風。壇邊樹老爲龍去，井底丹砂與海通。飲水也能生羽翼，骨青髓緑髮如葱。

夏博士煜三首

煜字允中，金陵人。元季。丁復仲容以詩名，煜爲入室弟子。丙申，太祖下金陵，辟爲行省博士。戊戌，調浙東分省。太祖西伐友諒，儒臣惟劉基與煜二三人侍左右。鄱陽之戰，命煜等草檄賦詩，揚旗伐鼓，横桴中流，天威震動，友諒窮蹙走死。《國初事迹》云：「夏煜犯法，取到湖廣，投於江。」俞本《記事録》云：「至正二十三年十二月，夏允中家人販鹽敵境，提至軍前，置黄鶴樓下大浪中，三日而死。」余考《陶主敬集》有《洪武元年送夏允中總制浙東兼巡撫》之詩，允中《讀宋太史潛溪集》詩云「景濂其字大夫爵」，宋以洪武二年六月總修《元史》，始得階亞中大夫，則洪武元二允中尚在，安得云癸卯歲沈於楚江也？姑闕疑，以俟博考。

哀孫炎

垂老戎馬間，相知復何有。幼與孫炎交，于今俱白首。炎也雅好詩，落魄惟耽酒。醉中有神助，不放持杯手。才豪不受羈，焉肯事田畝。精勤脱穎出，盤錯迎刃剖。浪迹帝王州，結交英俠藪。喈喈朝陽桐，濯濯新春柳。南北暗兵塵，妖星下天狗。我皇入金陵，一見顔色厚。高談天下計，響若洪鐘叩。即拜丞相掾，奉身事明後。再分太守符，兼綰都官綬。栝蒼實重地，豺虎白日吼。皇曰汝孫炎，其往總制某。再拜謝不敏，寵命敢虚受。一年風俗淳，二年民物阜。三年遠人歸，上表請官守。文章曹劉亞，政事龔黄右。舊歲過金華，與炎適相偶。寒燈夜半花，春盤雪中韭。終宴竟忘疲，落月斜半卣。臨別各上馬，攬轡復立久。爲言有小女，離家方襁負。今來已五周，見父能認否。未必到家期，封書附姑舅。置書篋笥間，才隔二月後。墨色尚未乾，語音猶在口。胡爲内變生，失我平生友。復恐是夢中，仰天當户牖。斗柄昏建辰，月魄夕在酉。乃知真死矣，慟哭吞聲嘔。後聞遇害時，扞刀落雙肘。奮怒髮衝冠，大駡血漂臼。維時東南天，彗出芒如帚。淫淫苦雨愁，燁燁驚電走。魂兮早歸來，空山不可狃。我過孰與規，我病誰云灸。春酒釀薔薇，奠子墳山缶。西京七葉貂，零落成草莽。既有千載名，焉用百年壽。峨峨馮公岩，與子同不朽。

康郎山奉旨

三軍戰罷日重輪，好雨東來爲洗塵。絶壁秋聲清漱玉，白沙月色爛堆銀。氣成龍虎知王者，兆應熊羆得老臣。半夜内官催草檄，燭花影裏繡衣新。

讀宋太史潛溪集

混沌初刓太素斫，挺生神人斷鰲膊。剖戟割坤奠海嶽，厥俗鴻荒人未覺。帝命圖書出河洛，奇耦生畫參伍錯。焕乎斯文此其璞，二三啓運乘飛躍。《典》《謨》《訓》《誥》《雅》《頌》作，《黍離》以降周室削。天將尼父爲木鐸，乃芟《詩》《書》定禮樂。乃作《春秋》明善惡，岜羅萬象歸一勺。放彌六合卷諸橐，七十二子相唯諾。才出中州氣渾樸，及漢《史記》變矩矱。西京雄健東差弱，建安馬上詩橫槊。其音稍振氣已駁，晋更六代轉銷鑠。唐包九有復充斥，至宋諸子雄相搉。廬陵崛起超卓躒，道州獨立承絶學。後出新安最宏博，有元將相皆沙漠。往往南士登館閣，從此斗牛氣磅礴。乃挺奇才海東角，蚤年脱穎何落魄。貫穿經史探韜略，出入佛老搜冥漠。鯨跳鰲抃鬬蛟鰐，不持寸鐵徒手縛。大弨射日孰能彍，長劍倚天誰敢斫。是乃浩然之氣擴，簸弄元化筆在握。星辰迸空如石落，剛風立海大雨雹。涌湍叠躍濤怒搏，百怪倏忽光揮霍。矯若魚龍舞瀺灂，蔚若虎豹跳岝崿。飄若孤飛駕黄鶴，勁若百鷙出玄鶚。鍧鏗大音振《咸》《濩》，赤奕雄芒射干鏌。迫而察之吁可愕，注如懸河思不涸。大田五穀當秋穫，武庫衆寶開晨鑰。左右而取非外攫，遂造平坦鏟磽确。淙淙安流宗大壑，上尊玄酒殊澹泊。東序天球匪雕琢，自然光焰發葩萼。我時訪君即命酌，春風蒲萄釀酥酪。雪夜氍毹擁鼲貉，招月與友相酬酢。月入尊中明可捉，漱咽醲鬱棄糟粕。此時豪縱脱矰繳，吐奇抉怪安可約。有烏如火天井絡，掃除旬始銷格澤。金篦亂目割翳膜，郢斤斫鼻揮漫堊。妙處神會不可度，而我旁觀駭且怍。如遇仙人授金藥，一食生羽脱塵殼。願爲弟子請奇着，先生忘言只大噱。余亦斂衽逡巡却，如此筆力扛鼎鑊。不遇明主將焉泊，聘以束帛加雙珏。幅巾大布起林薄，奏賦上林從楊柞。豈比執戟甘寂寞，天王手按龍泉鍔。大振天聲重開拓，勢若新篁解春籜。用爾圖像爲丹雘，用爾作樂爲簫籥。銘功頌德軒寥廓，日光月潔江漢濯。前驅班馬鞭六駁，後駕歐蘇驂兩駱。千載而下宛如昨，碌碌餘子徒齷齪。傑哉先生果何若？微子之裔散人託，景濂其字大夫爵。我作狂歌非用謔，投以木瓜報芍藥。

【補詩】

陶學士安二首

即　景二首

灘頭偃木似人睡，波面小船如鴨浮。何况潯陽尤在上，兩潮欲不過舒州。
白沙如雪撒平地，黑樹帶煙明遠鷗。岸峻江低人去速，山頭一尺去隨舟。

汪忠勤廣洋二首

竹　枝　詞

三百六十灘水清，桃花春浪近來生。催歸不待臨歧語，夜夜子規啼到明。

哀蛩吟

西風院落無人語，白露泠泠滴秋宇。仰見月明河漢高，咿軋哀蛩弄機杼。咿軋咿軋機杼鳴，綺窗飛度玉梭輕。同聲合奏思無限，萬緒千端織不成。芳蘭夕氣浮金井，寶鴨沉烟翠衿冷。蕩子從軍去不歸，妾身抱恨愁孤影。此時此夜聞此聲，更長夢短難爲情。銀缸暗擊玉釵碎，錦瑟斜移金雁横。金雁斜横飛不起，漫索餘音滿人耳。梨雲化作陽臺夢，家書望絶湘江鯉。湘江水流東復深，蕩子不歸勞妾心。故將鮫人萬斛淚，寫入哀蛩腸斷吟。

【補人】

胡縉雲深一首

深字仲淵〔一〕，龍泉人。元末爲石抹宜孫參謀，内附後，擢中書省左司員外郎，除王府參軍，總制處州等翼。會朱亮祖攻建寧，馬蹶被執，死之。進封縉雲郡伯。

〔一〕「仲淵」，下文所載章溢《詠桃花馬》詩作「仲深」。

題乃易之還京詩後

憶陪仙杖入關時，玉帳星聯紫翠圍。今日讀君天上曲，依然環佩月中歸。

章中丞溢一首

溢字三益，龍泉人。至正中，結廬於邑之匡山，有看松庵、苦齋，宋濂、劉基爲記。嘗受元請，屢平蘄、黄等盗有功，不受官。國初，受聘而起，歷官御史臺左中丞。以喪母悲痛而卒。

爲胡仲深詠桃花馬

胡仲深乘馬曰桃花，章三益有詩詠之。仲深征陳有定，遇害，其馬馳歸門外，悲嘶殞絶。夫人義之，葬於龍泉縣大沙渡東北三里，號曰白馬墓。

朱砂染瓣色重臺，勾引春風上背來。愼勿解鞍橋下浴，恐隨流水入天台。

列朝詩集甲集第十二

宋太史公濂六十一首

濂字景濂，浦江人。少與胡翰仲申偕往白麟溪，從吴萊先生學，悉得藴奥。又遊於鄉先生柳貫、黄溍之門，兩公没，遂以文名海内。至正己丑，用大臣薦，即家除翰林院編修，以親老固辭，入仙華山爲道士，易名玄真子。庚子歲，徵至建康，授皇太子經，居禮賢館，修《元史》，召爲總裁官。仕至翰林學士承旨兼太子贊善大夫，太祖稱爲開國文臣之首。四夷咸購其文集，問其起居。學者稱爲太史公，不以姓。正德中，追謚文憲公。生平著作最富，《濂溪前後集》在元季已盛行於世，入國朝者，劉誠意選定爲《文粹》十卷，門人方孝孺、鄭濟等又選《續文粹》十卷，皆孝孺與同門劉剛、林静、樓璉手自繕寫，刊於義門書塾。丙戌歲，余於内殿見之。孝孺氏名皆用墨塗乙，蓋猶遵革除舊禁也。悲感之餘，附識於此。

憶山中

平生絶俗尚，幽期在一壑。衡戹周曲汜，班坐蔭蘭薄。日嫣花欲笑，風迅燕飛弱。疏峰挺飛莖，平楚下饑鶴。厓傾石似行，澗折泉如約。何時稅塵鞅，賦歸躡棕屩。

簡吳山長

先生天下士，鬢白漸將翁。官卑遭俗罵，家破坐詩窮。秋林崖荔雨，春浦鯉魚風。盡是想思處，如何學燕鴻。

清夜

弱志苦清夜，柰此强慮嬰。反側不能寐，稍寐忽成驚。疏櫺生遥素，恍疑曙光升。起行盼曾霄，月華流空明。塗塗方露繁，嘉樹尚冥冥。曳履步庭除，東西錯緯經。寥落直至旦，飄零嘆何營。

遊覽雜賦三首

輕舟疾於馬，蕩此修渚麋。但見山西行，不知舟東移。汀花叠相迎，欲折隔漣漪。亭亭思美人，泯泯忘世機。多情有白鳥，先後掠人飛。

別後不見山，比昔山如長。林陰没鳥影，巖聲答人響。蘚色青染足，藥花大如掌。蛇徑已盤百，石扉始開兩。獨笑睨層旻，古今一俯仰。

幽厓不知日，濕氣晴猶重。苔列無文錢，隨陰貫寒洞。發嘯破玄靄，萬象争迎送。磴危石欲舞，雲走山如動。思招幽鳥下，驚飛戛新弄。

次黄侍講贈陳性初詩韻

憶昔遊虎林，年壯已非冠。旅食嘆酸辛，敢望諸侯傳。捉衿肘已露，納履踵成穿。甘從原思貧，耻學毛遂薦。蘚茞丹丘生，文采超衆彦。精魄更蔚龐，翀展垂天翰。每逢羅浮春，含笑解貂换。列飲杏花陰，吹笛侑羹獻。微酣雙耳熱，谹議層叠見。弘深劇王霸，險詭雜神幻。踏月或起舞，留連過夜半。恒思酒星臨，手不離璧散。忽騎東海鯨，歸餐赤城飯。於時海大魚，鼓鬣正湍悍。颶風挾洪濤，漂没無泮岸。手操丈二矛，欲刺忘身賤。指麾集群漁，蓐食待東旦。更陳清海策，銜袖書一卷。大言驚衆聽，讀者洽背汗。九閽不可通，志士徒扼腕。因作山水遊，所幸脚力健。酒經七家箋，詩囊五采爛。走馬過粤郊，看花入荆甸。醉餘兩齒豁，雙雕傷一箭。湘流去洗耳，杳不聞治亂。自余湖堤别，久矣踪迹判。秦淮詑再聚，何異箴得綫。示我諸遺篇，令人憶東觀。襄陽耆舊亡，文園白日晏。襲之如殷彝，夙夜宜綣綣。

出門辭爲蘇鵬賦

憶昔出門時，營魂不相依。亂行忘户庭，欲東却從西。升堂拜嚴父，鶴髮七十餘。欲語不成語，涕下如綆縻。老妻哭中閨，半世嘆分違。孰意垂白後，亦復不同棲。妾病入骨髓，一命僅若絲。不知君還日，能有相見期。争如牀下烏，反得隨君之。不忍出門別，難禁君去時。言已咽就榻，見者皆歔欷。流雲雖無情，慘澹亦如悲。瘦女候庭前，含淚整衿裾：「東風尚苦寒，凜凜中人肌。願耶善自愛，以慰兒女思。」三孫拜馬前，頭角何累累。大者始十齡，小者猶孩提。伯仲似解事，飲泣貌慘悽。季也最可憐，頓足放聲啼：「我欲同翁去，明日同翁歸。」石人縱無腸，對此能自持？二兒相逐行，直至雙溪涯。淚眼似井水，源源流弗虧。舟師催棹發，丁寧且遲遲：「我父去終去，幸得緩斯須。」於時天漸暗，密雪學花飛。山林盡變幻，白玉爲樹枝。櫓聲伊軋動，兄弟争牽衣。但得到睦州，不敢再相隨。强顔麾斥去，掩泣立沙坻。盤迴過前灣，跂立猶不移。我時情懷惡，有目何能窺。急入篷底卧，冥然付無知。同行堅慰解，沽酒買紅魚。酒飲未終觴，酩酊已如泥。至重在天倫，誰寧不念兹。無淚灑離別，此語非人爲。况我志丘壑，豈欲阨路歧。但願身强健，定得返故廬。長幼聚一筵，春韭薦塒鷄。重賡《孝槃》詠，勿倡《出門辭》。

和劉伯温秋懷韻四首　劉《旅興》五十首中與此韻叶。

美女顔如花，身有椒蘭氣。故爲素風生，白草同憔悴。金鸞委鬢雲，愁容怯新媚。黄金固云貴，鑄形難鑄泪。已矣復何言，榮名本非覬。

仙人韓伯鸞，弄簫吹紫蘭。一吹洞芝長，再吹翠雲寒。紅日長不死，何憂芳歲闌。常乘雙鹿車，遨遊三素端。有時念下土，臨風動哀嘆。

浚川泉竇疏，不浚川乃塞。鑿牖漏檐明，弗鑿坐深黑。感此益自愧，空負軀七尺。近方學心齋，萬動一時寂。面對天闕山，終日如賓客。默默兩無言，巖姿澹將夕。

我家潛溪曲，正面溪上山。揉桂作闔廬，文杏爲重關。新栽二尺松，毿毿雜黄管。白鶴寄書來，問我何當還。移之萬仞岡，瘦骨撑孱顔。

送劉贊府之官都昌五十韻

都昌古鄡陽，舊號爲江國。右拒落星灣，左據彭蠡澤。巖霏朝散赬，川景時眩白。居然風氣會，生聚密如織。名區列象犀，高樓發簫笛。酒帘杏花園，漁市蘋洲柵。盛極理必衰，楚氛忽陵斥。連雲六千家，一炬半天赤。積尸成坡陀，凍血凝洛澤。瑟瑟髑髏語，多在風雨夕。今春疆理復，盡出將軍力。廟堂遣良令，鏟茅辨街陌。生茨四五椽，足憩王喬舄。日出綰銅章，瞠目銷岑闃。隸卒瘦如竹，見人猶辟易。似聞庭除間，夜有黑虎迹。又煩劉贊府，共樹懷柔績。定知灰籥應，豈假龜墨食。贊府實奇才，不用髯如戟。玉立偉丈夫，見者改顔色。文字五千卷，腸胃覺充塞。摛辭奪春花，艷艷美堪摘。吟酣或揮翰，龍蛇出肘腋。陰靈助變化，凌厲意慘黑。人誇勝璵璠，自謂聊戲劇。兼攻刑法家，儒術共緣飾。應能不負丞，奇略肥民瘠。墻陰或藝桑，中丁皆襏襫。勿羡翻經臺，學着登山屐。可憐康樂公，却類彌天釋。勿升元辰山，去踏馬蹄石。丹竈白草秋，青鳥書難覓。勿棲五柳館，驚見元亮宅。仕隱各有心，忘世非良則。當如陳大夫，樹陂壽民脈。令名垂無窮，晴波共洋溢。我辭固强聒，君子宜慎擇。時當九月交，涼氣壓離席。黄花如窺人，啼蛩似留客。新蟹斫金瘦，甘醲掐瓊液。飲餘志慨慷，狂語忘岸幘。執手立沙頭，欲别貌還戚。顧予誠繆悠，頗有書傳癖。造文應時需，不異陪僮役。扼吭操左袪，立志在必得。每藉翰墨潤，粲粲有精魄。西風片帆張，遽作千里隔。倉皇車折輪，顛沛禽鎩翮。不知孤月夜，何人破愁寂。儻有尺素書，早寄凌風翼。

秦宫謡

筝雁斜行綴春柱，内家學得涼州舞。九枝燈死月色青，猶記君王夢中語。
五坊小兒騎駿馬，翠蛾綵女鬭花鷃。御路泥深龍輦過，小隊黄衣四十人。

畫樓歌

畫樓殷殷貯白嬌，紫騮行春楊柳橋。手中鸚鵡酒暈潮，連環帶解口痕消。黑甲西來若風雨，踏成一片無情土。白日未落絶行塵，瓜洲渡頭鬼喚人。

春夜辭

女龍滯雲香雨膩，輕黄惹柳凉脆脆。鸞絲不繫軟風痕，白玉燕釵分兩翅。桃花月下采鸞門，魚鑰不眠長鎖春。芳魂行遍秦川道，百子堂空無一人。更深不耐山烏哭，擫管調絲作新曲。天海風濤夜不收，龍頭吐漿割春緑。上元不寄錦字書，寧宫誰復問巴西。紺階但種相思子，産出青青連理枝。

紫髯公子行

紫髯公子五花驄，蛇矛犀甲八扎弓。黄昏銜入北營去，衮衮流星天上紅。十萬雄兵若秋隼，千瓮行酒須臾盡。太白在天今歲高，千旄指處皆齏粉。凉州白騎少年兒，紫繡麻鞾來似羆。鴉翎羽箭始一發，射翻不翅牛尾狸。紫髯紫髯勇無比，愧殺生須諸婦女。當年冠劍圖麒麟，何曾三目異今人。

越歌八首　約楊推官同賦。

勸郎莫食鑒湖魚，勸郎莫棄別時衣。湖中鯉魚好寄信，別時衣有萬條絲。

戀郎思郎非一朝，好似并州花剪刀。一股在南一股北，幾時裁得合歡袍。

越王臺下是儂家，一尺龍梭學織紗。願郎莫栽梨子樹，遮却房前夜合花。

溪頭送郎上蘭舟，獨宿春風燕子樓。溪水有時乾到底，不如儂泪四時流。

阿儂羞殺黄帽郎，桂舟蘭楫藻中藏。蘆竹生花秋滿地，棹歌才動便尋榔。

粉痕隨淚濕春羅，郎似芭蕉儂似荷。荷葉團圓映蓮蕊，不比芭蕉紋路多。

爲郎有意辦羅裳，綉成花鳥好文章。黄昏含愁不敢剪，只恐分開雙鳳凰。

春望山頭松百株，若耶溪裏好黄魚。黄魚上得青松樹，阿儂始是棄郎時。

雜體二首

温温荆山玉，刻作瑞世麟。繫以補衮絲，相期佩君身。君身享遐福，四海歸至仁。峨峨九天上，虎豹爲守閽。惜哉不得獻，襲之以文茵。

英英匣中劍，三尺秋水明。上有七星文，時作龍夜鳴。鑄此雙雌雄，云是歐治生。鸊膏久不施，綉澀玄痂成。願借赤鳳雛，銜上白玉京。爲國斬佞臣，坐見泰階平。

擬　古二首

明星夜生角，遠倚紫垣中。四國仰照耀，寶劍出秋空。一朝化爲石，下與沙礫同。牛羊或踐履，戮辱到兒童。位高知身危，退藏保其終。

秋蟬啼枯枝，朝夕飲風露。豈無百蟲食，政以廉潔故。黄昏鳴聲悲，似欲有所訴。不受丹鳥知，反逢螳螂怒。隕身亦何辭，吾能改其度。

蘭花篇

延祐戊午年賦，時予始九歲，屢焚舊詩，而此特以幼作存，今復録之。

陽和煦九畹，晴芬溢青蘭。潛姿發玄麝，幽花凝紫檀。緑蘿託芳鄰，白谷挹高寒。玄聖未成調，湘累久長嘆。緑蓏雖外蔽，貞潔終能完。豈知生平心，卒獲君子觀。雜以青瑶芝，承以白玉槃。靈風曉方薦，清露夜初溥。此時不見知，騈羅混荒菅。春風桃杏華，爛若霞綺攢。徒媚誇毗子，千金買歌歡。棄之不彼即，要使中心安。願結美人佩，把玩日忘餐。

遊涇川水西寺簡葉八宣慰劉七都事章卞二元師

水陸行兼旬，招摇月如醉。筋弛遂莫支，神痴但思睡。若非遊名山，曷以豁幽閉。涇川名漢縣，寶勝標唐寺。一往情已堅，百闕思轉熾。大川阻鴻溟，怒濤寫滂濞。仿佛號夫諸，昏蒙舞魍魅。小舟劣容坐，大險曾不避。中流震撼數，性命毫髮計。斂股不容搖，屏息恒獨惴。良久幸登陸，寸步懷千畏。盤迴行隴畦，迷眩失溝遂。嚙趾嵌劍石，衣冠排戟莿。身入青玉林，一白點群翠。道過桓彝祠，古柏撐幽邃。青紅閃敗壁，神鬼錯飛旞。忠精燁白虹，直欲貫天地。周禮在所旌，尸祝宜弗廢。敕書從天來，猶勒崇寧字。象賢恨非古，姦醜褻神器。南風嘯林薄，吹落英雄淚。俯仰感微衷，蛇行復西逝。委移履上方，滿目但榴翳。云何黄檗靈，不敵鬱攸祟。卧鐘蝕陰苔，孤塔挂晴荔。大雄兜率還，真應天臺萃。木魚午停聲，林鼯晴出戲。殘僧五六輩，祴衲裹山隸。奔趨失繩矩，面目劇芒刺。別有白髮師，野鶴鷄群異。身披伽黎衣，云繼泐潭裔。揖客入邃筵，從容語非易。呼童滌尊罍，爲我出芳餌。溪毛糝白姜，芝髓烹紅葴。群羞未終薦，三爵了不識。湯餅銀絲嫩，園荈雪濤試。復出新篇什，自謂宗漢魏。焜燿鴛鴦裘，錯落麒麟罽。似將三昧力，幻出千葩麗。有時氣雄拔，欲奪三軍帥。西取月氏頭，北斷堅昆臂。誰知憂世心，盡雪滄江涕。緇女尚如斯，蟬冠當不愧。少焉出楸局，矜負驍與鷙。雌雄將勢分，黑白如鼎沸。分甘東野拜，難續西林志。長嘯出山來，荒雲密如毳。歸宿山縣中，窮愁復相滯。糧絶諸傔愠，瀨激良朋忌。褰衣步明月，憂極不思寐。憶昔山林居，豈識道途累。崖色夫容開，洞水冰簾膩。淵龍學人吟，夜猿呼鶴唳。采嵐朮可餐，釣渚鮮堪嚌。負此濟勝姿，奈何心不悸。所幸二三友，酸鹹同所嗜。鈎理抉神扃，探玄發天秘。雖於嘻笑間，亦足洗蒙罽。此生已任運，泉石隨所值。敬亭在望青，行行勿迂轡。

次劉經歷韻

先生勁氣類松柏，壓倒柔脆千蒹葭。發爲人文疾于電，硯墨衮衮翻群鴉。便合催歸玉堂署，天子左右宣黄麻。如何擯絶東海上，使采夕术餐晨霞。一朝閩寇掠鄉部，蜂營蟻隊來無涯。先生仗劍募饒壯，帶甲十萬人無嘩。旗幟精明刀戟鋭，欲殲封豕連長蛇。灼山烙澤絶橧窟，奔迸不翅逃罝麚。火光照耀天地赤，支骸撑柱隨燖煆。鴻勳垂成事或變，志士扼腕徒咨嗟。邇來漂寄在道路，東西不定如棲苴。營乖衛逆結瘡痏，攻嚙脛踝將侵胯。注漿流沈泄憤懣，未許袴褶來籠遮。御濕雖治曲蒻劑，踞洗恨欠雲鬟娃。況逢炎溽釀急雨，大風挾勢飛黄沙。山漫疑欲接霄漢，河漲定可浮星査。空堂悲坐發孤詠，風刺欲鬬《離騷》家。豈惟草堂詩止瘧，妙句亦可蘇痿淋。懸燈疾讀但吐舌，不覺脣腭相掀呀。文場自合推第一，俯視諸子百倍賒。黄鐘大吕正醇鬯，桑間濮上誰淫哇。群仙謫下暫狡獪，莫忘舊種瑤池花。鉥肝劌腎竟無益，不如養性祛陰邪。他時紫府或有召，會駕五色麒麟車。

思春辭 丙申春作。

美人别我城南去，幾見樓頭涼月生。南浦沉書尋素鯉，東風將恨與新鶯。丁香枝上同心結，九曲燈前白髮明。花託芳魂隨鵲夢，草移愁色上簾旌。物華半老燕脂苑，春影輕籠翡翠城。歌扇但疑遮月面，舞衫猶記倚雲箏。因彈《别鶴》心如剪，爲妬文鴛繡懶成。宫燭不啼偏有淚，湘桃無語自多情。岩南樹密晨烏集，江北潮回暮渚平。幸有夢中能聚首，唤醒恨殺短簫聲。

行路難 丙戌秋作。

筍輿向江行，十步四三曲。日落天漸昏，栖止憐不夙。有如喪家狗，望望共奔逐。遥見洲渚邊，凋楊失新緑。一室小如舟，偶值酒新熟。主翁面如鬼，行步苦彳亍。延坐白木牀，發問極羞縮。百錢買一斗，聊誑先生腹。執觴未及飲，所睹甚怪促。昂昂船上下，頭纏布一幅。兩脛赤如染，俟食類饑鵠。忽然來共席，迫我汗如沐。棄酒出倚閭，遠吸江上渌。青山向我笑，不語意良足。居常務標致，今此毋乃俗。少時凶悍徒，幾欲塞破屋。喧囂呈百伎，醜惡難具録。生平見未曾，五藏爲反覆。瞠目久不語，情思殊隘蹙。晚入一窩卧，槁秸紛不束。瓦穿星似篩，壁壞風如鏃。水車貼四畔，轉足礙輪軸。解裝暫一息，何異樹下宿。蕭晨出門去，軒豁騁遐矚。遠嶺收片雲，前汀落雙鶩。即景政自佳，撫懷欲成哭。天地雖無私，人事有倚伏。臺觀變坑阱，衽席爲韝韛。休嗟行路難，羊腸乃平陸。

艷陽祠 三首 效唐人體

南國家人玉作腰，鬧裝香帶斬新雕。醉騎寶馬踏青雲，嘶入城東第四橋。

九子金鈴出九龍，流蘇雜綵蹙芙蓉。東風不管花無力，吹滿昭陽第一宫。

幾番花信逐時添，諸柘新芻酒正甜。莫道曉風猶料峭，内家新賜却寒簾。

寄别

别來虎豆又生牙，尚在揚州賣酒家。醉後清狂應不減，起拈花彈打鳴鴉。

哭鄭僉事

忍見蒼苔裹繡衣，西湖風急旅魂悲。紫羅半臂今猶在，免學歐陽寫恨辭。

憶知

春風行樂且年年，勿使遊塵上五絃。燕子堂前多舊土，莫栽黄檗只栽蓮。

天麥毒行

任生累葉居章丘，僮妾指千百馬牛。文軒彩閣插雲上，脆管繁絃邀客留。閑時好把道書讀，日啖湯餅無時休。一朝陰厥忽仆地，六脈隱約如蝦游。移時開寤拂衣起，喜氣入面輕黄浮。自言惚恍有奇遇，不翅乘軿觀十洲。初逢一身卧空曠，手足僵勁無寸柔。大神持刀剖心腹，洞見十二仙家樓。紅光眩眼視閃爍，後先楹户皆朱髹。絳衣女子導以入，手執幢節懸銀流。入宫升殿謁女主，美艷可使春花愁。鴛鴦曳裙佩軟玉，芙蓉仍插金搔頭。五明扇遮九龍座，珍珠簾挂珊瑚鈎。分班就坐未及語，有敕太官催進羞。須臾水陸盡交錯，玉盤擘脯堆紅虬。女樂翩翩次第舉，搊箏彈瑟鳴箜篌。燕罷瑤階月初轉，餘情不斷魚含鈎。紫州小姑遽餞别，《陽春》一曲翻新謳。隱雷作聲忽驚覺，却厭人世真蜉蝣。若非名登九天籍，安得俗駕攀真儔。室中宴坐絶葷血，扃鐍不許他人抽。或爲妍唱感異類，水禽山雀争喧啾。如斯歲發至六七，猶怨闊遠難冥搜。家人共怪狐鬼惑，握粟出卜城南頭。巫醫迭進獻方技，何異白石江水投。相里先生來自陝，纖目入鬢清于秋。腰懸藥壺大如斗，吐言便覺冰生喉。且云餅中天麥毒，陰氣不決爲人尤。必須陽精可制勝，驅逐惡厲誅陰酋。嵩嶽丹砂我獨得，迎陽搗就光油油。便烹蘆菔和爲液，袪疾有同鷹脱韝。三齋七戒始敢服，服後所見非前侔。侍臣朱裳多故惡，執樂不作含深憂。再服户楹皆變白，素衣對泣聲咿嚘。三服宫闈敧且側，左右紛亂如驚鷗。女主戎裝急奔竄，上車歷録行荒陬。迅霆一擊前殿火，虐焰四射森戈矛。自兹神觀漸復舊，方與人事通綢繆。嗚呼我人最靈貴，一爲病蠱忘身謀。孰知無病亦顛倒，深蝕聲利甘拘囚。紛紛白晝混人鬼，老死竟不分薰蕕。當持六經煉爲藥，盡療天下蒼生瘳。

義俠歌　效白樂天體。

德興董國度，其字爲元卿。宣和舉進士，籍籍多文聲。初調膠水簿，其地近東溟。筮日别母妻，匹馬赴驛程。居官未一載，金人忽渝盟。中原相繼陷，無由遂歸耕。翀天乏羽翼，俯首走伶俜。流寓逆旅氏，更變姓與名。逆旅恤畸孤，買姬奉使令。姬性多黠慧，姿色更娉婷。惻然憐卿貧，孳孳學經營。鐫石作巨礎，市驢使旋縈。粉麥白如玉，貿易入南城。從此日優裕，寒谷化春坰。新居巧締構，高樓聳朱甍。陌阡接東西，秋風熟香粳。開尊醉花月，絃管雜匏笙。卿終不自懌，嘆息或涕零。長跪敬問之，豈妾無異能？家事不牢落，胡爲日怦怦？卿曰爾不知，我實爲南氓，家有鶴髮親，無從問死生，念此心欲折，夢魂亦煢煢。姬言我伯氏，義俠天下稱，卿胡不早言，俾卿得歸寧。未幾有奇客，軒然過門庭。虬髯頳玉面，九尺長身形。高騎紫騮馬，好似漢灌嬰。下馬入門坐，氣象猶生獰。揖卿使卿拜，此乃妾之兄。呼童刺羊豕，開燕羅兕觥。酣飲直至夜，月影移前楹。姬起屬前事，鄭重語加精。是時金人令，南官不自鳴，便差縣官縛，藁街受極刑。卿因諱其説，踧踖弗能勝。客乃奮髯怒，責卿何不誠。我以女弟故，冒禁挾子征。卿故反致疑，視我爲凶傖？急取告身來，庶幾足依憑，不然擒赴官，命與鬼録爭。卿懼不敢喘，有言一一聽。客去甫一日，控馬來相迎。命姬欲共往，姬謂幸少停。卿先隨兄去，不必懷戰兢。妾有自製袍，贈卿意盈盈。兄或持金贈，示之辭弗承。倉黄别就道，有涕如懸綆。疾馳至大海，海舟在水横。客令卿前登，迅速類建瓴。舟人敬日畏，一如事神明。未渴奉馬湩，未饑具羊羹。財方達南岸，客已在旗亭。勺酒對卿飲，論言極崇谹。歷陳太夫人，年已近耄齡。赤手得返國，何以娱其情。黄金二佰兩，卿當置諸籯。卿謝不敢受，客竟委之行。卿追至門外，舉袍若懸旌。客駭且大笑，吾妹實豪英，吾事未能了，有懷當再傾。卿歸拜慈母，慈母惕然驚。意謂從天降，穩駕仙人輧。南北望已絶，音耗無由偵。今晨得再見，死草再發榮。喜極繼以泣，陰雲爲冥冥。妻兒亦亡恙，一一列前庭。更闌共軟語，秋花上青燈。取袍當户着，袍縫爛然頳。箔金滿中貯，碎若剪鳳翎。逾年客果至，攜姬重合併。鄉人競聚觀，皆曰見未曾。朝廷録卿官，添差尉宜興。卿妻曰余氏，悍妒仍驕矜。遇姬多亡狀，禁攝如凍蠅。甚或加棰掠，人諫了不懲。卿力弗能制，白晝若沉瞑。姬因不告去，飄若風火升。吾聞古義俠，史册每足徵。受恩能盡死，義重身則輕。未必識書傳，文華耀晶熒。卿爲名進士，豈不讀聖經。奈何負恩義，犬豕羞爲朋。追述義俠歌，讀者當服膺。

秋夜與子充論文退而賦詩一首因簡子充并寄胡教授仲申

太虚之氣隨物形，天聲地聲由此生。小或簸蕩吼河海，大將觸摶流風霆。天輪膠戾神鬼戰，地軸挺拔蛟龍争。圈臼窪污各異奏，彯沙礨石咸齊鳴。靈功闔辟司至理，于喁徐疾緣天成。孰言坱圠妙不測，兩間可配人爲靈。戴首載趺上下位，布藏列府山河縈。肺爲金官號鐘磬，發聲肇氣從孩嬰。自兹人音極萬變，出無入有誠難名。暗啞吒叱泄忿懥，嘯呼號噭攄幽情。吻牙喉舌審清濁，徵羽宫商分重輕。殊方雖假象胥譯，至道不與人僞并。尼丘降神繼群聖，因聲爲教文諸經。研窮陽陰序政事，吟詠情性臻和平。節文嚴謹名分正，假象植義昭天明。玄景無言聖人代，建中立極綏群萌。奠安海嶽使效職，洗摩日月開重冥。籟鳴機動乎應速，風聲所被來頻仍。宋齊魯衛既霧滃，蔡陳秦楚尤雲烝。櫺嚌真瘦造閫粤，抵排卑論歸崇谹。太和融盎盡沾丐，物無疵癘玄休凝。杏壇迹蕪鐸聲遠，人鑿私智先先登。鉤鉗捭闔勢傾軋，堅白同異時輷輘。黄老玄虚涉溟涬，刑名慘覈紛峥嶸。九家狂流不可遏，絶港强欲齊東瀛。固云偏駁或害教，尚騁所學爲驍騰。狂秦以降逮劉氏，不翅枯響隨風行。黄茅白葦墮一色，編見聯珠誇九能。班揚枚馬亦豪雋，竟溺下俗高難升。六代駢枝與儷葉，氣澌辭纇猶驕矜。更唐歷宋非不盛，律之六藝終難勝。要知聲華有衰歇，以致學步多跉竮。人文本爲載道具，次則紀事垂千齡。雖其功用霄壤隔，不應澗水非淵冰。璽書播告出丹鳳，兵檄馳布飛紅星。金匱石室董狐筆，戎功駿烈燕然銘。入室登歌侑廟樂，徇師能誓宣牲盟。章疏補天非煉石，談辨保國逾長城。霑潤自足配雲雨，和協更可同簫笙。當其操觚欲鼓勇，收視返聽探玄精。游魚中鉤曳深沚，巨獸投阱離叢坰。斯須朝崖變夕谷，惚恍西海爲東陵。精神所至萬物懾，槖籥亭毒縱復横。真醇魯邦見郜鼎，冲雅高辛陳五韺。渾圓櫝應振逸響，縟麗鷫雀梳文翎。嚴森五刑布秋肅，華潤百卉含春榮。勁如韓彭將貔虎，仰揭斗柄麾欃槍。艷如長楊較羽獵，蒙盾負羽驅鸞旌。高排霄漢跨箕尾，呼噏沆瀣游太清。未幾直墜九淵底，察之無迹聞無聲。幽入陰宫作鬼語，秘怪詼佹難爲聽。劃然大明赤于火，景曜所鑠流爲瓊。似兹妙斡造化軸，可以小技相譏評。金石雖堅有銷泐，文光亘古常晶熒。但憂拙工不知變，欲就效衢施鼎鉶。揖讓周還固有節，其如綿蕝非法程。予從卯角業文中，意逞驍悍摧强勍。上師姬孔爲察父，下視遷固猶諸兄。嬰弓射侯在正鵠，路馬在御懸游纓。温温膩紋蟠結緑，燁燁寒電生青萍。有時摛辭述帝霸，捷如屋上人建瓴。注空直瀉絶留礙，不似潢潦爲泓渟。應知敦本乃末艷，且咤彪外由中弸。年來懲艾劇芒刺，流汗浹背顔交赬。如何竄身伏槁壤，乃能抗志凌霄崢。閟宫清廟須巨木，梁葩楚艷徒微馨。譬之出聲有巨細，大塊噫氣真鏗訇。蛙鳴蟬噪雜鼓吹，入耳唯覺成嚶嚶。天人之間或有愧，何異冠服蒙狸狌。遥江上月素珠吐，嘉樹弄景凝龍擎。維時萬籟一時寂，耿耿銀河涵玉繩。華川先生起我懶，褰衣踏月行空庭。揚今榷古益慷慨，抽關啓鑰成攖寧。先生文章正用世，殷盤周誥方争衡。知深固慊管鮑淺，交固未數金石貞。念斯輾轉不成寐，吟聲在吻號蒼蠅。酸寒固或類貞曜，跅弛未必卑韓翃。故人守官在姑蔑，學林老虎文淵鯨。三年不見志紆鬱，夢魂時逐晨風征。何時共宿若今夕，重把肝膽殷勤傾。

憶與劉伯温章三益葉景淵三君子同上江表五六年間人事離合不齊而景淵已作土中人矣慨然有賦

我歌何太苦，觸事增百憂。憶離溪上舍，久客城東樓。鈎經語袞袞，舞劍光油油。五窮作奇祟，六鑿爲深仇。昏眸眩翳鏡，秋骨束算籌。取憎鬼亦唾，出謁人誰謀。有美濟時彦，來自處士州。金莖擎白液，玉瓚含黃流。長山同躡樓，嚴瀨仍維舟。雨花掠篷走，風蒲向人愁。冒險前至歙，計程幾經郵。盤渦結唇穴，欹石排蛇矛。暗陵走魑魅，灌木啼鵂鶹。川盡青逗曉，城新白凝秋。賢躅訪闕里，仙踪索浮丘。烏聊就神卜，綺席徵童謳。穎濱所謫宦，績溪倚荒陬。叢祠尚贔屓，苔碣猶蛟虯。摩挲未及讀，行邁焉能留。隨山轉犖確，滿目只梧楸。淳原當日盛，杰觀連雲稠。兵餘有遺構，星分如碎裘。徘徊望涇邑，迤邐驅晨輈。狹徑横黑輾，荒茅飛白球。聚落耿寒磷，原田巢禿鶖。百里一廬舍，平沙千髑髏。穴塍支爨鼎，掬溪咽乾糇。天才或弔白，詩衲還逢休。感慨每東望，盤迴且西遊。層樓眺叠嶂，匯水尋宛句。紅綫毯方軟，木瓜醖新芻。風流憶江謝，文藻勝枚鄒。落日慘平楚，悲風吟古湫。三湖渺空闊，一棹成窮搜。蒼茫日月浴，震蕩乾坤浮。水落近成浦，沙屯遠爲洲。網師出文鱖，墨客嘲輕鷗。塗經華林岸，地接秦淮溝。窮塔屹天秀，列壥布城周。河山互聯絡，龍虎相雄遒。鬱葱金焰發，瀲灩虹光抽。烟霞壓臺殿，劍舄集公侯。泮宮共一榻，江樹聞鳴鳩。鍾阜足遊衍，龍灣更夷猶。談鋒述王霸，政柄分嬴劉。淬文礪戈戟，博古陳罍卣。合庖集魚雁，響屧鏘琅球。桂窗足每跣，花日首多囚。賭棋或握筭，鬥酒恒投鈎。下關避沉酗，抵掌争嘲咻。一旦分客袂，三年感燈篝。部符洪都郡，瞻雲蒼嶺頭。晨星遂落落，宵夢長悠悠。懷生憫契闊，悼死隔明幽。惡懷不可抑，衰涕何能收。牛鼎傷折足，羽旌恨無斿。此生幾冠屨，兩間寄蜉蝣。宣尼嗟逝水，漆園嘆懸疣。天德在所務，人役將焉酬。矧當肅秋氣，正值酣商飂。紫螯飽丹液，黄鞠苞金甌。得酒且自喜，錮情欲誰仇。牀頭有《周易》，歸去推剛柔。

贈劉俊民先輩

劉君卓犖士，出知詩書胄。眉目儼如畫，幽花眩晴晝。踉蹌忽來謁，進退頗温茂。自言宅偃師，家昔千金富。大父名法從，累累印懸綬。文辭補元化，求者輒奔走。繼此簪纓餘，矜莊事雕鏤。無食不鳬翠，有衣總文繡。蘭舟盟津水，蠟屐穀城岫。或騎紫騮馬，深林出從獸。黄鬚年少兒，執矢列先後。一發功中肋，歡聲溢郊囿。狼兔懸寶鞍，歸來薦清酎。燕姬白如雪，時唱清角侑。人意天上郎，雌伏不敢雊。一旦黄金盡，其事乃大謬。漁樵來争席，傔媵或昂脰。憤來氣屢絶，十起九顛仆。折節去讀書，攻苦分句投。初如蛇入筒，漸類雛脱鷇。把筆學爲文，衆色紛采就。又恐誤儒冠，雜藝亦兼究。雅琴辨商宫，古文參篆籀。六物推休祥，八卦占爻繇。更參九箴法，俞穴别膚腠。聞棋與握槊，賭勝欲起斗。不覺疾聲呼，有若熊虎吼。最便結風舞，唯恐技難售。偶逢玳筵張，肴核列飣餖。酒酣兩耳熱，徐起整衿袖。文鸞側鼙翎，皓鶴仰褰噣。躡節眄盤鼓，回旋逐音奏。雖得諸工憐，不博兩眉皺。使者天上來，會合誠薢茩。負書亟從之，何翅杵投臼。三河及幽并，無地不馳驟。登高或弔古，感時更懷舊。恨無息肩所，若沈痾待灸。前年往龍漠，氣序異常候。八月雪即飛，一夜三尺厚。今年度庾嶺，熱氣甚蒸鎦。老梅雖未花，鐵榦倚雲瘦。欲俟喘息定，陰厓聊宿留。王虺長過竹，矯首出嶔竇。日光夾明鏡，鑠我汗如漚。閉目但待噬，有術不暇祝。性命鴻毛輕，幾被山鬼蹂。年來自懲創，此險安可復。俯思十載間，行事賤如畜。徒然召悲辛，寸禄焉能收。即將巢雲松，終老友猿狖。予聞心鼻酸，宛若身在疚。於時十月交，日月會龍狵。霜風吹人急，層衣悉穿漏。百齡駒過隙，胡不重棲宿。須知學踐形，庶不慚載覆。勺水當離尊，贈詩比糧糗。歸歟勿久留，吾言不能又。

示呂生有序

《六經》之後，幾無文矣。近世學者專攻浮縟之章，動以鼓吹《六經》爲辭，予實病焉。因爲呂生賦此，以藥矜文而喪德者。

呂生家潯陽，昂藏若饑鶻。持刺望門拜，不復資介紹。手持縹囊書，蠅頭寫芒秒。病眼花暈生，力覽始能了。詞鋒剛且鋭，無異鏄斯趙。汗萊盡薅劉，糜芑植如旐。風枝動姍姍，秋實垂裊裊。豈比稗與荑，難復稱春擣。似爾才患多，堪爲世珍寶。文華固交絢，荒志咎非少。憶當弱齡時，頗亦耽葩藻。精神應冥會，或夢吞羅鳥。射侯抗熊豻，萬舞持皇翿。五采染夏翟，三就薦周繅。自謂頗俊爽，分得天孫巧。俯視占畢徒，孤篁出叢葆。有時被餘酒，便指腹爲稿。赫蹄薄如葉，鵶蚓恣揮掃。春苑集穠艷，秋陵失乾蕘。下則陳姬周，上復述軒皞。古今萬沿革，毫髮無不考。終然立門庭，焉敢望宧窔。古聖制爲經，白日行黄道。流光逮幽隱，爛然天下曉。誰騁螢爝微，欲以闢玄造。若非靈臺昏，致此明目眇。曷以七尺軀，不解分白皂。未俗狂瀾奔，湖江決堤堡。效原化巨浸，何地有桑棗。魚鱉舞神奸，廬舍作洲島。非加回障功，未易就平燥。只緣正學微，本末遂顛倒。邇來深知非，筆硯稍焚燎。遺經置枕傍，寤寐事蒐討。尚慚弓力微，不足穿魯縞。荏苒餘十齡，晦朔幾朒朓。未見宗廟美，憂心惄如擣。爾才十倍丕，雅志復精皦。當思不遠復，改轍謝纏繞。蒸沙豈樂饑，裹糧足充飽。先廬長山東，結蘭以爲橑。非獨縏牙籤，亦自饒魚稻。念爾何當來，相與探深窈。躬行驗所知，勿憚心形勦。翻翻逐時移，毋類風中纛。皮革可登器，所貴在柔鞄。大羽金瓜鏑，亦務端其笴。千里孰云遐，舉足始一蹻。煌煌作聖功，須知此其兆。勉旃復勉旃，勿謂吾言矯。

畫山水圖歌

遠山刷翠宮眉彎，一江横繞羅帶環。沙磯互作犬牙入，水痕初落猶斑斑。漁舟三兩自何處，後先撐出蘆花灣。解網得魚長尺半，沽酒踏破荒煙酸。西南冥茫見樓閣，朱碧隱現青雲端。不知神仙何洞府，但見白道屈折蛟蛇蟠。月明如霜夜將午，定有笙鶴來瑶壇。松間醉坐誰氏子，羊裘椶屩逍遥冠。豈非東蒙山中舊隱士，面目猶帶河朔風塵頑。《黄庭》懶讀尚銜袖，仰視松葉秋翻翻。我生素有山水癖，向之不覺開心顔。恍如西上黟川灘，卧聽灘水流潺湲。又如東對仙華山，青天飛下千巑岏。岩雪藏陰凝太素，寶泉濺沫排空寒。便將此地窮天慳，青鞋布襪恒躋攀。蓮花五色猶未吐，晝明夜照如神丹。人言絶頂有風穴，高入蒼莽天曼曼。天曼曼兮氣盤盤，融作玉瀣從空溥。服之龜鶴共長久，一任人寰日月雙跳丸。白臺爲我梳仙鬢，雙成爲我開瓊關。吁嗟乎！吾將終老山之間。吁嗟乎！吾將終老山之間。

題花門將軍遊宴圖

花門將軍七尺長，廣顙穹鼻拳髮蒼。身騎叱撥紫電光，射獵娑陵古塞傍。一箭正中雙白狼，勇氣百倍世莫當。胡天七月夜雨霜，寒沙莽莽障日黄。先零老奴古黠羌，控弦鳴鏑時跳踉。將軍怒甚烈火揚，寶刀雙環新出房，麾却何翅驅牛羊。平居不怯北風凉，白氈爲幄界翠行。銅龍壓脊雙角張，彩繩亘空若虹翔。將軍中坐據胡牀，熾炭炙肉泣流漿。革囊挏酒蒲陶香。駝蹄斜割勸客嘗。趙女如花二八强，皮帽新裁繫錦纕，低抱琵琶彈《鳳皇》。半酣出視駝馬場，五花作隊滿澗岡，但道歡樂殊未央。

送陳彦正教授之官富州

我懷深褭君，燦爛雙碧目。騎麟執春秋，從頭細讞鞫。傅逮及爰書，法情無委曲。肯隨三傳後，是非互傾覆。更懲漢專門，一經雙鬢秃。牙籤三萬卷，過眼不再讀。精華盡成咽，罍罇無不燭。一物苟不知，便類車脱轂。本根既碩茂，柯條遂芬鬱。大肆文章手，直壓百怪伏。絳蕤麒麟車，登載珠萬斛。五色鳳皇翎，光耀映簡牘。收貯篋衍中，寶氣尚可掬。至今空山陬，似聞鬼夜哭。當時入室者，陳子最神速。君時見子來，謂是新生犢。健捷類獅象，有手難加牿。見君復呼子，誨言甚諄複。六經汝甲胄，四子汝劍鏃。濂洛汝金鼓，武夷汝櫜韣。汝將汝心官，汝戰汝邪欲。子即受命還，建起豹尾纛。城池堅如鐵，寇來不得觸。如此四三年，温若于闐玉。唯于進學鋭，勇赴在一蹴。澹然水雲心，不受世羈束。去向神泄山，依岩縛茅屋。拄頰數冥鴻，擷芳食群鹿。終然薜羅衣，莫蔽錦繡服。石門碧作山，怒瀉千丈瀑。嵬眼與頙耳，雄特類嶽瀆。子嘗往其中，坐候碧桃熟。柯峰與嚴瀨，天下號奇矚。星河羊裘軒，黑白紋楸局。或追隱者操，或授真人籙。嗒然竟忘歸，不記南浦舳。龍興大江西，豐城乃支屬。鬱葱君子林，中藏萬鴻鵠。子今挾書行，有志當灌沃。英英我杞梓，芃芃我棫樸。菁菁我臺萊，一一思樂育。須使魯鷁風，染遍荆楚俗。振衣别我去，我有再三祝。子如宛馬駒，未得飽芻粟。方歎當見憐，使縱千里足。子如緱山鶴，六翮暫羞縮。仙人一下來，雲笙恣馳逐。子材有如此，不久當食肉。豈如嘵徒，長困左右塾。祝罷更浩歌，歌意殊局促。只爲良朋行，使我秋影獨。寥寥風雨夜，燈花尚堪卜。

送錢允一還天台詩并序

皇帝即位之二年，大將軍帥師取燕都，西北州郡，次第皆平。越明年冬，上將效祀天地，大告武成，念開國諸臣勞烈，錫以鐵券，以申帶礪之誓。下禮官議其制度，近臣奏言：「唐和陵時嘗賜。錢武肅王十五世孫尚德實寶藏之。」上遣使者即其家訪焉。尚德奉詔櫝券及五王遺像上之。上御外朝觀之，敕省臣宴於儀曹。已而尚德思東歸，命還其券與像，以禮敎遣。錢氏實有此券已五百載。宋淳化中，杭守臣嘗連玉册進之。元豐五年，又進之。宋季兵亂，券沉官渭水中五十六年。元至順二年，漁人獲之，售於尚德之父世珪，迄今而尚德又進之。是嘗三登天子之庭，其間或顯或晦，雖若類靈物訶護，亦其子孫之多賢，能保守而弗墜也。尚德字允一，天台人。

大明天子開鴻基，雄兵百萬皆虎貔。東征西討十餘載，變化不異雲雷隨。功成治定四海一，剖券分符恩澤施。前王遺制久已泯，錢氏世實猶無虧。天使持書往徵取，有翁橐負來丹墀。鞠躬俯伏再拜起，旋解韜籍重重披。精鐵鍛成大逾瓦，中突傍偃形如箕。又如玄甗剖其半，一片玄玉誰瑕疵。鑿竅填金文絢爛，筆畫方整蟠蛟螭。誓辭三百有餘字，河山帶礪無嫌疑。繼陳五王有真像，仿佛猶是唐冠衣。腰圍白玉金作銙，吻角左右分三髭。重瞳回光屢下照，笑語逾覺天顏怡。便敕大官給珍饌，上尊法酒澆瓊卮。憶初唐綱既解紐，恣舞鮪鱔號狐狸。斗牛王氣果凌厲，豫章占術元非欺。八都健卒猛如虎，指揮不異驅嬰兒。羅平鳥圖騁怪幻，内黄外白跳狂痴。龍劍一揮赴水死，大勳星日同照垂。因兹錫券代牲歃，鼓城開府如三司。衣錦城空嘉樹老，共守尚有三樓危。淳化元豐兩進入，龍光曾受天王知。

炎精訖録九鼎沸，一旦失去官河糜。豈伊神物欲變化，相逐雷劍爲龍飛。孰知漁者一舉網，所獲非鱉還非黿。終然鬼物所訶護，不使光彩埋荒陂。泥塗沙礫幸免累，寶玉大弓欣有歸。我知天意實有在，武肅弘烈何堪微。八州生靈數百萬，拔出水火行中逵。子孫食報豈終極，政如稼穡隨年肥。高牙大纛入黃閣，金章盭綬趨彤闈。不知堆床定几笏，但見肘印懸累累。七世珥貂未足擬，一門三戟終前衰。況翁文采爛五色，嗜古不管頭如絲。秦淮呼酒話離別，遠盼官舸如星馳。於時同雲冪四野，勢欲釀雪增寒威。行行若過表忠觀，好剔蒼蘚看殘碑。

灘哥石硯歌有序

朱舍人芾見灘哥石硯禁中，遂摹榻一本，裝褫成軸，懸之書齋，命予作歌，填其空處。

朱君嗜古米黼同，三代彝器藏心胸。灘哥古硯近獲見，驚喜奚翅逢黃琮。研煤敷紙巧摹榻，訪我一一陳始終。有唐四葉崇象教，梵僧航海來番禺。手持貝葉寫健相，翻譯華竺談玄空。辭義幽深衆莫識，當時授筆唯房融。硯中淋漓墨花濕，助演真乘誠有功。愛其厚重爲題識，七月七日元神龍。鬼工雷斧琢削古，天光電影生新容。袤將四尺廣逾半，作鎮弗遷猶華嵩。涉唐入宋歲五百，但見寶氣浮晴虹。南渡群公競賞識，氏名環列縈秋蟲。朔元雖以實内府，棄置但使煙埃封。方今聖人重文獻，氈蒙舟載來江東。風磨雨濯露精彩，奉敕舁入文華宫。宫中日昃萬幾暇，侍臣左右咸雲從。紫端玄歙盡斥去，欣然爲此同重瞳。重瞳一顧光照日，天章奎畫分纖穠。有才沉蘊恨已久，石如能語誇奇逢。維昔成周全盛日，兑戈徹衣并大弓。藏諸天府遺孫子，用以鎮國照無窮。願將斯硯傳萬世，什襲不下古鼎鐘。上明文德化八極，下書寬詔蘇疲癃。君方執筆掌綸誥，願以此言聞帝聰。老臣作歌在何日，洪武戊午當嚴冬。

送方生還寧海并序

洪武丙辰，予官禁林，寧海方生以文爲贄，一覽輒奇之，館置左右，與其談經，歷三時乃去。明年丁巳，予蒙恩謝事，還浦陽，生復執經來侍，凡理學淵源之統，人文絶續之奇，盛衰幾微之載，名物度數之變，無不肆言之。離析於一絲，而會歸於大通。生精敏絶倫，每粗發其端，即能逆推而底於極，本末兼舉，細大弗遺。見於論著，文義森蔚，千變萬態，不主故常，而辭意濯然常新。細占其進修之功，日有異而月不同，僅越四春秋而已英發光著如斯，使後四春秋，則其所至又不知爲何如。以近代言之，歐陽少師、蘇長公輩姑置未論，自餘諸子與之角逐於文藝之場，不識孰爲後而孰爲先也。予今爲此説，人必疑予之過情，後二十餘年，當信其爲知言，而稱許生者非過也。庚申之秋，生以不見大母久，將歸省焉，予深惜其去，爲賦是詩。

昔在詞垣時，英材常駿奔。水碧與金膏，價重駭見聞。終然無根蔕，斂散空中雲。方生海上來，玉栗而春温。袖携絺繡書，面帶黼黻紋。揖遜入禮域，陳義陵秋旻。同餐太倉米，共勘《典》與《墳》。潛將索幽邃，穹欲攀嶙峋。蹈雪忽言别，涉險濤江津。梅花似相憐，沿途慰孤顰。湛恩來九天，憫吾髮如銀。特敕還故山，許與烟霞親。生聞抱經來，處此寂寞濱。莽蒼叩大始，溟涬究無垠。宇宙所管攝，載籍所敷陳。巨細鈎鉗之，若大樂建均。律吕按高下，宫商肅君臣。皆和免沾懘，叠奏歸繹純。桑濮俟揮斥，淫哇竟何存。黄鍾壓瓦缶，庭燎滅荒磷。似兹稽古力，可敵鼂定勳。濡毫寫雄顥，勢欲移峨岷。漏泄混沌竅，出入造化神。變幻波起伏，清温玉璘珣。盡抽神奇秘，不墮臭腐塵。所以日出之，逾見光景新。山鬼當灑泣，湘靈且逡巡。振古著作家，後先胡繽紛。豈知萬牛毛，難媲一角麟。古今二千載，有如星在辰。豈意荒礫中，獲此席上珍。予生髮未燥，立言鄙河汾。結交一世士，暮齒越七旬。妍媸與楛良，入目無留痕。自非病狂易，顛倒甲與矜。寧因一學徒，諛辭浪云云。大言心不怍，祇爲所見真。生今有行期，序飲松竹根。笑摘黄金花，起泛青瑶尊。酒酣雙耳熱，劇論如抽繹。豈無贈别言，有意須當遵。真儒在用世，寧能滯彌文。文繁必喪質，適中乃彬彬。有虞號多士，九官展經綸。惟時亮天工，外夷悉來賓。不聞有著書，鼓蕩摩乾坤。生乃周容刀，生乃魯璵璠。道貴器乃貴，何須事空言。孳孳務踐行，勿負七尺身。敬義以爲衣，忠信以爲冠。慈仁以爲佩，廉知以爲鞶。特立睨千古，萬象昭無昏。此意竟誰知，爲爾言諄諄。無徒謂强聒，一一宜書紳。

題李太白觀瀑布圖

長庚爗爗天之章，精英下化爲酒狂。匡盧五老森開張，銀河萬丈挂石梁。下馬傲睨立欲僵，聳肩袖手神揚揚。憶昔開元朝上皇，宫中賜食七寶牀。淋漓醉墨蛟龍襄，人疑錦綉爲肝腸，麾斥力士如犬羊。營營青蠅集於房，金鑾不復承龍光。并州可識郭汾陽，不可丹陽逢永王。大風吹沙日爲黄，狻猊哀啼聞夜郎。蒼天欲使詩道昌，頓挫萬物歸奚囊。何處更覓延年方，北海天師八尺長。芙蓉作冠雲爲裳，授以蕊笈青琳琅。蓬萊屹起瀛海洋，群仙遲汝相徊翔。誰將粉墨圖縑緗，顧我一見心倀倀。詩成仰視天蒼茫，夜半太白生寒芒。

題宗忠簡公誥

王黼時爲少宰，署名誥上。

青城妖祲連雲赭，犬羊在都龍在野。百年藝祖舊河山，萬騎長驅若冰解。京城留守一世豪，仰天雪涕風蕭騷。起扶白日照河北，赤手欲障三秋濤。義旂戞天天爲泣，四方猛士聞風集。自期徇國與天通，豈謂忠言反難入。披肝上疏留至尊，乘輿不顧東南巡。拊床三叫大星落，非天棄宋良由人。功業無成志可紀，古來英傑多如此。君侯心事漢武侯，偉氣英聲冠千祀。我來已恨生世遲，不得親覯忠勇姿。每過鄉邑髮猶竪，綸誥況是當時爲。却憶前朝司馬死，章蔡群姦乘間起。國雖未亂政先亡，萬里蒙塵從此始。吁嗟黼輩真奴臣，賊君致寇肥其身。姓名污眼尚欲嘔，君侯在位能無嗔。侯乎侯乎慎勿嗔，誰使彼奴操國均。君不見汴京禮樂正全盛，江南杜宇啼天津。

和王内翰子充見懷韻

帝德如天覆萬邦，定期歸棹到龍江。奇才不換金城百，寵命當簪白筆雙。喜極欲持如意舞，醉來應使軟輿扛。此情縱切何由遂，吟對西南月滿窗。

王内翰詩附

芙蓉峰下是鄉邦，未許歸帆溯浙江。天下文章寧有幾，斗南人物恐無雙。心期久與三乘契，筆力真能九鼎扛。投老著書渾不倦，頗聞中夜坐燈窗。

爲宜興强如心題復初齋

昔日攙搶照五兵，今時喜見泰階平。春風緑酒扶殘醉，斜立官橋聽早鶯。

題長白山居圖

滿地雲林稱隱居，燕泥污我讀殘書。五更風急鳥聲散，時有隔花來賣魚。

集外詩四首

予奉詔總裁元史故人操公琬實與纂修尋以病歸作詩叙舊

憶昔試藝時，年丁二十九。不諳精與粗，運筆若揮帚。欲盡王霸言，自寅真窺酉。於時有操君，許子乃其友。同自鄱陽來，懷玉期一售。風雅別正變，卦畫參奇偶。見者稱雙璧，光芒射窗牖。及至談墨題，氏名列某某。果符人所占，二榜皆冠首。顧予坎壈姿，甘在孫山後。有司非冬烘，懸鑒定妍醜。終然采芑蕢，難可混稂莠。盈盈羅刹江，顔色緑勝酒。忽然潮汐生，龍虎共吟吼。買舟踏澎湃，共折江頭柳。别歸金華山，幸有雲半畝。結茅澗之阿，敢曰松桂誘。尋鶴陟攲磴，避人下關牡。外物絶他縈，中扃森獨守。鑽摩六藝學，誓以託不朽。奈何荆楚間，妖氣夜衝斗。蔓延浙河東，無地不深蹂。帕額手執刀，騎馬向林藪。殺戮何忍聞，流毒到鷄狗。幸然一命存，微賤不敵韭。猶擕舊書囊，遑遑戴星走。許子忽相逢，短襦不掩肘。涕下如綆縻，容枯類羸叟。稍稍叙離合，即問君安否。云君兵燹餘，充腸乏藜糗。念君五内熱，談説不置口。何時插兩翅，執經趨左右。大明麗中天，流光照九有。僭亂皆削平，清浄無纖垢。垂衣坐法宫，充耳施纊黈。湛恩極霑霈，天地同高厚。群臣再拜跪，齊上萬年壽。帝曰元有史，是非尚紛糅。苟不亟刊修，何以示悠久。宜簡岩穴臣，學識當不苟。衮斧嚴義例，執筆來聽受。使者行四方，持檄盡搜取。非惟收髻髦，最欲尊黄耇。余時奉詔來，君亦至鍾阜。一見雙眼明，不翅蒙發蔀。大啓金匱藏，一一共評剖。發凡及幽微，勝辨白與黝。奈何君有疾，客邪干氣毋。僵卧木榻間，臚逆夜加嘔。醫言濕熱勝，良劑急攻掊。恨無延年術，玄霜和鬼臼。日念芝山青，親之若甥舅。翩然賦《式微》，使我心如炙。傾敧車闕輹，顛倒衫失紐。若何慰勞勞，吾誠嗟負負。平生湖海情，臨歧忍分手。官樓沽酒别，無錢更留綬。醉後雙耳熱，擊壺如擊缶。汀草漲緑莎，川花破紅藕。須記送君時，四月日丁丑。

送許時用還剡

尊酒都門外，孤帆水驛飛。青雲諸老盡，白髮幾人歸。風雨魚羹飯，烟霞鶴氅衣。因君動高興，予亦夢柴扉。

送編修張仲藻還家畢姻

少年歸娶奏金鑾，喜得天顔一笑看。紅錦裁雲朝奠雁，紫簫吹月夜乘鸞。靈椿堂上承中饋，寶鏡臺前結合歡。從此梅花消息好，青綾不似玉堂寒。

此詩見張宣《青陽集》附録，今誤入《解縉集》。

題倪元鎮耕雲圖

看院留黄鶴，耕雲種紫芝。天下書讀盡，人間事不知。

宋舍人璲 四首

璲字仲珩，太史公之仲子。洪武九年，召爲中書舍人。十三年，兄子慎坐胡黨，連坐伏法。仲珩工書法，真行草篆俱入能品，方希直稱爲「威鳳翀霄，祥雲捧日」。評者謂太史公之文，舍人之書，皆本朝第一。而其詩尤駿發，汗血一蹶，未見其止，惜哉！

採桑曲

桑芽露春微似粟，小姑把蠶試新浴。素翎頻掃細於蟻，嫩葉纖纖初上指。朝採桑，暮採桑，採桑不得盈頃筐。羞將辛苦向姑語，妾命自知桑葉比。家中蠶早未成眠，大姑已賣新絲錢。岸上何人紫花馬，却欲抛金桑樹下？

春夜辭

春閨凝温翠雲繞，五色流蘇垂裊裊。美人自脱玉花鈿，子帳香棲緑衣鳥。銅覍漏聲夜初墮，緑暈摇晴燃蠟火。欲寄相思無鯉魚，月色梨花愁朶朶。謾將軟帶結同心，開簾微步鞦韆陰。芳眼未穩鴛鴦枕，早樹重重啼翠禽。

寄章允載兼柬項思復

憶昔到京畿，與子寓官廨。一見即相歡，不翅舊交快。維時困道塗，驅車久行邁。忽逢弛擔初，欣若身脱械。握手坐氍毹，軟語慰疲憊。情投比黏膠，意愜甚搔疥。項君數過余，滯下喜方瘥。三人互談噱，何殊合糾纆。驂鑣出遊衍，古迹探奇怪。路入青蓮宫，駐足聽梵唄。薄晚始旋邸，傾倒形忘瘵。周詳論書譜，從容説詩派。凡習尚浮華，遺音日已壞。作者固繁夥，咸韶混夷靺。瀾倒并波隨，疇能捄危敗。顧余樗散材，頻年處卑隘。枘鑿乖方圓，甘遭世俗賣。人將競嘲譏，子乃敦教誡。苦言加箴規，默默使心解。酒酣示新篇，辭源極滂湃。却類任公子，投竿下群犗。應知藝嘉禾，薅治絶稊稗。讀之神駭驚，秋蚉罷嘶喝。政圖藉薰陶，别還隔遥界。欲叩寢食安，但復占爻卦。浦汭守衡茅，無從豁蒙瞶。譬諸鐵在爐，伊誰鼓風鞴？况乃患沉疴，軀命猶纖芥。侵尋閲暑寒，孱弱乏剛夬。精神盡凋耗，面目多腫噲。布衾暖閣眠，藥貼晴檐曬。年來獲告瘳，書齋仍掃灑。猿鶴亦争慶，似索煙霞債。綴賦詠雕蟲，攻篆學垂薤。有時看飛泉，四山寂無吴。思取古遺經，一覽適炙嘬。蘭膏繼日晷，矻矻警昏懈。視已常欲然，進業慚質[illegible]。志須成絲臬，未能脱菅蒯。篤信宴安中，懷毒劇蜂蠆。蚤暮自深省，此語諒非躗。近聞子亦歸，親朋樂情話。千里感貽書，殷勤馳一介。而翁幸康强，愧缺床下拜。執簡立臺端，百壬不敢噫。道遠竟莫前，動若飛翮鎩。歲月無停輈，季秋倏已届。籬菊傍雲肥，江山日如畫。軒車幾時來，夜雨一燈掛。明德正可崇，相期各云勱。

題水簾洞

石泉飛雨亂淋漓，翠箔銀絲萬縷齊。雲屋潤含珠網密，月鉤凉沁玉繩低。鮫人夜織啼痕濕，湘女晨妝望眼迷。恍似水晶宫殿裏，四檐花雨亂鶯啼。

王待制禕七十首

禕字子充，義烏人。少宋景濂一十二歲，同出柳待制、黄侍講之門。元季，睹時政衰敝，走燕都上書，不報，歸隱青巖山中。太祖徵爲中書省掾，進《平江西頌》，上喜曰：「浙東有二儒者，卿與宋濂。學問之博，卿不如濂；才思之雄，濂不如卿。」詔修《元史》，與濂同爲總裁官。書成，拜翰林待制。奉使招吐蕃，至蘭州，召還。改使雲南，抗節死。建文元年，贈翰林學士，謚文節。正統中，改謚忠文。子紳，孫稌，皆以文行稱。

雜詩四首

腐草幻熠耀，光焰終不遐。雀入水爲蛤，乃更混泥沙。根器本如此，變化亦復爾。不聞北溟鯤，一舉三千里。

鳳皇無竹實，無以充朝饑。麒麟遇畋夫，乃比麕與麋。君子負道德，不遇將奚爲。所以魯中叟，終身竟栖栖。

南園種藜莧，北苑藝瓜姜。食蔬豈不美，淡薄味孔長。如何元相國，胡椒積盈倉。終然襪塞口，一死可憐傷。

山枯因産玉，川竭仍孕珠。珠玉到人間，禍胎不可除。脱粟足爲飯，裂布足爲襦。吾寧謝華好，樸素以爲娱。

雜賦七首

大化莽冥冥，曜靈無停候。往古復來今，吾往渺何究。無始在我前，無窮在我後。其間僅閲世，曾不百年久。百年亦頃刻，彭聃詎云壽。悲哉浮休身，不及道傍堠。不學劉伯倫，陶然付杯酒。

窈窕青樓人，二八多嬌艷。朝朝明鏡中，夭容媲生面。春花紅艷殘，緑葉秋容變。白髮日夜生，衰莫如轉盼。所以學仙人，形神每精煉。吸景制頽齡，長生凡骨换。

萬物何總總，錯糅兩儀間。人身亦一物，于何較媸妍。古人有不朽，身後貴名傳。鴻勳勒惇史，奥學在崇編。託兹以名世，庶用垂不刊。孰知竹帛壽，不似金石堅。夙予秉微尚，外慕俱棄捐。獨持方寸心，千載明月懸。

驅車適秦京，策馬來燕國。所見何堂堂，莫非侯與伯。甲第金張家，乙觀王謝宅。旌節出廣衢，百步人辟易。威權自其口，氣焰何烜赫。安知公餗傾，反掌遂狼藉。魯連彼何人，肆志寧自適。

梧桐生岩陽，下俯清澗潯。柯葉雨露滋，風皇宿其陰。稟材一何良，裁作緑綺琴。被以絃朱絲，綴以徽黄金。澹然三尺中，實涵太古心。唐虞世已遠，末代崇哇淫。匪無南風曲，欲鼓孰知音？

終朝飲醇酒，舉杯易成醉。終日讀古書，撫卷不起寐。義理一何深，歲月一何駛。功名實外物，山林乃吾事。昨夜西山雲，秋雨生爽氣。笑指二尺檠，終當勿相棄。

門前兩松樹，千尺何青青。白雲枝間宿，縹緲姿態生。驚飆來吹拂，復作笙竽聲。物情豈有適，遇爾相合併。須臾遂分散，彼此各無情。因之感世故，超然欲忘形。

感興

女貧適人難，士窮事人易。堂堂七尺軀，道義非不貴。孰知一失身，禄爵反爲累。由來食人食，有死心弗替。出門愼其隨，大易著深義。所以古達人，隱約居亂世。我懷管幼安，高風邈難繼。

夜坐擬古二首

新月如弓彎，流星如箭長。惜哉弓不弦，况乃箭無鋩。借問羽林軍，何以射天狼。

織女居河西，河東住牽牛。奈此一水隔，數會曾無由。精衛勿填海，爲我填河流。

三韻二篇

巨鳥有六翮，大魚有重鬐。回翔棲鄧林，噴薄游天池。終焉觸罔罟，性命不自持。

曲曲溪水流，東折復西轉。潭底一何深，灘面一何淺。人心亦復然，何從測夷險。

次韻友人山居秋日就述鄙懷八首

月出東嶺光，風來西樹聲。秋景倏然異，令人心意驚。君子有所藴，失時終不鳴。獨憐青鏡中，白髮日夜生。

白髮容易生，況復聞秋砧。觸物動深感，感此歲月深。子期詎堪鑄，舉世誰知音？取琴爲君彈，請彈《梁甫吟》。

《梁甫》不可追，何由繼華躅。永懷古達人，未易食人粟。寧將七尺軀，甘爾隱屠牧。誰待明月珠，却向窮塗哭。

明珠有照乘，其焰百尺長。如何污塗泥，世人不得將。終然有時出，奪月争夜光。至寶非可私，獻之天子傍。

憶昔天子都，三載竟忘歸。謂將拾功名，所志非輕肥。翻然忽自悔，自售古所譏。歸來山中居，坐看雙輪飛。

山居亦何樂，所樂在泉石。盤桓撫松桂，兹樂豈易得。白雲如飛鴻，過眼時歷歷。俯仰天地間，孤蹤寄幽僻。

幽僻青巖中，結屋開荒畦。群山列左右，雙澗鳴東西。蕭然守岑寂，環堵蓬蒿齊。兵戈遍天地，吾將託冥棲。

天下兵未息，何當騁予懷。富貴非可待，少壯豈重來。百年亦偶爾，千載真悠哉。惟應抱遺經，獨立山岩隈。

南康郡齋書事二首

郡廨新落成，繁木蔭階戺。稍欣吏牘稀，粗覺民事理。檐雀不相猜，群飲硯池水。

古人樂吏隱，所貴性有適。著述本吾事，催科豈其職。拙哉彭澤翁，惆悵爲形役。

七月八日同季高渡北東歸述懷分得龕字

蚤年志湖海，嘉遁非所甘。驅車燕趙北，弭節吴越南。季子誇遠適，虞卿勞負儋。謂將風翮翔，詎能轍鱗淹。蹉跎歲雲壯，頗覺世事諳。致君術豈謬，枉己意已慚。乃知兔株守，殊勝虎穴探。遭時兵革興，江淮戰方酣。日夜羽書急，列城俱戒嚴。况兹錢唐俗，險惡人何堪。千錢購斗粟，累日食無鹽。吾徒事文翰，不解從戎驂。客囊更羞澀，愧乏黄金兼。歸歟豈不樂，何待霜露霑。長揖别英遊，明發張雲帆。同行藉佳彦，高誼中心御。依依共蔬食，靄靄接叢談。長路頓藍輿，凉飔浮葛衫。原田畢新獲，村釀如密甜。顧惟出處意，幸子同酸鹹。子家峴山陽，第宅深潭潭。藏書故可讀，一一懸牙籤。稍須幞吾被，相從坐山龕。世故易翻覆，人情劇寒炎。殷勤亦何屬，寶爾筆鋒銛。

贈陳憲史之福建

夫君英妙姿，家世聯仕籍。弱齡濟烏臺，所掌在文墨。致身已青雲，騰譽如白璧。序勞合優遷，隨牒更遠役。七閩處南陲，憲府堂堂辟。君往試所長，俯就列曹職。相逢錢唐濱，秋風動行色。嗟茲遘時艱，天地滿兵革。嗚呼凋瘵甿，何乃際斯厄。生者困科差，死者墮鋒鏑。貴人豈不仁，胡不懷慘惻。我觀得意者，及是翻取適。旌旗出廣路，百步人辟易。假威濟誅求，生事徼玉帛。高堂日置酒，秉燭燕賓客。芳除紅錦籍，珍膳青紗冪。嬌歌絶艷舞，女婦擁前席。垂酣不上馬，歡樂未知極。寧思公餗傾，便受素飡責。維時風紀司，厥職務糾擊。矧今慎掄選，充位皆名德。願君勉贊襄，要使去淫慝。及物抒至情，匡時展良策。顧予狂者流，撫事常感激。平生賈生志，臨別長太息。

性初余同門友至正初定交錢唐及茲兩紀頃以先師黃文獻公所贈詩見示感今念昔撫卷泫然因次韻追和

憶昔與子遊，我齒始逾冠。子年頗少我，已復飽經傳。白璧信少雙，明珠全同穿。吾師文獻公，清慎寡推薦。而獨敬愛子，揄揚儕衆彥。庶將託斯文，豈特誇詞翰。緬思韓公門，至者凡骨換。其時籍湜輩，抱璞爭自獻。何言百世下，徽猷乃重見。寥寥古道遠，忽忽陳迹幻。我時事遠游，歷攬天下半。三年客幽燕，坐使黃金散。却歸岩穴底，還覓青精飯。惟子負奇才，年長氣逾悍。不受世鞅羈，歸釣東海岸。誓終究遺經，世累忘貴賤。鮫鰐者何爲，騰凶起清旦。誰云屠龍手，祇解挾書卷。揮劍剸其誓，腥雨灑流汗。終然雖裂眦，竟爾成解腕。遠害圖全身，有足奔走健。自兹十年來，宇内皆糜爛。我猶跧故園，子乃處遐甸。踪迹無由聞，頗類弦離箭。及是重盍簪，各託經喪亂。故業共討論，殊覺賢否判。子才雲錦機，組織五色綫。待詔金鑾坡，講經白虎觀。此事誠所優，吾將迫衰晏。泝風一泫然，徒有情綣綣。

國賓黄先生之官義烏主簿賦詩奉贈

黄君古君子，制行粹且夷。恂恂美儀矩，藹藹贍文辭。峨冠映長鬛，大布以爲衣。去歲應辟舉，來自盱江湄。久爲金陵客，旅食困鹽齏。層樓斷春夢，新亭傷夕暉。藓苫展良晤，遊從獲委蛇。苦乏尊中物，清茶瀹新磁。朝家方需賢，用以備羽儀。如君真典刑，朝著合先躋。今兹得一官，其職在勾稽。道明雖快簿，毋乃秩猶庳。吾聞君子心，愛民仁所推。苟不務澤物，卿相亦奚爲。烏傷古漢縣，土壤非膏腴。我實此邑民，習俗固昔知。君今莅其邑，爲爾略陳之。昔當暴秦世，孝子曰顔宜。親喪負土葬，哀感群烏飛。銜土來致助，吻傷血流滋。邑由是得名，遺冢故纍纍。凄凉千載下，林風撼餘悲。建炎宋南渡，中原戎馬馳。時維宗忠簡，獨建勤王師。汴京既恢復，渡河將有期。回鑾二十疏，瀝血以陳詞。神州未全璧，計表耆緘哀。遂隳中天業，南北成分離。至今讀遺事，令人雙淚揮。忠孝實大節，至行出天彝。吾邑乃兼有，簡册耿光輝。餘習之所被，其民良易治。可施禮義化，難用威詐驅。奈何邇年來，其力不勝疲。誅求若無藝，大小含創痍。須憑長民者，煦嫗勤撫綏。苟復事敲撲，愈使其心乖。至公民不病，至誠民不欺。以故昔循吏，務先恩惠施。所居其民富，所去民見思。願君勉自奮，前哲諒堪追。華川十里澤，近在縣郭西。曩當歲大比，吉讖驗清漪。暑雨芙蕖渚，春風楊柳堤。仙宮聯梵宇，烟樹蒼參差。吾師文獻公，其傍有新祠。妥靈設虚室，麗牲植豐碑。頗聞闕主守，荒草滿階墀。煩君下車後，爲我薦一卮。蘋藻幸可擷，豈必牲肴肥。先廬在縣北，棟宇就傾頹。老桂當北堂，高槐蔭前扉。頃者處州軍，肆暴如狼羆。毁我西南軒，以作軍營圍。老母颯垂白，獨在其中居。不知風雨夕，何以庇其軀。煩君下車日，語我弟與兒。雖然力綿薄，家事要維持。稍須加繕葺，先業不可隳。憶我里居日，親友常提攜。覓句輒裴回，尋杯每淋漓。只今亂離後，在者知有誰。促實忠簡裔，篤學號醇儒。開門授章句，後生所歸依。仲玉類許丞，庠序賴綱維。優游里閈間，年已向艾耆。德元負才氣，少也不可羈。援經復據史，歷歷談是非。酒酣即狂歌，襟度無畛畦。左足久蹩躠，想更容顔衰。惜哉承平世，遺此磊落姿。近聞處村僻，轉與世情違。高氏好兄弟，和氣溢塤篪。仲顯最卓犖，處物善隨時。往者築新城，趨事不敢遲。比予遘家難，尉書遠相貽。殷勤見高誼，使我重相懷。仲祥乃難弟，倜儻絶猜疑。時時暢鬱抱，即物賦新題。亦遭官軍惡，狼藉桃李蹊。定應稼軒下，仍可肆娭嬉。漢英成均彦，語語甘如飴。一自去京華，力耕理東菑。平生經濟具，蕭條嗟已而。國器意跌宕，篆法效秦斯。酒禁近嚴甚，無從啜其醨。山田秋芋紫，自足供午炊。國章我所畏，爲文時出奇。詞鋒動横厲，穎脱囊中錐。也從青岩隱，依山結茅茨。凡此數君子，吾邑稱白眉。可以咨政務，可以談玄微。煩君相見頃，爲我道區區。自我去鄉里，三載于今兹。學殖反荒落，宦業亦何裨。惟嬴髭與鬢，星星總成絲。未續《歸田賦》，空誦《陟岵》詩。今晨送君別，令我慘不怡。奈此臂不羽，不得從君歸。山川豈遼邈，夢魂庶相隨。新寒入絺綌，別袂風披披。抗手秦淮上，我歌多嘆噫。情真覺辭費，後會以爲資。

允載章生歸括蒼賦詩四十韻贈別

自我來金陵，閲歷今六載。取友日滋多，雲萍總湖海。誰其最知心，生也情藹藹。若翁中丞公，高誼尤慷慨。其量淵汪洋，其器山嵬峞。起家本詩書，致位今鼎鼐。視余猶弟兄，往往過期待。古人不可見，賴有若人在。生能繼翁志，愛我曷嘗怠。寂寥旅邸中，過從不嫌每。晨遊輒交申，夜語恒到亥。繼晷焚膏油，列饌羞脯醢。哦詩即成誦，索紙不爲賄。生也姿甚良，爲學如築壘。基固益加崇，力勇那嬰痗。窮經鉤隱微，臨文絢光彩。摛藻掞英華，春空雲靉靆。求教生實渴，待問予則餒。譬如處暗室，何從視高塏。又如枯竹筇，安足扶㞂㞃。坐此真可慚，生猶不予猥。居然膠在漆，逾久好逾倍。兹焉捨我去，契闊將無乃。故山括蒼蒼，筍蕨春可採。臨清挹潺湲，摘鮮收蓓蕾。歸哉誠足誇，糗戰獲旋凱。新憂固服期，具慶須舞綵。父書讀仍勤，聖轍遵毋殆。卒業究遠圖，失學徒後悔。君子惜寸陰，玄髮容易改。我方墮疏庸，長路愧駑駘。區區二三策，不足獻君宰。投閑未蒙恩，冒進祇增罪。此心獨生知，盍亦匡不逮。臨別傾巨觥，聊用澆磊磊。寧無別離泪，不效兒女灑。宣室行召賈，燕臺正需隗。重來儻有期，話言勿余紿。紅花思漫漫，贈別乏蘭茝。短歌寫真情，庶當珠一琲。

長安雜詩十首

自昔天子宅，雄麗稱長安。右瞻控隴蜀，左顧俯河關。清渭北據水，太白南聯山。其間八百里，陸海莽平川。神皋奠天府，風氣固以完。周家本仁厚，國統最綿綿。漢唐能樹德，亦復祚胤延。秦隋秉虐政，二世即傾顛。在德不在險，古語諒弗諼。嗟兹異代後，遺迹已茫然。宫殿皆劫灰，城市盡荒阡。迤麗隴首阪，縈紆樂遊園。老樹帶落日，平蕪被寒烟。憑高一覽古，千載在目前。盛衰有天運，興廢復何言。

我行咸陽野，但見多墳塋。大者王與侯，小者猶公卿。隧前無碑碣，莫得知姓名。想當在世日，富貴臻顯榮。賞罰自其口，語出神鬼驚。焉知百歲後，泯然無所稱。累累一抔土，僅與塏埪并。聖否共堙没，後人爲傷情。

秦皇併六國，漢武開西方。兵威如雷電，滅戮皆暴强。功成無所欲，但欲年壽長。樓船往東海，仙劑求扶桑。金盤出雲表，沆瀣承天漿。盼睞蓬萊藥，睒𥇒瑶池觴。終然乖所覬，日夕徒遑遑。欲火既已熾，反使情内傷。神仙不可得，壽齡亦尋常。我聞古神聖，與天同運行。服食享太和，呼吸調陰陽。躋世爲壽域，斯民咸樂康。優遊道爲體，凋落後三光。曾是弗能效，安得命無疆。坡陁驪山下，零落茂陵旁。至今行路者，佇立爲徬徨。

崔嵬終南山，形勢甚磅礴。西來挾崆峒，東亘聯華嶽。長雲覆重巒，紫翠入寥廓。杞梓産深林，龍蛇蟄幽墊。淑靈之所鍾，宜有異人作。如何千載間，蹤迹轉蕭索。姬旦不復生，三代已云邈。後來王佐才，勞我思景略。

渭水何湜湜，涇水雜泥淤。其源各異出，其末乃同趨。清濁既以混，終然成合污。人生實異此，禀性同厥初。所習日益遠，竟爾分賢愚。安得涇渭水，清濁永相殊。

昔在元世祖，分地王關中。潛藩富才彦，一一皆夔龍。誰歟任儒學，先正推許公。沾濡布教雨，鼓舞振文風。後來踵其軌，厥稱蕭與同。發揮聖賢道，張主皇王功。出處雖異致，德義非殊宗。至今關輔間，教思藹無窮。前哲日雲遠，悵望吾焉從。

群經載聖道，昭揭如日星。秦火一何烈，燒燔滅其形。漢儒事掇拾，區區補殘零。雖然有遺闕，其功亦已宏。唐世尚文學，君臣益留情。琬琰刻文字，後先十三經。謂茲金石堅，不與竹帛并。自從東都後，此刻最爲精。羅列黌舍内，奎壁映晶瑩。我言金與石，有時亦銷崩。有形必有弊，斯理詎難徵。安知聖人道，所託非所憑。天地共終始，猗歟罔能名。

長安王霸都，中更九朝業。城夷池亦堙，復孰窺浩劫。舊物奚所存，獨有慈恩塔。高標穹昊摩，壯阯坤倪壓。緬懷唐盛時，士子重科甲。石間所題名，先後紛雜遝。歲月曾幾何，聲光俱黯黯。吾將登絶頂，俯仰凌六合。天風從東來，涼意客懷愜。

步出城東門，穹然見丹墻。不知何王宮，金碧猶煒煌。云是元帝子，分茅鎮此疆。傳世僅三葉，嗣胤今滅亡。深宫閟珍果，回溝亂垂楊。撫物足流盼，感時忽凝傷。自古有興廢，天道非茫茫。

人生百年中，究通無定迹。仇如風前花，榮謝亦頃刻。當時牧羊竪，尊貴今誰敵。憔悴種瓜翁，乃是封侯客。丈夫苟得時，糞土成拱璧。一朝恩寵衰，黄金失顔色。古昔諒皆然，今我何嘆息。

五月余還至渭南適克正博士爲丞於兹賦詩道舊并以留别

曩余客南京，結交盡名友。文采競聯翩，氣義互纏糾。子也時所需，翻然起江右。譬如豐城藏，紫氣映牛斗。神物一朝伸，光價孰能扣。五年教成均，後學資善誘。紛紛貴遊子，成材鬱先後。交契豈不多，於余誼尤厚。晳偕古尊罍，共棄俗盆缶。世情略外緣，古尊堅素守。艱難共嗟咨，疑惑同析剖。釁齋夜燈苦，輦路晨轡偶。蹉跎歲年深，顔面俱老醜。我從去年秋，將指事西走。今春子亦出，丞哉實爲負。豈期清渭濱，乃此獲携手。始晤含悲辭，稍坐開笑口。既懸徐孺榻，且酌陶潛酒。問勞益情傾，談諧仍意掫。延留甚殷勤，未厭浹旬久。會合烏可常，别離諒非苟。炎埃滿征塗，我馬不堪趣。明當復東邁，行止庶無咎。上以奉明君，下以慰慈母。平生功名心，蕭條亦何有。惟是故意長，欲報乏瓊玖。英英華陽雲，勞我重回首。

禽言次王季野

力作力作，人言田家樂。誰識田家苦，養蠶一百筐，種田一百畝。田蠶非無收，不了輸官府，但願官府不我虧，田家力作非所辭。

行不得哥，乾坤滿眼紛干戈。荆湖骨如山，江淮血成河。道路斷絶可奈何？君行將何之？欲投遼東去，却向海上過。行不得哥，海水能可測？只今平地皆風波。

築城謡

朝築城，暮築城，築城欲高高輒崩。江南五月盛霖雨，隨崩隨築人人苦。大家築城多賣田，小家賣産來助錢。朝築一寸暮一尺，盡是齊民膏血積。争道城高可防賊，民力已窮何所益。君不見陛下盛德猶如天，四海一家千萬年。金湯之固非所恃，何乃坐令民力敝。

白翎雀圖

白翎雀，雪作翎，群呼旅食啁哳鳴。何人翻作絃上聲，傳與江南士女聽。南人聽聲未識形，畫師更與圖丹青。圖丹青，一何似，知爾之生何處是。秋高口子草如雲，風勁腦兒沙似水。

江上曲

水蘭船繫門前樹，阿郎今朝棹船去。去時爲問幾時歸，約道歸時日須暮。江上風水不可期，日暮不知歸不歸。

二月望在肇昌客館夜夢歸里中與金十二丈傅九文學同遊高五處士別業既覺有感而賦

東風解凍春二月，東還隴西駐吾轍。中宵好月入窗明，孤館殊花應時發。慷慨既罷倚醉眠，夢裏迢迢返東浙。我家住在縣烏傷，奕世衣冠紹先烈。青岩之下華川湄，古木修篁蔭門閱。里中朋友不數人，總角交遊到華髮。金丈雖老文益昌，傅子方强氣難遏。縣南高叟故所居，别墅新營最幽絶。大田多稼廩不虚，華屋有軒席常設。自余便道過家時，三載于今城闊别。今日何日乃盍簪，固應舊好三生結。竹林藤簟坐峥嶸，橘徑梅蹊行蹩躠。篇章雜遝詩句哦，盤饌紛紜酒杯啜。既誇答客語仍狂，頗憐哭子言猶噎。儼然相對如平生，抵掌論心盡歡悦。寒鐘驚覺頓無聊，一點青燈自陰滅。倍思故隱只山中，却嘆浮蹤向天末。嗟我文章非古人，虚名在世真叨竊。一從螭陛到鑾坡，久侍清光入金闕。每多杜甫能自期，許身欲比稷與卨。政圖事主盡愚疏，豈意謀身轉迂拙。肅將使指往西垂，迢遞河山重跋涉。嚴風裂面沙眯眸，冰髯霜鬢莖莖折。瘦馬銜寒不自禁，狐帽貂裘仍狗襪。得非博望泛星槎，無乃中郎持漢節。道途哽塞竟莫通，使事還須遂中輟。歸報吾君扣九重，天顔只尺容趨謁。儻矜弱質賜恩光，便向明時乞骸骨。慈母手綫猶滿衣，先人遺書故盈篋。鑒湖一曲非所望，家山自可采薇蕨。

十一月十日宿陳敬初館中臨别有作

歲十一月當嚴冬，江湖水落潛蛟龍。蕭條長塗客旅散，而我買棹過吴淞。兹行豈爲饑餓逼，念子高誼來相從。託交同門已十載，蒙被教益開愚蠢。時時彼此互有激，譬持寸筳撞巨鐘。始蘇臺前攬秋色，麗正門外尋春容。中間欣戚每相繫，要復終始猶駏蛩。一自去春與子别，旌旗滿眼紛縱横。及兹相見恍如夢，中夜論議披心胸。君言禄爵非所願，但願擊壤歌時雍。却因文章著不朽，韜晦養粹甘爲農。顧我所願頗異子，謂欲與世想奔衝。黄金鑄印錦懸綬，時至未敢辭侯封。丈夫出處雖二致，非係愚哲由乖逢。得意觖望亦常事，所貴自寶如璜琮。計長較短語輒久，坐聽曙鼓聲冬冬。人生會合良不易，奈此物役相牽攻。君留仍泛越來水，我去猶對金華峰。區區離别不足惜，且復醉子雙尊醲。效翺自附湜籍輩，此事遠矣須追蹤。

送許時用歸越

舊擢庚寅第，新題甲子篇。老來諸事廢，歸去此身全。煙樹藏溪館，霜禾被石田。鑒湖求一曲，吾計尚茫然。

丁酉五月六日吴善卿宴諸公越城外唐氏别墅分得輕字

亭館鑑湖曲，開軒水氣清。戰袍當暑换，舞袖傍筵迎。受雨枇杷熟，欺風翡翠輕。杯行敢辭醉，不負主人情。

吴江别蓮上人

飄零有若此，離别復如何。情劇酒杯少，愁添詩句多。荒村黄葉樹，極浦白鷗波。回首相携處，秋風瑪瑙坡。

吴門懷友人

三月長洲苑，重來意惘然。江南春似海，客底日如年。舊約今何處，新題定幾篇。相望不得見，獨立最堪憐。

郡齋偶賦

宦況真蕭索，虚齋足晝眠。思親懷愛日，閲史記疑年。白髮生愁裏①，黄花立醉邊。風流陶靖節，輸爾早歸田。

①原注："一作後。"

秦州道中書所見簡袁同知

入得秦州境，川原生意多。春田無曠土，雪水有深波。鶡韵兼鸜鵒，驢綱帶駞駝。州侯有佳政，五袴競聞歌。

秦州

水積從天降，山連與蜀通。遺碑李廣宅，廢寺隗囂宫。度隴遲回際，遊秦感慨中。長憐少陵老，曾此嘆途窮。

澠池道中

九月忽又莫，吾行衹自傷。秋兼人共老，愁與路俱長。野果迎霜赤，園花帶雪黄。故人相慰藉，日晚引壺觴。

簡性初

念爾仍多病，天寒近若何。或疑詩作祟，莫訝藥爲魔。帶緩知腰瘦，巾深怯鬢皤。雪聲燈外聽，香氣枕邊過。客至還題鳳，書成即换鵝。寂寥鸚鵡賦，慷慨扊扅歌。夢記青綾直，春回絳帳多。尋芳倘能出，南陌共鳴珂。

次韻答上清道士

山中一别五經春，近得詩篇意度新。文字須爲方外友，神仙元是世間人。洞雲玄虎司丹室，壇月清鸞禮玉宸。坐對匡廬秋色好，欲將寄遠苦無因。

次韻蕭山友人

長憶蕭然山下縣，去秋爲客日招邀。夕陽玄度飛輪塔，曉雨文通夢筆橋。搜檢蟲魚窮《爾雅》，詠歌草木續《離騷》。舊遊回首成凋謝，莫遣音書似路遥。

吴江客中冬至日

十年奔走竟何爲，轉覺謀生事事非。時序每驚愁裏换，家山長向夢中歸。吴江歲晚寒波積，楚塞天空鴻雁稀。酒後登樓倍惆悵，緇塵猶滿舊征衣。

次韻高仲原錢唐寒食

又見錢唐節禁煙，極目風光殊索然。芳草自生兵後地，畫船猶醉雨餘天。甲乙樓臺非舊觀，東南富貴復何年。客中無限登臨意，都付歸鴉落雁邊。

留别陳秀才

百里春帆到海隅，不堪回首拂征裾。少年未慣長爲客，有便相煩數寄書。言子弦歌遺化在，吴王城塹劫灰餘。英遊從此成疏闊，後夜懷君月上初。

桐廬舟中

瀟灑溪山夢此邦，輕風細雨過桐江。川回幾訝船無路，林缺時看屋有窗。野果青包垂個個，水禽白羽去雙雙。到家會值重陽節，新釀村醅正滿缸。

京城春夜漫興

金水河①頭輦路分，深沉庭院柳如雲。春來天上渾無迹，月到花間似有痕。酒思瞢騰欹枕卧，鶯聲宛轉②隔窗聞。千金欲買《長門賦》，誰似相如善屬文？

①原注：「一作橋。」

②原注：「一作軟媚。」

應上人自開先寺來訪因寫詩爲贈上人以大慧普説石門樞要二書見示故及之

匡阜東來路欲迷，山風吹雪滿迦黎。眼看玉峽雙龍出，自伴雲松一鶴棲。妙喜語言真寶鑒，寂音文字比金鎞。荒城飛錫來相訪，還笑當年限虎溪。

蘭州

洮雲隴草都行盡，路到蘭州是極邊。誰信西行從此始，一重天外一重天。

無題回文七言絶句 四首

微醉帶歡春意足，密期成約晚情多。飛花落處焚香篆，乳燕歸時卷幔羅。

風生竹徑迷深緑，雨過蓮池浴膩紅。銅鏡對妝臨牖北，練裙題字戲墻東。

芳謝菊葩含重露，瘦侵梧葉著輕霜。凉宵怯扇藏紈素，遠路將書寫紙長。

殘雪喜傳三臘信，早梅欣報一痕春。寒欺獨枕鴛鴦夢，悶結雙蛾翠斂顰。

王博士紳七首

紳字仲縉，待制公之子。待制公死節時，年在十三，從宋太史學，太史奇之曰：「待制有子。」名其齋曰「繼志」。洪武辛未，應蜀王聘，爲成都府文學。自蜀之滇，訪求待制遺殖，作《滇陽慟哭記》。戊寅，建文君即位，用薦者召拜國子博士，入史館纂修高皇帝實録。庚辰，卒於官。子稌，方正學之門人，以文行著。

夜坐呈正學方先生

銀燈燦餘輝，夜氣清於水。顧此知心人，幸遂盍簪喜。酬酢啓黄封，論議析玄理。俗眼爲之開，塵心頓如洗。孔明人中英，州平獨知己。黄憲千頃陂，世以亞聖擬。德重衆所推，才高莫能比。懷賢古即今，酒酣熱生耳。

入　峽

世傳三峽險，吾身適屢往。蕩舟趨洄流，驚濤漾輕槳。巑峰開復合，青天細如掌。浪急先期程，谷空答漁響。回顧上瀨人，吾行若平壤。日夕下夷陵，祝酒相欣賞。

送鼎上人還鄉

青原有名緇，戒行極嚴具。一葦航大江，飄飄隨所寓。十月天雨霜，木落林姿露。翩然逸興發，長歌賦歸去。杖錫輕波濤，袈裟入烟霧。月照祇樹西，相思渺何處。

夏　日

天氣屬清和，幽齋净於水。端居仰聖明，俯探玄化理。浮雲馳遠郊，重陰蔭書几。好鳥弄佳音，閑花發奇卉。蕭散有餘清，煩襟蕩塵滓。

題黄侍中翠微書舍二解

環池皆名山，山深積蒼翠。長夏晴雪飛，無雲亦陰翳。

屋頭有流水，時作幽琴鳴。掩卷欲細聽，風移過前楹。

早　行

孤館驚殘漏，登途竟若迷。山形存隱約，地勢失高低。薄曙欺殘月，哀猿和早鷄。忽聞飛瀑響，已過石橋西。

蘇編修伯衡十八首

伯衡字平仲，其先十世爲眉山文定公，文定長子遲，知婺州，遂家焉，遂爲婺之金華人。仕皇朝爲國子學正，擢翰林院編修。宋景濂以翰林承旨致仕，薦平仲自代。召至，復固辭，賜文綺遣歸。後起教授處州，以表箋忤旨坐罪，卒於獄，士論惜之。二子恬、怡救父，并被刑。

送宋起居還金華

長揖謝宦徒，還歸戒征軸。眷言幽貞廬，夐在仙華麓。就養望既盈，《考槃》志亦足。儲清浚昔池，薙荒理舊竹。蘭佩紉春蕤，荷衣製秋緑。沆瀣晨三咽，雕胡晝九曝。從今猿與鶴，不復怨幽獨。

玄潭古劍歌

扁舟昔向玄潭過，聞有古劍留巖阿。欲觀躊躇復不敢，只恐開匣踴躍翻滄波。此時解后都城裏，玉質珠輝那得比。玄靈外護朱草莖，赤日天中湧湖水。想當旌陽初鑄成，橐籥元氣驅六丁。星象失光彩，白藏儲精靈。不然長才尺又半，如何照室影凌亂。神光兔脱飛雪霜，寶氣龍騰貫霄漢。自從斬蛟江水中，濁世餘子誰能庸？長伴空山栖遁者，但見白晝風雲從。邇來閲歲未五十，兩度江湖寄踪迹。瑶臺月夜聽吹笙，金界晴空逐飛錫。昔至燕京時太平，今留石城氛祲清。乃知神物等鎮圭，冥漠自有神提携。由來治忽係出處，非是漂泊東復西。聖明御九有，妖孽俱授首。既非假道斬大蛇，何用軍中撞玉斗。明朝且賦歸去來，彭蠡扁舟落吾手。申之以歌曰：我知爾兮爲赤虬，上帝有命兮下土留。爲民悍患兮萬歲千秋，彭蠡之奥兮蜿蜒所鳩。爾之歸兮徑中流，慎勿奮飛兮從爾儔。使我思爾兮離憂，舞蛟鰐兮與鱔鰍。

送曹叔温赴淮安幕

初我識君自三山，面如白玉紅頰顴。平明振佩入烏府，行人指點人中仙。此身萍梗隨流轉，淮水東西數相見。時清事簡百不憂，卮酒篇詩恣歡宴。自從煙霧霾江湖，將軍無復能齊驅。春鶯秋月兩寂寞，尺素斷絶心煩紆。今古江南佳麗地，龍虎載瞻天子氣。戔戔束帛賁丘園，濟濟衣冠若鱗萃。東華邂逅式相逢，蕭騷短髮驚成翁。青衫依舊陪驄馬，風雨徒步追群公。過從更説舊遊好，舊遊着處生芳草。沈約樓前杜宇啼，西施陂上芙蓉老。京城官釀斗四千，交歡安得青銅錢。三嗅落花共一噱，浩歌白石看青天。盍簪方喜慰疇曩，摻别那堪增養養。寒潮浩蕩足秋霖，木落江空欲何往。紅蓮緑幕依黄堂，駕言擊楫趨山陽。君才有用仍小試，干將百煉須善藏。幾年争戰今休息，髑髏模糊土花碧。韓信祖逖安在哉，但見長淮揺落日。世途反覆如浮雲，人生離合矧可云。天皇盛德同華勳，肯使獨鶴終鷄群。

郭熙關山雪霽圖

昔我北遊月在褚，兼旬犯雪度雄霸。千里萬里皆瑶琨，高迷丘垤低迷罅。朔風烈烈塵不驚，中野蕭條但桑柘。僕夫股栗面削瓜，身上破褐才掩骼。長途日暮行不前，回顧堪憐那忍駡。前車既斷後車絶，停驂獨宿道旁舍。床頭土銼爇生薪，村酒沽來敢論價。卧聽櫪馬齕枯荄，展轉無眠疑不夜。忽然朝光入甕牖，主僕瞥見互驚訝。攬衣匆匆便蓐食，如此晴明喜天借。可辭趁暖即前程，剪拂蹇驢還自跨。瀘溝凍合疋練横，徑度不用修梁架。西山馬首遥相迎，拔起人言似嵩華。瓊樓玉宇忽照眼，行行已到南關下。時清關吏殊可人，不復誰何乃邀迓。過關使客多于簇，或挽柴車或高駕。閑情我正繞剡溪，吟思誰敷似清灞。道逢軒蓋何其都，駿馬雕鞍蒙錦帕。銀盆熾炭蠟光燃，面面幨帷行酒炙。徒御繽紛意氣粗，錯金劍具青絲靶。行人不解説姓名，但説無非國姻婭。狐裘貂帽詎知寒，馳驅争入柳林射。當時有意欲賦之，計吏相煎嗟不暇。鶯花窈窕江南春，風景依依在圖畫。

贈徐季子

百金不惜市梔鞭，兩耳不解聽朱絃。人情如此亦何以，我每見之獨慨然。夫君懷寶起浙右，掉鞅觀光來日邊。夙學人言破萬卷，新製我喜窺幾編。金莖玉露足秋爽，林花澗草争春妍。紛紛牛毛豈不多，振振麟角爾固專。摛藻詞垣翻舍置，採芹鄉泮仍留連。所好者竽鼓者瑟，猶枘以方鑿以圓。陳平丰姿若冠玉，酈生辯口如河懸。禮意殷勤日三接，華貫驟歷歲九遷。由來利鈍係遭遇，未必愚智殊天淵。樂育菁莪亦已重，況乃桑梓敢不虔。去國不賦北門什，還家徑上東吴船。大材小試吾竊嘆，冷官不厭子乃賢。謇予閲世倏四十，守官太學垂五年。包羞待問成倚席，畢景兀坐寒無氈。勛業空期蟻附驥，俯仰却笑夔蚿。彼哉浮榮勿復道，歸歟樂事言難宣。會稽雲門最幽絶，鑒湖剡水交漪漣。玄猿嘯呼山近屋，白鳥明滅江呑天。雲間往往得靈藥，月下時時聞採蓮。多暇應爲曲水會，乘閑便作東山眠。村翁溪友總愛客，蕨芽蓴菜不計錢。酒酣更斫銀絲鱠，章就還灑蟬翼箋。並遊只許鐵冠子，同載應懷玉局仙。願言留榻以相待，一曲擬乞君王前。

周伯寧春晴江岫圖爲吕仲善題

尚書襟懷絶瀟灑，揮毫往往凌董馬。平生一筆頗自珍，數尺新圖爲君寫。齊山遥接吴山青，碧波萬頃孤帆征。東風緑遍汀洲草，總是歧亭離别情。一向江南一江北，離情浩蕩嗟何極。正如江上之碧波，縱有井刀那剪得。當時已足令心愁，如今况復隔羅浮。掩圖却上高臺望，但見遠海連天流。暮歸朝出誰與侣，蜃霧蠻烟結凄楚。木棉花落鷓鴣飛，苦竹叢深鵰鴣語。

送王希賜編修使交趾

曆數歸真主，群方若綴旒。外藩須嗣續，當宁重懷柔。芝簡文彌盛，茅封禮更優。代言欣爾屬，將指副予求。暫下層霄去，真城萬里遊。宫袍裁白紵，厩馬出驊騮。望重皇華使，名高好時侯。揚鞭隨越鳥，祖席贈吴鉤。自覺光輝遠，那知跋涉修。幾旬行嶺嶠，何處是交州。山擁魚鱗集，江分燕尾流。墮鳶從帖帖，馴鹿自呦呦。緑認桄榔浦，紅看荔子洲。馬人偏好客，蜒户總能舟。日上扶桑表，天垂瘴海頭。昔聞銅作柱，今見蜃爲樓。槲葉時交墜，沙蟲或暗投。由來宣至德，直欲被遐陬。除館迎京使，傾城拱道周。陪臣偵伺謹，膳宰往來稠。樂作聆銅鼓，衣更閲貝裘。珍羞羅海錯，妙舞雜巴謳。蕉實垂垂重，椰漿盎盎浮。括囊徽薏苡，濯口却扶蔞。事大無違禮，新王實好修。有陳皆睿訓，餘事及冥搜。足使誠心服，端非緩頰侔。上方思子切，誰敢爲王留。别袂逢梅雨，歸期指麥秋。論思金馬日，頌獻碧鷄不？

送蔡思賢參政使蜀

清晨旌節三川去，今日車書萬國同。燕餞都亭來詔使，停驂鄉井訪鄰翁。峰經回雁邊聲静，峽入啼猿樹影空。昭烈祠西諸葛廟，秦州城北隗囂宫。神交露立蒼茫際，長嘯風生感慨中。毛伯昔聞周上介，隨何今見漢明公。布宣德意相如檄，囊括山川太史功。河隴從兹兵不構，轘轅此去路相通。庭充橘柚陳方物，歌聽《巴渝》識土風。最是多情江漢水，直隨歸棹到江東。

中丞劉先生齋閣前山茶一枝並蒂因效柏梁體

朔風剪水雨雪雱，萬木蕭條凍且僵。青藜丈人鈴閣傍，山茶作花紅錦香。中有一枝並蒂香，符彩爛若雙鴛鴦，嫣然占盡三春光。皇英來自雲中央，赤旗翠節雨作行。阿母笑執瑶池觴，仙童雙雙吹鳳凰。綵女齊綰珊瑚璫，麗色照耀青霞裳。芳氣氤氳滿中堂，大君尺劍定八荒。牛歸桃林馬華陽，百度既貞四維張。禮樂誰云謙未遑，制作直欲追虞唐。丈人今之杜與房，主臣合德真明良。朝夕左右扶維綱，餘子議論安敢當。一朝嘉惠錫后皇，乃是人文發禎祥。玉局仙子喜欲狂，更祝人文壽而康。黼黻鴻猷焕天章，嘉樹呈瑞垂無疆。

方壺雲山爛熳圖同胡士恭博士題

我家海嶽之畫圖，乃是小米手所摹。舟崖翠壁走雲氣，北連恒碣南衡廬。長風中來吹不斷，疑有鬼物陰卷舒。石林倏開復冥漠，雷雨欲至愁鼯鼯。分張尚覺天地窄，慘淡直與造化俱。斯人一去三百載，流傳筆力到方壺。舊聞仙巖二十四，雲窗霧牖仙者都。錦溪朝朝玉氣合，瓊林夜夜丹光嘘。方壺揮毫託真趣，生紙染出才尺餘。天高不見青鳥下，樹老仍有玄猿呼。上清羽士欣入手，珍重不減千明珠。展觀使我長太息，如此雲山何處無。武陵桃花春正開，淮南桂樹秋不枯。强顔笑傲金馬署，嗟我豈是東方徒。乞歸何幸優詔許，遠游便以雲爲車。蒼梧既酬虞帝墓，會稽更探神禹書。左攀東海若木枝，右折西華青芙蕖。尋真徑度弱水去，飛行安用邛杖扶。豈無清冷可洗耳，亦有沆瀣堪充虚。我自持杯酌阿母，誰能搔癢招麻姑。鬒髮不受皓雪變，日月任使跳丸如。玄圃羅浮若解后，擬出海嶽相歡娛。

題劉汝弼東源小隱圖

東源山水好，聞説似終南。種黍都爲酒，誅茅小作庵。過門人問字，看竹客停驂。亦有幽棲意，遲歸我獨慚。

朱澤民畫

朝朝謀隱地，忽見好山川。雄麗皆衡霍，幽深别澗瀍。羊眠松下石，虹挂屋頭泉。便欲抽簪去，依崖結數椽。

贈王彦和簡校還北平

提封開晝省，地勢控全燕。雪重陰山近，星低瀚海連。藩屏歸付託，晝諾仗材賢。捫虱家聲舊，應須有奏篇。

陪諸公郊行

忽憶兒童唱大堤，便攜僚友出金閨。清溪繞郭穿魚市，瘦馬尋芳踏燕泥。酒美得辭花下醉，詩成謾向竹間題。始知游衍來應晚，岸芷汀楊色已齊。

東齋夕書

幽居得自怡，野性方愜素。高枕一酣眠，長廊獨閑步。白日誰云長，青山忽已暮。皓月照前階，凉風滿高樹。偶隨孤鶴行，時見疏螢度。即此有餘歡，何况山中去。

絶句

落葉滿衡皋，瀟瀟風雨夕。一燈溪上明，何處獨歸客。

即日

午門同出獨歸遲，立斷銅壺漏下時。添得緑荷千萬柄，雨聲强半在西池。

集外詩一首

擬唐宮詞

紫禁迢迢宮漏鳴，夜深無語獨含情。春風鸞鏡愁中影，明月羊車夢裏聲。塵暗玉階綦迹斷，香飄金屋篆煙清。貞心一任蛾眉妒，買賦何須問長卿。

張按察孟兼六首

孟兼名丁，以字行，金華人。劉誠意嘗侍太祖，論一時文人，誠意謂：「宋濂第一，其次臣不敢多讓，又其次張孟兼也。」孟兼出爲山西副使，布政使吴印，鍾山僧也，孟兼負氣凌之，數與之爭。上曰：「是乃欲與我抗耶？」逮赴京，捶之至死。方孝孺作《張丁傳》。

送鄭叔車

鄭子離襁褓，所怙惟乃父。父昔仕燕京，半世去鄉土。子家孝義門，十世居同聚。派衍白麟支，望出滎陽譜。庭常無間言，禮或習鄒魯。鷄鳴起盥櫛，合食聞鐘鼓。雖當喪亂後，遵訓仍厥祖。我家故同邑，匪聞目親睹。况子吾素知，才華足多取。豁落義氣俱，咳唾珠璣吐。揮毫走蛟螭，作賦凌鸚鵡。昆弟既謂賢，親鄰亦稱數。久欲尋父去，奈時方用武。消息十年無，道路滿貙虎。近傳燕薊平，不覺喜而舞。聞父已南還，恨不身插羽。斂衣即登途，宵進江上櫓。忘食并兼程，亦不避風雨。逾旬及南京，適父病將愈。逆旅會面歡，勝渴飲酥乳。比鄰走翁嫗，環視立如堵。我時往相見，政值日卓午。挽之入客邸，共談坐揮麈。問言念父情，情深話覼縷。如子之所經，跋涉甚辛苦。春泥膏土脈，停雲黯天宇。朝行履濡露，暮宿定林莽。事親在娱樂，奚必養三釜。羡子爲此行，於世豈無補。我惟純孝者，往往見前古。名同金石堅，不與草木腐。事親在娱樂，奚必養三釜。聞者大驚奇，見者輒誇詡。人生斯足榮，何用效題柱。是言良已解，口答頭屢俯。陋予亦胡爲，問學本狂瞽。三年事占畢，竟日拘訓詁。環列紛叩難，類敵張勁弩。内顧實空乏，畏彼搜林斧。幸哉搢紳交，脱略噲等伍。或時卧養疴，連月不出户。今日子來别，省墓亟東下。爲言奉父命，明發河之滸。此還暫當來，寤寐歌《陟岵》。聞之觸鄉思，慨嘆髀頻拊。吾翁髮垂白，不得躬幹蠱。便欲從子歸，致身學稼圃。敝廬南山中，風物詫韋杜。桃李自滿蹊，去天才尺五。但見桑麻榮，豐年多黍稌。昨宵夢先壟，松楸長栩栩。强起訴此懷，唤僕買清酤。春風吹柳條，夜雨漲江浦。勸子盡一觴，聊以寫心腑。

漫興

梨花半開夜雨催，無奈李花如雪堆。門前美人不見來，東風楊柳吹千回。

義門鄭仲舒先生得請歸浦江余於先生同里且親故賦是詩情見乎辭矣

鄭公去年離北平，束書抱病來南京。城隅解后喜且驚，開顔握手言再生。自從南北屢構兵，日夜悵望鄉關情。幾回寄書雁南征，中心摇摇若懸旌。苦遭喪亂百病嬰，客邊囊橐一旦傾。此來四顧徒煢煢，豈料吾子與合併。我時聞之涕泗横，况公素有文章名。居官勝國職最清，經筵□擢轉庠黌。及當玉署已宦成，又爲奉常典粢盛。人生際此自足榮，但恨白髮已數莖。懷哉屈子全忠貞，誼與日月同光晶。願言夕飡秋菊英，佩明月璐紉茝蘅。懸河之論春雷轟，使旁睹者顔髮頳。索居半載留帝城，坐聽夜雨哦寒檠。眼前倏忽時變更，春風一見衰草萌。公家孝義好弟兄，遣兒千里來遠迎。乃今得請荷聖明，身若插羽乘風輕。過門云别明遂行，開船要趁燕雨晴。夜久不寐視長庚，長庚欲落鐘鼓鳴。庭樹喔喔聞鷄聲，蹁縩起舞冠絶纓。公歸我愁絲亂縈，亦有夢寐懷先塋。如過吾父款柴荆，爲言恨不同趨程，終當早晚乞歸耕。

北山草堂

草堂卜築近嶙峋，怪石蒼苔迹未陳。澗瀑亂鳴前嶂雨，山花遲發半巖春。每逢過客留題壁，自有居僧爲卜鄰。松下茯苓今亦大，可能謀食樂終身？

登聚寶山分韻得春字

踪迹憐身拙，登臨縱自頻。江山如好客，花鳥故餘春。落落行藏異，悠悠歲月新。數莖初白髮，朝夕爲思親。

春日遊鍾山以溪回松風長分韻得長字

訪古來鍾阜，尋僧問草堂。千年猿鶴静，一徑石林荒。泉落春水細，梅留臘雪香。鄉心憐薄暮，矯首碧雲長。

【補詩】

宋太史公濂四首

題王允岡山齋

幽人宅一區，卜築在陽羡。銅官矗蒼翠，白雲遞隱見。溪水抱村流，觸石成洄漩。鶴巢古松枝，魚嘬殘花片。清景樂高閑，雅情任狂狷。山林足肥遁，軒車忘慕戀。心静養長年，世榮倏驚電。寄言謝逋客，重修《逸民傳》。

晚步青溪上

溪色涵膏緑，溶漾正堪餐。十步九還辟，清芬襲肺肝。渚牙既戢戢，岸花亦戔戔。潔漚近宜狎，賁魴清可捫。流念梁陳際，甲第繞其堧。南瀊綺錢結，北津銅綱繁。倒景侵寥曠，蒸氣濕鉛丹。有時作清遊，肅舲輸軒尊。泛爵謚朱組，篷筵到彈冠。荆偈逞姸曲，秦艷發清彈。唯恐懸象墮，不憂芳年單。繁華隨逝水，崇替起哀嘆。黄鳥背人飛，響入華林園。

和胡古愚擬宫體

天上多春色，人間迥不同。花翻鳷鵲殿，鶯過建章宫。雲旂鸞被影，月扇雉含風。遥瞻翠華近，紅日照盤龍。

和劉先輩憶山中韻

憶昔山中煉九陽，山頭旭日正蒼凉。鳳笙吹暖雲中火，龍蘗凝成鼎内霜。靈户啓扃森虎御，中房持戟混桃康。山分秋色侵玄鼈，蝸學天書篆敗墻。五鳥花開呼鹿守，千齡桃熟遞仙嘗。伐毛定欲追秦女，歌鳳誰能笑楚狂。種得神瓜如盎大，養來瘦鶴似人長。樓延虚顥殊庭上，樹蝕蒼霞曲瀨傍。劍氣尚堪吞鬼伯，詩魂端合起獾郎。但求脱粟三升飯，肯賦眠雲六尺牀。洞雪成漿烹日鑄，海苔爲紙寫凡將。舉頭便覺三山近，小大俱冥百慮忘。

附見　劉誠意基一首

次　韻

句曲峰高倚太陽，不風巖谷自清凉。四時嵐彩霏瓊雪，百道泉流湛玉霜。雅稱采芝追綺季，尤宜散髮學嵇康。龍鱗璀錯松當徑，鳳尾摛攕竹過墻。月上海門蟾先覺，露寒天宇鶴先嘗。仙人卓劍降魑魅，道士書符禁獝狂。寶氣丹光生夜寂，黄精白朮引年長。茅君虎卧瑶壇上，蕭史鸞棲碧殿旁。桂樹寒山違謝客，桃花流水憶劉郎。猿猱任占青蘿帳，薜荔從生緑石牀。世難有身空自累，詩成無雁倩誰將。欲憑錦瑟傳幽思，才理朱絃意已忘。

王待制褘三首

憶别曲二首

低低門前兩桑樹，憶君别時桑下去。桑樹生葉青復青，知君顔色還如故。

桑葉成蠶蠶作絲，絡絲織作綾滿機。欲將裁作君身衣，恐君得衣不思歸。

陳節婦

妾生南海涯，窈窕如秋花。鄰娃不識面，千里隔窗紗。一朝嫁夫婿，共在桐城住。門前有舶船，便欲爲商去。歡好百年身，今年涉兩春。象牀銀燭下，生此玉麒麟。轉頭才四月，忍作生離别。臨行豈不聞，懷裏兒聲咽。相歡筵前酒，緑髮濃如柳。撾鼓起開帆，參差掛牛斗。猶閉香閣卧，相逢夢邊過。倚户夕陽時，不見南歸柁。依稀四五年，顧影自知憐。相傳夫婿死，真贋尚茫然。脱却繡襦襠，蓮腮淚萬行。收得望夫淚，鱠鯉獨生堂。當上雙親老，都憐外孫好。如何妾薄命，再哭妣與考。隻影坐空帷，依依膝下兒。兒能學人語，口授《柏舟》詩。經年機上織，掩户秋苔碧。俄聞叩户聲，鵲語檐前日。開扃見夫面，翻疑眼生眩。喜極却成哀，淚迸春空霰。兒長至父腰，再拜可憐嬌。褰衣怕父去，愁見港中潮。歸家甫涉秋，販寶復東遊。蠻巫作神語，滄海日安流。有約明年返，别來期未遠。怪夢不勝悲，桑田海清淺。明年訃音至，命與青天墜。剪紙獨招魂，江流寫雙淚。妾與赴黄泉，兒生未十年。提携令長大，待與父齊肩。唾視鄰家媪，不死何爲老。殷勤諷巧言，榕生根可倒。妾自願爲人，人誰亂鳥群。他年泉下路，尚欲見夫君。夫君前有婦，生兒在澉浦。年是妾兒兄，何須口同乳。念彼孤兒隔，辛苦謀衣食。妾聞夫有田，質在他人宅。賣妾金鳳釵，轉寄外家來。説與孤兒道，持此贖田回。妾身自有子，生理在十指。紡績不曾閒，供渠買經史。燈前雪滿窗，白髮幾年孀。課兒終夜讀，不暇計更長。兒今長似父，祀事真堪付。春秋稱孝子，銜哀進觴俎。妾老兒方壯，前期百年養。不負妾初心，少答夫深望。有婦配宜男，如兒奉旨甘。一飲知姑恩，嘗羹再至三。焚香禱夜初，細語在階除。願婦同兒老，毋爲妾與夫。

張按察孟兼一首

豫讓橋

豫讓橋邊楊柳樹，春至年年青一度。行人但見柳青青，不問當時豫讓名。斯人已往竟千載，遺事不隨塵世改。斷碑零落野苔深，誰識孤臣不二心。豫讓橋，路千里，橋下滔滔東逝水。君看世上二心人，遇此多應羞愧死。

列朝詩集甲集第十三

危學士素九首

素字太樸，金谿人。至元元年，入經筵爲檢討，累遷至翰林學士承旨。元亡，召至南京。洪武二年，授翰林侍講學士，知制誥，同修國史。三年，兼弘文館學士。俄有詔出居和州，再歲而卒。大兵之入燕也，趨所居報恩寺入井，寺僧大梓力挽起之，曰：「國史非公莫知，公死，是死國史也。」兵垂及史庫，言於主帥，輦而出之，累朝《實録》得無恙。入國朝，甚見禮重。上一日聞履聲，問爲誰，對曰：「老臣危素。」上不懌曰：「我道是文天祥來。」遂謫佃和州。有文集五十卷，宋、元史稿若干卷，皆失傳。

徐人歌

季子劍有秋水色，徐君見之惜不得。徐君墓上荒草寒，季子解劍掛樹間。一死一生見交義，嗟哉延陵吳季子。

挽達兼善

大將忠精貫白日，諸生攬涕讀哀詞。天胡不隕楊行密，公恨不爲張伯儀。滿眼陸梁皆小醜，甘心一死是男兒。要知汗竹留芳日，只在孤舟淺水時。

題營丘山房

太岳流芳裔，何年徙贛州。殊勛思尚父，作室表營丘。故國兵戈後，空山草木秋。穆陵關北路，風雪近曾遊。

送張幼初之京

振衣鳴玉上青霄，銀漢清秋轉斗杓。北闕飛龍天杳杳，南雲歸雁路迢迢。朝登華嶽風生腋，夜飲灤河月入瓢。水竹清虚好真館，劉安有賦爲相招。

送章右丞戍廣西

文昌橋上紫騮嘶，又送將軍戍廣西。三省甲兵勞節制，八蠻煙雨入封提。雕弓曉射崖雲裂，畫角寒吹海月低。已喜皇威清海岱，邑封上將拜金泥。

題三韓沙門玉田花鳥圖

畫史幽居得物情，毫端春色可憐生。高僧已是禪心定，花鳥逢人更不驚。

南京別王道士

秦淮卧病惜春陰，訪問深知故舊心。千里家鄉漸投老，雲山爛熳許相尋。

題宋好古墨竹

我憶東曹粉署郎，琅玕寫就拂雲長。祇疑散步雲林曲，獨聽秋聲待晚凉。

題趙子昂竹石

叢篁偏映寒雲色，古石猶凝碧蘚痕。曾是碧瀾堂上月，獨臨苕水照王孫。

張學士以寧一百二十首

以寧字志道，先世固始人，宋南渡，徙閩之古田，家翠屏山下，因號翠屏山人。登泰定丁卯進士，與其同年黄子肅、江學庭俱有聲當代。歷官郡邑，世亂留滯江淮。至正中，官翰林學士承旨，尋拜祭酒。國初，例徙南京。後爲侍講學士，使安南，凡三往。卒年七十。以寧穿貫經史，少以《春秋》登第，作《春秋胡傳辨疑》最爲辨博，而《春王正月考》未就，洪武二年夏，卒業於安南之寓館。明年春，書成。逾月，病革，作自挽詩而逝。門人淮南石光霽輯其詩文，有《翠屏前後集》。

題尚仲良畫鷺卷

滄江雨疏疏，翻飛一春鋤。老樹如人立，欲下意躊躇。明年柳條長，遮汝行捕魚。

峨眉亭

白酒雙銀瓶，獨酌峨眉亭。不見謫仙人，但見三山青。秋色淮上來，蒼然滿雲汀。欲將五十絃，彈與蛟龍聽。

題節婦卷

妾有匣中鏡，一破不復圓。妾有絃上絲，一斷不復彈。惟存古冰雪，爲妾作心肝。死者儻復生，剖與良人看。

四景山水

山雨瀑如雪，林寒松未花。遥看飛閣起，知有梵王家。一僧歸得晚，雲濕滿袈裟。

右春。

崖斷石林合，風高雲葉飄。人歸雨脚外，高閣望中遥。應是天台路，幽期在石橋。

右夏。

秋巘白雲晚，霜林紅樹多。野橋山郭外，行子暮來過。爲問小摇落，江南今若何？

右秋。

寒月白千峰，林深路絶踪。遥知僧定起，疏響在高松。亦欲剡溪去，其如山海重。

右冬。

送重峰阮子敬南還

君家重峰下，我家大溪頭。君家門前水，我家門前流。我行久别家，思憶故鄉水。何况故鄉人，相見六千里。十年在揚州，五年在京城。不見故鄉人，見君難爲情。見君情尚爾，别君奈何許。送君遽不堪，憶君良獨苦。君歸過溪上，爲問水中魚。别時魚尾赤，别後今何如。

題海陵石仲銘所藏淵明歸隱圖

昔無劉豫州，隆中老諸葛。所以陶彭澤，歸興不可遏。凌歊宴功臣，旌旗蔽轇轕。一壺從杖藜，獨視天壤闊。風吹黄金花，南山在我闥。蕭條蓬門秋，稚子候明發。豈知英雄人，有志不得豁。高詠荆軻篇，颯然動毛髮。

次韻黄觀復見貽古意

世本良家子，環珮不下堂。結髮承光寵，被服蘭茝香。援琴操國風，古意何微茫。君恩逾山嶽，妾命良自傷。高堂拜明月，爲妾照衣裳。衣上羅帶長，三歲不改芳。豈慚下體薄，所貴中懷臧。願言充掃除，矢心侍君王。

遊句容同林景和縣尹子尚規登僧伽塔賦

嵯峨崇明塔，拔地一千丈。我攀青雲梯，倏到飛鳥上。微風韵金鐸，初日麗銀榜。維時十月交，葉脱天宇曠。群山東南奔，平川叠波浪。雲間三茅峰，圜立儼相向。碧瓦浮鱗鱗，兹邑亦云壯。鷄鳴四關開，擾擾異得喪。塔中宴坐仙，憐汝在塵坱。古時登臨人，今者亦何往。俯觀世蜉蝣，仰嘆彼龍象。乃知崑崙巔，可以小穹壤。同遊皆雋英，超遥寄心賞。霜飆天際來，毛髮颯森爽。太白去千年，吾何獨惆悵。

題牧牛圖

返照在高樹，歸牛度曾坡。一犢牟然赴其母，老牸反顧情何多。牧兒見之亦心惻，人間母子當如何，日暮倚門烏尾訛。

分題燕城煙雨送吴原哲教諭

燕城路，年去年來自烟雨。冉冉春濃濕燕絲，蒙蒙曉暗迷鶯樹。鮑昭愁絶未歸來，爲畫當時斷腸賦。登高悵望正思君，帆影微茫又東去。

題畫山水二首

雲渺渺，水依依。人家春樹暗，僧舍夕陽微。扁舟一葉來何處，定有詩人放鶴歸。

煙暝起，雨疏來。溪樹陰都合，巖花濕更開。安得身閑似鷗鳥，盡情飛去復飛回。

題米元暉山水

高堂曉起山水入，古色慘淡神靈集。望中冥冥雲氣深，祇恐春衣坐來濕。江風吹雨百花飛，早晚持竿吾得歸。身在江南圖畫裏，令人却憶米元暉。

江南曲

中原萬里莽空闊，山過長江翠如潑。樓臺高下垂柳陰，絲管啁啾亂花發。北人却愛江南春，穹碑城外如魚鱗。青山江上何曾老，曾見南人是北人。

題日本僧雲山千里圖

天東日出天西入，萬里龍鱗散原隰。日東之僧度海來，袖裏江山雲氣濕。願乘雲氣朝帝鄉，大千世界觀毫芒。却騎黄鵠過三島，别後扶桑枝葉老。

夜飲醉歸贈王伯純是日王得容程子初同飲

歲云暮矣客不樂，青雨亭前玩孤鶴。城頭愔愔雲下垂，竹外騷騷雪微作。亭中王郎風格奇，愛竹愛雪仍愛詩。開尊酒好客更好，坐中王程俱白眉。紅爐照閣生春霧，詩思騰騰天外去。玉姬舞倦迴風來，吹到三山見瓊樹。馬蹄蹴響客歸時，留我更盡金屈卮。塵空祇覺乾坤白，飲醉那知賓主誰。坐聞一聲兩聲折，携燈起看竹上雪。瑶華翠色森陸離，人影燈光兩清絶。却歸覓紙醉自題，烏啼古寺風凄凄。明年此夜知何處，興發還應訪剡溪。

題李白問月圖

誰提明月天上懸，九州蕩蕩清無烟。天東天西走不駐，姮娥鬢霜垂兩肩。中有桂樹萬里長，吳剛玉斧聲闐闐。顧兔杵藥宵不眠，天翁下視爲爾憐。頗聞昔時錦袍客，乃是月中之謫仙。帝命和予羽衣曲，虹橋一斷心茫然。竹王祠前霧如雨，躑躅花開啼杜鵑。月在天上缺復圓，人間塵土多英賢。舉杯問月月不言，風吹海水秋無邊。滄波盡捲金尊裏，清影長隨舞袖前。相期迢迢在雲漢，嗚呼此意誰能傳。

題趙子昂書杜少陵魏將軍歌贈錢雪界萬户

獨不見唐時將軍魏氏雄，鐵馬氣無青海戎。杜陵老子歌都護，臨江節士趨下風。我朝錢侯岱嶽秀，英略與古將軍同。投壺白日刺桐静，傳箭清霜篁竹空。誰書此歌爲侯贈，文章閣老吳興公。侯昔受詔出閶闔，黄金虎符白雪驄。苕溪之上見舅氏，三珠耀日光曈曈。公時揮灑神與力，此詩此筆絶代工。廿年風雲萬變化，貫月夜夜横長虹。公騎騏驎箕尾上，侯射猛虎南山中。我爲侯歌愧才薄，展卷况有杜陵翁。樓船去冬下瀨水，白氣宵纏牛斗宫。丈八蛇矛石二弓，曾血鯨鯢漲海紅。錢侯錢侯莫袖手，侯家帶礪今元功。

題郭誠之百馬圖

唐家羽林初百騎，誰其畫之傳郭氏。開元天厩四十萬，爽氣雄姿那得似。風鬃霧鬣四百蹄，或飲或齕長鳴嘶。或翹或俯或騰躍，意態變化浮雲齊。黄沙雲暖地椒濕，什什爲曹競相及。蹂躪秦原狐兔空，蕩摇渭水蛟鼉泣。前年括馬輸之官，苜蓿開花春風閑。民間一駿豈復有，何如飽在圖中看。郭君才越流輩百，回策蟻封人不識。驊騮豈少伯樂無，捲還畫圖三嘆息。

王伯純讀書别墅晨起有懷縱筆奉寄 伯純，河東人，寓居揚州。有别墅近邵伯鎮，常讀書於彼。輕財好客，誼侔古人。且才甚高，長於詩。後領河東鄉薦。

數日有所思，作詩無好趣。思君讀書芳桂林，睡起題詩有新句。謝公埭上楝花風，密葉啼鶯緑如霧。君如塵外鶴，我似書中蠹。人生知己海内稀，縱有參差不相遇。咫尺思君知幾回，遠别懸知亦良苦。草亭新竹長，昨夜邗溝雨。思君持酒時，心逐江潮去。明年柳暗金河路，君馬如龍轡如組。而今壁上好題詩，記取王郎讀書處。

題進士卜友曾瘦馬圖

卜侯喜我詩，袖出《瘦馬圖》。前有杜陵《瘦馬行》，令我閣筆久嗟吁。憶昔馬齒未長日，金羈躞蹀鳴天銜。逐景虞泉日未晡，羲和頓轡喘不蘇。石根一蹶亦常事，誰遣逸足輕夷途。霜風大澤百草枯，飲齕不飽長毛疏。相者舉肥汝苦瘠，委棄乃在城東隅。病顙有時磨古樹，翻蹄無力衮平蕪。當年笑殺紫燕愚，中路清涕流鹽車。嗟哉此馬世罕有，駑駘多肉空敷腴。骨格棱層神觀在，頗類山澤之仙臞。解劍贖汝歸，伯樂今豈無？浴之萬里流，秣以百束芻。苜蓿花白春雲鋪，氣全或比新生駒。持之西獻穆天子，尚與八駿爭先驅。瑤池雲氣浮太虛，日出積雪青禽呼，長望臨風心鬱紆。

題張起原舟中看山圖

張侯往年官衡州，州之名山無與儔。蓉旌羽節降白日，紫蓋石廩騰清秋。侯也愛山得山趣，似是昔時王子猷。每憐馬上看草草，不得獨往探奇幽。兹辰歸來好風色，熨平翠縠鋪湘流。中流容與沙棠舟，舟中傲睨紫綺裘。青山喜人不肯走，一一自獻當船頭。掀髯轉盼①領其妙，誰歟知者雙蜚鷗。明霞返照儼不動，白雲翠煙相與浮。獨不見巴船捩拖水如箭，盤渦轉轂令人愁。好山縱有豈暇賞，急電一瞬過雙眸。古來會心亦良少，千年幾見斜川遊。絶憐詩句餘秀色，我起高詠心悠悠。朱郎落筆宛飛動，毋乃親見此景不？嗟侯之意我亦有，艇子況繫溪南洲。秋山石上芝草長，我獨胡爲此淹留。

① 原注：「轉盼，一作輾然。」

題馬致遠清溪曉渡圖 致遠，廣西憲掾。子琬，從予學。

今晨高卧不出户，歲晏黄塵九逵霧。美人遠别索題詩，眼明見此清溪之曉渡。溪傍秀林昨夜雨，落花一寸無行路。歌闌桃葉人斷腸，艇子招招過溪去。紅日青霞半晦明，白雲碧嶂相吞吐。詩成君别我亦歸，此景宛是經行處。我呼九曲峰前船，君帆正渡瀟湘渚。雁去冥冥紅葉天，猿啼歷歷青楓樹。是時美人不相見，我思美人美無度。美人之材濟時具，我老但有滄洲趣。他日開圖思我時，溪上春深采芳杜。

遊仙子次韻王子懋縣尹

白波如山多烈風，海中不見安期翁。十三真君唤我語，拄杖擲作垂天虹。金鷄啼落仙岩月，桃花滿地胭脂雪。扶桑曉日見蓬萊，明霞萬里紅波熱。酒酣少住三千春，下視城郭人民新。仙家鷄犬是麟鳳，笑殺李白騎蒼鱗。瑶臺咫尺生烟靄，崑崙不隔青天外。寄聲白髮老劉郎，辛苦茂陵望東海。

林志尹秋江漁父圖

江風摇柳雲冥冥，小艚釣歸潮滿汀。賣魚得錢共秋酌，白酒船頭青瓦瓶。樵青勸酒漁童舞，擊甌唱歌無曲譜。船前野鴨莫驚飛，我有竹弓不射汝。

倦繡篇爲雲中吕遵義作

蘼蕪葉暗江雲暖，翡翠單飛怨春晚。陳女多情玉鏡分，陸郎薄幸斑騅遠。寶鴨團爐百和香，錦鴛方褥五文章。陰陰垂柳籠書幌，點點飛花落繡牀。雙鸞欲寄金龜倩，燕月吴雲不相見。柔腸萬轉逐迴文，亂緒千條縈弱綫。女貞枝上燕雙棲，夜合花前思欲迷。停針嘿嘿無人會，但覺春山兩葉低。曉嘶綉勒門前路，夜炙銀燈帳中語。指點香茸舊唾痕，見妾朝朝斷腸處。

洗衣曲同唐括子寬賦

洗衣女郎足如雪，寒波曉浸鴉頭襪。笑移纖笋整緗裙，素腕微鳴玉條脱。羅衣淚粉痕斑斑，欲洗未洗沉吟間。波寒恐洗郎思去，不洗復恐傍人看。紅顔娟娟照清泚，祇惜芳年駛如水。西風夢冷鴛鴦起，露滴紅香藕花死。洗衣洗衣復洗衣，小姑嗔妾歸去遲。小姑十二方嬌痴，此恨他年汝自知。

題蘇昌齡畫

徐君遠從西江來，親爲蘇子作松石。松三千年鐵作膚，石亦蒼寒太古色。幾株老木相因依，氣格不敢與之敵。洲前摇摇者舟子，短棹滄江蕩晴碧。著子嘯歌於其中，仰觀青天岸白幘。是時東山月始出，無邊露氣連赤壁。潛蛟出舞巢鶻翔，江姬色動三太息。眼中之人有太白，風雲變態俱無迹。前輩風流今復聞，人間絶景豈易得。徐君更爲添野夫，共泛靈槎卧吹笛。

題徐君美山水圖

天雲慘淡江欲雨，古木陰森精靈語。春潮夜落富陽江，短篷曉繫蒼厓樹。篷間文人清隱者，傲視滄浪吟太古。蜒人捉魚貫楊柳，沽酒欲歸沙店暮。掀髯以手招其來，劃起沙汀數行鷺。鷺飛不盡青天長，漁舟散入蘆花霧。遠山近山無數青，我恐斯人有新句。酒船獨載西家施，玉手冰盤行雪縷。酒酣竹弓抨野鴨，笑調吴兒短蓑舞。開圖興發思賦歸，山水東南美無度。

閩關水吟

閩關之水來隴頭，排山下與閩溪流。閩溪送客東南走，直到嵩溪始分手。客居溪上雲幾重，烏啼月出門前松。天風吹雲數千里，飄颻直度長江水。清淮浩蕩連黄河，碧樹滿地黄雲多。夢中長記關山路，隴水潺湲似人語。覺來有書不得將，海潮不上嵩溪陽。平原春晚生芳草，杜鵑聲裏令人老。行人歸來動十年，潺湲隴水聲依然。安得湘絃寫嗚咽，彈作相思寄明月。

題楊子文羅漢渡海圖

天台之東巨瀛海，蒙蒙元氣浮無邊。應真十六山中來，徑渡萬里蛟鼉淵。巨靈前驅海若伏，翠水帖帖開紅蓮。神螭猛獸競軒翥，穹黿巨魚相後先。一山浮玉當其前，石室古薜垂千年。異人高居役衆鬼，挽過巨浸如飆旋。貝宮神君迎且拜，明星玉女争花妍。陰風黯淡百怪集，夫容旂影飛翩翩。石橋回望渺何處，紫翠明滅空雲煙。問渠飛錫何所往，毋乃鷲嶺朝金仙？金仙雪山方宴坐，笑汝狡獪何紛然。書生平生未省見，太息此畫人間傳。清時麟鳳在郊野，白日杲杲行青天。

題楊子第八港韓氏十景卷

白霫趙子詩句好，三年不見心慅慅。清晨小卷到我前，萬里江天净如掃。揚州城高雲氣秋，八公騎鶴時下遊。焦山丹井夜光歇，鐘聲曉入江南洲。埋輪人去英雄泣，至今忠憤春潮急。枉渚維舟竟日横，行人唤渡移時立。絲絲垂柳鬱金黄，渺渺流輝組練長。殘陽欲没明月出，神山二點青螺光。港口歸帆如鳥翥，雪暗江村不知處。浦寒蓑白一漁歸，沙净江清群雁聚。金山山前楊子津，舟中來往逐風塵。江靈絶景閟之久，持似瀟灑江居人。草堂無貲髮欲白，我與趙子俱爲客。起來書罷十景圖，目送飛漚下江碧。

題饒良卿所藏界畫黄樓圖

饒君手持新畫圖，起摩雙眼驚老夫。高林葉響晝淅瀝，平皋野色春模糊。綺疏繡瓦細毫末，雕棋朱甍盤鬱紆。樓前磊落三長身，幅巾大帶皆文儒。我疑岳陽或黄鶴，此外風景江南無。君云乃是徐州之黄樓，令我悵然思大蘇。洪河西來厚地裂，蛟鰐抃舞號天吴。飛樓雄壓城之隅，萬馬蕭蕭東南趨。是州項氏昔所都，緑槍金鏃埋平蕪。瀝肝作書上明主，遠略翻見英雄粗。相携一笑視千古，恐是昨者黄陳徒。細看古意在絹素，稍覺爽氣浮眉鬚。千年融結豈易得，峨眉草木今猶枯。當時漂流江海遍，終古志士長嗟吁。君到樓中若把酒，明月正在青天孤。

長江萬里圖爲同年汪華玉賦

滁州太守吾同年，香凝畫戟春風前。談詩虚幌坐白晝，忽見浩蕩萬里之江天。天開地闢鴻蒙外，風迴日動神靈會。蓉旂翠節下威蕤，陰火明珠出光怪。西山雪水青霄來，豁然峽斷長川開。洞庭浪闊秋蕩漾，漢陽樹遠雲徘徊。廬阜迢遥到牛渚，復渚重洲散平楚。布帆漠漠瓜步煙，紅葉離離石城雨。山庵似聽疏鐘鳴，野橋疑有行人行。村墟微茫灌木暗，絶境毫末俱分明。旅榜前頭更漁艇，萬鷺千鴉動寒影。水窮霞盡已欲無，猶是海門秋萬頃。野人興發滄洲間，欲呼艇子吾東還。熟看乃是雲巢畫，巧奪神力回天慳。太守邀我題小草，上有仙人虞閣老。開圖歡喜悲忽來，令我有句不能道。仙人昔欲三神遊，我居三神海上頭。成連携我鼓琴處，白浪如山龍出遊。夜夢從之看浴日，十洲青小洪波赤。仙人教讀新宫銘，酒醒扶桑露華白。小山桂樹淮之洲，雁影幾度空江秋。嗚呼仙人不可見，太守與我心悠悠。

題江仲遲聽鶴亭

仙鶴在人世，長鳴思遠空。有人秋水上，倚杖月明中。玉樹三更露，銀河萬里風。徘徊意無極，遲爾出樊籠。

送同年江學庭弟學文歸建昌

白髮江夫子，青雲信獨稀。故人長北望，令弟又南歸。庭樹烏先喜，江帆雁共飛。東湖春柳色，到日上君衣。

送王伯純遊錢唐

君去渡江春，鶯花著處新。湖山有喜氣，天壤見斯人。殘雪明松嶺，閑雲傍葛巾。平生塵外意，於此得天真。

題廣陵姚節婦卷

黄鵠不重適，哀鳴常自憐。披心當白日，留面睹黄泉。寂寂誰能爾，滔滔汝獨賢。廣陵姚氏傳，史館幾時編。

題劉君濟青山白雲圖

野性夙所欣，青山無垢氛。落花一夜雨，幽樹滿川雲。鹿迹閑行見，松香獨坐聞。殷勤招白鶴，予亦離人群。

九江廟

遺臺上古城，劍氣夜峥嶸。天地英雄恨，春秋父老情。蜀崗來楚盡，塗水近江平。往事何勞問，長陵草自生。

春日懷李叔成上舍

今代李公子，詩看老杜親。江湖留雁久，風雨惱花頻。竹屋燈懸夕，椰瓢酒漾春。殷勤海子水，待汝濯紅塵。

夜飲蔣師文齋館

故人相與醉，虚幌坐來清。月色宛在地，鐘聲忽滿城。都將千載意，併作異鄉情。若買青山得，相攜歲晚行。

題余寄庵卷 全真

窗過梅花月，簾浮柏子煙。人生如寄爾，吾意正脩然。江海虚舟外，乾坤短褐前。蓬萊清淺日，知子是歸年。

雨

歷歷愁心亂，迢迢客夢長。春帆江上雨，曉鏡鬢邊霜。啼鳥雲山静，落花溪水香。家人亦念我，與爾黯相望。

崇德道中

暖日菜花稠，晴風麥穗抽。客心雙去翼，詩夢一扁舟。廢塔巢蒼鶴，長波漾白鷗。吴山明月到，惻愴十年遊。

浙江

山從天目下，潮到富陽回。此地扁舟去，吾生幾度來。林紅晚日落，江白雨雲開。明旦須停棹，呼兒看釣臺。

過龍游

鷄首見龍游，群山翠浪流。陽坡眠白犢，陰洞鎖蒼虬。樹密雲藏屋，灘長石嚙舟。呼兒具尊酒，聽客説杭州。

宿籌嶺

昔者屯兵盛，甌閩此地分。清時無寇盜，比屋樂耕耘。澗響不知雨，山高都是雲。明朝見親舍，一笑慰辛勤。

泊戚家堰遇風夜雷雨

高浪出魚龍，舟師急捲篷。雷聲過雲雨，月暈斷河風。野闊人家外，濤喧客枕中。坐來搔短髮，惆悵大江東。

舒嘯軒

幽居蒼竹林，永嘯白雲岑。自吐虹霓氣，人聞鸞鳳音。野煙喬木晚，江雨落花深。亦有東皋興，何當一抱琴。

八月至直沽

野濼天低水，人家時兩三。雁聲連漠北，魚味勝江南。雪擁蘆芽短，寒禁柳眼緘。持竿吾欲往，拙宦白何堪。

夜久

夜久未能寐，春來空復情。遠沙争月色，柔櫓助河聲。客枕荒鷄到，漁歌宿鳥驚。鄰舟燈火亂，早起又詩成。

江干

江干望不極，樓閣影繽紛。水氣多爲雨，人煙遠是雲。予生何濩落，客路轉辛勤。楊柳牽愁思，和春上翠裙。

題山水圖

山水坐來見，翛然無俗氛。碧岩虛夜月，江樹静秋雲。鳥影似猶見，猿聲疑或聞。自憐歸未許，遥憶武夷君。

荆門閘

車到荆門上，舟移巨野中。河聲來汶濟，山色見龜蒙。楊柳煙深淺，杏花春白紅。人家桑棗外，猶是古人風。

宿遷縣

今朝宿遷縣，風急棹難停。樹合藏深屋，河移出遠汀。山容雲冉冉，水影日冥冥。柳色無南北，春來不斷青。

别王子懋趙德明

御河船上月，相送到揚州。共飲忽爲别，獨吟方覺愁。水花苕渚晚，雲樹浙江稠。歸雁長淮早，裁詩寄與不。

過常州

昔日延陵地，城基麥秀間。兵戈三户少，生齒百年還。畫壁曾同看，求田惜未閑。故人盧可及，宿草在何山。

近無錫道中

疊橋隨港直，聯木護堤偏。村落皆通水，人家半繫船。橘花香曙露，楊葉淡寒煙。中土何寥廓，黄沙人種田。

舟　中

嘆息舟人婦，哀音此日來。死生誰料得，貧賤益堪哀。去棹從渠駐，歸心未忍催。春江昨夜雨，花落滿蒼苔。

泊湖頭水長

客路春將晚，征帆日又曛。深山昨夜雨，流水滿溪雲。渡黑漁舟集，村空戍鼓聞。故園頻夢去，植杖已堪耘。

雨發常山

僕夫趣予起，初日出林間。既雨縱横水，無雲遠近山。馬嘶芳草去，燕語落花閑。且喜邊陲定，長逢戍卒還。

長憶閩中路，今朝馬首東。山高雲易雨，谷響水多風。蝶抱落花片，鳥啼深竹叢。功名一畫餅，身世獨飛蓬。

分水鋪道中

賀禮部王尚書本中二十韻

孤竹先賢國，三槐故相庭。恭惟我文肅，籍甚古儀刑。金掌新卿月，銀槎舊客星。青箱傳遠大，彩筆動精靈。右掖何清切，中朝重委令。判題花粲粲，嘯詠竹泠泠。宗伯司周典，尚書管漢庭。地華人更妙，名盛德惟馨。斗運天喉舌，雲飛雪羽翎。趨朝群騕褭，開宴萬娉婷。舞艷圍珠袖，歌長簇錦屏。櫜荷元映紫，簡竹要垂青。知貢春題榜，焚香晝鎖廳。爲公植桃李，報國蓄參苓。丹扆更新詔，蒼生望永寧。芝泥看鳳下，薇閣待鸞停。傅説升調鼎，匡衡奏引經。即應清海岱，還復禪雲亭。自哂依清樾，猶慚泛梗萍。卑飛惟短翅，終願附青冥。

送館主朝憲使之淮西四十韵

宇宙開昌運，山川產藎臣。周邦多士貴，魯國一儒真。江海襟無際，風雷筆有神。淵涵珠皎潔，山立玉嶙峋。剸切三千牘，飛揚四十春。粵從遊輦轂，早已冠成均。泮水開重席，中書擢薦紳。贊戎淮甸左，參憲粵天垠。南紀孤飛隼，中臺一角麟。大聲摇列嶽，爽氣動高旻。出使方廉察，爲郎已選掄。治邦用輕典，大禮佐宗禋。筭立清班峻，荷香紫橐新。瓊林無横賦，肺石絶冤民。臺省流榮屢，朝廷注意頻。庸田俱利導，在野不顰呻。全浙推崇劇，雄藩藉撫循。申侯仍作翰，召伯復來旬。海舶回諸國，星軺出八閩。層城狐一掃，絶島獸皆馴。冰蘖俱吾素，珠犀詎爾珍。繡衣才受斧，芝檢又頒綸。雲近蓬萊殿，河澄析木津。紫垣依日月，黄道上星辰。鼎鉉須賢佐，綱維借舊人。飛霜迎玉節，沛雨逐朱輪。包尹祠堂外，張公水廟濱。楚峰涼浸露，淝浪浄無塵。秉筆應多暇，題詩必絶倫。列城俄鎮静，六轡更咨詢。晚節看黄菊，清秋倚碧筠。公心思緑野，帝命簡彤宸。昔者開科選，先公贊國鈞。文風今有賴，盛德豈無因。骨相宵人薄，心期令弟親。同年俱踔厲，此日獨沉淪。戀主肝猶赤，思親鬢似銀。十年長自苦，孤志若爲伸。豈意長淮客，叨陪翹館賓。銘心感知己，報德願終身。

長蘆渡江往金陵

春日三竿上翠屏，曉風五兩下蘆汀。水兼天去無邊白，山過江來不斷青。沙觜潮回平雁迹，海門雨至帶龍腥。昇平不復《後庭》曲，睡起漁歌爛熳聽。

喜丁仲容徵君至

題詩苦憶城南郭，喜見歸來鶴姓丁。雙鬢野風吹汝白，一燈江雨向人青。志士長嗟靈壽杖，史官獨失少微星。瓊花照眼春無賴，明日酌君雙玉瓶。

次李宗烈韻二首

倒著烏紗醉幾回，白鷗門外莫相猜。浮生萬古有萬古，濁酒一杯復一杯。棕葉響交風色異，豆花飛滿雨聲來。青燈獨似兒時好，一卷遺書自闔開。

坐來落葉兩三聲，野菊開時雨滿城。作客愁多仍歲晚，還家夢遠易天明。古時豪傑有遺恨，秋日溪山無俗情。君可歸歟吾未得，百年懷抱向誰傾？

橫陽草堂次謝疊山韻

迤邐中州二水回，參差杰閣五雲開。銀鈎透壁詩人去，鐵笛裂巖仙客來。竹度蟬風涼白帢，松翻鶴露瀉清杯。何時夜半梅花月，溪上吟篷帶雪推。

秋登九江廟晚眺

黄花開後葉初霜，紫蟹肥時酒滿缸。羈旅已知浮世淡，登臨未覺壯心降。天垂去鳥低平楚，水學驚蛇到大江。目極孤雲鄉思亂，煙波空想白鷗雙。

嚴子陵釣臺

故人已乘赤龍去，君獨羊裘釣月明。魯國高名懸宇宙，漢家小吏待公卿。天回御榻星辰動，人去空臺山水清。我欲長竿數千尺，坐來東海看潮生。

次韻王尹夜泊獨柳

霽月中天見絳河，黄流滿地漾金波。荒陂野火兼漁火，短棹吴歌和楚歌。去雁竟連家信杳，眠鷗未識客愁多。江南二月花如海，獨負歸期奈爾何。

送僧遊杭

銅駝夜泣苔花冷，銀雁秋飛寶氣消。曾共殘僧披舊迹，尚憐故老話前朝。衲隨猿挂雲生樹，杯趁鷗還月上潮。師去新詩如見寄，白沙翠篠赤闌橋。

高　郵

長陂雲氣滿淮東，下隱蛟龍萬仞宫。湖岸樓臺連海上，水田粳稻似吴中。古藤酒醒春風在，甓社珠寒夜月空。四海昇平須進酒，賣魚柳畔見南翁。

題石生仲濂所藏李克孝竹木

息齋之孫李公子，盡將幽意入經營。修篁石上生雲氣，古木山中作雨聲。年來好畫不忍見，歲晏故園空復情。烏巾掛在長松樹，吾欲巢居逃姓名。

登閩關

獨步青雲最上梯，八閩如井眼中低。泉鳴萬鼓動哀壑，山飲雙虹垂遠溪。家近尚無鴻雁信，客愁復有鷓鴣啼。書生未老疏狂意，更欲崑崙散馬蹄。

答張約中見問

衰遲久讓祖生鞭，寂寞猶存鄭老氈。金馬隱來人豈識，木鷄老去我方全。坐移棠樹庭前日，夢到榴花洞裏天。多謝故人勞遠問，濫竽①博士又三年。

①原注：「竽，一作巾。」

儀真范氏義門

澆風久矣變淳源，范氏猶稱古義門。四世于今千指盛，十年似爾幾家存。棠華燁燁宜兄弟，竹笋攢攢長子孫。故里相從何日遂，秋風江上戰塵昏。

太平太傅致仕 即賀相也。

明公先葉國元功，兩正臺衡保始終。喬木世家今絶少，黄華晚節古應同。平泉草木風煙外，杜曲桑麻雨露中。從此昇平歌帝力，爲農祇願歲長豐。

和劉公藝暮春有感韻

醉夢還家醒未歸，起尋墜蕚惜流輝。静聞白蟻如牛鬥，閑看青蟲化蝶飛。日轉漸長添篆縷，雨來忽冷覓羅衣。却思翠竹清溪路，嘌黑兒童候竹扉。

送鐵元剛檢歸三山

公子高昌世貴家，佩懸明月弄飛霞。仙方舊授壺公藥，使節新乘博望槎。春幕日遲榕换葉，晝庭風細茘吹花。烏臺消息明年近，驄馬金河踏軟沙。

次張祭酒虚遊軒雨後即事韻并憶揚州舊遊二首

墻角紅葵一丈開，鵓鳩聲斷雨聲來。雨鳴竹屋詩新就，日度花磚夢恰迴。露蔓蝸行經午濕，風枝蟬語近秋哀。虚遊軒裏凉如水，自玩春秋著玉杯。百年何處好懷開，憶在揚州幾醉來。落日放船穿柳過，微風欹帽看花迴。即今盡減尊前興，憶舊寧堪笛裏哀。一笑廣文官飯窄，論文那得酒盈杯。

徐州霸王廟

長洪聲動楚山虚，太息彭城霸國餘。父老更堪秦暴虐，英雄空爲漢驅除。苔移玉帳蛛絲暗，柳繞黄樓雁影疏。獨有春風虞氏草，魂歸爲汝一霑裾。

吴門懷古

曾見吴王歌舞時，遺臺廢苑不勝悲。春風雁唼菰蒲葉，夜月烏啼楊柳枝。有客買舟尋范蠡，無人穿冢近要離。館娃宫外繁花發，遊女長歌《白紵》詞。

錢唐懷古

荷花桂子不勝悲，江介繁華異昔時。天目山來孤鳳歇，海門潮去六龍移。賈充誤世終無策，庾信哀時尚有詞。莫向中原誇絶景，西湖遺恨似西施。

富陽南泊縣風雨

征夫直北厭風埃，南下蒲帆此日開。山遠蒼龍趨海去，潮鐵喧馬蹴江來。雲昏白日林如失，風約青天雨却迴。短髮相欺予漸老，孤舟獨宿意難裁。

七里下舟至鉛山州旁羅店

懷玉山前似葉舟，卧看帆影晚悠悠。雲飛梨嶺先南去，水匯鄱江倒北流。煙堵白花迷晚蝶，風林碧葉應啼鳩。去年此日隋堤柳，馬首青青客正愁。

過辛稼軒神道弔以詩

長嘯秋雲白日陰，太行天黨氣瀟森。英雄已盡中原淚，臣主元無北渡心。年晚陰符仙蠹化，夜寒雄劍老龍吟。青山萬折東流去，春暮鵑啼宰樹林。

題關上

黑崖削鐵立雲根，絶頂東西石峙門。兩戒山川分百粤，八州珠玉過中原。曾峰暖日迴群雁，灌木高風嘯一猿。蕞爾海隅民力困，瀝肝誰爲叩天閽。

過武夷

羽節霓旌蔽紫氛，幔亭高宴武夷君。虹橋一斷青冥隔，天樂多傳白晝聞。巖挂玉機虚夜月，洞函金骨暖春雲。紫陽見説今猶在，拜乞刀圭儻汝分。

次韻士良子毅登雷破巖劉大王廟唱酬

紙挂高枝濕暝煙，乞靈多是往來船。雷轟古石猶遺迹，雨濕荒祠不記年。護羽翠禽低隱竹，摇花白葦遠粘天。封侯萬里吾今老，早辦扁舟別計然。

贛州鬱孤臺吊辛稼軒作

鬱孤臺前雙玉虹，一杯遥此酹英雄。風雲有恨古人老，天地無情流水東。精衛飛沉滄海上，鷓鴣啼斷晚山中。清江不管人間事，煙雨年年屬釣翁。

送李叔成遊茅山

山頭丹光涌日紅，不盡幡幢來碧空。李白獨騎一赤鯇，茅君導汝雙青童。織雲上衣槲葉雨，墜雪撲帽松花風。仙人笑指海水落，相約蓬萊之上宫。

泊鼉山 詩中之景，指洪澤屯也。

白波滉漾青天垂，我行但覺官船遲。微微樹短水盡處，慘慘日薄風來時。椎牛掛席打鹽客，射鴨鳴弓踏浪兒。漫郎頭白不稱意，沽酒鼉山歌《竹枝》。

泊十八里塘

繫舟古柳根，一犬吠柴門。欲記來時夜，問人何處村。

渡江

幾載途中月，窺愁酒半酣。送人楊柳色，今日是江南。

題道士青山白雲圖 四首

仙館白雲封，青山第幾重。道人時化鶴，巢向最高松。

行到溪源盡，青山無俗氛。道人拈鐵笛，吹起滿川雲。

只道溪源盡，遥聞鐘磬音。却尋流水去，行盡白雲深。

雲氣曉來濃，前山失數峰。道人夜作雨，呼起碧潭龍。

題月落潮生圖

參横天末樹陰收，風響蘆根海氣浮。笑語漸聞燈漸近，誰家江上早歸舟？

木槿花

朝昏看開落，一笑小窗中。別種蟠桃子，千年一度紅。

太和縣

曉挂船窗看，蒼茫暝色分。前山知有雨，流出滿江雲。

揚州廣城店

潮落邗江夜，先將夢到家。揚州無賴月，獨自照瓊花。

衢州詠爛柯山效宋體

人説仙家日月遲，仙家日月轉堪悲。誰將百歲人間事，只换山中一局棋。

戲作杭州歌二首

吴姬魫冠望若空，淚妝眼角暈嬌紅。染得羅裙好顔色，西湖新柳緑春風。
西陵渡口潮水平，十十五五發舟行。樓中燕子慣見客，不怕渡頭津鼓聲。

浙江亭沙漲十里

重到錢唐異昔時，潮頭東擊遠洲移。人間莫住三千歲，滄海桑田幾許悲。

次翰林都事拜住春日見寄韻

日高睡起小窗明，飛絮遊絲弄晝晴。忽憶金河年少夢，柳陰騎馬聽流鶯。

棠梨幽鳥

揚州舊夢隔天涯，曾醉春風阿那家。幽鳥豈知人事恨，依然啼殺野棠花。

梨花錦鳩

一枝新雨帶啼鳩，唤起春寒枝上頭。説與朝來啼太苦，洗妝才了不禁愁。

子烜買紅酒

吴江紅酒紅如霞，憶着故園桃正花。羊角山前幾回醉，女須嗔汝未還家。

嘉興有感陸宣公事

官家忘却奉天時，歲晚忠州兩鬢絲。今日北來車馬客，夕陽祠下讀殘碑。

過桐廬

江邊三月草凄凄，緑樹蒼煙望欲迷。細雨孤帆春睡起，青山兩岸畫眉啼。

過崇安宿赤石水澀不下舟

兩岸青山下建溪，笋輿軋軋坐鷄棲。人間最是吴兒樂，一枕清風過浙西。

有感

馬首桓州又懿州，朔風秋冷黑貂裘。可憐吹得頭如雪，更上安南萬里舟。

集外詩二首

賦段節婦

莫磨青銅鏡，莫理冰絲絃。黄鵠不重行，女貞難再妍。嗟嗟未亡人，寂寂長自憐。百死何足惜，但惜負所天。嫁時舊巾櫛，不忍棄且捐。所天諒有知，携之見黄泉。

春暉堂詩

上天生萬彙，何物能報之？所以古孝子，感兹《蓼莪》詩。况母紅芳年，手提黄口兒。獨於霜雪際，迴此陽春熙。昔爲斷蓬根，今如芳蘭枝。母恩雖莫報，子職當何爲。願將一寸草，化作傾陽葵。上以承君寵，下以報母慈。

宋祭酒訥三十首

訥字仲敏，滑縣人。元末進士，授鹽山知縣。國初，徵爲國子助教，陞翰林學士、文淵閣大學士，遷祭酒。卒於官。正德中，謚文恪。有《西隱稿》。

壬子秋過故宫十九首

離宫别館樹森森，秋色荒寒上苑深。北塞君臣方駐足，中華將帥已離心。興隆有管鸞笙歇，劈正無官玉斧沉。落日憑高望燕薊，黄金臺上棘如林。

技巧聲淫娱帝聽，萬機誰爲代天工。國中失鹿迷原草，城上啼烏落井桐。駝鼓聲干鸞輅遠，馬駉筵罷革囊空。不知金宋爲殷鑒，漫説東皇曆數終。

禁路隨人不忍行，臨風立馬倍傷情。千年王室山河壯，萬里宫車社稷輕。金鼎夔龍興聖殿，紫駝部落受降城。憑誰爲問天魔女，唱得陳宫《玉樹》聲。

萬國朝宗拜紫宸，于今誰望屬車塵。名聞少室徵奇士，驛斷高麗進美人。朝會寶燈沉轉漏，授時玉曆罷頒春。街頭野服儒冠老，曾是花磚視草臣。

六宫春色一宵殘，夷難何人策治安。去國登瀛唐學士，降城執戟漢材官。瑶宫有扇捐金雀，紫塞無旗卷角端。花柳亦知宫女散，妝紅翾翠簇金鑾。

土木窮奢過楚臺，披香積翠滿蓬萊。宫鴉驚月鵶人去，戎馬騰雲虎士來。侍從嚴徐冠蓋散，燮調楊李棟梁摧。燕歌趙舞終朝夕，不覺嬉遊是禍胎。

扶運匡時計已差，青山重叠故京遮。九華宫殿燕王府，百辟門庭戍卒家。文武衣冠更制度，綺羅巷陌失繁華。氈車盡載天魔去，唯有鶯銜御苑花。

黃葉西風海子橋，橋頭行客弔前朝。鳳凰城改佳遊歇，龍虎臺荒王氣消。十六天魔金屋貯，八千霜塞玉鞭搖。不知亡國瀘溝水，依舊東風接海潮。

鬱葱佳氣散無踪，宮外行人認九重。一曲歌殘羽衣舞，五更妝罷景陽鐘。雲間有闕摧雙鳳，天外無車駕六龍。欲訪當時泛舟處，滿地風雨脱芙蓉。

五雲雙闕俯人間，歲晏天王狩未還。鸚鵡認人宮漏斷，水沉銷篆御牀閑。朝儀無復風雲會，郊祀空遺日月顔。莫向邊陲動戎馬，漢兵已過鐵門關①。

① 原注：「一作漢家今已塞三關。」

灤京南下是中華，夜出居庸去路差。何處又栖王謝燕，故侯誰種邵平瓜。九重門辟人騎馬，萬歲山空樹集鴉。獨有天池秋水滿，西風吹入釣魚槎。

仙裳宮袖擁龍舟，一夕兵來罷盛遊。萬户千門銀燭冷，六軍百職布袍秋。御橋路壞盤龍石，金水河成飲馬溝。日暮胡笳和羌笛，舞兒羞見錦纏頭。

萬年海嶽作金湯，一望凄然感恨長。禾黍秋風周洛邑，山河殘照漢咸陽。上林春去宮花落，金水霜來御柳黃。虎衛龍墀人不見，戍兵騎馬出蕭墻。

漢皇愛舞起龍船，錦纜香維御柳烟。侍女争開妝鏡匣，後宮不理敗弓弦。青油幕乏登壇將，金馬門空待詔賢。惟有廣寒西畔柏，不知争戰翠參天。

清寧宮殿閉殘花，塵世回頭换物華。寶鼎百年歸漢室，錦帆千古似隋家。後宮鸞鏡投江渚，北狩龍旗没塞沙。想見扶蘇城上月，照人清淚落胡笳。

瑶臺瓊室倚清虚，佳氣潛消諫疏疏。帥閫有兵空虎衛，經筵無講逐鸞輿。侯封一代皇孫爵，帝紀千年太史書。斜日五雲坊下路，老儒騎馬重躊躇。

黼座簪裳列俊髦，禁闈環佩立仙曹。兩京臺閣工輸巧，四海塗泥赤子勞。端本有書遺鶴禁，宣文無客進龍韜。拂郎天馬空逾海，不駕朝元玉輅高。

事事傷心亂若絲，宫前重詠《黍離》詩。百年禮樂華夷主，一旦干戈喪亂師。鳳詔用非麟閣老，雉門降是羽林兒。行人莫上城樓望，惟有山河似舊時。

雲霄宫闕錦山川，不在穹廬毳幕前。螢燭夜遊隋苑圃，羊車春醉晉嬋娟。翠華去國三千里，玉璽傳家四十年。今日消沉何處問，居庸關外草連天。

客北平聞行人之語感而成詩四首

虎將朱旗直指燕，燕山王氣便蕭然。輕如晉武平吴日，遠似唐皇幸蜀年。朝市夜沉三輔月，禁闈寒斷六宫煙。延春閣上秋風早，散作哀音泣播遷。

將士城門解甲初，不知相府已收圖。霓裳宫女吴船載，胡服朝臣漢驛趨。甲第松筠幾家在，名園花草一時無。行人千步廊前過，猶指宫墻説大都。

相臣無策奏巖廊，傾國傾城總禍殃。同輦誰辭婕妤詔，後庭多學麗華妝。出墻御柳先零雨，入塞宫花半謝霜。畢竟玉顔成底事，空遺殘粉污椒房。

幾回人起亂中華，僭賞輕頒將相麻。示儉岩宸空植草，助嬌上苑浪移花。當年翠輦三山路，此日氈車萬里沙。自古國亡緣女禍，天魔直舞到天涯。

用韻答趙樵山見和二首

半年學稼入田中，時訪村西鶴髮翁。草徑暖煙晨牧犢，蓬窗秋雨夜聞鴻。瓜香果熟園林趣，酒濁鷄肥里社風。野鳥不知興廢事，争枝擇樹滿林同。

故里初歸整頓中，草堂欲學浣花翁。芳樽酒熟濃浮蟻，老眼詩成遠送鴻。晚節半籬黄菊露，秋聲一榻碧梧風。于今只有樵山在，暮景何妨事事同。

霍元方辭訓導之職來歸東崖故居再用前韻賀之

舊隱高崖曲岸中，療饑歸作採芝翁。無人徑造依亭竹，有子書追戲海鴻。門外小船漁笛月，籬東矮屋酒旗風。先生襟韻知何似，秋菊春蘭臭味同。

歸來即事再用前韻寄霍東崖元方四首

田園兵後草萊中，未要忘機論海翁。茅屋四鄰羅鳥雀，蕪詞一紙託鱗鴻。蠶桑鷄黍家家事，燕麥凫葵處處風。何日相期歸舊隱，水邊林下著參同。繁華市井冷灰中，去亂兒歸半是翁。一塔有巢留垤鸛，兩潭無水著沙鴻。興如張翰思吴俗，心似鍾儀樂楚風。故國遺民説華表，人非城是古今同。行止常驚坎窗中，衰年欲作囁嚅翁。才華不是鳴陽鳳，蹤迹渾如踏雪鴻。黄犢隴頭蓑笠雨，白駒場上几筵風。祇知此意堪娱老，未信先生不我同。頭顱羞到鏡心中，得失何須問塞翁。隱變潛斑知霧豹，去寒就暖見雲鴻。夢回先壟松楸雪，腸斷空城草木風。欹帽短衫林樹下，不妨言笑里夫同。

【補詩】

危學士素一首

遊廬山棲賢寺

弱冠好山水，朅來廬阜陽。憩澗微雨至，入林春風香。載經三峽橋，地籟聞鏗鏘。解帶緣石磴，愛此泉流長。泄巖凝素乳，灑樹見飛霜。冷冷轉空曲，湛湛涵清光。五老九千仞，巉絶天中央。紫煙射仙壑，白雲冠僧坊。幽思稍愉悦，良朋共翱翔。訪古慕宗向，悟玄愧裴楊。超然色界遊，圓靈大無方。終當畢吾志，混迹麋鹿行。

宋祭酒訥二首

鹽蟹數枚寄段攝中誼齋

無腸公子舊知名，風味非糟亦自清。祇言海霜肥郭索，須勞野火照横行。兩鰲白雪堆盤重，一殼黄金上箸輕。公退避寒應買酒，獻芹毋笑野人誠。

吴興唐子華畫雲山小景圖

君不見夏圭昔寫漁村春霧時，江山半入無聲詩。又不見馬麟昔作關山秋色圖，千里風煙來座隅。夏圭馬麟去已遠，一入九原呼不返。祇今畫者亂如麻，吴興近數唐子華。子華非夏亦非馬，得意雲山自揮灑。一幅生綃不滿尺，平遠高深生筆下。恍如坐我武夷山，主人見客開柴扉。幽蹊曲徑歸路迷，白雲引出青松間。又如坐我瀟湘側，漁子艤舟來迓客。水邊籬落自成村，佇望九疑江樹隔。隔岸人家茅蓋亭，過橋二老指山青。飛泉絡層石，古木挂寒藤。晴窗忽看不似畫，霏丹凝翠疑天生。相對融心神，頓覺塵夢醒。疏懶胸中有丘壑，得些珍藏作清樂。平生寓意不留意，一朝笑贈芙蓉幕。芙蓉幕底風流賓，高堂掛壁無紅塵。公餘把酒自怡悦，便是雲山圖上人。

【補人】

劉學士三吾一十五首

三吾字如孫，一字坦甫〔一〕，茶陵人。父耕孫，字平野，元末翰林學士，有《平野先生集》。元末，公避兵廣西行省，承制提舉靖江學。内附後，歸茶陵。洪武十八年，用薦除左贊善。二十一年，撰《御製洪範注後序》，稱旨，升學士。三年考滿，吏部以老不稱職，請黜，上宥之，給半俸，年七十九矣。明年，東宫憐其老，令支全俸。二十六年，外孫單慶坐藍黨伏誅，女良玉黥剌發漿糍房，奉旨閒住。明年，還職。三十年，主考會試，會試以多中南人，坐罪。鄭曉《名臣記》云：「三十年六月，學士劉三吾暴卒。」雷禮、王世貞年表皆云是年典刑。所謂「暴卒」者，曉之史例也。考《劉學士文集》，嘗以三十年冬十月奉敕撰《黔國公吴復碑》，安得死於六月？集載敕下御製《大明一統賦》，尊稱「我聖祖、聖后」，「儲君有象賢之器，群胤皆屏翰之英」，乃建文初奉敕撰者，學士不死於洪武明矣。按丁丑會試，北士多被黜落，諸生上言：「三吾等南人，私其鄉。」上命官再考。或言考官劉三吾、白信稻囑侍談張信等以陋卷呈進，上大怒，親賜策問，覆閲取六十人，白信稻、張信等皆磔死，三吾以老戍邊。世傳春榜夏榜，又傳南北榜進士，黄瑜《雙槐歲抄》記載最核，而世貞《科試考》亦因之，已自訂其年表之訛矣。周藩宗正睦㮮作《春秋指疑序》云：「永樂中，命學士劉三吾修《春秋大全》。」睦㮮於宗老中最爲博洽，其言必有所據，俟詳考之可也。學士老於文學，典司文章，當宿老凋謝之日，朝廷大制作皆出其手。其文膚棘，不中程度，殊乖國初典雅之風。教習修書，屢忤上旨，以老獲宥，而上之禮遇視金華諸老始懸絶矣。史家稱其備顧問與密議，抗論建旨，有秦、晋二王之對，皆附會之語也。

〔一〕「坦甫」原誤作「坦坦甫」，據小傳改。又小傳作「本茶陵人」，多一「本」字。

登城感事

華表愁聞鶴語聲，女墻自照月華明。在秦本有關中險，散楚其如垓下兵。百戰山河唯骨在，萬年壁壘爲誰城。興來不敢閒登覽，祇恐新亭感慨生。

與先復初州判

左身瘦痺耳仍聾，近被刀傷更怯風。亦有將軍憐杜甫，豈無高弟念王通。弊廬漫枉過朝使，束帛終難强病翁。欲涉湘江采蘅杜，美人遥隔暮雲中。

哭伯兄存吾推官

天曆庚午，進士署高城門曰：「身隨下士同甘苦，誓與高城共死生。」

寸心忠厚古人流，兩鬢風霜爲國憂。黄甲題名前進士，白頭死難古宣州。高城留得萇弘血，故友應同李黼遊。弱弟自慚無氣力，未能申請達宸旒。

哭從兄益吾教諭

多年大治之官去，近日哀音始得聞。蝸角祇緣争戰久，鴒原遂有死生分。可憐怕道終無後，誰憶中郎所著文。想見散花洲渚上，至今猶自結愁雲。

追輓海清臣全子仁兩尚書

鬱姑臺下戰多時，變起蕭墻遂不支。杞子方通北門管，漢家已拔趙軍旗。孤忠不遂尚書志，一死唯期聖主知。想見江東橋上路，至今猶自血淋漓。

弔鄧左丞二首　零陵忠臣。

瓴甓爲城一水旁，誰將孤壘捍瀟湘。左丞親奬三軍士，諸將皆成百煉鋼。高密信爲功第一，孔明如在國寧亡。上游緣此無藩蔽，徒使英雄信感傷。

中山昔厲忠君志，左轄今推報國誠。一死有光諸宰輔，九京無愧舊門生。雁聲愁過衡陽浦，江瀨悲鳴一水城。欲弔英雄已無迹，湘靈瑟罷月凄清。

哭憲僉帖君澤

不死清湘死桂城，惟天可表此忠貞。諸賢坐失同盟約，一木難支大厦傾。臨難儒臣能死節，流芳國史定標名。北門留得模糊血，歲歲惟應勁草生。

弔老掾史趙元隆

疾風勁草昔人言，臨難知君有講論。江相自投信州沼，敬翔肯入大梁門。夕陽冷落前山路，夜月凄凉故里魂。後死文臺再知己，何由蕉荔薦芳尊。

湘南雜詠三首

大厦原非一木支，諸賢坐失有爲時。不緣天上雲龍會，誰解湘南蟜蚌持。垂翅夕陽鴻去遠，游神華表鶴歸遲。争如漚鷺忘機好，依舊無心在水湄。

遣使頻年赴帝京，名爲計事豈真情。鄂垣僅有湘南地，朝野猶誇紙上兵。諸鎮一如唐末歲，孤忠誰是李長城？山河依舊天如水，愁聽寒鴉日暮聲。

于闐幾載洮陽上，臨難方圖籍寇兵。但説調鷹饑可食，寧知養虎患非輕。塗窮反噬三湘地，風靡長驅八桂城。常武不歌天亦老，琵琶又作過船聲。

粤城懷古

五年城裏一枰棋，當局安危總不知。吏部羨官膠柱瑟，右丞改調竪降旗。園林別有鶯花主，江海都無蟜蚌持。祇見越王臺畔草，春來依舊草離離。

姑蘇即事

姑蘇自王亦豪雄，藩屏東南一旦空。使眷爲誰歸火底，俘囚何面見江東。王封有愧非殊錫，死去無碑可表忠。粳稻祇今誰阻遏，海門元與直沽通。

追輓忠襄王

相王檄下青齊地，七十餘城一檄傳。諸葛未亡將復漢，岑彭遽死豈非天。蛟龍泣下三秋雨，貔虎愁連萬竈煙。先志克中仇亦復，誰知今子總戎賢。

此皆學士在粤西及歸楚之作，其語意感激，不忘故國，殆亦有犂眉之志乎？

吴東閣沈二首

沈字濬仲，蘭谿人。元禮部郎中師道之子。以家學自振。國初，召爲翰林待制，尋升東閣大學士，以文學被寵。後以懿文太子故被讒，死於獄，朝野憐之。東閣詩有「風清霧捲明東壁，野迥天垂出太行」、「星環太乙尊黄道，日麗層霄映翠華」、「九成殿上飛金雀，萬歲山中舞碧鸞」之句，皆應制中琅琅者也。

内苑花《神州十詠》之二。

羯鼓深宫不用催，東風昨夜領春來。萬年枝上紅雲擁，五色屏中繡幕開。芳影參差摇太液，香風浩蕩繞蓬萊。至尊遲日應多暇，迢許群臣舉壽杯。

都門柳

不與人間管别離，生來福地傍京師。根蟠鳳苑臨溝水，影拂鸞輿映羽旗。萬樹屯營春細細，千條夾輦雨絲絲。長風更作飛花舞，吹入宫墻照御池。

列朝詩集甲集第十四

滕尚書毅七首

毅字仲弘，鎮江人。以儒士徵，從事徐相國幕下，授起居注。洪武元年，初設六部，首擢吏部尚書。九月，參政江西。

啓行

虞卿雙白璧，魯連千黄金。重輕豈在彼，在此方寸心。聲名落天地，輝采流古今。没齒無一稱，終將愧朝簪。晨趨螭石下，夕過鸞閣陰。兹焉復申命，載道荆山南。閑中牧龍媒，韝上馴鷙禽。豈徒飽芻肉，神俊令銷沉。揚舲大江水，弭節春樹林。高高向明月，聊用開吾襟。

靈應祠

吴船何汗漫，周道正倭遲。雪湧蝦蟆焙，花深石馬祠。焚蘭瞻玉座，析羽動金支。靈降雲如彩，巫歌月在帷。林高懸薜荔，洲近被江蘺。小駐娱今夕，前驅恐後期。緺傳唯好語，行邁藉蕃禧。願沛沾民澤，微涓敢自私。

三閭大夫祠

襜帷褰薄暮，回飆吹白雲。下有棲神宇，慘淡臨江濆。行吟既不返，遺響寧再聞。緑桀並丹綵，婉爾含清芬。沐芳正冠佩，酌水炷夕熏。長歌靈谷應，春思何紛紛。願言卜瓊茅，巫咸不可群。渚宫望儀羽，再拜雲中君。

秭歸即楚王臺舊基爲新城

春風夔子國，落日楚王臺。江繞西陵下，雲從上峽來。壯遊今已遂，幽思獨難裁。關塞猶戎馬，吟邊首重回。

采　石

騎鯨仙人海上歸，至今草木猶清暉。千山落日送樵笛，萬里長風吹客衣。春空蛾眉浮翠黛，夜光犀渚沉珠璣。神遊故國應過此，高蒙臨流知是非。

次韻黄秀才秋興二首

西風如水灑絺衣，無數南來候雁飛。朔漠地寒收王氣，岷峨秋盡斂餘暉。三泉忽報金棺葬，萬國同瞻玉璽歸。相見不須談往事，百年耆舊眼中稀。

虎戰龍争二十秋，江波日夜自東流。道傍無語王孫泣，天際含顰帝子愁。苜蓿風烟空壁壘，蒹葭霜露滿汀洲。古來惟有西山月，永夜依依照白頭。

楊尚書訓文三首

訓文字克明，潼川人。元淮海書院山長。遇亂，遂居江都。吴元年，徵爲起居注，兩遷左司郎中。洪武三年，禮部尚書。四年，改户部，出參政河南。五年卒。

春日遊真常觀

携琴偶獨來，尋幽入芳樹。林深鳥聲寂，坐久澹忘慮。振衣下崇岡，斜陽在歸路。

寄石仲文

故人别後復如何，不寄新詩到薜蘿。賈誼書成何日上，張衡愁比向時多。江城木落霜連地，澤國天寒水不波。重約明年秋八月，紫薇花底共鳴珂。

贈友

與子分携後，星霜二十年。重逢驚老大，惜别更留連。花落春江雨，鵑啼緑樹烟。幽懷浩難寫，愁墮酒尊前。

詹承旨同二十一首

同字同文，婺源人。初名書。元末爲郴州路學正，遇亂，家黄州，事陳氏，爲翰林學士承旨，兼御史。歸附，賜今名，授國子博士，直起居注，陞翰林學士承旨，兼吏部尚書。致仕，復起爲承旨卒。宋景濂序其集，謂其「酒酣耳熱，捉筆四顧，文氣絪縕，從口鼻間流出，頃刻盈紙爛爛，皆成五采」，其推服之如此。

張氏白石山房詩

浦江有名山，白石如積雪。玉氣亘中天，龍湫無六月。于兹隱君子，結屋依翠微。讀書日平樹，看泉風滿衣。誰謂野鶴姿，從心自飲啄。一落樊籠間，清夢繞巖壑。豈不念白石，好煉五色紋。獻之補天手，歸卧山中雲。

松澗亭

澗上長松一百尺，松花落澗流香雪。仙韶入夜度晴空，飛瀑隨風灑秋月。高人于此構小亭，上有雲氣山青青。昨日客來覓琥珀，旋汲清泉煮茯苓。

清江曲送宋尚德自峽中回

清江水清峽水黄，清江之上多緑楊。浣花女兒立沙際，青裙白足如秋霜。蜀山雪消十日雨，一夜扁舟欲齊樹。兩岸猿聲不肯休，送君流向峽州去。

公無渡河

江上春來風雨惡，大浪小浪江中作。一葦之航何足云，蕩漾中流幾飄泊。人鮓瓮，鬼門關，下隔深淵咫尺間。饑蛟食人骨如山，公無渡河當早還。

古釵嘆

黄金作釵分兩股，青髻如雲鳳雙舞。照見胭脂井水香，後主宫中數千女。一朝野花成綺羅，但見兔迹狐踪多。有人拾得古釵賣，腸斷當年《玉樹》歌。

蒿里

城中市聲如海水，紛紛甲第連雲起。自從秦鹿走中原，蓬蒿長遍嗚珂里。夜深鬼語風吹沙，光怪走地圓如瓜。兔葵燕麥芃芃地，盡是當年宰相家。

前有尊酒行

前有一尊酒，後有三尺墳。墳前兩樹花，墳中不知春。分明記得墳中鬼，曾共當年飲酒人。

狹路相逢行

上有千丈之崖古鐵色，下有無底之潭水俱黑，中間小道石艱澀。君馬南，我車北，狹路相逢何逼仄。安得來往如康莊，兩賢相讓無相阨。

秋夜吟

桂樹叢叢月如霧，山中故人讀書處，白露濕衣不可去。

送蔚教授歸襄陽分題得解佩渚

襄陽城外西南阿，秋風江渚生白波。渚宫神女老龍子，手把瑶華雙踏歌。雙踏歌，醉晴日，嬌比春花紅欲滴。紫綃衣袂青霞裳，緑鬢如雲高一尺。佩環解下明月珠，五色虹光照秋碧。鄭生所遇天下奇，樂莫樂兮初相知。桑田滄海幾更變，天上人間多别離。蔚君家在襄陽住，皎皎清標類交甫。携琴合向萬山中，莫作書堂近江渚。向來神女亦化龍，時復尋珠起風雨。

訪弟長沙霍元瞻雪夜爲作秋山圖

我愛霍元瞻，清標如玉雪。蒼松立石崖，白鶴鳴海月。瘦馬銜寒冰在鬚，日暮去訪元瞻居。高堂中夜燒長燭，爲我寫出《秋山圖》。墨池水凍筆如槊，使我見之喜且愕。雲氣忽從衡嶽來，雨聲似向瀟湘落。二客蘭舟泊遠沙，一個茅亭在陰壑。感君厚意不可量，我欲酬爾明珠璫。賈傅祠前相别去，挂在鵲山青草堂。

題定子静山陰草堂馬九霄爲之篆扁

草堂正在匡廬山，山陰緑玉相對閑。雲從雙劍峰前下，潮到小孤江上還。茶煙滿室寫墨竹，花雨一簾觀白鷴。誰似南宫能篆古，爲君高置軒窗間。

飲楊廉夫拄頰樓時余奉命徵賢松江故有此作

飛樓高出市塵表，萬丈文光照紫微。洞仙曾與鐵爲笛，天女或裁霞作衣。酒酣尚欲招鶴舞，詩狂未可騎鯨歸。休唤小瓊歌《白雪》，自有紫簫吹落暉。

寄方壺道人

海上神仙館，天邊處士星。卧雲歌酒德，對雨著茶經。石洞龍嘘氣，松巢鶴墜翎。都將金玉句，一一寫空青。

送黎蘭谷遊永州

舟子開帆日，天風吹雪時。關河歲將晏，荆楚客何之？水接三苗國，雲迷二女祠。經過逢北雁，應有寄來詩。

送徐復初海道知事

東運樓船白粲多，紫髯英氣有誰過。炮車雲起天垂野，颶母風來雪湧波。海上神仙見徐福，關中父老識蕭何。幕賓不盡長才用，早晚薇垣響佩珂。

秋夜書懷簡李希吉

江皋秋水明晚霞，江城秋滿詩人家。雙杵隔墻夜敲月，一燈向壁寒生花。烏鵲驚風繞紅樹，紫蟹帶霜行白沙。清虛之府入幽夢，醒看河漢思乘槎。

題水殿納涼圖

湖上闌干百尺臺，臺邊水殿倚雲開。紅橋人隔荷花語，玉碗金盤進雪來。

舟過黄陵廟

黄陵廟下倚船窗，水淺沙平屬玉雙。山外斷雲寒日晚，半篷殘雪下湘江。

入峽二首

黄牛廟下水如弦，白狗峽中數尺天。百丈牽春上巴蜀，巖花無數照江船。

歸州女兒採薪歸，荷葉遮頭雨濕衣。不怕山邊石路滑，竹籃在背走如飛。

魏蘇州觀三十首

觀字杞山，蒲圻人。元季隱居，讀書蒲山。太祖下武昌，聘授平江州學正，遷國子助教，進浙東内道僉事、兩浙都轉鹽運使。入爲起居注，進太常卿、翰林侍讀學士，侍皇太子及秦、晋、楚諸王授經，遷國子祭酒，年六十有六矣。以衰耄乞歸，賜參政俸，優贍于家。既行，復召還，與詹同、宋濂賜宴奉天門，命各賦詩以紀其事。五年，命知蘇州府，三載政化翕然，修復府治，坐誣獲罪以死。詔有司歸葬武昌。蘇人李應禎曰：「魏公守吾蘇之三年，實洪武七年也，以府舊治嘗爲僭竊者所據，今治隘弗稱，因圖復之。吴地多水患，郡城河道頗加浚焉，爲御史張度所劾，以爲非時病民，至危言以動上，遂得罪以死。吾鄉高啟、王彝皆與其難。聞諸故老言如此。今閣老彭公謂公死陷於豪民之誣，亦據其家云爾，事非實也。」

建德溪漲大作感懷二首

邪陰翳長空，日色澹於土。霪雨連山來，萬物昏莫睹。溪流渺無涘，闤闠入煙浦。牧伯吁可憐，沾衣悼民苦。慈心偶昭著，憂患竟無補。先王有成憲，治政當法古。二氣隨感孚，鐵炭驗昂俯。登崇中正疇，屏斥諛佞伍。澤梁省徵税，凋瘵重綏撫。暘谷回精光，天淵底寧所。菑異由是消，永錫恩意溥。

久雨逢戊晴，戊日雨不止。羽氣淒乘宮，土德淪不紀。晻晻陰晦凝，四野連蓄水。絶壁洄衝波，玄林渺中沚。下上鷗鷺馴，沉浮蜃蛟喜。田廬聚岑阿，漁艇繫桑梓。官租欲誰徵，軍乏且無已。爰軫昏墊情，罔究疏浚理。悠悠古聖人，惟日思復起。

至嚴州遺文員外焕代致其母平安意也

升堂拜慈母，容色穆以和。兩孫慰目前，炯炯瓊玉柯。呼名使之拜，拜罷仍撫摩。問我之金華，與子相見麽。再拜覆母言，道取嚴陵過。平安致母辭，所處居有那。行行及二旬，始達江之沱。殷勤上槐省，聞子行已他。櫧概早晚來，又恐説者訛。同袍重交遊，爲子笑且歌。香搴紫薇花，酒泛金叵羅。好懷盡傾倒，不覺衰顔酡。西軒盡瀟灑，地僻情不頗。風生緑槐枝，月轉烏龍坡。銀燈漏疏櫺，照見庭前莎。高踞嚴武牀，微作杜甫哦。諸公憐髦荒，不復加譴訶。雖然出歡愛，狂簡同一科。睡覺雙目明，殘星在銀河。慨然會真意，披衣舞婆娑。明發不可留，王事毋蹉跎。題詩勗佳友，美玉思琢磨。閒情渺無窮，扁舟溯晴波。

大同江口舍舟而塗抵樊昌四十里紀實

扁舟畏風濤，上馬遵大路。馬喜大路平，騫然欲馳騖。手疲兩足痛，縱逸恐顛仆。呼奴執其轡，控馭使徐步。前村望煙火，稍遠得農扈。蔬筍兼可求，午膳爰不誤。少頃聞病翁，叫出蓬首婦。婦出拜且言：「窮苦日難度。夫遠充民兵，兒小當遞鋪。翁病經半年，寒餒缺調護。軍需未離門，活計不成作。荒山要收絲，荒畝要輸賦。誅求里長急，責罰官府怒。近來點弓兵，拘貧放權富。迫併多逃亡，蒼黄互號訴。左右三五家，春深失耕務。紛紜下牌帖，勾捉猶未杜。」所言盡真悉，俾我心駭怖。兹行事咨詢，拯恤懼遲暮。州縣嗟匪才，瑣屑誠可惡。喪亂民瘼深，君王重憂顧。所以諭旨勤，赤子相託付。民爲邦之本，綏撫在完固。胡爲重剝剥，上德阻宣布。明當抗封章，爲爾除巨蠹。

建德縣三十韻

乘舟至建德，頗愛山水清。山水雖可愛，人烟苦凋零。種麥當縣前，迂徑入縣庭。瓦礫存故基，小小才有廳。父老匍匐來，形影何伶仃。再拜泣且言：「弊邑頻遭兵。大則吴楚交①，小則侯許征②。逆彼族必夷，順此身必刑。逃者凍餒連，竄者疾疫并。所剩無幾户，家家無全丁。爰從甲辰秋，始見官府明。令簿來撫綏，曲盡父母誠。流離漸懷歸，沈疴漸蘇醒。田菜固多荒，未免賦役徵。里長紛並緣，科需取餘贏。」語意殊可憐，推言慰其情。去歲郡守朝，綸音細叮嚀：「民爲邦之本，本固邦則寧。今而重傷殘，救恤誠在卿。譬猶澗中魚，魚樂澗欲盈。又如水載舟，水激舟必傾。此道垂昭昭，卿等當力行。軍乏捐冗條，力役止繕營。治則待以寬，罰則裁以輕。耕稼勗有時，教卷資有成。苟或負所期，憲度亟爾懲。」懇懇數百言，官庶曾共聽。矧是半月餘，捷音下三城。疆土益廣遠，禮樂逾作興。于叟宜勉旃，行將慶昇平。

① 原注：「陳、畢、張。」

② 原注：「阻兵者二人。」

東流縣

東流古名邑，渺在江之干。民居苦蕭條，官舍亦苟完。廡陋紛草茅，垣周翳榛菅。棗植行疏疏，槐陰鬱團團。覩此餘物清，盍展規撫寬。丞無兩松哦，令乏五柳歡。簿則頎而長，或謂棲枳鸞。咨詢我初來，偶滯風雨寒。坐彼容膝軒，徐徐散憂端。龍鍾數耆翁，再拜陳肺肝：「小縣喪亂餘，人煙重凋殘。百一雖幸存，門孤户仍單。老者困以衰，弱者傷以孱。況復差役頻，斯須未遑安。賴有父母慈，桑麻慰盤桓。撫字皆得人，昭蘇固無難。」援筆題此詩，考績時取看。

兩浙寄子栗家書

元年正月初，運使莅江浙。二月開衙門，上下總怡悦。明恩隆委任，疏鈍愧忝竊。四月草寇生，民竃被殘劫。場官殞八人，煎辦頓阻節。分司兩道出，招撫心力竭。十月大課成，幸且無虧折。省垣諸公相，筵燕每攀接。和氣藹如春，魚水喜相得。家有黄馬駒，日夕畏踶齧。平章换青驄，裁銀補吾缺。因得與子槃，求姻細掄擇。戊子王氏女，偶與龜筮叶。遂于十月間，隨宜爲婚結。念汝一載餘，音問成遠隔。勞我晝夜思，夢寐常切切。恐汝疾病生，憂汝門户迫。道路常阻修，端便不可索。頗聞湖廣傳，今年豐稼穡。老懷雖少慰，汝信終未閲。寥寥鄉里人，惘惘嗟久别。朝用心所親，此際想疲薾。治家誠不易，要自有規劃。往昔唐棣生，説令爲汝厄。倍田增税畝，賦役苦重疊。病根堅莫除，此害最深刻。其類繁有徒，相妒每中熱。汝但循天理，勿與致唇舌。年來我身安，第益鬚鬢白。行步甚輕快，顏面亦光澤。人皆愛我健，言有衛生訣。衛生能寡欲，應在壽者列。念念想吾蒲，爲汝安第宅。上疏乞歸田，此意已先決。致仕許老臣，綸音載條格。邇來復蘇州，張寇就夷滅。仲冬伐方氏，一月報三捷。遣子赴京師，懔懔歸有德。太平看有象，登用多俊傑。法度尚嚴明，分寸懼違越。新添十九場，鹽課又增額。錢糧誠重事，利害非瑣屑。忡忡鬱深憂，懷抱時痞塞。遣伻令遠歸，於汝還細説。親眷好情密，鄰里要和協。種藝貴先時，修身莫中輟。小人須善處，奴僕簡嗔責。樹爲丘隴看，祀爲宗祖設。不可視泛常，時歲忘造謁。杭州古名郡，來者常不絶。題詩寄平安，老淚迸昏睫。一一謝親知，無狀恕老拙。

逢仙嶺　處州松陽縣山也。

逢仙之嶺皆懸崖，下有溪水青於苔。丹楓吹過水西去，白鳥飛上崖邊來。行道一翁心甚急，石磴磽磝行不及。前臨絕壑後深巖，欲避前呵無處立。

次韻陳廉使見寄

三月霃霃雨，曾無兩日晴。旅懷常寂寞，佳節負清明。野樹暮雲合，山溪春水平。彭郎有音信，處處避回兵。

寧國溪上四首

轇轕山環水，沿洄水繞山。鳥啼山翠裏，人語水聲間。茅屋連溪塢，松舟繫淺灣。村翁驅犢處，溪女得魚還。

青山如舊識，迢遞送行舟。故里一丘樂，歸心千疊愁。樹腰紅日轉，沙尾白雲流。李郭多仙氣，飄飄想並遊。

石髮連芳草，溪花映碧苔。肅霜千里思，明月一舟開。鼎沸茶初煮，爐香栗自煨。忽添詩興好，細雨白鷗回。

野老歌仍和，篙師去復留。水花凝鶴渚，山翠落漁舟。竹徑歸黄犢，紫門度白鷗。二劉多好况①，杯酒共綢繆。

① 原注：「宗起、子珍。」

闞縣尹

襄人齊拍手，官政喜清和。竹樹煙光合，花封春意多。山中無吏迹，江上有漁歌。偃室如招士，龐公試一過。

次韻蒲察少府出入韻

白雲花影外，堂上一簾春。細雨溪橋路，孤煙古木村。有魚供醉客，無犬吠行人。把酒同遊處，梅花滿縣門。

遂安舟中

溪徑斜斜入，紫門側側開。一牛臨水立，雙鴨避舟迴。病眼青山豁，歸心白髮催。何因蒓浦上，野老共傳杯。

夜宿新河口二首

舟人勞暫息，艤棹近柴扉。月過漁舟迴，星流鶴渚微。愁心千緒集，歸計十年違。只有貧如故，秋深尚葛衣。

舟定詢兒女，徐行却在前。柝歸真偶爾，異處復悽然。裙幔穿篷繫，篝燈插竹懸。夜深猶不寐，枕上計年年。

都昌懷舊隱二首

西齋風月好，庭草到階前。春服趨童冠，秋聲雜誦絃。題詩黄葉上，拄笏白雲邊。俯仰成今古，離愁爲黯然。

江霧仍爲雨，山花故作容。秋風餘鼠雀，寒水落魚龍。慷慨心雖壯，羈棲力已慵。白雲蓴浦上，悵望最高峰。

早朝武樓

兩閣花融禁籞清，六符星潤泰階平。紫雲華蓋連中道，金水芙蓉繞内城。一語回天當國相，三呼動地復祖氓。遠夷日見來朝使，方物紛紛效進呈。

早朝奉天殿

旭日曈曈啟奉天，百寮雲萃武樓前。青松綴玉傳甘露，紫笋浮花瀹醴泉。多士聽宣魚貫入，諸侯分直雁行聯。白頭謬忝儒紳後，大本先容赴講筵。

午門闕上

旌旗旖旎集中衢，日上金橋劍佩趨。雙闕雲中開鳳扇，六王天上捧龍輿。成均被命仍敷教，大本承恩復説書。殊渥無涯嗟未報，幾回退食重踟躕。

二年十一月和暖如春上遊觀上苑召侍臣危素宋濂詹同吴琳及觀等賜宴於奉天門東紫閣蒙御製一序賜之曰卿等各賦一詩以述今日之樂觀詩曰

深冬晴暖動逾旬，内苑遊觀詔侍臣。五色慶雲開鳳尾，九重麗日繞龍鱗。和鸞喜奉彤車御，式燕慚叨紫閣賓。淑氣已從天上轉，人間無地不陽春。

大本堂二首

翠葆葳蕤九鳳旗，東華遥望立多時。都堂啟事貂蟬集，率衛輪班虎豹馳。月繞珠簾升講席，花迎金輅肅朝儀。六王炳炳前星後，珠緯聯輝上玉墀。

六齋帝子聯龍衮，三島神仙列雁行。綉轂青鸞金羽蓋，錦韉白馬紫遊繮。御溝細柳雲生暖，禁籞飛花雨送凉。鄭國書聞能一一，玉爐清晝爲分香。

大將軍徐丞相平定中原振旅還朝上御龍江亭命儒臣賦詩迎之應制一首

白旄黄鉞兩京平，甘雨和風四海清。師出萬全非用武，將資三傑在推誠。蒼龍挾雨迎車騎，彩鳳穿雲送旆旌。獻頌偶蒙天一笑，行看作樂著功成。

鄭國公常茂等授經大本堂

鄭國蕲侯弟子群，儲闈時得奉殷勤。宮花細浥研朱露，禁柳微濺灑墨雲。御氣日從雙闕望，書聲時徹九重聞。楚王可是推仁愛，臨帖常容半席分。

舊大本堂

玉署儲書紫禁東，宛然麟鳳穆清風。雲開奎璧天光合，日射蓬萊御氣通。炬炳蓮花歸學士，燈然梨杖致仙翁。詹吴宋樂皆時彦，撰述承恩晝夜同。

到三山馬汝舟家在常德欲託附書與李泰適安

蕭蕭驄馬憩三山，遊子相逢一破顔。楊柳春風官舍静，桃花流水釣舟閒。棘端最險猴猶立，華表雖遥鶴欲還。早晚寫書來附汝，鼎城千里寄柴關。

熊經歷鼎三首

鼎字伯穎，臨川人。元末，以鄉薦爲山長，參謀軍事。太祖親征豫章，召見。吴元年，徵授中書考功博士，遷起居注，出爲浙江按察司僉事，改山東副使，拜晋王相府右傅，除參軍。授岐寧衛經歷，召還，至西凉爲朶兒只把所殺。事具宋景濂墓誌。

夜雨中作

野處迥無鄰，誰憐放逐臣。關河萬里夢，天地百年身。衣濕胡塵雨，氈寒塞草春。何時老鄉國，白髮照麒麟。

長安懷古

立馬平原望故宫，關河百二古今雄。南山雙闕阿房近，北斗連城渭水通。龍去野雲收王氣，鶴巢陵樹起秋風。英雄事業昭前哲，看取秦皇漢武功。

上巳日浴温泉

驪山宫殿鎖温泉，天寶遺蹤故宛然。綉谷春融丹井火，金波月滿鑒池蓮。玉顔承寵專恩澤，翠輦來遊惜暮年。我亦逢時修禊事，白頭空負麗人天。

周尚書湞五首

湞字伯寧，江寧人。丙午秋，以饒之長史陞湖廣都事。洪武二年十月，任刑部尚書。二年正月，降惠州經歷。

始發建鄴登龍江山祠感懷有作

去國思舊遊，尋山發幽眺。遥凌天門石，洸對臨海嶠。神關列雄鎮，粉堞抱遺廟。天水遠自空，雲霞近爭耀。客行始多感，世事紛難料。同俗豈素懷，趨時固殊調。既爲達士耻，復彼逐臣誚。塵泪應言垂，江容帶愁照。秋陰散微翳，炎景扇餘燎。行矣庶無欺，忠信將可劭。

池口舟中見九華山

貞履無素期，勞生意恒窘。誰云戒戎路，曾是返初隱。水宿淹長晷，山行阻修畛。縹緲對雄標，巑岏發奇藴。巖回氣如焚，峰去勢猶引。刻削冠青蓮，雕鏤矗丹筍。嵲霞上斑剥，石乳下崙硱。山鬼從文狸，淵靈閟玄蜃。眷言志藜藿，未遂採芝菌。即事情已悲，懷賢迹俱泯。潛吴愧梅福，去汶羞閔損。人德險未夷，天道明可凖。皋蘭豈徒歇，岩桂芳未隕。歲暮山中人，結言俟歸軫。

賽小孤廟

育秀凌華嵩，標奇奠淮楚。陽闢啟神關，陰沉開水府。渾渾聚商舳，淵淵聞戍鼓。陳瑟會安歌，傳芭紛代舞。椒漿既分潔，桂棹方容與。日暮懷歸情，含睇望修渚。

題營丘山房

周室疏封後，齊疆啓國初。流風看後裔，形勝想遺墟。水合如分魯，山回似入徐。路疑登載處，溪擬釣璜餘。紅樹臨關近，青蕪際海疏。徵賢方奏頌，何暇賦閒居。

寫江岫春晴圖

汀洲碧草生，鳧雁動春聲。莫上高亭望，能傷送別情。

劉司業崧七十四首

崧字子高，初名楚，泰和人。七歲能賦詩。洪武三年，以人材舉職方郎中，遷北平按察副使，坐事輸作京師還鄉。十三年，手敕召爲禮部侍郎，署吏部尚書，請老。十四年，召爲國子司業，卒於位。清江劉永之序其詩曰：「子高家業儒，甚貧。兄弟三人，有宅一區，窮居數十年，豁如也。痛自策督，日課一詩，其多至千餘篇。天下大亂，餃嘔轉側二十餘年，不爲少折。遭逢貴顯，澹然如布衣。北平，元之故都，去家五千餘里，惟一僮侍側，已復遣還。晡時吏退，獨處一室，據几吟詠，夜分不休。其年愈老，思愈壯，詩愈工。」而宋景濂則謂其「以天賦超逸之才，加稽古之力，雕肝琢膂，宵吟夕詠，而又有得于師友之資，江山之助，五美云備，而詩於是乎大昌。後千年而興者，苟有其人，非劉君之作，將能行之於遠乎！」國初詩派，西江則劉泰和，閩中則張古田。泰和以雅正標宗，古田以雄麗樹幟。江西之派，中降而歸東里，步趨臺閣，其流也卑冗而不振；閩中之派，旁出而宗膳部，規摹唐音，其流也膚弱而無理。余録二公之詩，竊有嘆焉。江閩之士，其亦有當于吾言乎？

織女吟贈黄進賢

憶昔束髮初，嬌倚雲錦機。折花事戲劇，笑詫身上衣。一從十五時，學向機中織。絲短愁苦長，梭緩心轉急。永夜蘭燈懸洞房，門前梧葉零秋霜。霜寒手凍絲緒亂，絡緯悲啼金井床。春花更叠黄金縷，花底青鸞蹴煙霧。東風何日天上來，擬奉瑶池宴歌舞。十日滿匹恒苦遲，一夕停梭生網絲。持刀沈吟剪秋水，粉泪欲落愁風吹。遠懷素心人，邈在千里道。何由託交歡，持此永相保。東鄰小姬昔同年，至今盛飾爲母憐。幾回月高鳴杼軸，正是他家夜彈曲。

秋夜詞

林烏夜啼金井西，蟋蟀在户聲相齊。中天無雲白露下，漸見梧桐青葉低。幽居此時愁獨曉，蘭燈雙照蛾眉小。歌聲恐逐迴風高，掩抑冰絃破清悄。絃中語語心自傷，低頭却看明月光。羅衣一夜惜顔色，庭草明日霑秋霜。甘心霜下草，祇在階庭好。不作白楊花，飛飛洛陽道。

芳樹篇

芳樹好容華，深深映狹斜。二月三月時，千枝萬枝花。夜舞留瓊佩，春游礙寶車。折榮遺遠者，含思獨咨嗟。

東方行

東方閃閃啼早鴉，美人愁眠隔窗紗。桐華樹下人來往，銀床轆轤夢中響。

江南弄

江浦晴雲作水流，鴛鴦哺雛花滿頭。沙堤十里寒溘溘，湘娥踏槳搖春愁。菖蒲葉齊寶刀緑，佩魚雙剪琪花玉。酸風吹雨不見人，一夜啼痕繡叢竹。

照鏡曲

蟠螭雙銜錦帶紅，妝臺刻玉秋玲瓏。綵雲忽開紫鸞舞，明月夜墮香奩中。美人妝罷房櫳杳，鸚鵡呼寒帳中曉。拍簇花迎笑靨開，低飛黛緑秋娥小。滿庭桃李各嬌春，顧影含羞便惱人。愁來獨掩雲屏宿，手持寶釵扣寒玉。吴錦蜀粉暗消磨，淚滿菱花奈別何。不知昨夜愁深淺，但覺朝來華髮多。

秋興

中夜畏煩促，起坐愛凉風。明月在東壁，流輝當井桐。翩翩林鳥翔，喔喔鄰鷄起。感時不復寐，短髮聊自理。

桃源

青林被重岡，蒼石立絶澗。冥冥松風迴，高蔓弱可綰。驅車鶴嶺下，沮洳濕危棧。微茫煙霞集，披靡杉筠間。高秋灝氣豁，秀色紛屬盼。芸芸澼纊子，涉水恒及骭。山女行負薪，結髮垂兩丱。年豐粳稻足，食狃芻與豢。呼吏不及門，徵租少稽慢。銀坑重荼賦，往往先月辦。緣山八九家，火耕習薅鏟。土屋桑樹高，鷄鳴日方晏。清霜落原菽，夕露沾畦莧。盱嗟避秦人，歷世乃多患。豈知太平俗，鎧甲未嘗擐。永宜曠士懷，樂此謝游宦。種桃實吾事，荷耒乃不慣。窮源愁日暮，流水方汕汕。嘆息行險艱，南雲送凉雁。

鼇尖

日出西嶺赤，鳴禽度高楠。稍陟衣帶嶺，東尖屹危參。側身忽旁斷，擬步若幽探。勃勃草木霏，高下皆浮嵐。巨石當横途，始復一解驂。崖古樹根瘦，谷深人語含。石角利攢劍，遠山突揩簪。何姑騎白鹿，緑髮長鬖鬖。坐令婦女輩，奔走祈春蠶。千崖動合沓，秋色晚正酣。鴛鵝飛益高，剛風迴東南。我行蒙翳中，罥刺寧所堪。山水能媚人，夙性所樂眈。奚能戀文字，局促如飣蟬。曠兹登覽際，躑躅忘憂惔。振衣復少憩，歷險不敢貪。片雲觸石起，流澤思遠覃。惜無晨風翼，照影雙溪潭。

送孫景賢歸江東

客有敬亭思，春愁何渺然。謝公墩上月，已照江西船。船頭花亂飛，釃酒發鳴鼓。四顧不成歡，悲歌淚如雨。壯游南海上，曾着從事衫。驄馬青連錢，馳突開巉巖。南歸阻艱難，寄食贛江側。多謝尚書公，看客好顏色。高筵列綺饌，賓客如流雲。舞劍萬人却，談兵四座聞。年華逐流水，五見楊柳緑。夜夜夢故山，浮雲滿巖曲。兹行未可住，却望江東還。人散井邑空，鳥啼煙樹間。殷勤候高堂，次第訪鄰里。山栗與木瓜，離離照煙紫。放船弄明月，躡屐凌翠微。春風久相待，吹老薜蘿衣。南平二月暮，悵惘忽成别。把臂共論心，知君有奇節。東遊我所願，遠作秋風期。却攜采石酒，高詠敬亭詩。

送楊公望得滿字

君行服初命，列宴當堠館。賓從塞道周，風煙激危管。舟航既泛泛，佩璲亦鞙鞙。滄江東流深，浮雲北飛遠。林含春雨潤，石抱蒼山轉。朝驅歷荆吴，夕秣邁齊兖。凌雲紫殿重，棲日丹闕烜。玉塞繚都城，金河注林苑。薇垣甚弘敞，天衢實夷坦。鳳毛出西阪，鷺翮翳雲罕。誰論羽林直，自足郎官選。茂名聶樹立，令緒慎繼纘。兹辰悵言别，于餞宜樂衎。日麗花氣薰，鶯啼草香暖。承恩貴在早，返駕焉得緩。仰懷天外翮，俯愧溝中斷。佇立睇遐徹，城闉月初滿。

寄題金精山凌雲亭爲王太守賦

仙女謝塵匹，嘯歌雲霧間。一朝乘雲去，笙鶴渺空山。山山翠石盤，澗澗飛泉響。誰鑿洞門開，峰前見仙裳。虚圓若剖瓜，中抱玉清家。秋風石巖頂，吹下碧桃花。桃花不到地，化作雲飛去。紫殿十二重，重重映琪樹。太守騎馬來，解鞍憩青屏。馮虚斫山翠，特起凌雲亭。亭中秋氣高，濯雪嗽丹井。遥空明月上，欻見孤鸞影。露下白石床，滿林金橘香。緑髮垂千丈，秖今餘幾長。憶同姜煉師，載酒上雲摘。手把女蘿衣，題名向東壁。仙人久相待，重往當何時。爲君掃苔石，更寫凌雲詩。

嘆息行贈别胡思齊

嘆息復嘆息，志士恒苦辛。少日不得意，暮年愧其身。前有尊酒清且旨，酌酒奉君君莫止。人生最樂在相知，莫徇虚名輕跅弛。沛中屠販還封侯，揚雄草《玄》空白頭。浮雲不盡萬里意，白日長懸千古愁。南山之陰多洞府，十年不歸嘆修阻。緑蘿芳草澹風煙，君獨胡爲在塵土。五雲館前花滿津，紫騮蹀躞驕青春。春時禽鳥各自適，燕子低迴還附人。江風蕭蕭吹水急，江寺鐘殘野鳥集。口中吟詠眼看山，細雨蒼茫愁獨立。鄧溪漉漉秋水泥，貝爾令我歡相攜。酒酣燕坐石盤嶺，明月正在松林西。近聞煙塵起閩廣，官軍驅馳日南上。郡邑無人豹虎行，道路蕭條竟安往。我思舊游湖水東，昔者登臨今不同。常年九月章浦浄，吴霜夜落青芙蓉。芙蓉花開日欲暮，美人娟娟隔烟霧。一段愁心化綵雲，至今飛繞河橋樹。今夕果何夕，别君還憶君。古來賢達常坎坷，慎爾出處超其群。

醉歌行贈周仲常歸九江兼柬許天啓湯又新二山長

奉君千斛酒，不盡萬古情。但令日日事狂醉，何用身後留空名。漢家當時重公卿，天子亦復稱聖明。相如徒爲茂陵稿，賈誼終作長沙行。聽我歌，奉君酒，顛倒英雄古來有。朝客新豐莫帝庭，昨日負薪今結綬。我懷磊磈固不平，爲爾作歌翻苦聲。世無千金賞詞賦，安得三顧求躬耕。君才特達吾所惜，暫客風塵未爲失。海雁南飛羽翮高，宛馬西來汗毛赤。君家自是山東人，將相所萃皆奇珍。著書未獻明光殿，移家早住潯陽濱。山東迢迢隔千里，不如潯陽好山水。九江翠色天邊來，百叠雲屏霧中起。山有谷兮水有湫，昔人舊遊今人愁。風湍雲木石壁下，猿猱抱月鳴啾啾。登高眺古頻惆悵，壯心飛揚而浩蕩。青山不及蒼梧東，碧海遥連洞庭上。秋風落葉何茫然，鼓棹直泛章江舡。黄公灘頭醉明月，吹笛絶似洪厓仙。我留異縣歲華晚，客路遭逢謝青眼。浮雲相别好相憶，白日西飛未能挽。吴鈎錯落紫綺裘，放歌醉舞雲中樓。向來不盡萬古意，寄君遠挂匡山頭。君不見鍾陵湯茂才，又不見宜春許文學，十年留滯困江城，一日飛騰動寥廓。昔者之别今何如，景星夜粲東南隅。君行何以慰寂寞，南帆一致溢江魚。

題吴教授所藏黄大癡畫松江送别圖

是何山莽莽以横，雲水浩浩而生風。天低江迥日欲落，别意乃在蒼茫中。問君此圖作者誰，浙東老人黄大癡。松江先生舊知己，眼明爲寫秋江姿。重坡欹岸東南遠，木末參差見層巘。蒼浦遥連楚澤深，石林盡帶吴堤轉。是時先生從此歸，把釣欲拂雲中磯。長風過雨蒲葦浄，水色淡浥沾人衣。只今又作筠州客，惆悵松江渺雲隔。離思猶迷雁蕩烟，歸心已歷洪崖石。我思大癡焉得從，筆墨往往遺奇踪。草衣騎牛髮如雪，吹笛憶過天台峰。平生一筆不輕許，傲睨王侯笑塵土。展圖坐對鳳山青，却想高情動千古。君不聞功名利達能幾何，長安離别日日多。灞陵亭前春草碧，灞陵亭下春風波。

憶昔行美達監州

聖王端居總四夷，黄河妥帖東南馳。明明政化若流水，禍亂之梗誰階基？咄哉事變異往昔，簧鼓邪説非寒饑。嚚然挾兵起田里，誅殺長吏爲妖魑。絳繒烈火照山谷，摧陷焚劫何紛披。絶淮渡江徇楚荆，千里一概同傾危。漢江宫樹三月赤，黄鶴低逐南飛鴟。達官貴人履霜露，寶玦夜墜珊瑚枝。荒山日落騏驥病，極浦天寒鴻雁悲。南平百里據平衍，豈有險阸當城池。紅塵一騎傳警急，白日萬口悲流離。我侯世臣之子孫，出監兹郡貞而慈。憤呼欻起艱危際，揮斥義勇如家兒。指天出誓肝膽露，颯爽風吹玄武旗。内防外拒張籌策，恩義結民民感之。鼓聲徹雲戰鬥出，往有死志無生期。坐開黄堂受俘馘，太守自擁將軍麾。風霆氣震隨闔闢，泰華壁立無偏攲。旌旄不動曉色浄，刀劍錯出天光垂。帳前耽耽立虎兕，府中矯矯趨熊羆。蒼茫殺氣薄雲漢，雁隼奮擊當其時。龍洲沙平萬馬集，草中白骨高于坻。窮冬霰雪自摧厲，晴日柳梅俱華滋。此邦不隨風景異，闔郡實荷賢侯私。上連崆峒倚南極，下決淦水開東陲。風塵豈止廿四郡，平原義士真吾師。褒功會蒙天子詔，頌德早見邦人祠。我瞻四方何蹙蹙，經濟允藉英雄姿。時平撫事增太息，再歌憶昔陳苦詞。意長歌短不自已，太史萬一觀民詩。

送顔用行歸吉水并柬康隱君

文昌進士顔夫子，昔在筠陽最知己。春風携酒上方樓，秋雨題詩洞山寺。當時結交翰墨場，共言意氣傾侯王。豈知風塵各驚散，此地不得同翱翔。君今只在瀘源上，我亦南還竄林莽。舊交零落海雲空，夢裏驚呼色悽愴。往者山寇攻瀘源，義門百口今誰存。况聞親庭抱永痛，妻子夜哭沙田村。欲歸無家出無僕，兩年訪我城東屋。長林春暝風雨交，此日窮居轉愁蹙。柴門苦竹惟鳥啼，流水繞屋生春泥。苦無一錢沽酒飲，坐據寂寞如枯藜。鼓笳連江清夜永，短燭孤帷弔形影。野麥陵陂老雁饑，寒風動竹枯螢冷。知君豪宕輕黄金，感時亦復憂沉沉。青雲若負壯士志，白日難照愁人心。誰能短衣事騎射，空遣悲歌淚盈把。却望文昌從此歸，東行定過匡山下。匡山先生髮如絲，十年不出真吾師。便須晏歲荷短鍤，共來山中尋紫芝。

題邊長文所畫山水圖歌爲常伯敬賦

五月炎風扇長夏，黄埃撲面湖堤下。山水娱人未擬歸，擷蘭軒裏看圖畫。中峰九叠開芙蓉，春雲盤盤上高松。苔徑未逢秋雨屐，石樓似聽霜晨鐘。飛鴻指點向何處，仿佛經行舊時路。懸巖瑶草不知名，隔水桃花自千樹。問君此圖作者誰，甬東邊郎風格奇。丹巖緑水照白雪，高興如在鍾山時。鍾山岧嶢夾雲起，六代繁華付流水。芳草長懷北固遊，啼鶯曾識東山妓。當時二謝聲價同，登臨到處遺高風。釣魚冲雪寒江上，騎馬踏雲空翠中。只今南游歸未得，日日臨圖看山色。鳳凰一去來何時，落日荒臺夢江北。

春宴曲

大鼓作鼉鳴，美人花間相對行。忽聞横吹座中起，吹出雙雙鸞鳳聲。鳳聲微茫作復止，飛入青天綵雲裏。當筵盛酒金屈卮，酌酒勸君君莫辭。不見堂前桃李樹，昨日花發今空枝。東家作官鬧車馬，西鄰從軍能騎射。一生長客邊塞間，芳時不在鄉國下。何如載酒鳴雲和，手折山花行唱歌。少年有酒不痛飲，白髮滿頭君奈何。

二月十八夜辭屋嘆

城狐暝嘷烏啄木，主人驚呼夜辭屋。忽聞官軍破城府，號令新傳大都督。火燒排柵照夜光，鐃軍奔潰人馬傷。快船直上春水發，明日軍來安可當。貧家無時走軍馬，少在家居多在野。斷垣未補棘遮門，敗壁無泥雨飄瓦。去年同行二十人，今年一妻兼病身。弟兄飄散兒女喪，投杖欲往還逡巡。人生辛勤理門户，暫去那能不回顧。開花不得待人看，憤殺墻東舊桃樹。

東家嘆

東家盛時厭卑促，拓地四鄰起高屋。亂來怕見門户大，還撤屋材作薪賣。憶昔東家全盛時，伐材作屋窮工奇。上捎雲霞起觚角，下斫山石開垣基。椎牛釃酒萬夫集，華館重樓事雕飾。妝成明鏡動春雲，宴罷珠簾夜光入。當階血色射錦茵，門前駿馬驕嘶春。强奴悍竪擁軒蓋，過客俯首方逡巡。一朝亂離俱散走，大屋空令别人守。近圃偷殘舊種花，南池伐盡新栽柳。風椽雨壁何披離，綺户白日横蛛絲。昔人强作金石計，此日謾同螻蟻悲。全家遠去無遺屧，日落鼪鼯嘯飛葉。離離烟草門巷空，時有鄰兒拾檐鐵。

十一日寇拔古城圍始出東門渡江遇争橋者幾陷於水既渡賦出自東門一首以自釋乙巳正月

出自東門，言越廣阡。颯彼驚風，鬱其飛煙。鏘金鐵兮晝鳴，市無人兮草芊芊。後有摩牙鼓吻之虎狼，前有衝波百折之奔川。上茫茫兮不能附烏鳶之飛騫，下淵淵兮懼蛟龍之糾纏。累然踧踖不可以徑度，况有白刃揮霍交其前。龍頭兮濺濺，佛原兮綿聯。雨冥冥兮雷闐闐，羌獨後濟此兮嗟蒼天。

題華陽彭玄明所畫秋山圖

我不識華陽彭煉師，見畫雲山想句曲。數峰冥色入遥浦，六月泉聲動虚谷。紫霞樓觀當落日，似有幡幢出林木。海邊鰲首戴雲紅，天際蛾眉拂秋緑。昔聞天台雁蕩相鉤連，雲氣來往駕飛仙。斷橋溪澗路如棘，嗟爾策蹇歸何年。秋風湖曲波如烟，我思東泛吴江船。買魚沽酒緑荷渚，吹笛夜下松門前。便尋煉師覓玄鶴，却訪華陽窺洞天。

題葛洪移居圖

前行白羊四角羸，誰其驅者髫髻兒。猲獢一犬嗥而馳，舉鞭護羊訶止之，背有囊琴結黑絁。嫗後負畫策以追，少婦騎牛牛步遲。兩兒共載兀不欹，大者坐擁班文狸。小者索乳方孩嬉，母笑不嗔還哹咿。

復有鬅者肩童羈，引手向翁如反儆。蹇驢嗅地行欲疲，兩耳逆竪愁風吹。老翁龐眉方頷頤，顧瞻妻子色孔怡。似語前行路向夷，爾兄在前爾勿痴。爾母正念爾弟饑，高幘髯奚荷且持。蘂瓢囊幞何垂垂，有毬者柄相參差。傍有二卷一解披，趁行苦忙奚不知。我觀此畫喜復疑，問翁爲誰莫可推。或云葛令之官時，移家勾漏乃若兹。人生多累在侈靡，如此行李胡不宜。骨肉在眼無餘資，陳岩作圖真畫師。筆迹縹緲如飛絲，中有妙意世莫窺。我吟將爲仕者規，如不見畫當求詩。

謁靖安昭靈廟賦柬袁茂才

昭靈古祠蔚森爽，祠下流波日奔蕩。啼鴉枯柳當兩楹，落日青峰照銀榜。秭歸西阻蜀江口，雲蓋風輿自來往。常時釃酒擊鳴鼓，輒有靈風動虚幌。楚王宫殿久寂寞，萬里晴雲色蒼漭。神龍自合晦淵潛，鳳鳥胡爲在羅網。此邦祠宇出何代，恍惚湘楚同風壤。石竹叢深山鬼愁，江籬花落文魚上。清秋旅懷百憂集，感子追游慰遐賞。明時禮樂遍寰宇，肯使忠魂滯榛莽。享儀每詔縣官給，祀典猶聞宗伯掌。捍災禦患先故國，憤義終能肅群仰。湘南屯戍苦未休，長嘯因之起悲愴。

觀鄧侍郎石磬歌

侍郎諱光薦，字中甫，廬陵人。宋季，以禮部侍郎從衛王海上事，亟挈妻子投海，爲大軍鈎致不死。張元帥弘範異之，待以賓禮。嘗過淮河漁父家，見盆盎上置曲石，命滌視之，有銘文焉，則磬也。漁父云得之淮水中。公以粟易之，愛其文理精緻，聲極清越，寶藏之，將百年矣。丁亥春，余過公故宅，其孫謙出以示余，爲之泫然以悲，因賦七言歌一首紀其事。

水中古磬世莫識，扣之能鳴人始驚。前朝文物最博雅，廬陵侍郎先得名。淮河東遊色惆悵，忍使至寶成凋喪。蒼茫何代没泥沙，憔悴當時雜盆盎。歸來設簴當特懸，扣擊往往遺音傳。奇文漫滅科斗迹，雨氣纏結蛟龍涎。是時周廟朝殷斝，師襄南逾嘆修阻。海門風起商聲哀，萬里孤臣淚如雨。鳳鳥一去不可聞，宜爾孫子多才文。高堂出此坐嘆息，暝色猶帶崖山雲。便令敬之慎勿褻，此物宜與天球列。百年隱顯自有時，藴德含和竟誰泄。嗚呼賢哲今不存，對之使我傷心魂。虞廷可登獸可舞，此石不毁應能言。

張氏溪亭雜興

草閣經秋浄，紫扉近水開。霜林收橘柚，風磴坐莓苔。釣艇寒初放，樵歌晚獨回。城南車馬地，欲往更徘徊。

再懷伯兄子中時有同客興國者從間道先歸兄以道阻後期不果

貧賤輕離别，艱危昧死生。獨違同里伴，仍阻異鄉程。愛想深山憩，愁聞間道行。幾時秋樹下，慰此淚縱橫。

玉華山

翠巘千峰合，丹崖一徑通。樓臺上雲氣，草木動天風。野曠行人外，江平落雁中。傷心俯城郭，煙雨正冥蒙。

舟夜次查口柬蕭鵬舉

扁舟沿緑嶼，雙櫓折蒼波。秋氣水邊早，月明江上多。魚龍今夜冷，鴻雁幾時過。去住關幽興，欹眠聽棹歌。

寄周伯寧

江雨何時歇，淮雲盡日飛。誰知千里别，還作故園歸。露草侵棋局，風花上釣磯。徒令南浦上，山水憶清輝。

出社下嶺望九洲流陂稻田可愛

渡嶺望平田，人家隱翠煙。村虚自鷄犬，風物似神仙。晚樹依沙立，秋粳帶水眠。幾時驅兩犢，投迹此安廛。

誰種山中玉，修圓故自勻。野人尋得慣，帶雨斸來新。味益丹田暖，香凝石髓春。商芝亦何事，空負白頭人。

嘗山藥

乙巳閏十月十五日聞永新破諸兇就戮無遺喜賦三十二韻

鼓亂雄諸郡，憑兇跨十年。荆湖延毒霧，漢沔注妖躔。鳥獸寧殊類，龍蛇自一川。羽毛初景附，苞蘖忽根連。掠野時乘間，攻城亦破堅。踐攘蝼蟻甚，累係犬羊然。里録先鋒籍，家亡世業田。鯨吞那有間，席卷欲無前。割奪封疆盛，依乘節制專。公侯凄喪狗，奴隸欻登仙。白日驚雷破，炎天積雪懸。存亡覘貨賄，喜怒信刀鋋。誅責窮糠秕，需求到甓甎。寡妻牽雨筏，尪子負冰椽。徭役家家急，科徵處處煎。田廬久焚落，衣履極窮穿。慘矣生民禍，居然爵土煽。積金明别塢，陳粟閟荒煙。列地朱甍壯，層城畫堞鮮。椎牛釃玉醴，躍馬鑄金鞭。事楚終懷譎，盟邾或撓權。郊端兵屢挫，城下檄虚傳。幸不罹勁敵，能無感彼天。假名徒虎負，就縛竟蟬聯。夜諜披心膂，晨登奪旆旃。刳腸劇狐鼠，啄腦任烏鳶。崛强嗟何在，繁華總棄捐。掃除應假手，覆敗已駢肩。野昔耕無犢，民今坐有氈。飛霜收殺氣，清旭麗居廛。禾水春前緑，屏山雪後妍。遺氓喜相勞，早晚賦東旋。

臘月朔日紀懷十八韻

衮衮閑愁集，堂堂急景遷。殘冬惟一月，旅寓向三年。霜入絲蓴美，風掀錦樹鮮。義山通鳥道，禾水漲蛟涎。雨泣鳴蛩地，雲愁過雁天。川光寒不動，兵氣慘相纏。海上霞生燧，城邊月應弦。瘡痍渾未息，疫癘恐相煽。隴畝遲三白，山林負一廛。感時何及矣，撫事獨凄然。膽落傳新令，家貧食舊編。依人慚野燕，戀子劇饑鳶。席破門懸雨，庖空井閟烟。踵山仍畏虎，踳地祇憐蚿。出感關途梗，居愁賦調煎。鹿門那可問，桃水徑須沿。未必絃真絶，虚疑筆可捐。東風如解凍，南谷且棲玄。

寄范實夫

細雨柴門生遠愁，向來詩帖若爲酬。林花落處頻中酒，海燕飛時獨倚樓。北郭晚晴山更遠，南塘春盡水争流。可能相别還相憶，莫遣楊花笑白頭。

次韻奉寄孟浩彦弘

幽人共愛溪邊住，舍北舍南春水聲。開徑不嫌時獨往，到城應許日同行。亂雲長共青山黑，白鳥偏依緑樹明。無限客愁誰斷送，携壺長擬就君傾。

贈徐山人

亂餘山水半凋殘，江上逢君春正闌。針自指南天窅窅，星猶拱北夜漫漫。漢陵帝子黄金碗，晉代神仙白玉棺。回首風塵千里别，故園煙雨五峰寒。

春日奉次羅肇簡鄭同夫

不見故人心惘然，也應無賴枕書眠。閑尋碧草日又暮，盡落桃花春可憐。雲隔雙峰歸雁後，水生三峽亂帆前。客懷慰藉思傾倒，衝雨能來白馬韉。

題珠林江口謝公廟

倒石源頭野寺開，亂餘臨眺獨興哀。晚山隔岸雲霞出，秋水滿江鳧雁來。王氣已銷陳帝壘，客愁長繞越王臺。烽煙西北猶傳警，擊節酣歌首重回。

雲亭蕭氏園池雜興次韻

竹底雞鶯盡日啼，水風凉動小池西。麝香眠起殘花落，蛺蝶飛來碧草齊。二水風鳴湘佩合，三山雲壓楚鬟低。冰盤宴客清陰裏，次第詩成石上題。

仲冬二日由下徑輿疾還珠林悼風景之頓殊幸茅廬之無恙喜賦一首

村橋路斷日無光，不似常時入故鄉。野鼠穴糧依蔓草，田烏銜紙上枯桑。偶逢遺老兒孫盡，欲問西鄰井竈荒。慚愧竹西池上路，依然風雨一茅堂。

入　城

江水依然抱石磯，獨行空感舊遊非。晚山當户日初落，秋草滿城人未歸。田鼠引群穿井出，山鷄求食傍簷飛。向來車馬東門路，忽憶朋游淚滿衣。

喜家僮至

西行幾日離柴扉，還説來時燕子飛。日射水田禾葉暗，雨浮山隴豆花肥。池魚吹水春萍薄，野鳥窺巢夏菓稀。早晚歸來酒應熟，便携稚子笑牽衣。

訪王子讓大村幽居借書戲題壁間

村前流水宛如環，村後荒城隱可攀。當户雨苔雙石峻，隔江烟柳數峰閒。杖藜麥隴秋霜後，尊酒茅堂夕照間。聞有古書人少見，柴門客去又長關。

寄萊州太守趙圭玉

憶在兵曹三四年，君留東署我西偏。檢書清夜燃官燭，沽酒常時數俸錢。借馬獨行緣送客，聞鷄相唤去朝天。論交亦有胡兼許，此日天涯各惘然。

早春燕城懷古三首

金水河枯禁苑荒，東風吹雨入宫墻。樹頭槐子乾未落，沙際草芽青已黄。北口晚陰猶有雪，薊門春早漸無霜。城樓隱映山如戟，笳鼓蕭蕭送夕陽。

宫樓粉暗女垣欹，禁苑塵飛輦路移。花外斷橋支屓贔，草間壞壁綴罘罳。酒坊當户懸荷葉，兵壘緣渠插柳枝。不見當年歌舞地，空餘松柏鎖荒祠。

海内蒼生困亂離，宫中舞女鬭腰肢。金渠水暖龍船出，彩檻花香翠輦移。松樹盤空皆偃蓋，柳條拂地更垂絲。迷樓不獨江都恨，鳥竄龍沙更可悲。

入東坑

東坑石路入雲堆，東岸人家倚岸隈。半沼紫萍風乍過，一林黄葉雨初來。澗寒野鳥還争聚，山暖巖花只自開。却望松楸生暮色，重來悵望使心哀。

過湖口縣

佛子磯頭溯客舲，南湖高柳記沙汀。水分彭蠡溶溶緑，山送匡廬冉冉青。雨過人家收鴨早，日高網户曬魚腥。故園此去猶千里，安得乘風破杳冥。

寄鐵柱觀左煉師

紫霞樓上左仙翁，還在南塘在玉隆。飛闕虚皛雲影外，亂山騎虎月明中。銅駝荆棘秋風落，鐵柱波濤海氣通。别後玉簫渾少聽，令人長憶萬年宫。

秋日過汶溪義塾承蕭國録有詩謹用奉答

汶溪新製小茅堂，也種山楸間水楊。舍近鷄豚還共食，春來魚鳥自相忘。松陰客去書連屋，花底鶯啼酒滿牀。却憶東華聯轡出，午門霜月漏聲長。

雨夕柬鵬舉

入春已過五十日，晴景都無三四朝。雲去雲來山杳杳，花開花落雨蕭蕭。青絲送酒銀瓶暗，綵筆題詩絳蠟消。東嶺幾時明月上，曲闌芳樹聽吹簫。

古意

仙女不照鏡，愁來看深井。井底那得風，摇波亂人影。

楊柳曲三首

種柳城南河水邊，青枝拂地盡含煙。柔絲若有千千尺，應繫儂家蕩子船。

種柳城南河水傍，常年二月好春光。晴風暖日無聊賴，只聽鶯聲也斷腸。

金縷織成歌舞衣，年年江上惜春暉。無端心性輕離别，待得花開只解飛。

予自去冬閏十一月遣人還泰和迎候余弟子彦與家人偕來今經九十餘日矣未知果來否燈下獨酌有懷悵然援筆題此三首

南北相望路七千，南風只有中鹽船。故鄉消息何時發，縱得書來是半年。

稚子家人俱可憐，江南煙水路綿綿。開船好是燒燈後，下馬何由醉眼前。

轉覺别來俱老大，四年不見奈愁何。直須燈下狂呼酒，比較何人白髮多。

送别叔銘出順承門

送客出城秋已凉，太行南上楚天長。順承門外斜陽裏，蕎麥花開似故鄉。

蒼石峽中見道人庵居隔水山花盛開

蒼石峽中花藥欄，舊時草屋傍岩安。道人去後松橋斷，縱有花開隔水看。

叔銘以紈扇索余題詩因戲作叢竹於上仍繫以詩

家住江南青竹林，别來無日不關心。偶然寫向齊紈上，便欲移牀坐緑陰。

偶　賦

内官宣進瑞瓜詞，閶闔門深晝影移。東苑紅橋楊柳下，曾因待詔立多時。

正月十九日

金魚洲下放船開，華石潭邊看雨來。愛殺南天雙白鷺，青山盡處却飛回。

春晝

池南欹柳燕將雛，門巷新晴轉緑蕪。花隔小窗人不到，一簾香霧鬪樗蒲。

入狹潭

水上石山森劍鋩，水中石屋是魚房。秋來水落月未出，魚眼射波如火光。

題秋江小景畫

美人嗚絃思瀟湘，斜飛金雁不成行。夜深彈徹《烏棲曲》，月照寒江萬樹霜。

廣州雜詠四首

鯽魚潮退餘溪滷，牡蠣蠔高結海沙。紅豆桂花供釀酒，檳榔蔞葉當呼茶。

椰杯深貯荔枝漿，桂酒新調蘇合香。啖客檳榔紅齒頰，唤人鸚鵡緑衣裳。

越童蕩槳唱蠻歌，山女簪花艷綺羅。沙港閣船潮退早，蜃灰塗屋雨來多。

峭壁崩崖江水邊，深山日暮見人煙。滄波杳杳連三峽，寒草清清自一川。

劉僉事丞直五首

丞直字宗弼，章貢人。至正辛丑進士。贛人第進士，自宗弼始。丙午春爲國子博士。丁未秋，升司業，拜浙江按察司僉事。王子充論其詩，以尤工《選》體，出入鮑、謝之間。

宴章光遠宅

薄暮沐時雨，凌朝陟崇山。泄雲去復來，流水清且閒。褰裳俯茅屋，高論激晴瀾。層軒既顯敞，好鳥鳴間關。開樽意殊樂，劇飲未言還。何當脱塵鞅，共卧青松間。

賦落花以宋元憲金谷樓危到地香得香字

英華本天性，開謝任年光。自是春風改，那因夜雨傷。低回飄綺席，荏苒度雕墻。翠霧當窗合，紅雲匝地香。點泥登燕壘，添蜜入蜂房。剪彩誇西苑，成妝詑壽陽。角哀番塞曲，徑遠誤漁郎。但使靈根在，重看錦樹芳。

秋日東林宴坐

高秋坐虚館，颯然神慮清。迴飆揚疏雨，瀟灑集前楹。始欣塵雜遠，稍覺微凉生。檐鐸遞相答，林蜩時一鳴。物情各有適，吾生豈無營。

題孫子讓山水

斜日在松杉，千崖冥色酣。山藏五柳宅，路轉百花潭。亂石明蒼玉，遥峰露碧簪。終希陪妙躅，來此脱征驂。

題鮑典籤芳塢隱居圖

幽勝似仙家，緣雲石磴斜。陰崖留積雪，晴樹亂明霞。寺遠時聞磬，溪深未没槎。抱琴來谷口，多是識桃花。

黄尚書肅一十一首

肅字子邕，新城人。元季官禮部主事，自北平來見，上命仍故官。明年，陞侍郎，已降郎中工部，陞侍郎。洪武五年，任尚書。明年，出參政廣西。後坐黨禍。其詩集王子充爲序。

詠懷六首

少壯好遊覽，不知中道憂。方茲懷故土，眷此成淹留。員闕蔽朝暉，玄雲陰以浮。徘徊當永夕，嬿婉將焉迷。棲鳥翔不息，鳴蟲亦啾啾。人生無定止，卒歲何能休。

馬瘦足力短，士貧心志窮。相如豈不偉，滌器難爲容。憶昔擅詞賦，左右能生風。黄金資費用，意氣自填胸。迍邅勿復嘆，命達皆稱雄。

流水日夜流，厚土胡不盈。人生自不已，四運有相承。達士識物化，昧者徒營營。蕩蕩晨風來，悠悠天宇清。會當撥俗惡，聊復從吾生。追呼心所歡，置酒坐中庭。忘言勿復辯，觴盡還復傾。

有酒既已飲，玆愁仍復生。何如長戚戚，憂患有相并。日月迭更代，何能久安榮。唯當委薄質，允矣將微誠。君心苟有察，婉孌餘芳馨。誰謂在咫尺，邈若萬里程。明明亮自適，靡靡詎遑寧。

中園桃與李，灼灼有奇花。彼姝將折贈，遐思在天涯。此花傷夭折，爲嘆女容華。盛年難再遇，豈得長修姱。夫子新好合，不能思故家。欲因歌此曲，此曲令人嗟。

匣鏡三十年，塵暗不復治。停飡且不寐，所思知爲誰。宕子不復返，眇在天一涯。綻衣終當組，道遠何能持。明明天邊月，三五入中閨。念與子歡愛，不得同光輝。寤言相與共，既覺將何依。

白頭吟

長絲絃聲緩，短絲絃聲急。長短苦不齊，抱取向郎泣。明明皓月，三五圓缺。念我所思，中道而别。嗷嗷雲中雁，北風聲烈烈。願寄一行書，與郎相訣絶。泰山高嵬嵬，海水不見底。妾心終不移，研山枯海水。

短歌行

來日苦少，去日苦多。人生不滿百，痛當奈何！當復奈何！不如沽美酒，置此高堂上，與君長笑歌。峻阪無停車，急川無停波。不如沽美酒，置此高堂上，與君長笑歌。人生不滿百，當復奈何！痛當奈何！來日苦少去日多。

長相思

望歡城南頭，覽取别時路。路邊有深井，井上有雙樹。樹有東西枝，枝葉盡相附。去年東枝榮，今年西枝悴。年年望樹枝，樹發行人歸。

仙人篇

翩翩騎白鹿，言上泰山頂。俯觀浮世中，不見百年影。道逢古時人，緑髮被兩領。授我採藥訣，延年保壽命。我聞再拜跪，問是何方求。撫我挾我肘，與我上天遊。天上多桂樹，枝葉何修修。折取忽盈筥，馨香霑我裘。何因入君袖，道路長悠悠。

客中春懷

竹裏山鷄啼未休，江南二月景如秋。半簾花雨寒欺袂，一片江雲晚傍樓。亂世青春如過夢，少年華髮忽盈頭。故園動是經年別，滿眼干戈添客愁。

牛尚書諒四首

諒字士良，東平人，寓吴興。以秀才舉。洪武六年二月，任禮部尚書。七月，降主事。八月，復任。十二月免。

畫梅

梨花雲底路參差，折得春風玉一枝。南雪未消江月曉，欲從何處寄相思。

紅梅

隴頭人未來，江南春幾許。惆悵玉簫聲，吹落胭脂雨。

庚戌五月十三夜夢侍讀先生枕上成詩

侍讀，張以寧也。偕諒奉使，卒於安南。

出使艱虞萬里同，歸期日日待秋風。寧知永訣蠻江上，才得相逢客夢中。岸幘尚看頭似雪，掀髯猶覺氣如虹。起來抆泪憑闌久，落月啼螿繞殯宮。

破窗風雨圖

風雨東南接漏天，客窗吹破碧紗煙。十年世事關心曲，一片秋聲到枕前。花落不妨尊有酒，客來未覺坐無氈。老予曾覓蘇端隱，藜杖春泥緑水邊。

朱尚書夢炎四首

夢炎字仲雅，進賢人。元進士。入國朝爲太常博士，遷翰林修撰，出爲兩浙按察司經歷。洪武十一年，任禮部尚書。九月卒。

和顔子中韻

曾折蟾宫第一花，西風吹袂向天涯。班生萬里空投筆，漢使三秋獨泛槎。朔漠離愁成白髮，南州鄉夢起清笳。歸來耻學梁江總，只傍青門學種瓜。

寫韻軒

掌籍江河誤泄機，幾年謫降學書癡。晴窗滴露花摇席，午夜揮毫月滿帷。綰得春風留鳳帶，畫殘秋水照蛾眉。從今了却人間事，一曲鸞簫跨虎吹。

錢塘二首

萬户煙銷一鏡空，水光山色畫圖中。瓊樓燕子家家酒，錦浪桃花岸岸風。畫舫舞衣回暮景，繡簾歌扇露春紅。蘇公堤上垂楊柳，尚想重來試玉驄。

吴越山川勝概多，綵雲樓觀鬱嵯峨。晴嵐日照芙蓉影，細柳風生翡翠波。楚客移舟時見問，吴姬抱瑟肯相過。片帆明日江東去，尚憶樽前對酒歌。

李王相質[一]二首

質字文彬，德慶人。元末，以府掾聚兵二萬人，保障封川、肇慶、新昌、德慶四郡，凡十五年。全城歸附，授中書斷事，遷大都督府。洪武五年，任刑部尚書，出參政浙江，終靖江王相。弟文昭，子伯震，皆能詩。

〔一〕「王相」，原刻卷首目録作「尚書」。

玉臺驛亭子

春去臺空迹已陳，危亭傑出澗之濱。清溪繞屋可濯足，好鳥隔江如唤人。明月委波金瀲灔，青山帶雪玉嶙峋。桃花流水非人世，或有漁郎來問津。

過揚州

三十年前記此過，皆春樓下駐行窩。十千一斗金盤露，二八雙環玉樹歌。自昔瓊花祠后土，至今荆棘卧銅駝。江都門外王孫草，怨入東風緑更多。

吴尚書雲二首

雲字友雲，義興人。洪武初，授弘文館校書郎，任刑部尚書，參政湖廣，奉詔招諭雲南，死之。

送李民瞻侍郎宣諭陝西

侍郎將命出金鑾，道路傳呼遠近歡。關内官曹迎使節，秦中父老識衣冠。雲開太華三峰秀，水繞黄河九曲寒。寄語渭川千畝竹，西風還解報平安①。

① 原注：「予嘗爲渭川丞，故云。」

題周伯寧江山送別圖

江山天共遠，無限別離情。人去長亭在，空餘落雁聲。

蘭府尹以權一首

以權字世衡，西河人。博學能詩。洪武中，選授中書省照磨。以安撫廣西功陞禮部員外郎，進應天府尹。

題越上人臨清軒

塵境不可居，飛錫傍流水。高檻接空溟，新緑涣如砥。孤影過寒鴻，悠然逝群鯉。所以川上人，於焉契斯理。卜築擬幽棲，兼足浣塵耳。愛此春雨餘，波光净禪几。

吴殿學伯宗二首

伯宗名佑，以字行，金谿人。洪武辛亥初開科，高皇帝親制策問，擢爲第一，授禮部員外郎。十四年，拜武英殿大學士。是冬降簡討。

賦得羅漢洞送陳宗進歸會稽

古洞根石壁，嵌空隱崔嵬。聞昔有異人，拄杖曾一來。靈迹已緬邈，洞門閉青苔。枯木寒未花，千年待誰開。屬兹休明運，百里紆良才。德星麗中天，移影照蒼厓。鸞凰詎棲枳，覽輝謾徘徊。早見丹穴雛，志欲凌九垓。定省方繾綣，歸期忽相催。還轅過湖口，驛路隨縈迴。吾知青雲興，却繞蓮花臺。風高墜落木，歲晏舒寒梅。明登會稽頂，想像遊天臺。臨期重回首，兩地心悠哉。

題李氏棲碧樓

唐有謫仙人，風骨特高妙。晚愛棲碧山，閑心付登眺。桃花與流水，目擊領其要。遐觀窮有象，幽討入無徼。不知誰相問，但覺遺一笑。聲落天地間，松風紫鸞叫。諸孫企高躅，異世頗同調。瓊樓梯空青，銀榜生光耀。予亦愛其人，臨風劃長嘯。

李尚書克正 一首

克正，初名頤，後以字行，字宗頤，豫章人。丙午春，國子監學正，歷助教，改渭南縣丞，遷興化知縣，召爲禮部員外郎，拜監察御史。瓊州府吏告其守，進表公座，僉名鞫之，抵吏罪。上喜，超授禮部尚書。年六十四卒。

送吕君采史北平

八月烏啼海子橋，南來使客下青霄。雲埋石室丹書在，日落延秋翠輦遥。麟史未全歸聖代，龜文猶得認前朝。詞臣載筆需文獻，莫遣回車久寂寥。

林翰林公慶四首

公慶字孟善，括蒼人。洪武三年，知松江府。梁寅集有《天界寺中秋與林孟善翰林分韻詩》。

賦得明月樓贈孫伯融

兩溪合流涵太虚，白龍皺弄摩尼珠。玉娥捧盤不敢去，孚尹散入仙人居。仙人乘雲遊汗漫，瓊簫寥寥度銀漢。斟酌北斗依上台，玉宇珠宫露如霰。鳳臺神馭不可留，春風花開帝王州。夫容峰前舊時月，夜夜長照溪上樓。

長沙三絶句三首

定王臺上關中土，西望長安多白雲。賈誼才高空有賦，河間博雅更無聞。

太傅兒孫多濟美，東陽絳灌少聞家。欲尋遺井無人識，蛺蝶飛來薺菜花。

嶽麓道林何處是，郡人遥指水西村。儒宫佛寺俱無迹，竹樹如麻暮雨昏。

桂右傅德稱一首

德稱字彦良，以字行，慈溪人。元末，聚徒山中，交辟不起。洪武六年，待詔公車，以白衣錫宴，除太子正字。十一年，除晋府相右傅。十三年，革相府，改長史。十八年，以風疾賜歸鄉里，卒於家。

送田仲茂宰入四川

天門傳制拜新除，西入成都萬里餘。江上好風催去棹，邑中故老候來車。巴園五月收丹橘，丙穴三春饌白魚。却憶文翁遺化在，何因公暇説詩書。

【補詩】

劉司業崧四首

少年曲

乍出建章宫，還遇酒肆中。聽歌留寶劍，數雁試雕弓。煙草一片緑，風花千點紅。馬嘶驕不住，直縣渭川東。

題唐玄宗行樂圖

宴罷微行禁苑春，諫臣漸遠弄臣親。峨嵋山下秋風道，能護鑾輿有幾人。

題折枝牡丹圖

華清野塵未曾來，孔雀屏深扇影開。九奏樂停春日午，緑衣初進紫霞杯。

雨竹

滄波石面晚陰凉，翠篠娟娟過雨香。何許鷓鴣啼不斷，黄陵祠下是三湘。

林翰林公慶一首

挽楊廉夫先生 先生母夢吞月而生，號鐵龍。

金蟾飛出顧兔腹，化作鐵龍驚世俗。丹黄爲鬣翠爲鱗，日吐明珠千萬斛。蒐幽抉怪探玄微，臭腐倏忽成神奇。輿臺鄒枚汗籍湜，並驅揚馬争先馳。大廷先鳴誇穎出，蒹葭霜氣横秋日。旄頭不蝕奎壁輝，鐵門躍治多奇質。海棠城東住十年，有宅一區名草玄。花時横笛吹紫玉，醉携紅袖觥金蓮。人言此翁多媚嫵，誰識平生用心苦。鑄人諛墓得黄金，不買崑丘一抔土。玉函碧薤生孚尹，白骨未必爲黄塵。過者欲式鐵厓墳，鐵雲之下瞻龍文。

【補人】

吴尚書琳 一首

琳字朝錫，黄岡人。召爲博士，歷浙江按察僉事，入爲起居注。洪武三年，吏部尚書，出知黄州。後以老致仕。

煙波亭

漢水連天闊，江雲護曉寒。青青山數點，最好倚闌看。

列朝詩集甲集第十五

胡教授翰四十五首

翰字仲申，一字仲子，金華人。國初，大臣交薦其文行，上閔其老，命爲衢州教授，召修《元史》，分撰英宗、睿宗本紀及丞相拜住等傳。史成，賜金帛遣歸，隱居長山之陽。暮年無子，移居北山。洪武辛酉四月卒，年七十五。仲申少師事吴萊立夫，盡得其學。遊於黄文獻、柳文肅之門，與潛溪、華川爲友，既而黄、柳凋謝而仲申繼之，一時文譽大著，與宋、王不相上下。集中《皇初井牧》諸文，造詣淵源，踔厲風發，視諸公殆有過之無不及焉。至于五言古詩，超然敻邁，雖潛溪亦莫企及，餘子何足道哉。潛溪遭時遇主，一時高文典册皆出其手，仲申老於廣文，位不配望，是以天下但知有潛溪，鮮知仲申也。仲申没後二百四十餘年，吴郡朱良育叔英論之如此。

湘篘辭

湘之山兮西迤，湘之水兮東騖。何箘簬兮孔多，望不極兮湘之浦。帝子去兮雲中，俾夫人兮延佇。曾莫樹兮椒蘭，又莫攬兮蘅杜。載雨兮載陰，滔滔乎誰與度。將以遺予兮琅玕，抱幽貞兮永固。

越水操

越水溦溦兮不可以方舟，旋桓有魚兮不可以爲鱐。九罭寸目兮豈不密且周，惟魴及鮪兮竭澤是求。有獺有獺兮復跂於洲。

南箕長好風

南箕長好風，東畢復好雨。陰魄生自西，終夕成乖阻。悠悠望彼蒼，脉脉不得語。起坐酌酒漿，北斗在庭户。

冬日何可愛

冬日何可愛，夏日何可畏？矯首問羲和，羲和不停轡。寒燠相代更，天運自有常。但惜愛日短，不及畏日長。

日出照高樹

日出照高樹，翳翳緑當户。端居念友生，淹泊何處所。西路阻且長，東流莽回互。豈云阻音容，亦乃乏書素。懷德必有鄰，興言自中古。振文行彳亍，見此褐之父。

鬱鬱孤生桐

鬱鬱孤生桐，託根鄒嶧巔。皎皎白素絲，出自岱畎間。一朝奉庭貢，妙合良自然。桐以爲君琴，絲以爲君絃。中含希世音，置君離別筵。征馬慘不嘶，僕夫跪當前。君行千里道，豈惜一再彈。南風日渺渺，清商動山川。和者昔已寡，聽者今亦難。

人生苦逼側

人生苦逼側，莫處蠻觸間。殺機起不測，朝夕相構患。尺書下齊城，丸土封秦關。用意何崎嶇，舉世尚其賢。湯泉自長温，蕭丘自長寒。天地有至性，貧賤吾所安。

維南有佳鞠

維南有佳鞠，風露發清妍。離離絲玉樹，粲粲黄金錢。色含坤裳美，質抱日精圓。藴靈自女几，滋布彌樊川。既入神後品，還充仙子餐。中壽登百歲，上壽延千年。千年與百歲，何異瞬息間。獨有幽貞節，可比金石堅。託以奉君子，歲晏期弗諼。

擬古九首

一夕復一夕，一朝非一朝。昨見春花開，忽睹秋葉飄。人非金石姿，安得長不凋。窮年事觚翰，駕言遠遊遨。手提具欘劍，拂拭鷿鵜膏。含精變光彩，上薄青雲霄。願君勿棄置，佩此長在腰。南山有猛虎，西江有長蛟。斫蛟取猛虎，始貴非鉛刀。

白馬誰家子，翩翩新少年。寶帶千金裘，鞍垂兩櫜鞬。五侯爭馳鞚，七族莫比肩。來往長楊間，捷出飛鳥先。朝從羽林獵，夜展秦樓筵。前楹列庭實，中庖具珍鮮。趙女舞雙袖，吳姬調七絃。張急調高起，酒盡意彌堅。恨無美人贈，中激壯士肝。睽離各自愛，重來還復然。

節節復促促，雄鳴雌自續。借問此何音，有鳥人不畜。三文被身體，五采爛盈目。聲諧九成奏，靈出衆羽族。自從阿閣傾，再改岐山卜。千年不來儀，四野多殷殰。世德誠已微，天路清且穆。願因東南風，吹度玉笙曲。

長安萬里堠，日日送遠行。輕車列千駟，驃騎懸雙旌。西出横門道，意氣傾公卿。鈹戟夾左右，部曲聯若星。疾驅呼延塞，深入休屠城。旄頭無時落，邊風旦暮驚。刻功燕然石，受爵天子廷。既獲世間願，復垂身後名。借問毛錐子，區區何所營。

梧桐生朝陽，不附衆木林。上枝拂雲漢，下根固重陰。歲久材質古，斫爲姚氏琴。朱絃絙横理，加以玉與金。徽軫何粲粲，清彈揚妙音。重華不可見，懷思意何深。

千里不唾井，與君相別難。風塵雖異路，恒願同悲歡。在金莫爲玦，在玉當爲環。聯以翠織成，宛轉衣帶間。相望胡與越，寸心良自堅。日入已三商，憂來翻百端。遥遥託清夢，不知寒夜闌。

日長自愛惜，夜長復悽惻。人生幾何時，少壯已非昔。凉風動萬里，起念南與北。山川路杳杳，車馬去不息。燕趙高聲名，荆揚壯材力。仲尼七十説，未遇身削迹。爲雲不上天，焉能雨八極。

昔聞崑山禾，結實大如黍。一食能療饑，再餐可輕舉。大和溢肌發，含真逐仙侶。左盼東華君，右招西王母。蒼籙手共開，金册笑相旅。后皇降嘉種，寧遣同宿莽。杲杲晨出日，祁祁載陰雨。煦被非一朝，長此千萬古。

飲酒須飲醇，結交須結真。貌合不足貴，言合寧可珍。長安桃李樹，家家自陽春。常時握手者，孰是同心人。吴中有雙劍，一奉洛陽賓。精靈颯以合，萬里情相親。

示順生四首

去日不可追，來日猶可期。朝採六藝英，夕玩忘其疲。海是衆水積，聖亦途人爲。挾册自有得，焉用比臯夔。

明招山中人，高義無等倫。恨子弗見之，一去五百春。我學如贅疣，未成先誤身。誤身身不淑，誤世心不仁。

大音在天地，浩浩空山河。作者推李杜，千古未足多。至哉風與雅，采之委巷歌。世人事雕琢，伐柯徒伐柯。

嚴霜十二月，鷄鳴思遠道。遠道方迢迢，客行何草草。朅從汴水來，復鼓秦淮棹。秦淮梅柳樹，物色今年早。

東望赤城山送人

東望赤城山，遠在滄海頭。雨雪方霏霏，行人不可留。衣裳好結束，文采珊瑚鉤。早傳一札書，爲報東諸侯。書報東諸侯，藿食懷遠憂。鄭虔所臨郡，山多少田疇。居民煮海水，海盡民始瘳。丹丘有羽人，歲晏長悠悠。

遊仙詩

夙志慕仙術，笑傲人間春。朝陪瑶池燕，暮揚滄海塵。道逢安期生，邀遊乘采雲。粲然啓玉齒，遺我紫金文。天地此中畢，世人不得聞。受之今十年，留待逍遥君。青鳥從西來，飛去扶桑津。寄書久不到，白首悲秦人。

寄陳子尚録事

東甌有一士，周遊吴楚間。一歲一歸養，四十來作官。人生貴得意，寄書忽長嘆。芳蘭委蔓草，霜露復摧殘。寸心欲焉託，相望隔山川。出門道路修，起伏千萬端。直性不得遂，此道自古然。寄書當路者，下流良獨難。

至正壬辰之春余卧病始起遭時多故奔走山谷間觸物興懷忽復成什合而命之曰雜興

早歲苦憂患，况茲抱沉痾。展轉不能寐，夙夜如枕戈。骨肉交相持，朋友亦屢過。感時寒燠易，無乃久愆和。石閭有三秀，崑丘多玉禾。達人貴知命，永言心匪他。

病起不飲酒，客來意何如。四座皆春風，燕燕深相於。富有富貴交，賤有貧賤趨。古意吾所愛，今人寧見迂。忘情衡門下，言笑色臾腴。忽淹嵇康駕，何煩翟公書。

水煩魚不大，馭促馬已疲。法令貴寬厚，牛毛安所施。秦風蕩六合，賦役懸高卑。料民事隱核，簿書日孜孜。君卿嘗見嗟，諒者以爲宜。其勢如張弓，後來誰弛之。詩人詠豈弟，勞人千載思。

緣山列城郭，歲久亦已頽。羽檄來何方，工作殷如雷。六丁運巨石，泉扉蕩然開。不知誰家墳，暴露骨與骸。古碑置城頭，嘆息三徘徊。死者何所知，但爲生者哀。

巴陵韓希孟，淑質自天挺。一爲軍中虜，視死猶一瞑。自云瑚璉器，不肯作溺皿。借此清江水，葬我全首領。願魂化精衛，填海起成嶺。皇天如有知，許我血面請。書帛字不滅，千歲光炯炯。躑躅戎馬間，丈夫可以警。

野王有二老，矯若雙鳳雛。不棲惡木枝，寧啄中田稃。翱翔千仞上，覽德周八區。赤符啓帝子，鏘其應瑶圖。一鳴洞黈纊，再舉凌天衢。飄飖不可縶，漢網亦已疏。至哉高尚風，念此其誰歟。恐非嚴光倫，意乃董公徒。偶家長山下，遂與世途遠。泉聲挂屋角，曉見池水滿。日出生清華，風來送餘善。大化無端倪，寧謂心有眼。牀頭遺古書，歲月忽已晚。玩之不能了，聖哲有憂患。

卧龍岡觀賈秋壑故第

宋祚移東南，會稽國内地。白日照城郭，相君開甲第。蜿蜒卧龍岡，高出列雉背。審曲立萬楹，增雄逾九陛。飛栱凌丹霞，交疏激清吹。上極高明居，下有幽深隧。棲甲戒不虞，爲計亦已至。以此忠社稷，寧復憂隕墜。揚揚昧所圖，擾擾復多制。崦嵫日西薄，祝栗風南厲。魯港十萬師，聞鉦一聲潰。木拔本先蠹，堤壞川如沛。詩人謹厲階，人禍豈天意。摩挲岡頭石，零落重奎字。山川一何悠，蒼莽鴻飛外。舊時賀老湖，酒船總堪繫。吾寧慕賢達，聊以抒長慨。

吕梁碕

河水趨山東，四瀆無險塞。吕梁扼其衝，凛若萬强敵。水勢與石鬭，終古怒未息。舟行齟齬間，衆挽不餘力。進始逾跬步，退忽落千尺。長年起相語，兹土神所職。登祠奉嘉薦，拜跪陳下臆。船頭勇牽纜，檣表高掛席。好風東南來，送我天北極。叱馭誠足欽，垂堂詎遑恤。昔聞莊叟言，有山在離石。懸水三十仞，魚鱉皆辟易。孰窺天地性，遂拯生民溺。鴻飛九州野，吾願觀禹迹。

夜過梁山濼

日落梁山西，遥望壽張邑。洮河帶濼水，百里無原隰。葭菼參差交，舟楫窅窈入。劃若厚土裂，中含元氣濕。浩蕩無端倪，飄風向帆集。野闊天正昏，過客如鳥急。往時冠帶地，孰踵萑蒲習。肆噬劇跳梁，潛謀固壞蟄。古雲萃淵藪，豈不增怏悒。蛙鳴夜未休，農事春告及。渺焉江上懷，起向月中立。

書黄賀州平蠻事後

荆楚綿百越，襟帶極遐裔。連山限車轍，外薄海無際。風氣何紛厖，群蠢動相噬。古雖郡縣置，畫地出租税。負險恒自固，犬牙植形勢。聚若蜂蟻來，散如鳥鼠逝。堯仁不能覆，往往思一薙。懸兵萬里外，暴路蒙瘴癘。亦有内齊民，詿誤混狂猘。巢穴牢弗破，根本先自殪。天遺槃瓠種，出入民患害。聖哲戒不虞，窮討諒非計。皇靈冒下土，赫赫火俱厲。日月所出入，有生盡懷猍。賓賀崎嶇間，苞櫱久聯締。遣吏得黄侯，爲國開信誓。王師不血刃，緌頰下椎髻。列功奏天子，璽書遠頒賚。賜以大銀碗，副之金帛對。嶺海數十城，安得百其喙。我聞范史言，此屬非難制。力弱校弄薄，非可羌戎例。漢廷慎擇守，祝良復誰繼。侯今鬢盡白，侯心甚豈弟。分符浙水上，應念東人勩。蠻猺尚有知，東人敢忘惠。

作詩勸不隕，庶以示來世。

西村老人隱居

振轡起陳力，投簪遂辭禄。吾今見伊人，逍遥在郊牧。令節春載陽，芳辰日初旭。鳥鳴高樹顛，牛飲澗溪曲。翳翳桑柘陰，藹藹來牟熟。耰耔返故畬。經過候新躅。高榻生風凉，練衣無暑溽。披帙欣自悟，臨觴復誰屬。情真不肅客，意豁已忘俗。列生談力命，老氏貴止足。

夜宿寶石精舍

出郭隨稚子，薄暮投山扉。葉落故園樹，危柯風更悲。勞生各已息，不知夜何其。上人池閣中，燈火深相依。盈樽豈無酒，多病久不持。啖我園中果，飽我以豆糜。出户見明月，踏月褰裳衣。悠悠故意長，落落新知稀。冉冉歲云暮，百爾慎所歸。

京口紀行

大江風西來，波濤一何浩。我舟不得發，排徊越昏曉。衡運已朔易，曜靈忽東杲。早出南徐州，草乾霜露少。慘慘沙塵飛，軋軋車輪繞。寒氣來薄人，重裘僅如縞。日高衆鳥翔，天末孤帆杳。川流與岡勢，合沓自回抱。人生大塊間，孰能出其表。勉爲辛苦行，益見顔色槁。人言野多虎，前驅善相保。顧非千金軀，祇欲杖穹昊。共子陳此情，歸來卧蓬島。

南京遇蘇平仲編修

南州苦寒月，雨雪久不霽。風沙滿長道，四顧心飛揚。君子有行役，束書歸故鄉。故鄉浙水上，遠在天一方。父母及兄弟，昔别今五霜。我昨來自東，音問不得將。爲言起居好，良足慰子腸。巍巍帝王都，濟濟人物場。噦噦争先鳴，翩翩乃高翔。六館走相送，如惜孤鳳凰。惜兹歲華晚，眷彼川路長。卧聽吴門鐘，歸共越人航。上堂拜家慶，兄弟同樂康。懽言酌春酒，拜舞迎春陽。願言千丈暉，長照百年觴。

歸故山

西阜高見日，今朝故山裏。萬木風已微，白雲忽孤起。池邊記昔行，城郭無人至。三秋相望深，獨抱悠悠意。出郭懷所親，復上橋南路。大田美多稼，嘉澤何愆度。人皆望秋實，凄其已風露。策杖陂中行，低佪亦奚故？

命童

今晨雨新歇，日出東南隅。草樹有佳色，當軒散紛敷。懽言命童僕，治我園中蔬。幸此琴册暇，且復一荷鋤。雖有黽勉勞，良足具中厨。但恐惡草長，不治成荒蕪。世事每如此，豈敢忘勤劬。

青霞洞天偕章三益僉事觀石枰

太末一爲客，倏忽三四齡。常恐玄髮變，未諳滄海情。今晨屬休暇，文彦皆合併。方舟濟沙步，飛蓋指巖扃。青霞天之表，赤日午正停。息陰無擇木，抱渴無藏冰。寧知大火維，有此真福庭。巨石跨千尺，如梁架青冥。深疑地肺開，洞見天光明。玉樹交左右，禽鳥無一聲。凉風度澗水，炎濁蕩然清。昔聞偶弈者，坐隱交心兵。相持勢方急，旁睨耽若醒。柯爛胡不歸，海枯固其恒。蠻觸遞翻覆，大化何由停。不如飲美酒，且置石間枰。

張節婦

人生爲夫婦，結髮相因依。恩愛在偕老，零落中路歧。夕坐守空閨，晨興簪惡笄。身爲張氏婦，煢立將安歸。願言持寸心，如石無改移。上奉百歲姑，下哺兩男兒。兒雖媵所出，孰匪夫體遺？忝嘗苟有託，門户亦足持。瞻望恐弗及，劬勞庸敢辭。鄉人敬婦德，縣官尊母儀。二子伯與仲，孝思長不衰。相見髮種種，猶説襁褓時。故家海東頭，波濤誠渺彌。獨有雙柏舟，可以濟艱危。行者曾弗操，令人怨蛾眉。

桐谷山房

客從山中來，爲言山中居。種樹不作琴，清陰常繞廬。翛然窗几間，中有竹素書。上窺聖人奥，下抉百氏殊。寥寥千古意，問子今何如。勿學臧與穀，亡羊苦多途。願企心齋人，不遠復爾初。歸撫庭前柯，應見雙鳳雛。

集外詩一首

送吕君采元史北平

又見陳農去，遥臨析木墟。山川遊幸後，文獻亂離餘。備極傳聞異，歸從直筆書。百年殷鑑在，盡獻玉階除。

貝助教瓊九十首

瓊字廷臣，一字廷琚，崇德人。年四十八始領鄉薦。張士誠據吴，隱於殳山，累徵不就。洪武三年，徵修《元史》。六年，除國子助教。八年，遷中都國子學助教，教功臣子弟。十年，致仕。明年，卒於家。按諸集並載貝瓊，無貝闕，《光岳英華》載貝闕廷臣，無貝瓊。程慶琥《會選》則貝闕、貝瓊並列。據陶九成《輟耕録》載姚文公嫁妓女事，云「嘉興貝闕有詩」，今《真真曲》載在《清江集》中，而貝瓊本字廷臣，則闕乃瓊之别名，非兩人也。今正之。

雜詩二首

春山一雨過，百草皆縱横。百草不出山，山中人遠行。懷金别妻子，殉禄辭父兄。寒暑忽已易，燕趙千里程。龍門能碎舟，風浪安可争。性命輕鴻毛，苦爲朝暮營。愧此山中草，萋萋林下生。

薛公未罷相，賓客競相傾。一朝偶失意，門無珠履聲。貴賤已如此，何論死與生。秋燕辭空室，春蝶抱留英。盈虚信物理，聚散亦人情。達士甘寂寞，力耕謝華纓。道尊豈戀禄，心遠孰希名。腐鼠非吾餌，朱鳳以時鳴。悠然動遐想，五鼎益爲輕。

真真曲有序

姚文公爲承旨時，一日，玉堂燕集，聲伎畢奏。有真真者，操南音，公疑而問之，泣對曰：「妾建寧人，西山之苗裔也。父司管庫於濟寧，坐盜用縣官財，賣妾以償，遂流落倡家。」公憫之，遣使白丞相三寶奴，爲落籍，且謂翰林屬官王（太宗御諱）曰：「汝無妻，以此姬配汝，吾即其父也。」賫裝皆出於公。杕字杕華，後官至翰林待制。噫！以西山之賢，子孫陵遲，疑不至於此。然辱於始而正於終，是亦天也。《篔谷筆談》記其事，予乃賦四十二韵，而沉鬱悽婉，亦足以盡其大略矣。

斷絲棄道邊，何日緣長松。墮羽别炎洲，不復巢梧桐。請君且勿飲，聽我歌《懊儂》①。在昔全盛時，冠蓋紛相從。盤遊易水上，意氣天山雄②。金刀手割鮮，酒給葡萄濃。坐有一枝春，秀色不可雙。娉婷劉碧玉，綽約商玲瓏。寶髻金雀釵③，已覺燕趙空。或聞操南音，未解歌北風。上客驚且疑，姓字初未通。問之慚復泣，乃起陳始終。妾本建寧女，遠出西山翁。父母生妾時，謂是金母童。梨花鎖院落，燕子窺簾櫳。迢迢官朔方，南歸山水重④。侵貸國有刑，桎梏加父躬。鬻女以自贖，白璧淪泥中。秋娘教歌舞，聲價傾新豐⑤。永爲倡家婦，遂屬梨園工。覽鏡拂新翠，吹簫和小紅。身居十二樓，屢入明光宫⑥。京華多少年，門外嘶青驄。自傷妾薄命，失路隨秋蓬。不如孟光醜，猶得嫁梁鴻⑦。客聞爲三嘆，祖德寧未崇⑧。回黄忽變緑，人事何匆匆。有客傷緹縈，無人憐蔡邕。遣使白丞相，削籍歸舊宗。小史三十餘⑨，勿恨相如窮。配汝執箕帚，今夕看乘龍。鴛鴦并玉樹，鸚鵡開金籠。銀甲不復整⑩，紅牙不復從。提瓮自汲水，絺綌亦禦冬。應非事羊侃，頗類歸建封。琵琶感商婦，老人猶西東。崔徽怨憔悴，浪寫丹青容。依依章臺柳，落絮春無踪。小妾恨題驛，竟與瓊奴同⑪。時多困坎坷，事或欣遭逢。焉知百尺井，欻登群玉峰。借問爲者誰，内相姚文公。

〔元〕陶宗儀《南村輟耕録》卷二十二《玉堂嫁妓》引

① 原注：「陶引無『請君』二句。」

② 原注：「『在昔』四句，陶引作『昔在至元日，六合車書同。玉堂盛文士，燕集來雍雍』。」

③原注：「寶髻，陶引作寶釧。」

④原注：「南歸山水重，陶引作位卑食不充。」

⑤原注：「聲價傾新豐，陶引作屢入明光宫。」

⑥原注：「『覽鏡』至『明光宫』，陶引無。」

⑦原注：「『自傷』二句，陶引在『不如』二句後。」

⑧原注：「『祖德』句，陶引作『天道何懵懵』。又『回黄』至『蔡邕』四句，陶引無。」

⑨原注：「三十餘，陶引作『十八九』。」

⑩原注：「銀甲不復整，陶引作『棄汝桃花扇』。」

⑪原注：「『應非』至『奴同』十句，陶引無。」

十月既望鳳凰山晚歸

村黑畏衝虎，且復歸柴門。風林月未出，宿鳥争且喧。浮雲忽斷續，萬丈飛金盆。湛湛天宇高，光氣相吐吞。我行月還逐，是身亦無根。試求不死藥，飛騰同久存。老妻有斗酒，洗盞當前軒。酌酒消我憂，萬事俱忘言。

贈迮元霖

迮生固長貧，賦詩朝忍饑。破裘連百結，但覺詩愈奇。鏘然擊天球，未作秋蛩悲。嗚呼識者死，舉國無人知。鼓柁洞庭湖，遠過三高祠。我無一斗酒，爲生開兩眉。宇宙非不大，四顧將安之。日落萬山黑，百鳥争寒枝。翩翩五色鳳，寂寞雙翅垂。聖人坐明光，遲汝一來儀。

耕樂軒

隱者東海頭，安時事耕鑿。有田百畝餘，相率治墝埆。我稼没牛腹，我書掛牛角。三洲雷雨均，既耕必有獲。吹籥賽田租，操豚不爲薄。上給縣官租，酣歌見真樂。江南風景異，况乃賦斂數。連雲桑柘盡，池臺總零落。尚恐兵未休，遠近無土著。全生虎豹群，豈忍厭藜藿。

郊居

直木惡爲輸，疲馬思卷旆。匡時既非才，處約斯寡悔。采《詩》鑒興亡，讀《易》明進退。永懷嵇阮放，甘與沮溺對。

送潘時雍歸錢塘

海縣兵未息，公子今何之？酌君葡萄酒，聽我《白苧》詞。憶昔來黄灣，始爲桐子師。諸生老伏勝，説客慚張儀。連牀風雨夕，秉燭聽新詩。殷殷金石聲，真足解我頤。同居石壁下，斗柄倏三移。脱略勢利交，所貴兩不疑。久懷地主恩，亦有蓴鱸思。束書向錢塘，磬折從此辭。錢塘實都會，西湖天下奇。朱樓起相對，上有千蛾眉。羽衣何翩翩，處子冰雪肌。樓前五陵兒，並馬金鞭垂。酒酣復張樂，但惜白日馳。近者屬凋喪，不及全盛時。空山鳳凰去，月黑號狐狸。春風吹行殿，碧草生荒基。何當從子游，觀濤酹鴟夷。辛苦草《太玄》，徒爲廉藺嗤。子實濟時具，飛騰方在兹。匠石既已遇，小大隨所施。從容宰相前，奮舌論安危。豈無一尺棰，盗賊不足笞。天空羽毛急，水涸舟楫遲。臨歧更揮泪，中年傷别離。

答客一首

竊禄非本性，適彼南山阿。藜藿日不充，慷慨獨商歌。有客向我言，與世同其波。商君震七國，季子傾三河。區區守章句，白首成蹉跎。念之爲三嘆，所樂良已多。潛魚駭釣餌，飛鳥愁網羅。結駟非不榮，違己當如何。

春日宴滄州并引

歲在著雍涒灘，春三月一日，�谷高士合賓客序兄弟飲於滄洲。一曲平池湧翠，高閣延青，圓景中天，繁陰四合，微飆遠激，幽芳襲人，清醥在壺，嘉肴既旅，懲蟋蟀之刺儉，美伐木之求友。終宴忘疲，遷坐復酌。鳴葭間發，協朱鳳之相和；舞袖雙回，翩驚鴻之欲舉。嗚呼！蘭亭、金谷，會豈能常！滄海流沙，兵猶未息。慭神仙之無驗，宜曠達以爲高。用綴新篇，以紀雅集。詩曰：

天闊無留雲，山明洗新黛。過從屬休假，置酒滄洲會。柔荑緑堪藉，雜英紅尚在。累觴既不辭，秉燭還相對。清彈促哀響，秘舞呈修態。蘭亭今已矣，金谷徒增慨。大化會有終，四時寧復貸。厭厭夜無歸，從人譏倒載。

采芝生詩

負版行欲僵，飛蠅死猶集。赴燭夜蛾焚，好酒猩猩泣。所以思遠託，道路方險澀。寧希百金賞，豈慕千户邑。永言從我求，鷦鷯惟一粒。有材實爲累，無欲安所入。韓彭苦不悟，羞同匹夫執。商山今寂寞，高風邈難及。

讀史五首

吾憐閔仲叔，始辟懷喜懼。及其見司徒，喜懼亦皆去。勞苦非所堪，虛名豈相誤。用捨何必言，投劾時已暮。

周燮久不仕，身屈名四馳。玄纁一旦至，舉族更勸之。安知修道者，出處亦有時。慨然中途返，獨守東岡陂。

東漢多逸民，山栖久懷璧。法真亦逃名，詎屑三公職。求蟬在明火，求士當務德。此道今何如，其人安可識。

樊英抗高節，萬乘不能屈。設壇爲見之，豈若壺山逸。光禄位已崇，匡時竟無術。遂興張楷譏，尚待黄瓊出。

五侯濁四海，白日淪光輝。處士切憂國，空言相是非。郭泰不絶俗，申屠能見幾。朱鳳翔千仞，百世令人希。

歲初度日書懷

余生若小草，望成百尺材。强因客土植，苦被秋風摧。徒慚五十過，况經元二災。白髮不可變，青陽忽已回。未忘檗裹好，幾見桃花開。殘編掩黄石，虚室生蒼苔。故人且共棄，王孫誰復哀。終歸葛洪井，詎上鳳凰臺。衰榮置勿論，待月酌金罍。

初夏郊居二首

强學不知老，索居恒鮮歡。誓將從余好，山河阻且綿。淒淒風雨交，四月秋浦寒。夕寢不能旦，日高猶未飡。念之安所尤，通塞固有偏。庶無外患及，力稼或逢年。

仲夏桑扈鳴，氣清天愈高。新田已當治，南風翼良苗。田翁起相戒，庶務東作勞。豐年諒可必，忽爲蔓草交。嗟余失路久，竟負伊人招。屢空亦宜然，何日耕東皋。

對酒懷邵文博擬東野

今日忽不樂，緑酒徒盈樽。酌酒云解愁，愁生如有根。安得二三子，促席相與言。尚思滄洲地，十月花更繁。雲隨鶴蓋合，雪避貂裘温。終筵復秉燭，歌吹高堂喧。盈盈二八女，白苧鶴翎翻。月落猶未歸，清夜宿西園。到今題詩處，素壁龍蛇昏。荆揚忽雲擾，海内俱星奔。斷腸臨濠謫，回首潁上屯。昔如鷹脱韝，竟作駒在轅。淒涼城南路，甲第今空存。瀟湘窗下流，三神鎖朱門。江險隔秋夢，山寒啼夜魂。詎忘白璧贈，更戀綈袍恩。索居悵無匹，落葉滿孤村。

早春

山寒花尚遲，雪霽江已緑。懷新感遊子，哢節喧衆族。且同尊俎樂，幸免章綬束。更擬登前峰，青郊可遊目。

題盛蒼崖雁

八月鴻雁來，往彼天南陬。前飛倦已息，後至饑相求。日落洞庭晚，風高彭蠡秋。彭蠡多蒹葭，遠近彌汀洲。恒恐羽毛損，稱粱非所謀。寒門阻冰雪，異鄉安可留。徘徊念其族，天外復千儔。身今萬里客，肉非九鼎羞。慎爲弋者獲，遠寄征人愁。願以海爲池，上同朱鳳遊。飲啄全微軀，不愧波上鷗。

初冬

一氣變昏旦，洞房風露凄。田禽亦已化，秋蘭同蒺藜。爲客久成老，懷人殊未夷。慘慘白日暮，迢迢歸路迷。世衰不獲騁，天遠何由稽。永思讀書臺，言採山中荑。

擬東野

破屋夜通月，霜氣刀棱棱。病骨不受寒，卒歲仍無繒。殘燈吐復翳，僵卧如凍蠅。事業慚蒸沙，文章空鏤冰。已失國士意，頗爲年少陵。長歌獨慷慨，坐候東方昇。

秋　懷

露下百草變，凄凄天地秋。亦如中年客，玉顔安可留。山鳴迅商激，水涸行潦收。恩方改團扇，意復存弊裘。梧桐葉盡脱，孤雛夜啾啾。光景忽已逝，感之雙涕流。

擬　古

荆山一何高，上與天門通。猶聞産玉處，吐氣成白虹。懸藜混燕石，世已無國工。琢之懼不完，不如在石中。卞和趾再刖，玉亦悲無窮。吾今死抱璞，庶以全其躬。

晚　眺

極目登高丘，秋高淮泗平。淮泗東南流，故繞鍾離城。東京昔喪亂，英雄紛戰争。殺人及鷄犬，曠野寂無聲。悠悠千載下，復見新人耕。魏公今何在，銅臺春草生。公路冢中骨，豈憂王室傾。北海固爲豪，平原安可輕。時哉有屈信，漢道再昌明。

四月十日兒子翺翩來鳳陽留一月遣歸因令早營草堂殳山下爲止息之所云

老病不得歸，獨處長戚戚。二子江南來，眼暗初未識。生常戒垂堂，肌肉如雪白。一月長途間，海風吹盡黑。買酒爲相勞，問答向中夕。迢迢漢陽簿，春來斷消息。阿宣在母旁，頗知工翰墨。艱難且撥棄，頓使沈憂釋。所愧無定居，百歲半爲客。經營須及早，尚愛龍湫僻。況近讀書臺，雲銷四山碧。泉深出丹砂，地冷多琥珀。既非匡世資，庶遂陶阮逸。良辰戒僮僕，匆匆又南北。五月方鬱蒸，日氣成霞赤。出入非所宜，川陸慎所歷。惜别豈無淚，向汝難再滴。秋江有鱸魚，當挂吴淞席。

遊菩提山值雨宿存思庵

連山插天危欲崩，木客結構當千層。我來看山風雨惡，入山喜見靈泉僧。閉門留客共野飯，風回雨絶清無蠅。酒酣熟寢唤不起，夜深花落龕中燈。軒轅已恐即韓愈，許汜未可譏陳登。天明僮僕催欲去，却嘆世故來相仍。重尋曲折恐蹉跌，安得遠討閑支藤。林開川豁見鳥下，山寒石峻愁猿騰。呼舟獨返草堂路，他日重來共毾㲪。

鳳凰山歌

大城周回三百雉，紫微閣對吴山起。天目西來爲鳳凰，蒼然不過錢塘水。玉輦金輿北去賒，行人折盡上陽花。杜鵑夜叫葛洪井，燕子春歸蘇小家。燕歸不識更新主，王氣凄凉作風雨。城南楊柳鬱金黄，一束纖腰爲誰舞。

送浙省都事曹德輔運糧北上

屯田未開歲未熟，白粲一金才一斛。將軍初下山東城，使者復轉江南粟。颶風五月西南回，黄龍朱雀一時開。雷霆夜捶海若死，雲霧晝合天妃來。黑洋北去五千里，直沽近接金河水。内廷傳敕賜宫壺，侍臣出報龍顔喜。

天冠法師鄧均谷禱雨歌

至正辛丑秋七月，官河無舟死魚鱉。錢塘城中十萬室，鑿井深通海鰌穴。海底九烏朝並出，流金鑠石氣愈烈。我無快刃斫旱魃，構孽爲妖降吴越。老巫歌舞帝不悦，真宰之罪何當雪。天冠法師與天通，丹書鐵券呼龍公。石壇晝晦群神降，金支翠旗來半空。舉杯擲地霹靂從，澍雨一日聲如硔。三田白水禾芃芃，兒童滿道歌年豐。百金不顧歸空同，師豈瑣瑣貪天功。笑汝蜥蜴能爲龍。

次韻鐵厓先生醉歌

先生愛酒稱酒仙，清者爲聖濁爲賢。清江三月百花合，江頭日坐流萍船。左携張好右李娟，紫檀雙鳳鵾鷄絃。傾家買酒且爲樂，老婦勿憂無酒錢。白日西没天東旋，秋霜入鏡何當玄。蓬萊有路不可到，祖龍已腐三重泉。何如快飲三萬日，酒樓即起糟丘邊。願持北斗挹東海，月落枕股樓頭眠。

行路難

古有《行路難》，其詞非一。近見楊伯謙之作，則言其易而不言其難也，故申其義焉。

采玉于闐河，問君勃律何？時過采珠鮫人室，問君百粤何時出？珠玉歲久同爲塵，君胡重利不重身。海有波，缺我楫。山有石，摧我輪。行路難，出門即羊腸，何况萬里道。管叔危周公，匡人仇魯叟。尊有酒，盤有壺。鼓坎坎，歌烏烏。海不可涉，山不可徒，路旁之人愛爾玉與珠。行路難，我以爲父，安知非虎？我以爲兄，安知非狼？仰天悲歌，泣下沾裳。

董逃行

北風破肉胡兵利，漢將驅人死胡地。丈夫四出婦女號，長安十日城門閉。夜入南山忍衝虎，尚勝迢迢隨捕虜。城中有地盡蓬蒿，城下何人種禾黍。夜聞《董逃》四面歌，却思鄉土淚滂沱。

雨中

江南正月如臘月，花開未開春尚慳。空中白雨急飛瀑，海上黑雲深抱山。老夫閉門愁不出，十日西窗聽蕭瑟。公卿鞴馬五更朝，且獨高眠舒我膝。銅雀破瓦不補天，哦詩强學號風蟬。荒村無路竹鷄唤，載酒何人尋鄭虔。白頭爲農計亦足，棄書耕田買黄犢。

正月廿九日楊鳴鶴席上分韻得幾字

兩山昨夜風雨止，水漲新痕没沙尾。黄知彭澤柳初芽，紅見武陵桃欲蕊。老去逢春更惜春，平生酒伴誰知己。白髮楊郎古奇士，千金已散歸田里。閉門留客爲張筵，共喜一時成二美。小兒行觴不計籌，大兒割肉能操匕。冬殖下箸白於肪，秋藕洗泥寒刺齒。且須快意在今朝，况我中年會能幾。亂離相見亦偶然，海内交遊半爲鬼。顛狂豈顧傍人毁，但恨白日無淹晷。賦詩已覺無曹劉，駡客安知有程李。坐中一鶴能商歌，歌作連珠盡傾耳。風捲新聲入夜雲，豪竹哀絲静如水。若爲倒捲玻璃江，百尺高樓眠不起。

丁一鶴以疾止酒詩以誚之

一鶴先生老耽酒，夜飲一石朝五斗。春來連月醉如泥，窺户欣無太常婦。杜康昨者忽爲厲，鷞鵡不薦談天口。結交昔在王侯間，折節應羞兒女後。地經檇李却垂淚，日落君山獨回首。浪説北游年少時，結束正似幽并兒。朔風破肉雪埋脛，桃花駿馬如星馳。天街下馬意氣盛，胡女起問郎君誰。凉州葡萄不論價，龜兹觱栗當筵吹。安知反覆一秋夢，白髮漸滿紅顔衰。吴王宫中走麋鹿，真娘墓下號狐狸。出門兩足苦無力，强與老儒時賦詩。君不見人間萬事隨流水，别有乾坤醉鄉里。不如與君更挾兩鴟夷，李白陶潛共生死。

穆陵行并序

至元中，胡僧楊璉真伽利宋諸陵寶玉，因倡妖言惑主，盡發攢宫之在會稽者，斷理宗頂骨爲飲器，璉敗，歸内府，九十年矣。洪武二年正月，詔宣國公求之，得於僧汝訥所，乃命葬金陵聚寶山，石以表之。余感而賦詩。

六陵草没迷東西，冬青花落陵上泥。黑龍斷首作飲器，風雨空山魂夜啼。當時直恐金棺腐，鑿石通泉下深固。一聲白雁度江來，寶氣竟逐妖僧去。金屋猶思宫女侍，玉衣無復祠宫護。可憐持比月氏王，寧飼烏鳶及狐兔。真人欻見起江東，鐵馬九月逾崆峒。百年枯骨却南返，雨花臺下開幽宫。流螢夜飛石虎殿，江頭白塔今不見。人間萬事安可知，杜宇聲中淚如霰。

己酉清明

白紵衣鮮紫騮馬，清明酌酒梨花下。馬蹄一去不復來，梨花又見清明開。城南城北多新墓，日落啼鴉滿高樹。有酒誰澆千歲魂，子孫盡發濠州住。主人更勸金叵羅，阿鸞起舞玲瓏歌，生前不飲君如何。

余避地千金圩屢遊殳史兩山酒酣興發賦詩一首惜山中無賞音者空桑亦同於瓦器耳姑録以自娱云

神人夜割蓬萊股，蒼然尚作青獅舞。殳基得道此飛騰，煙火千家自成塢。前年盜起官軍下，存者如星才四五。我來欲置讀書牀，出入未愁穿猛虎。山寒月黑無人聲，夾道長松作風雨。佩環何日歸公主，泉下銅棺閟千古。石僕麒麟罷官守，林宿鵂鶹聞鬼語。苦耽勝槪惜殘年，共説當時悲老父。錦綉池臺已零落，田翁八十鋤新土。傷哉土俗尊巫覡，伏臘荒祠沸簫鼓。祠旁鑿井深不枯，雲氣隨龍有時吐。試上崔嵬望沃洲，直將培塿齊天姥。春前野桃渾欲放，雪盡黄精亦堪煮。興來起挾李長庚，重載琵琶雙玉女。

郭忠恕出峽圖

巫峽何危哉，夾拱如龍門。禹治九州不得到此，峽口水作雷霆奔。問汝江中人，幾日三巴去？峨眉五月銷古雪，灔澦堆深虎須怒。巫峽之險安可攀，胡爲吴檣楚柁日日來往乎其間？高堂中有如花顔，銀屏翠箔青春閑。涉此萬里道，經年猶未還。黄金不買死，直欲高南山。汝舟非龍汝非虎，黿鼉出没饞蛟舞。前者已脱後者號，江神無情天又雨。石巉巖兮利刃攢，一葉宛轉行千盤。睹此魂魄悸，豈待杜宇夜叫猿聲酸。安得鑿之盡平土，萬古不識風波苦。

送迮士霖歸天台

赤城雲氣神仙家，千樹萬樹蟠桃花。十二樓臺起花外，石門水長通胡麻。當時劉郎亦草草，出山却憶山中好。莫信丹丘日月長，玉人已共桃花老。山空水流雲自飛，劉郎看花須早歸。

張繼善寄桃源圖因賦詩

張生寄我《桃源圖》，桃源有路歸何日。高堂坐見武陵溪，犬吠鷄鳴猶仿佛。雲氣挾山山欲行，山窮水闊桃花明。仙家只在流水外，世上無人知姓名。一日花間問漁者，山河百二如崩瓦。赤帝西來祖龍死，復見同槽有三馬。太康去秦六百秋，子孫生長不知憂。商顔黄綺亦何事，白髮出侍東宫遊。龍争虎戰俱寂寞，絶境空存已非昨。種桃何必指秦人，春到花開又花落。

題董源寒林重江圖

天下畫師無董源，學者紛紛工水石。雲山萬里出巴陵，白首淮南見真迹。亂石平坡凈無土，松根裂石蟠龍虎。偃蓋千年飽雪霜，深林六月藏風雨。江上村墟何處入，浮空遠黛蛾眉濕。漁人日暮各已歸，小舟如鳧落潮急。我昔西清嘗看畫，南唐此本千金價。坐移絶境在雲間，月出霜猿啼後夜。薄遊未挂吴淞帆，令我一夕思江南。安得買田築室幽絶境，開窗日日分晴嵐。

送王克讓員外赴陝西

貂裘萬里獨衝寒，舊是含香漢署官。白雪作花人面落，青山如鳳馬頭看。關中相國資王猛，海内蒼生望謝安。應念東南有遺佚，採芝深谷尚盤桓。

十月聞雷

天氣初寒春尚賒，坎中夜半有鳴蛙。百年宇宙腥戎馬，十月雷霆起蟄蛇。老柳黄垂霜後樹，小桃紅破雨中花。三公燮理非無術，愁聽空江度鬼車。

清明日陪楊鐵厓飲城東門是日風雨

蕩舟撾鼓出東門，怪雨盲風野色昏。海上一春猶作客，樓頭三日共開樽。青山石馬新人冢，錦樹黄鸝舊相園。快意百年須痛飲，轉頭何處不銷魂。

即　事

少海旌旗落照中，沙陀兵馬鴈門雄。朝宗久廢諸侯禮，翊戴方尊節度功。今日豈宜求騎劫，當年應失倚全忠。丹書鐵券存終始，萬古山河帶礪同。

經故内

山中玉殿盡蒼苔，天子蒙塵豈復回。地脈不從滄海斷，潮聲猶上浙江來。百年禁樹知誰惜，三月宫花尚自開。此日登臨解題賦，白頭庾信不勝哀。

雨中書懷

漢苑秦宫迹已陳，金沙一簇爲誰新。山河有恨空懷古，風雨無情只送春。南國鷓鴣愁北客，東家蝴蝶過西鄰。尊前莫唱昇平曲，白髮秋娘也自顰。

秋思三首

兩河兵合盡紅巾，豈有桃源可避秦。馬上短衣多楚客，城中高髻半淮人。荷翻太液非前日，花落蕃禧又暮春。莫上高樓望西北，遠山猶學捧心顰。

翠柳無枝拂御堤，風來閶闔更凄凄。玉籠别主鴛鴦拆，金井啼秋絡緯齊。水上拾紅韓氏女，窗間織素竇家妻。傷心又送韶華去，直似黄河不向西。

悵望知音阻漢皋，海門秋水欲成濤。鷓鴣未肯隨胡雁，燕子長教辟伯勞。錦繡莫酬青玉案，琵琶空續紫檀槽。可堪獨閉簾櫳坐，花影鋪階月正高。

庚戌九日是日聞蟬

今日出門風雨收，東山西山須可遊。那能束帶從王事，且復開樽破客愁。雁别紫臺初辟雪，蟬鳴紅樹不知秋。桃花細菊應相笑，歲月無情自白頭。

一月一日病中口號

新年猶苦病相侵，白髮無持自滿簪。五柳先生蓮社約，四明狂客鏡湖心。滿城風雨花時過，曲水東西草色深。明日兩峰茅屋下，故人持酒一開襟。

送楊九思赴廣西都尉經歷

邛筰康居路盡通，西南開鎮兩江雄。漢家大將推楊僕，蠻府參軍見郝隆。象迹滿山雲氣白，鷄聲千户日車紅。明珠薏苡無人辨，行李歸來莫厭窮。

送朱質夫赴寧遠知縣

萬里番禺自漢通，乘槎有客氣如虹。地分銅柱風烟外，山涌瓊臺雪浪中。帝子旌旗何處問，黎人衣服與時同。興來好和蘇公語，又度西南月半弓。

和張思廣九日韻時王景行有約阻雨不赴

秋藕無花寄斷絲，拒霜猶學漢宫姿。錦袍江令還家早，白髮秋娘對客悲。剩水殘山留勝概，酸風苦雨失幽期。未慚寂寞陶彭澤，更把黄花盡一巵。

過渤季潭長老三塔院飲于志遠宅賦詩

城南看花花正開，清明微雨灑塵埃。路從周處臺前過，山轉曹彬廟下來。墮地遊絲輕復起，近人嬌燕去仍回。高歌擊節狂歡賞，共盡生春酒一杯。

殳山隱居夏日

病客從教懶出村，兩山一月雨昏昏。野花作雪都辭樹，溪水如雲忽到門。無復元戎喧鼓吹，試從田父牧鷄豚。來青處士時相過，猶是平原舊子孫。

冬　夜三首

月斜窗户白，不寢夜何長。避亂多空室，偷生且異方。安巢無燕雀，競肉有豺狼。脈脈如葵藿，傾心待太陽。

歲月悲遊子，風塵老腐儒。兵交連北冀，客隱向東吴。草白秦皇道，天清陸瑁湖。昔時游樂處，撫事一長吁。

水闊三江地，山空十月時。寒花禁露變，獨樹受風欹。老大將何事，漂淪幸託兹。不忘憂國意，展轉復成詩。

寓翠巖庵二首

蓮社僧相引，柴門客屢回。日高人語静，風遠佛香來。碧愛琅玕繞，紅看躑躅開。便應從此老，城郭有塵埃。

蠨蛸當户罥，科斗滿池生。可惜春光去，何時晚計成。病多添越思，愁減發秦聲。此意無人會，芳樽且獨傾。

晚眺

極目三邊静，傷心萬室空。斷山明落日，飛藿捲迴風。漢節無歸使，夷歌有野童。煙塵幾時息，歸釣古城東。

過王景修

不識滄洲路，還經白石磯。林深烟似織，江黑雨初飛。野店多先閉，漁舟獨未歸。幽人宅已近，薄暮扣柴扉。

甲辰元旦

五十今朝過，談經滯海濱。天陰不見日，地冷未知春。染翰題新語，開襟待故人。宫花遍朝士，那上小烏巾。

寒食

不知春已過，一月雨聲中。蒲短初侵水，花殘更受風。病疑耽酒過，窮覺向詩工。失喜聞鶯語，飛來草屋東。

夜泊

四更風露静，欹枕獨無眠。野闊天斜倚，江清月倒懸。誰家横塞笛，有客蕩歸船。可惜雲深處，凄凉不及前。

暮春雜詩二首

世亂疲奔走，空傷萬事非。塞鴻還北度，戎馬未南歸。樂土居人散，豐年野客饑。閉門風雨過，一徑落紅移。

四海尚風飆，千門轉寂寥。傳聞收土地，思見復征徭。節士心肝在，將軍髀肉消。何時聽野老，鼓腹頌唐堯。

澄林客居一首寄戴良佐沈復東

借屋暫移家，當門亦艤槎。地蒸雲觸石，江漲雨崩沙。盧橘初垂顆，冬青未落花。老夫無一事，日日醉流霞。

排悶

白首尚爲客，飄飄天一涯。耳鳴通夜雨，眼暗隔年花。畏酒從今斷，題詩浪自誇。有村如栗里，準擬更移家。

壬子冬至日過來青堂三首示勉中祖南二友

浪跡依劉表，忘形見陸生。山中釀酒熟，雪後具舟迎。好學來諸子，論詩過二更。窮愁一披寫，杯盡更須傾。

衣冠且從俗，猶有晉風流。我愛陶貞白，人稱馬少游。蜂房寒未割，鷄栅暖宜修。不必論三仕，何如號四休。

擾擾知何事，人間即夢間。試從千佛轉，能見幾人閒。水落元通月，雲行不礙山。長歌和樵者，日暮枹薪還。

題馬文璧畫

小橋危跨壑，破屋幸依山。避地人相過，朝天客未還。麝眠春草外，猿掛古松間。寂寞南窗日，殘書亦久閑。

黄灣述懷二十二韻寄錢思復

海岱初雲擾，荆蠻遂土崩。王公甘久辱，奴僕盡同升。遠適將妻子，端居謝友朋。草堂森苦竹，瓜圃蔓寒藤。地盡山光斷，天昏海氣蒸。夜深常畏虎，秋後更多蠅。鶴髮愁難理，烏皮懶自憑。娉婷羞不薦，齷齪怯先登。拔劍歌誰和，聞笳寢復興。過逢欣已絶，疾病恨相仍。自擬秦民去，重煩魯使徵。吹毛多見謫，刺舌尚須懲。耆老惟君在，文章對客矜。才全懷白璧，道重比朱繩。虎榜名非忝，鷄林價盡增。極知童子陋，深愧大巫稱。最憶春停騎，高談夜剪燈。病駒終棄擲，生鶻必飛騰。跡已從信屈，時多任愛憎。賦詩閑莫廢，好事老猶能。漢月今頻滿，天河本自澄。山陰有孤棹，雪下興還乘。

丁未除夕

東風來日本，北斗辟玄枵。坐並華榱蔭，班違紫禁朝。清觴陶令節，明燭炳通宵。曲任蛾眉唱，香添鵲尾燒。俗傳儺逐厲，事類博成梟。舊疾應全減，新歡且共要。壓城雲暗度，侵幔雨斜飄。紅拆叢梅萼，青緘弱柳條。明朝還獻歲，更頌玉盤椒。

壬子夏端居二湖與二三子讀書而苦熱如焚一坐四遷杜少陵發狂大叫非過言也回思雲間時往來吕邵二族其地有林藪之美池臺之勝可以避暑而遊士寓公咸會於此相與窮日夜爲樂及兵變之後所至成墟海内忘形半爲異物感衰榮之無定悼生死之相違遂成三十四韻粗述其事云

地僻從吾放，山深少客過。昏昏蒸酷暑，鬱鬱抱沉痾。斷酒愁爲敵，拋書睡作魔。雲生空望雨，水涸不通河。唱和聞蛙吹，遨遊記鶴坡。輞川移絶境，瀑布激懸波。數子論新好，諸翁樂太和。百篇齊屈賈①，五字逼陰何②。共哂佯狂徹③，焉知好辯軻④。冰壺清莫比⑤，鐵硯老猶磨⑥。公子時同載⑦，將軍夜不訶⑧。結交真有道⑨，與物總無他⑩。每喜方舟坐，何煩信馬馱。秋風千户竹，宿露半池荷。席賭藏鈎令，亭邀竊藥娥⑪。頗黎行凍蟻，瑪瑙進寒鼉。潦倒衣從濕，欹傾弁或俄。胡雛能觱栗，漢女善韃婆。對舞翻朱袖，群謳斂翠蛾。紛紛方大噱，浩浩漸微酡。壺中恒三馬，詩成愧一螺。如何棄俎豆，却復老干戈。落雁長淮遠，蜚鴻大野多。死生俱異域，出處不同科。淚泣荆人玉，腸回織女梭。祇憐成骯髒，及此嘆蹉跎。室已如懸磬，門今信設羅。凌霄縈小草，平地引危柯。水鳥浮沉戲，林蟬斷續歌。分甘留白屋，身免束青緺。晚牧幽湖上，春耕曲澗阿。丹砂尋舊井，金刹過祇陀。豈復同般樂，應知廢切磋。茫然感平昔，興發强吟哦。

①原注：「楊鐵厓。」

②原注：「鄭本初。」

③原注：「魯道原。」

④原注：「馬文璧。」

⑤原注：「夏景淵。」

⑥原注：「吕德厚。」

⑦原注：「夏士文。」

⑧原注：「邵質谷。」

⑨原注：「倪菊存。」

⑩原注：「倪耕閑。」

⑪原注：「有賓月亭。」

苕溪陸文寶挾筆過雲間持卷求余言而一時縉紳之作不啻百篇有論筆法自趙松雪用落墨而始廢者有爲筆卦者近膚學小子率意忘作類如此可嘆也已因賦五絶

近代何人下筆精，吴興松雪最知名。欲過大令歸前輩，競學中郎耻後生。

吴興松雪真奇士，書到通神逼二王。謾有兒童誇並駕，更無弟子得升堂。

退之作傳聊爲戲，子雲草《玄》真好奇。更有區區工畫卦，强分奇耦學庖犧。

石鼓鎸功元自缺，秦碑頌德久應訛。一時篆籀今誰解，白髮江南玉雪坡。

謾禿霜毫臨北海，更求雪繭寫蘭亭。也知不改無鹽陋，浪抹青紅鬭尹邢。

次韻邵篔谷暮春

處士渾同鄭子真，水南結屋與山鄰。已從竹笋生旁舍，不遣桃花誤世人。

辛亥七夕

五夜天邊輟鳳梭，長生殿裏望星河。玉環他日無窮恨，更比牽牛織女多。

東山趙先生汸二十三首

汸字子常，休寧人。師事九江黄澤楚望，受《易象》、《春秋》之學。隱居著述，築東山精舍以奉母。輔元帥汪同起兵保鄉井，授江南行樞密院都事。丙申内附，結茅星溪古閬山。洪武二年，召修《元史》，不願仕，還，未幾卒，年五十有二。子常於《春秋》發明師説，本經會傳，度越漢宋諸儒，當爲本朝儒林第一。周藩睦㮮叙元遺民堅守臣節，與伯顔、子中同傳，皆國史所當考也。

贈唐宗魯

驚飆振原野，草樹日已疏。客子懷故林，哀鴻雲外呼。九土人相食，煙塵暗長途。骨肉一分散，東甌定勾吴。側身無津梁，飛夢輕重湖。荆璞時未珍，所貴璉與瑚。棠溪古云利，百煉不受誣。憂患啓明哲，艱貞奮良圖。熠熠草上螢，青青澗中蒲。已感秋日短，復悲冬夜徂。陽光燭幽昧，陰蟄群生蘇。歸舟泛春濤，一觴酹伍胥。

浮丘祠

浮丘説詩秦漢間，龐眉鶴髮映朱顔。適逢偶語幾棄市，又見慢儒來溺冠。飄然長往不知處，遺迹宛在軒轅山。年穀常豐物無厲，石泉一盞薦甘寒。

贈吕仲善之北平搜訪遺事

龍庭返騎如飛烟，真人端拱收中原。北平圖籍載連舸，掛一漏萬無完篇。妖星夜半躔奎宿，山川千載還清淑。國書不使外廷傳，翰林青簡空如玉。監殷監夏思前車，詔起群儒當疾書。皇家制作貴傳信，未許太史徵無目。舊事遺文更搜訪，狼籍幽燕藉君往。五車上送見書成，一代興亡如指掌。

黄星行

八月十五夜未央，中天皓月懸清光。大星稀少小星没，出門四顧山蒼蒼。我生不讀甘石書，但見一星明且黄。今宵不見兒童怪，應隨斗柄西山外。石橋徙倚聞幽香，荷葉團團大如蓋。黄星明夜應復來，清露爲酒荷爲杯。舉杯漫與黄星壽，自古昆明有劫灰。

洛陽劍客歌爲程景陽作

洛陽古稱豪傑窟，奇材劍客尤超忽。漢家三十六將軍，劇孟歸來如敵國。争誇玉貝高拄頤，曼胡短後供兒嬉。平生耻學一人敵，胸中耿耿誰能知。功名何必慚廉藺，排難解紛聲愈振。白頭恨不當單于，誤身竟坐封侯印。長安卿相真庸奴，鬼妾鬼馬窮歡娱。一朝萬事成瓦裂，金錢果爲何人輸。君不見洛陽劍客藏名久，好盡中山千石酒。精靈變化會有時，莫遣光芒射牛斗。

登黄山煉丹峰尋昔人隱處

我遊黄山當嚴冬，雪消日暖無天風。欲求昔人棲隱處，發興况有高僧同。危矼側步目已眩，絶壁下瞰心爲忡。交流二澗瀉寒碧，樵牧不來蘿徑窮。嵯峨亂石大如屋，蹴踏豺虎登虬龍。手披灌木出林杪，仰從雲際窺奇峰。中高一柱揭南斗，旁扶兩岫森寒松。文楸萬本翠如織，宛宛内蓄何冲融。仙靈窟宅景象異，豈與下界同污隆。名姓無傳年代遠，只有藥臼留遺蹤。摩挲考擊三嘆息，悵不並世來相從。因憐李白升絶頂，空吟菡萏金芙蓉。幾年戎馬暗南國，眼前厭見旌旗紅。脱身長往宿有願，把茅不用煩人工。曹阮浮丘應好在，山南山北會相逢。

讀阮嗣宗詩

明月照北林，孤鴻有哀音。攬衣起坐彈鳴琴，憂忠徘徊獨傷心。可憐堂上生荆杞，空自繁華粲桃李。種瓜寂寞青門外，采薇悵望西山趾。芒碭雲歸大澤空，後百五歲無英雄。途窮慟哭無知者，沈湎狂言元目公。

觀輿圖有感五首

朝雨茅茨濕，披圖嘆禹功。山河一掌上，宇宙九疇中。水性惟趨下，民生本易窮。胼胝豈無事，大智與天通。

四履應難辨，三河尚可尋。功推城濮雋，澤想召陵深。問鼎猶懷惡，投龜肯易心。向無微管嘆，孰憶到于今。

轍已環諸夏，居猶憶九夷。難求伐木處，尚想饋豚時。夾谷真成謗，中牟不易知。惟存删述事，赫赫起周衰。

皓首陳王道，時君孰可當。艱難思稷契，容易託齊梁。越豈資冠冕，秦方用虎狼。空聞歸大老，不復見鷹揚。

雒邑空南渡，東都亦北轅。已符前五運，空憶後三元。分合巧相似，短長難等論。女真如拓拔，一統世中原①。

① 原注：「世謂漢、唐、宋爲後三代。」

丙申冬遊黄山

蒐括山林盡，誅求鳥雀悲。力微思引避，勢迫遂相夷。誤返屠羊肆，空憂漆室葵。浮丘如可覓，攜手訪安期。

楊行密疑冢

荒郊石羊眠不起，枯冢纍纍各相似。海陵冤骨無人收，豈有兒孫來擘紙。幾堆空土效曹瞞，石戰江南帝徐李。龍山突兀表忠祠，至今父老思錢氏。

和唐縣尹山居

早從上國接英游，晚卧滄江擅一丘。無復謝公攜處妓，空餘陶令去時舟。千章古木排雲起，一派寒泉傍石流。客至不須談世事，小亭已扁四宜休。

古箭渡夜談送金元忠

相逢歲晚詩更誦，燔盡枯槎談愈縱。短茨低覆結冰花，寒壓溪雲不成夢。竹帛烟銷黔首愚，紫芝一曲老商於。坑外竟逃真學士，浮丘雅頌濟南書。

丙申冬遊黄山

束緼迎門月墮初，同來有客共艱虞。幾年避寇今無地，何處誅茅可結廬。雪虐風饕樵客路，山囚瀨縶野人居。一簞肯許同棲息，寂寞殘生不願餘。

秋懷

莫怪人呼作病翁，長年藥裹愧無功。夢回左角鴻溝外，秋入南柯石火中。陽九適逢當日厄，大千曾悟本來空。跰躚鑿井寧多事，安得相携一笑同。

贈曹元達子

故人别我今幾秋，見爾難禁雙淚流。一家寄食悲南國，千騎擁麾雄北州。轉戰不知何處在，相逢未擬此生休。清門生理依諸舅，長大廢書吾漫憂。

次韻戲答留題東山者

詩翁扶醉上危巔，得意留題拂短垣。嗔喜未忘春夢後，是非猶記劫灰前。弓刀幾處排堅陣，風月何人共小軒。失脚黄塵應有恨，元龍終不羡求田。

唐伯庸以詩謝作讀書林記次韻答之

纏居原不見紛華，矮屋疏籬只一家。雪後松筠初换葉，春深桃李自開花。讀殘青竹無人到，覽罷黄庭已日斜。此道已來成寂寞，似君端合向人誇。

題九龍庵新樓

樓觀憑虚倚玉臺，遠涵空翠絶浮埃。璇璣宵轉星辰近，沆瀣朝盈户牖開。雷劈蒼崖龍起立，風翻碧海鶴飛回。仙家自信春長好，應笑胡僧辨劫灰。

鄰翁

世亂人心薄，年荒虎迹多。鄰翁近相戒，日暮少經過。

山居

高枝密葉一時空，倚杖沉吟落木中。亂後山居無紀曆，偶來林下見西風。

環谷先生汪克寬〔一〕三首

克寬字德輔，一字仲裕，祁門人。隱居環谷，教授爲大師。召修《元史》，固辭不仕。卒年六十九。環谷經學原本宋儒，程敏政贊曰：「考亭世適門生第四人也。」

〔一〕原刻卷首目録作「汪徵士克寬」。

題道士張湛然彈琴詩卷

嶧山白桐千年枝，金星爛爛蛇蚹皮。文光七軫水蒼玉，冰絃細繞吴蠶絲。舟山雲暖鳳凰語，露草寒蛩訴秋雨。娥英泣灑湘筠斑，遷客相逢話羈旅。翠岩懸瀑鏘瓊瑶，春霆霹靂轟層霄。瞥波細奔遊蕩漾，擘空輕絮飛飄飖。仙林鶴淚驚離别，老龍湫底吟寒月。海門送上子胥潮，澎湃奔騰捲晴雪。羽人瀟灑顔如仙，馮虚來往黄山巔。古音浄洗筝笛耳，何須更濯丹砂泉。

題李營丘畫驪山老姥賜李密火星劍圖

蒲山鋭額千牛客，蒲韉跨犢行無迹。掛角青編一束書，夢對重瞳意相得。昆吾寶劍三尺水，火星炯炯精光起。花冠仙姥授神奇，拜起倉皇驚更喜。犖南歃血盟玉盤，龍舟錦纜誅疵瘢。折簡唐公結昆弟，威凌六月嚴霜寒。豈知不學萬人敵，雄才空覺乾坤窄。九卿裂地藏雕弓，稠桑土蝕銅花碧。岧嶢古樹蒼玉林，丹崖慘澹霾輕陰。龍津欻忽風雲化，未須感慨荆軻心。

秋後雨

楚東五月天無雲，日光流金百草焚。南風吹山彭蠡涸，稻畦灼灼占龜文。木郎無神龍不起，牲牢熏燎徒紛紜。梧桐一葉炎官老，雷車轆轆天瓢倒。陂池泛溢失高低，萬畦青黄發枯槁。白髮田翁半憂喜，却憐久雨禾生耳。磨鐮欲穫泥濺胸，累日陰霾黑千里。何時木德守三星，五風十雨歌昇平。

朱長史右 八首

右字伯賢，臨海人，後徙上虞，爲文章淵淪深博。元末，累舉不就。洪武三年，宋濂薦修《元史》。六年，纂修日曆，除翰林院編修。明年，授經晋王，擢晋相府長史。九年，以疾卒。有《白雲稿》十二卷行於世。

遺安軒雜詠

林屋小如舟，老鶴長似人。昂藏立清曉，起舞玄羽新。高標凛寒骨，矚孤向霜晨。從來青田姿，蹁躚離風塵。俯首謝軒車，不與鷄鶩馴。

遣興

幽徑何逼側，蔓草没行路。此生苦不辰，出門畏多露。遲回蒙山居，仿像商顔步。藉藉春花萎，冉冉芳年度。寄語素心人，朱顔恐非故。

次韻答白雲悦禪師

向來同覽赤城霞，山寺吟行石徑斜。來往風流成二老，文章交好屬通家。平安屢問東橋竹，寄遠曾將小院花。支遁肯酬南塢約，相期歲晚度年華。

次劉伯温都事感興

大將宣威起執戈，功曹況復有蕭何。共鳴鞞鼓來酣戰，正擬前軍奏凱歌。天外愁雲連汴合，雨餘腥水入淮多。平居殊覺成寥賴，静夜驚聞涕泗沱。

憶鄉中諸故友

東麓溪頭蟹渚陰，故鄉幾度憶同襟。詩聯石鼎秋燈冷，韭剪春園夜雨深。白髮每馳張長夢，青山慵鼓伯牙琴。客牀寥落情無賴，月滿空梁强自吟。

春懷

舵樓空闊望京華，蘆荻江楓岸岸花。山色淡濃昏霧薄，水光浮没夕陽斜。故鄉鴻雁書千里，遠浦牛羊屋數家。邊塞柳營多苜蓿，石田徒憶舊桑麻。

次韻悦兑元見寄二首

逢人近問浄天鏡，今我重憶張貞居。曾將山淥開清晝，兼索溪藤寫素書。

于越山中謝傅家，舊時池館似東嘉。繼公幽隱經行處，簷葡新開一樹花。

王徵士彝一十九首

彝字常宗，其先蜀人，父官崑山教授，遂遷嘉定。自號嬀蜼子。以布衣召修《元史》，賜金幣遣還。又薦入翰林，以母老乞歸。洪武七年，坐太守魏觀事，與高啟俱伏法。常宗少孤貧，讀書天台山中，師事王真文，得蘭谿金文安之傳。其學遠有端緒，常著論力詆楊廉夫，以爲文妖。有《三近齋稿》。

露筋娘子詩并序

毗陵謝君子蘭，以其家藏米中岳所撰《露筋廟碑》刻本索予賦詩。按輿記云云，而《方輿勝覽》亦言云云，今碑乃曹氏所傳，其詞曰云云。予故爲追叙其事，而貫穿以碑所言云云者，以傳於代云。

淮城小如蓋，僻在湖草邊。蕭條城下路，昔有兩嬋娟。秋姿艷明月，相攜良可憐。小姑泣向嫂，薄暮慘墟烟。炎天值暑溽，一望白水田。穲稏雜稂莠，遠與蒲荷連。落日帶沙岸，滿耳雷闐闐。徬徨自相吊，所惜在青年。依稀雙影長，顧見返照前。修途行旅盡，惆悵不能還。夏蚊喧且起，著面劇霜鸇。囊空無帷帳，奈此萬觜穿。前村有鷄犬，燈火見歸船。茅茨出叢薄，隱約四五椽。匪無有帷子，叩門聊息肩。嫂云得相依，小姑淚濺濺。冰肌與玉體，忍委一夕眠。風生翠木下，兀兀坐爲禪。囋膚攢利鏃，灑血亂幽泉。平生弱女子，苦當鷄肋拳。肉盡志終定，柔筋露蜿蜒。森然出天巧，工豈人力鐫。含笑化爲鬼，攝衣上雲軿。素娥共蟾窟，錯落諸星躔。天孫下機處，一時成俗緣。何如作貞鬼，心不愧青天。終爲髲社珠，與月鬬春妍。千年露筋廟，野水流涓涓。崇祠闖水裔，蛛絲縈几筵。明妝儼如昨，仿佛步湖蓮。神柳剥將枯，獨有心中堅。垂條自婀娜，不受惡藤纏。年年臘雪後，葉綻翠眉鮮。鄉人枌榆社，日有牛羊牽。唯聞綷縩響，紙傘撒金錢。神往女巫下，妙舞特蹁躚。車旗颯靈雨，簫鼓咽秋蟬。只愁神返駕，不得此周旋。焄蒿古時魂，猶記草中鈿。歸來不見嫂，遠道正綿綿。嫂面有糞土，長淮終不湔。分明小姑面，留與後人傳。米生性好古，書字無半千。至今麗牲石，苔蘚澀蝸涎。碑言天地間，陰陽互推遷。陽類况君子，小人陰類偏。五行有正位，變化歲功全。云胡值龐雜，交處厲成愆。亂賊所禀性，狐媚最便媛。潛如蟣與虱，動乃百足蚿。奄忽爲魍魎，鬼箭脱神弦。赤手賣天下，性命徒少延。陽陽服袞黼，班域在聖賢。婦女尚知祓，奈何欺八埏。明雖未即察，陰譴固昭然。唯餘澤國女，白骨寄荒阡。姓名何必顯，有此大義懸。清風起懦夫，未讓夷齊專。事歌楚人些，斯囝曰星宣。我觀碑上字，滿紙秋淪漣。共姜賦《柏舟》，名芳删後編。春秋偉宋姬，身與火蛾煎。後來有此碑，砫石當奔川。隔江望高郵，野冰帷睢鳶。憂來忽盈抱，寫此露筋篇。

神絃曲四首

紅蓮小朵金塘秋，水上弓鞋新月鈎。碧日無光靈鵲死，文星墜地銀雲起。陰股森寒聞唾壺，神衣綷縩機聲裏。曲曲湖波艷神眼，十八虚鬟神自綰。寶奩掩月裊蛛絲，天促神歸神不歸。

右織女廟。

黄屋龍顔死灰色，寶鼎嘈嘈人血碧。漠鬼入雲成辟歷，轟破當年霸王魄。漢家日月上天飛，照見廟前神樹枝。萬騎陰兵去如水，酒痕灑殿酣春蟻。風過陰廊聞墮珥，毿毿舞罷虞姬死。

右紀王廟。

冬冬天鼓秋湖裏，雪山曜日青山紫。金鎖蛇鱗百尺身，領得江中萬魚起。女巫亂乳飲龍孫，兩蕊芙蓉瀉秋水。神絃棖棖風雨黄，明珠一夜照龍堂。三江水渾龍濯足，明朝化作林中緣。

右滬瀆龍王廟。

金錢紙撒掀空舞，群巫啾啾答神語。旋風下山百面鼓，神馬如人馱一虎。豹作兒啼隨鬼母，纈裙嬌女出神帷。拔得虎鬚留畫眉，妖歌自飲髑髏卮。蠻夫拜神求虎血，洗箭入山求虎穴。家家望見觚棱月，一路神燈亂如雪。

右伏虎神君廟。

癸酉歲徐樞密第賞雪

雄鷄日落鳴嘐嘐，天形咫尺懸如匏。黑風不作黃雲交，將軍宴客具行庖。酒飲馬湩駝峰肴，燕姬珠帽翠垂髾。色壓秦娥河濟嬌，十四冰絃雜雅咬。白翎鵲起聲嗃嗃，鼓簧間以笅與[竹巢]。居客之右我拔茅，不持寸鐵勢烋烋。真官是時群走獿，煎海篏弄相譏嘲。靈雨一霎吹旗旓，墮地不濕俯可抄。六出吐葩坤有爻，天與爲巧誰裁綃。萬家機杼織老蛟，五彩絢爛嫌混淆。一色擬覆天地凹，繽紛迭舞鳳九苞。迴旋欲尋阿閣巢，左左右右尾相梢。噤彼百鳥喧啾啁，何有多聲春鶻鵃。砉然撇去擢然拋，振髭萬騎俱鳴鞘。空中擊球衆呶呶，須臾群飛食稼蝥。撲簌繡户千蟰蛸，黃蘆劃然間雙[彳孝]。颯瑟馬厩剉茤茭，亂點水面倏而消。清淪見底非投膠，驚鳧嘎嘎或咬咬。吴西諸峰聚叫庨，頭角一變冰潭蛟。千樹玄圃迷林坳，暘春争先羯鼓敲。我懷魁壘異斗筲，拔劍起舞風飀飀，昔聞真龍卧朔郊。太師在旁如老虓，陰山狐貉僵莫跑。手搴氈帷復其殽，功成四海親同胞。鴻基不阻東西崤，生物豈擇地肥磽。養不率化獠與猫，性則貪狼心惛怓。撅食凍鼠甘如麃，織罽爲甲蓬爲幨。跳踉谿谷嘻呵剿，將軍忠孝天所教。幢節翳雉纛樹旄，生死管樂□尸狡。詎有犀首敢譊譊，三千健兒面䫜顤。有力超乘捷登轈，馳生馬駒刷且刨。角弓在韔寒裂弰，黄牛熾火帳中炮。行將平蔡歸奏鐃，勤王不獨貢厥包。我詩挑戰虎旅哮，小敵篏口大敵譟。呵筆作字硬語聲，角聲凍咽梅花梢。

徐兩山寄蓮花

秋風吹皺銀塘水，小雨芙蓉不勝洗。誰揀新船折得來，不怕緑芒傷玉指。煙絲有恨自悠揚，相惹相牽短復長。雙頭並作幽修語，一夜露痕黄粉香。我有銀瓶秋水滿，君心不似蓮心短。緑房結子爲君收，種向明年應未晚。

題李太白像

青天無人代天語，一星西落銀雲渚。嫦娥戲弄青瑶波，傾向人間金叵羅。龍孫醉吸海爲酒，日月雙飛織錦梭。仙鬼千年王母宴，謫來醉卧金鑾殿。玉環腮上桃花小，玉尖香膩龍涎硯。靴塵暖撲貂璫兒，踏破青天捉月飛。一聲叫斷扶桑鷄，海枯化作蓬萊雪。夢裏長庚大如月。

鄞江漁者歌贈陳仲謙

我昔採藥華山峰，群山一視青童童。或從暮靄見一綫，知是鄞江源甬東。婁東今見披裘者，浮江昔在鄞江中。釣竿每裁鄮山竹，臺笠獨染蓬萊松。向人只説鄞江好，似有江水蟠胸中。鄞江山水帶甌越，晝夜海日涵虚空。青天時截螮蝀雨，白波或起鯉魚風。潭雲不礙山水色，百里尚見漁人蹤。陽光坐弄春蕩楫，灘饗卧聽秋推篷。朝炊前村記煙樹，暮榜别浦依丹楓。扁舟所至聊復爾，飲水即如春酒濃。

平生姓字人罕識，一自爲漁今老翁。故山年來暗烽燧，苦雪歲晏愁空蒙。尋源未向武陵去，放舟尚喜滄溟通。賣魚偶入練圻市，得錢買米真珠紅。猶惜黄塵滿城郭，秋風濯足來吴淞。眼明自送獨歸鳥，意盡忽見雙飛鴻。夕陽曬網不知處，有夢數與鄉人逢。朅來相見不相識，一笑知我遭文窮。我本青城採樵者，孤吟豈是寒窗蛩。懷中亦有太平策，不救午甑飛春蟲。明朝擬入五湖裏，且載茶竈尋龜蒙。君今出此鄞江畫，許我結網來相從。殷勤索詩饋雙鯉，我欲放之疑是龍。丹山赤水定何處，只今吟笑何人同。願君著我卧船尾，霜晨共聽育王鐘。

己酉練圻寓舍詠雪

青龍己酉豐稔葉，歲星一終旬日浹。天容黄黄風浹浹，雲同八表不見葉。漏促辰酉日車跲，目眩空花氣屢懾。凍指欲墮數蓂莢，股栗匪由冰上踏。半醉酒暈不上頰，腰收帶圍項收袷。褰帷霰落沾在睫，前驅一瞥後數霎。倏焉萬片積幾叠，凝而復消何萎薾。欲破未破聊自接，樹惹騷騷苔靨靨。裁以天孫剪宫妾，金刀兩股才一捻。六出點綴同一帖，空中招摇亂秋箑。作團下來衮狂蝶，相逐復上意似愜。南箕簸之鞠吹挾，斜斜整整飛跕跕。襜如左右轉腰衱，凌波有女還余襍。塔鈴無聲燈劫劫，縮首就枕夢或魘。忽聞萬馬來蹀躞，蒹葭水中群雁喋。潭魚撥刺跳苕菨，秋蟹入斷相凌躐。黠鼠時時嚙空篋，落葉霜乾步雙屧。吴蠶上箔兒女拾，喧嚣衆口中有諜。愁如附耳語唊聶，枕邊傾聽殊未厭。開門驟見光明氎，布之六合坦可躡。百谷俱堙阱俱斂，吴東縣山固黟歙。海峰半露青礒嵲，荒城蜿蜒迷雉堞。

萬屋魚鱗龍振鬣，千花復吐春煒煒。柳發毿髿倩人鑷，有懷欲泛溪上艓。壓重枯篷難進楫，幅巾裹頭寒未怯。躍然跨驢衣自攝，家童凌競背負笈。憶昔少年曾任俠，身輕欲飛衣峙摺。曉起衝寒行且獵，强箭如雨脱鞲韘。劍頭狐兔肉爲牒，且炎且啖不用挾。橐傾馬湩盟共歃，困路年來謾彈鋏。今朝凍冷吟自怯，拍塞秀句填兩脅。平岡宿草生瑞箑，蝗出縣境無剽劫。明年有秋徵往牒，萬夫耕種齊下鍤。婦子嘻嘻共春饁，暖覺烏靴凍痕絶。裁詩突兀陋大業，白戰今年秋獻捷。

瀟湘八雁

蘆根寒晚雁唼喋，沙觜無人星曆曆。聞有數聲何處來，相呼忽動風中葉。雙飛不復過衡陽，翎間猶帶橘州霜。歸來影落碧莎冷，愁山一夜攢瀟湘。夢裏湘天初積雪，白溝河上琵琶咽。猶見當年舊節旄，幾回拂向穹廬月。

偶　題

旅舍多歸夢，今歸夢始真。孤城五更雨，百死一全身。短日同慈母，浮雲是故人。欲辭城郭去，漁釣老江津。

送安南使還國應制

帝德如天四海同，卉裳相率向華風。稱藩特奉龍函表，偃武仍包虎韔弓。貢自炎方歸域内，心先流水到江東。路經日出知天大，城與山蟠見地雄。詔語陪臣趨玉陛，班隨仙仗列彤宫。陳情委曲爲蠻語，賜對從容徹聖聰。駝紐新頒玉印重，蟻觴屢飲尚尊空。承恩共識皇華使，命將毋勞矍鑠翁。已擬再將周日雉，底須復表漢年銅。五絃曲奏鯨濤息，重譯人還鳥道通。薏苡生仁供旅食，桃榔垂葉蔭詩筒。部迎定見新王騎，驛送猶思上國鴻。歌舞萬年常率化，扶攜百越共攄忠。大明燭物今無外，從此看如禹甸中。

東歸有感

路斷江淮已足憂，繁華猶自説蘇州。萬人金甲城頭騎，十丈朱旗郡裏樓。麋鹿昔游何處草，雁鴻不似去年秋。忍將一掬東歸泪，付與婁江入海流。

竹谷　師子林十二詠。

幾曲轉逶迤，月明人迹稀。長林秋露落，一犬吠山扉。

卧雲室

秋潭看月還，片雨千山冥。獨有鉢中龍，蜿蜒伴僧定。

指柏軒

行道出深樹，空庭秋颯然。風來人不見，青子落僧前。

問梅閣

窗間月色微，薄雪自風吹。誰得春消息，南枝定北枝。

集外詩一首

朱澤民秀野軒圖

古苔十畝青山麓，窈窕幽華映深竹。中有高人晝掩扉，裊裊藤梢上書屋。清風出谷灑秋香，返照穿林破春緑。不省睢陽畫裏看，曲路經丘杖藜熟。

張編修宣一十首

宣字藻仲，初名瑄，江陰人。父端，字希尹，博學好修，鄉人稱溝南先生，仕爲海鹽州判官。宣少負才名，洪武初以考《禮》被徵，尋入史局，與修《元史》。上親書其名，召至殿廷，即日擢翰林院編修，常呼爲張家小秀才。奉詔歸娶，年已三十矣。六年，謫濠，道卒。臨終以詩辭父曰：「出世再當爲父子，此心終不間幽明。」聞者悲之。

長洲春雨

東風漲新緑，吴雨斷復鳴。細淹花粉墮，斜暈水紋生。臺琴不成弄，廊屧俱有聲。朝觀思無邪，白鳥煙江明。

采蓮曲和朱秦仲

吴娃蕩蘭槳，采蓮戲緑波。苦心留翠房，低頭避高荷。採蓮不得藕，刺傷將奈何。凉風動影扇，因之發陽阿。

送范上人

上人虎丘住，日夕臨劍池。炯如摩尼珠，性照光陸離。叢林歲臘長，故國霜露滋。袈裟映初日，遍禮天人師。自緣締方外，因之勞遠思。

與慈邑諸公會宿茅甫生駐鶴樓得夜字

白水冒平田，積陰過初夏。風雨招友生，琴樽相慰藉。飛梯倚孤撑，連峰競迴迓。晦冥巖壑變，空翠林木亞。疏烟截山禿，微月露天罅。僧鐘隔遠寺，漁火候歸舍。鶴影渚雲迷，風聲澗泉罷。投迹山水邦，脱身紛俗駕。久忘簪組累，不待休沐暇。飲酣心爲壯，時危氣逾下。佳會不再期，兹遊偶來乍。鷄鳴起營營，莫忘永清夜。

贈鐵筆屠宗哲

秦灰已冷文字滅，嶧山火焚石鼓裂。跨斯肩籀屬何人，漢隸唐分競殊劣。若人筆力森積鐵，屋雨漏痕釵股折。燕京死却茅召之，四明乃遇屠宗哲。亭前墨妙聲登登，野客海鄉歸未能。預拂懸崖一片石，要須元結頌中興。

贈相士

桂叢始華香滿院，烝龍有客來相見。自言幼讀許負書，爛爛雙瞳炯若電。瞪矛丰采誇再三，昔何螻屈今豹變。窮官得之談笑頃，不用文場苦鏖戰。人生所貴能自知，我嘗鏡中見吾面。兩顴頳色耳無輪，齷齪低頭共鄙賤。縱如眉目差疏秀，已分半生食破研。長吟抱膝倚青天，看盡投林飛鳥倦。封侯骨相豈不殊，飛虎頭顱加頷燕。撥灰煨芋且勿言，門外秋江净如練。

桐廬舟行

自在眠沙鳥，參差上瀨船。亂峰寒笛外，疏雨暮鐘前。灘轉疑無路，林深別有天。羊裘懷隱者，高節已千年。

感興

天下竟如何，陽微氣少和。南冠瞻北斗，吴女解淮歌。鄰壤青猶燧，江流白自波。古來經略事，不在殺傷多。

吴江夜泊

風壤三州接，江湖一水過。虹消滄海雨，日落洞庭波。羌笛《梅花引》，吴歈《子夜歌》。從軍古云樂，吾意竟如何。

蘇編修昌齡輓詩

遺編三嘆古稀聲，分得乾坤一氣清。天上故人俱告老，江南小子盡知名。瓊花后土醒春夢，夜月空梁黯舊情。地下修文書正朔，也知不獨晉淵明。

徐徵士尊生二首

尊生字大年，嚴陵人。洪武三年，詔修《元史》。史成，在局儒士壯者授官，老者許歸，大年自引求去，省臣留續修庚申君史，又編集禮樂書，七閲月書成，大年去志益堅。雖隸春官，與大臣修明禮樂，敝衣破屣，爲山林憔悴之容，當國者乃聽之去。《睦州志》云曾授翰林待制不就。

佩刀行并序

金華之永康有山曰雲巖，拔起天半。有巨舟藏壑中，舟尾翹出如蠹。一釘墮崖下，野僧得之，以遺張君孟兼，孟兼製爲佩刀，銛利特甚。尊生爲作歌。

神人藏舟半天裏，絶壑谽谺露舟尾。錚然有物墮中宵，八觚棱嶒長尺只。野僧拾之歸張公，化爲夭矯蒼精龍。不知何世何年閟奇氣，劓犀斷虎一旦生神通，魑魅却走妖邪空。張公佩到蓬萊殿，天上群仙驚未見。青絲縧懸白玉環，當晝孤光摇冷電。爲君淬厲向盤根，縱有青萍何足羨。他年辭榮歸浙山，莫行金華赤松間。精靈感會霹靂便，恐飛去，無時還。

梅雨

柴門喧啅雨，書案撲林霏。遠陣久奔放，空絲俄細微。黄鸝暗却語，白鷺止還飛。晚色應無定，浮雲誤作歸。

陶祭酒凱一首

凱字中立，天台人。好學有識量，弱冠負盛名，領至正丁亥鄉薦。尤工於詩，蚤歲與張仲舉、蘇昌齡爲文字友，有名淮海間。洪武初，召修《元史》，除翰林應奉文字。三年，陞禮部尚書，出爲湖廣參政，致仕。八年，召爲國子祭酒，復以參政致仕。自稱耐久道人，上曰：「何自賤也。」尋竟坐罪。

長平戈頭歌

長平野人鑿地得古戈，上有款識字，歲久俱滅磨。惜不能如豐城古劍射牛斗，吁嗟戈乎奈爾何。但見青銅凝寒莫煙紫，月黑山深夜飛雨。恨血千年猶未消，荒郊夜夜啼冤鬼。當年趙括輕秦人，降卒秦坑化爲土。嗟哉趙亡秦亦亡，落日荒城自今古。摩挲爾戈一問之，令人爲爾生愁思。何不以爾爲鐘鐻？何不以爾爲鼎彝？吁嗟戈乎徒爾悲！爾今還當太平世，人間銷兵鑄農器。願壽吾皇千萬年，終古不用戈與鋋。

曾侍郎魯一首

魯字得之，新淦人。年七歲，暗誦九經，一字不遺。稍長，取三史日記，尋及其餘，數千年間國體人才制度沿革，咸能言之。國朝，應召纂修《元史》，編類禮書，入儀曹爲祠部主事，超六階拜禮部侍郎。洪武五年，以病乞歸，未及抵家而卒。嚴陵徐尊生曰：「南京有博學之士二人：以舌爲筆者，曾得之也；以筆爲舌者，宋景濂也。」

贈黃道士還九宫山

我家群玉山南陬，君居蒙頂最上頭。相望欲識嗟無由，摇摇心若風中斿。君從少年慕遠遊，誓驂笙鶴仍丹丘。冠星佩月露爲裘，口誦赤玉靈書謡。摩斥八極隘九州，後天不老三光凋。故鄉臨睨毋停輈，下視起滅如浮漚。九宫山高明翠虬，真牧之子世莫儔。君居其間業焚修，五十餘載無悔尤。翠華昔駐鸚鵡洲，承恩召對黄鶴樓。敷陳屢沐天語酬，大官醉以白玉甌。去年弓旌復旁搜，麻鞋徑入朝冕旒。神皋繁麗不肯留，日夜稽首還山求。山中之人寄書招，雨餘黄獨抽新苗。芝草琅玕弄春柔，不歸負此巖壑幽。龍江送别情悠悠，鄉人歌作商聲謳。

高侍郎遜志[一]九首

遜志字士敏，河南人。元末僑寓嘉興，徙吴門，受業於貢師泰、周伯琦、鄭元祐。洪武初，徵修《元史》，入翰林，累遷侍讀學士。建文時，太常右少卿兼學士。鄭曉《遜國記》云：「靖難後，遜志存殁不可考。」周玄初《鶴林集》：「遜志作《周尊師傳》，後題『洪武三十五年歲次壬午春正月初吉，前吏部侍郎太史河南高遜志』，又《祈雨》詩後書云『河南高遜志，大明洪武吏部侍郎』。革除之後，不署建文職官，故稱洪武吏部侍郎太史，而《遜國記》未之詳也，俟更考之。」

〔一〕「遯志」，原刻卷首目録作「巽志」。

答徐以文

我本不羈士，少年知遠遊。結交盡豪俊，英風邈難儔。浩然志四海，壟斷非所求。群雄亂天紀，誓將除國仇。驅馬向京邑，道路阻且修。曠望空嘆息，失計成淹留。時哉苟未會，白璧寧暗投。耻同五鼎食，笑視千金裘。袁絲尚游俠，枚皋事俳優。知己竟不遇，行藏誰與謀。白日如逝水，冉冉春復秋。人生久羈旅，豈不懷故丘。芳時倏徂謝，悲緒寒飀飀。容華易憔悴，安能常黑頭。放歌吴門市，洗耳長江流。雖然不得意，常爲蒼生憂。心隨去雁遠，目送孤雲愁。夫子東海裔，濟代多良籌。既無陳仲舉，雖賢罕見收。何如共脱屣，速駕赴滄洲。

送程彦明煜之松江

同是他鄉客，俱爲避地人。興來猶浪迹，別去更霑巾。山路常疑雨，江花已報春。荒煙投遠戍，落日扣通津。樵笠歸墟盡，漁蓑度水頻。揚帆驚宿鳥，鼓枻駭遊鱗。俗薄誰知己，時危不計貧。飄然滄海上，也欲共垂綸。

寄陳彦博奉常

雨收山氣佳，日入川光暝。岸幘倚孤松，飄蕭發清興。花藥紛滿畦，桑麻鬱成徑。西林宿鳥歸，前溪漁榜定。曠望絶人蹤，坐愛郊原静。撫景念徂春，思君一觴詠。

城南小隱爲松江郭彦禮賦

步屧幽尋古岸隈，紫扉正對郭南開。林間野徑穿雲入，溪上春潮待雨來。過客停杯歌《白苧》，鄰翁吹笛坐蒼苔。羨渠高隱空相憶，浪跡多年素髮催。

贈章安甫老人

籃輿迢遞出郊坰，野服翩然鶴髮星。柱史不辭周問禮，伏生須爲漢傳經。汀洲水落蒹葭老，澤國霜寒橘柚青。自笑隱淪緣底事，時危踪跡一浮萍。

苕川夜宿

山繞荒城水自流，霜空月色滿溪樓。夜長欹枕渾無寐，二十五聲都是愁。

題陸濱村舍壁

記得移家白露時，秋風又是一年期。獨憐零落溪邊柳，那得長條繫所思。

次葉楚芳見寄韻

梅子初黄晚雨收，閑身猶着木綿裘。誰憐白苧新裁就，回首西風又是秋。

題盧元佐所藏江山圖

結茅曾住白雲間，遊宦多年客未還。開卷偶然鄉思動，數峰渾似鄂州山。

謝翰林徽 三首

徽字玄懿，長洲甫里人。洪武初，與修《元史》，授翰林編修。未幾，擢吏部郎中，辭歸。復起助教國子，卒官。有《蘭庭集》。

禪　窩師子林十二詠

陰壑寒猶闃，空山響已沉。白雲無路入，蟬向定中深。

卧雲室

朝卧白雲東，暮卧白雲西。白雲長共我，此地結幽栖。

雲林竹

風葉響秋林，烟梢帶夕陰。美人離思遠，湘水夜來深。

杜侍郎寅一首

寅字彦正，青城人，後居吴。洪武初，與修《元史》。八年，爲岐寧衛知事，與經歷熊鼎並賜狐裘。後官某部侍郎。

白頭母吟次楊孟載韻

白頭母，征人婦，銀釵零落鳳凰股。天寒日暮練裙薄，脈脈無言倚庭樹。良人何在西從軍，出入干戈死爲伍。腰間寶劍霜雪光，逐隊齊行砍妖虜。鼓衰力盡生死決，野曠天青塔鈴語。鬼妻悲號鬼爲舞，淚血如珠濺行路。郎今一去歸何時，櫻桃花開春滿蹊。側身西望骨欲折，千里煙塵暗邊埒。君不見東陽御麵顧渚茶，年年上供天王家。月團小餅盤龍鳳，玉塵十襲浮霜花。祇今喪亂殊未已，武夫競爾誇豪奢。大明揚輝照村塢，願見清平好官府。延秋不聞烏夜啼，版圖復入無東西。翻慮此身先奄忽，不得親收杞粱骨。落花冥冥墮紅雨，遲郎歸來華表柱。若爲化作紫鴛鴦，一雙飛上青雲去。

孫司業作一十七首

作字大雅，官以字行，一字次知，江陰人。著書十二篇，號東家子。至正兵亂，挈家三吴間，惟載先世藏書兩簏。張太尉廪禄之，以母病謝去，衆爲買田築室於淞。洪武癸丑，召纂修日曆，書成，例授翰林編修，以老病乞外，授太平府儒學教授。三年，除國子助教。明年，分教中都。又明年，召還成均。又明年，陞國子司業。宋景濂作《東家子傳》，稱其性好著書，劍戟之聲相摩，遇其得意，窮日夜筆硯不輟。《滄螺集》六卷，里人薛章憲得其文於都穆，得其詩於黄應龍，合而傳之。

謝馬善卿送菜

嘗欣食菜美，自謂肉不過。今晨齒頰間，屢咽安敢唾。持粱嚙肥鮮，野簌誰當課。使君可憐人，異味諳小大。我本江南樵，酸寒羹不和。空腸轉藜莧，糲粟連糠爚。雨韭春割苗，霜菘秋飣座。羊蹄釀旨蓄，蒲歠雜細剉。芋魁掘地底，茭首洗泥科。木魚三百頭，竹笋一萬個。朝湘出山厨，夕煮吹烟銼。堆盤青黄具，入口生澀奈。以兹媚盤飧，頗復如君作。采之諒有時，蒸或躬自佐。白鹽點葱橙，紅椒羅臼磨。蔗餳質劑調，醴醯芳辛破。香飯炊屢熟，宿酒酲方餓。鵝掌推不受，鱉裙空欲蜕。饋案連十罌，飽食深自荷。霜根咀寒齏，三嘆論奇貨。冰壺奪仙厨，適口騰軒簸。四海一東坡，拙謫常坎坷。參軍半畝菜，詩句劇嘲賀。我蠢不償一，造物知何那。抱瓮力不任，負鋤筋苦墮。亦欲賦歸田，自種百畝糯。傳君作菜法，華瓷旋封裹。食勤不愧天，日晏從高卧。

憶昔

留滯長羈旅，今年辭渡江。朝霞晴俯檻，細雨晚臨窗。短髮梳千下，潛魚見一雙。驚魂猶未復，夢枕海濤撞。

夏日與諸友文燕

平生四海交，佳友一二數。蚤年識黄九①，詰屈盤新句。爛漫多文辭，晚復親李杜②。墻東避世公③，十載厭城府。暇時得相過，雖夕款蓬户。太丘兩佳兒，元方吾所慕④。半升折足鐺，白石日夜煮。低頭誦經史，未覺霜月苦。今春一相逢，喜色動眉宇。從師入天台，擬續興公賦。我行適四方，日與樵牧伍。敲門三益友，驚散牀下鼠。一呼未即衣，再呼那及屨。起陳四席坐，李杜黄及予。相對出肝膈，遂忘親寡旅。上馬來及晨，投轄過映午。談諧肘腋腕，拜跪肅樽俎。歷數座上客，坐欠兩公語。兩公今何在，江湖渺修阻。缺然蠐化蝶，又似蟨迷駏。會合疑有時，交親不在故。凡此宿昔契，每懷連牀雨。誰知一餉樂，竟違通昔晤。暂去挽莫留，盡日空詹佇。

①　原注：「黄叔彝。」

②　原注：「李可久、杜子才。」

③　原注：「王原吉。」

④　原注：「陳希文。」

客中秋夜

故園應露白，凉夜又秋分。月皎空山静，天清一雁聞。感時愁獨在，排悶酒初醺。豆子南山熟，何年得自耘。

還陳檢校山谷詩

蘇子落筆奔海江，豫章吐句敵山嶽。湯湯濤瀾絶崖岸，崿崿木石森劍槊。二子低昂久不下，藪澤遂包貙與鰐。至今雜沓呼從賓，誰敢倔强二子角。吾尤愛豫章，撫卷氣先愕。磨牙咋舌熊豹面，以手捫膺就束縛。纖毫剔抉難具論，宛轉周臘爲鄭樸。煙霏澹泊翳林莽，赤白照耀開城郭。沅江鱉肋不登盤，青州蟹胥潛汪㲉。洞庭東南入無野，二儀清氣會有壑。士如此老固可佳，不信後來無繼作。我嘗一誦一回顧，如食橄欖行劍閣。忽聞涷雨洗磨崖，抵掌大笑工索摸。作詩寄謝君不然，請從師道舊所學。

大堤曲二首

君騎白馬來，我騎青驄去。背面不相識，兩馬驕嘶住。

漢水可方舟，大堤容兩輪。春風堤上花，不入漢陽津。

送徐總管入杭

灞陵人憶舊將軍，細柳階前葉又春。萬里北風歸化鶴，十年西地見騎麟。卧聽箽篥滄江迥，醉草烏絲畫戟新。駿馬好陪丞相後，《竹枝》歌吹繞湖濱。

菽乳

豆腐本漢淮南王安所作，惜其名不雅，余爲改今名，因賦是詩。

淮南信佳士，思仙築高臺。八老變童顏，鴻寶枕中開。異方營齊①味，數度真琦瑰。作羹傳世人，令我憶蓬萊。茹葷厭葱韭，此物乃呈才。戎菽來南山，清漪浣浮埃。轉身一旋磨，流膏入盆罍。大釜氣浮浮，小眼湯洄洄。頃待晴浪翻，坐見雪花皚。青鹽化液滷，絳蠟竄烟煤。霍霍磨昆吾，白玉大片裁。烹煎適吾口，不畏老齒摧。蒸豚亦何爲，人乳聖所哀。萬錢同一飽，斯言匪俳詼。

① 原注：「去。」

飛魚有序

暨人航海，得飛魚於黑水之洋。其長二寸，頤兩鬐，各廣長寸餘，張爲兩翅。海風發作，從波濤飛集船上，如燕雀。既止，則不能入水。意者「爰居海鳥」，亦此類歟？莊周所謂「鯤化爲鵬」，不荒誕也。爲賦一詩。

海於天地中，物不能比大。陰陽浩出没，造物窮荒怪。力足浮三山，勢欲吞大塊。豈惟日月浴，兼疑鬼神會。披經案《山海》，異族紛瑣碎。我時一徘徊，足躡二儀隘。焉知賈客輩，入海如入闠。風昏白波駛，雨慘黑洋邁。批石噴火發①，囓指愁舟壞②。飛魚集檣柁，翅尾錯珍貝。初疑燕雀翻，復駭蝗螟墜。非類感所稀，枯臘拾海外。三韓雨霧洗，百島風烟帶。參差插雙翰，欹側張兩旆。形模小鮮具，意氣鵬鶴類。祇慚海若笑，狹小矜此輩。我復嗤海若，萬彙同一態。神靈數巨魚，鯤鯨鰌鰐魪。智屈雲雨能，□□□□膾。龍門萬魚躍，此翼吾所快。

① 原注：「海船夜投物波中，如火烈。」

② 原注：「舟人見海怪則嚙指注血於波，其怪乃没。」

送人往宣城

送客宣城郡，吟詩憶土風。雪膚銀杏白，火腹木瓜紅。楚殿荒山裏，澄江出樹中。君親三載仕，我友一樽同。

約潘元飛遊惠山

錫谷名泉誇第二，江水由來勝山水。中泠天畔隔蒼煙，九龍眼中茗可喜。我夢臨此鑒眉鬚，裹茗烹煎携緑珠。老僧毿毿妙而臞，忽來説禪坐跏趺。三生豈是舊緣法，明日買船當下閘。共君烏紗一裹頭，野岸春洲看晴鴨。

酬蔣逸人連日觀花之會

照坐金沙笛裏開，青春兩度爲花來。紅妝初見三千指，錦綉重添一萬堆。細雨流霞移曲檻，東風落日坐平臺。深紅淺白俱情稱，醉後題詩記此回。

喜　晴

推枕睡未醒，暖湯呼我沐。朝日明瓦溝，夜雨填澗谷。出門正東望，青山繞茅屋。鬱鬱林樹姿，綀綀雲氣緑。如以千丈縞，纏此兩衲足。山方浄眉髾，我亦縱耳目。欣然欲推挽，容抱犍與犢。生意□静佳，世事苦局促。薄田在東野，耒耜手未觸。如何有暇日，煮石飲溪淥。散愁一過從，免事糟與曲。得此諒已多，輯語書諸牘。

大年雨中見寄二絶因次韻

十載青春伴旅遊，無田安敢羡歸休。夢回讀罷凄然句，正似彭城風雨秋。

筆端江浪貯雲烟，愛汝新詩字字傳。爲報客懷無一事，日憑花鳥唤春眠。

元夕寄梁先輩

開户微明雪滿窗，空堂睡息海濤撞。照人獨有梅花發，自洗嘗春兩玉缸。

梁徵士寅一十一首

寅字孟敬，新喻人。累舉於鄉，不第。辟集慶路儒學訓導，隱居教授。太祖徵四方名儒，修述禮樂，寅在禮局中。書成，以老疾辭歸。結屋石門山，學者稱爲梁五經。卒年八十有七。

金人校獵圖爲韋同知潤題

韋侯示我《校獵圖》，五馬迅若雲中鳧。遠青撤幕山露嵎，坡陀突起霜草枯。黄如旃旆森葭蘆，馬上短衣虬髯胡。金環貫耳大秦珠，腰插羽箭弦壓弧。三馬回走忘崎嶇，二馬傍出鬭疾徐。東來駕鵝蒼間雛，才四五六噤不呼。海青一點勁氣殊，勇士蹻捷堅勁無。駭獸何由避於菟，華峰秋隼胡爲乎。岱北豪鷹直厮奴，叐毛墮絮血灑蕪。胡乃仰笑馬競趨，何勞千騎萬騎俱。樓煩射殺心膽粗，寒沙兼雲認歸途。卸鞍營門月模糊，向夕行樂朝馳驅。拜官那羨執金吾，肉充糇糧席氍毹。飲醪啜酪多歡娱，君侯玩圖日怡愉。樹動明時真壯夫，明年五馬守名都。不獨海青誇健軀，麒麟在郊鳳出筮，飄飄快意天之衢。

玉階怨

團扇且棄置，夕氣凉轉添。流螢點魚鑰，隕葉近蝦簾。羅衣舊恩賜，不令珠淚霑。

怨歌行二首

雲母屏風零露凉，蒲萄錦衾殘月光。羞看繡帳雙鴛帶，徒費薰衣百和香。

寶釵頭上千黄金，可憐墮井無復尋。情如秋嶺朝朝淡，愁似春江日日深。

旅舍

寥闊山林迹，淒凉江海情。巴歌從客好，楚服爲人輕。把劍秋風起，憂時白髮生。黄金雖所貴，未敢論縱横。

京城和蔡淵仲旅夕

捲幔迴飈入，題詩急雨催。地高天喜近，雲散月還來。玉漏因寒澀，金門待曙開。仙宫聞教樂，應奏《上之回》。

次韻酬黎以德

銀河斜界樹參天，爲憶幽人思渺然。亥市塵囂迂竹徑，午橋煙雨榜溪船。明燈散帙棲鴉後，倚杖看山去鳥邊。但得文章攀屈宋，何須重賦遠遊篇。

山中秋夜

夜對千峰秋氣新，蕭條巖壑一閑身。松林虎出時窺犬，茅屋螢飛偏近人。傍月把書憐稚子，臨風吹笛羨南鄰。棲烏應怯梧桐冷，不斷悲啼欲向晨。

丁酉歲正月四日雪

白頭遭亂遠江城，寄宿深山歲又更。雪裏人家荒野色，天涯親友莫年情。山魈夜應猿猱響，樵子晨衝虎豹行。草笠棕衣任來往，陰崖何處覓黄精。

登吴山

城繞青峰錦繡圍，仙樓十二競崔嵬。雲飛滄海山無盡，潮撼長江雨併來。吴相忠魂祠宇在，宋皇行殿梵宫開。東南都會金城廢，竟日湖船絲竹哀。

都下將歸宿石城門外和李仲淵知縣晚過上林之作

韋曲風光尺五天，驕驄嘶過酒樓前。龍輿陌路疏疏雨，鳳闕觚棱淡淡煙。上相彩旃歸柳外，王孫金彈落花邊。臨流有客題佳句，不羨春風歌舞筵。

殷徵士弼一首

弼字□□，□□□人。與修《元史》。

望　海

吴淞江口海門東，萬里京師咫尺通。白柁紅旗三月浪，紫簫花鼓午潮風。

【補詩】

貝助教瓊一首

讀胡笳曲

日年已到甲辰終，休倚山河百二雄。八駿何勞巡海上，一龍今見起江東。專門學士空談道，仗鉞將軍竟策功。忍聽胡笳舊時曲，此身飄泊嘆秋蓬。

列朝詩集甲集第十六

王高士賓六首

賓字仲光，長洲人。七八歲，入鄉校。幾冠，自唐虞三代以降漢、唐、宋、元，上下數千百年，中間聖經賢傳、諸子百氏、陰陽曆數、山海圖誌、兵政刑律與稗官小説之書，該覽貫穿，問無不知。於醫學尤精，不肯與富貴人醫，里巷貧窶及方外士求醫者，趣往診視，施與藥餌。貌甚侵，又以藥點其面及肘股，皆成瘡。髽兩角，短布衣，芒屩竹杖，行市井間，或箕踞道旁，露兩肘股爬癢，時人見而惡之。搢紳知其賢，亦莫敢引薦，仲光殊自得也。平生不娶，奉母極孝，郡守姚善賢而造之，映門語曰：「勿驚老母。」踰墻逸出。他日，却騎從，獨候門下，始接焉。據坐受拜，若師弟子。守欲薦之，終不敢發言。年七十，先母而卒。病革，抱母不舍，死半晌復蘇，連呼「孃孃」方絶。葬後，夜二鼓，室中曳屨拄杖，連呼「孃孃」，母應之曰：「我在此。」復曰：「孃孃，兒舍孃孃不得。」母痛哭，既久乃息。同里好韓奕先生及姚榮國道衍，榮國定策後，徒步往訪，歡若平生，作《賑災記》，鋪陳其功德，没而榮國爲立傳。兩公契分如此。世盛傳仲光詆娸榮國，方盥却走，終身不見。吴兒委巷妄語，流誤史家，不可以不正也。

子游墓 海隅山上。《史記·吴世家》注：「仲雍冢並列。」

有樹枯來不記春，却依虞仲冢爲鄰。山家相約休樵採，十哲人中第九人。

孫王墓 盤門外三里。

千里争衡最少年，馬驕風疾喜行前。正當許下迎天子，玉樹生埋在九泉。

蔡經家 《吴地記》：「在朱明寺西。」

方平不見再來遊，惟説麻姑去海洲。人世田桑今幾變，蔡經家在寺西頭①。

① 原注：「或云盤門外地至今名仙人堂。」

梧桐園 故吴宫吴王夫差園，一名琴川。古語云：「梧宫秋，吴王愁。」

七月交秋未變秋，輕輕一葉下枝頭。君王不在當時悟，直到凋殘後始愁。

石　鼓　石城山西靈巖山也。舊説石鼓鳴即兵興。

那似岐周有篆銘，雨淋青處土花生。山靈休遺音聲起，零落吴儂厭見兵。

琵琶泉　舊治通判廳西，清冽可釀酒。

有時流出響嘈嘈，相似甘州破裏高。終不教他司馬泣，又分香韻在春醪。

韓高士奕三十五首

奕字公望，吴人。生於元文宗時，少目眚，筮得《蒙》卦，知目眵不可療，遂扁其室曰蒙齋。絶意仕進，與王賓友善，偕隱於醫。建文初，姚善守吴，造訪之。公望不踰中門，於布簾内答云：「不在。」一日，伺賓在，掩入其室，公望走楞枷山，善隨至，則泛小舟入太湖，善嘆息曰：「韓先生所謂名可得聞，身不可得而見也。」作壽藏於支硎山下，賓爲之記。姚廣孝序其詩曰：「公望爲人，端雅純正。讀書窮理，諸子百家靡不博究。雖居市廛，如處巖壑。」國初吴中高士，以賓與公望爲稱首。

新歲述懷

白首坐中堂，屠蘇最後嘗。行年六十一，非短亦非長。眼昏字尚見，脚軟策能將。寒有衣加體，飢有食充腸。閑無官職係，貧無私債償。懶惟居寢室，健或到僧房。即死已多幸，且活亦無妨。

秋　齋

林居近冬候，雨晴天已冷。露蛩啼夕陰，風竹亂窗影。衰來身自覺，欲寡事斯屏。偶此山中人，清談坐宵永。

夜訪隱者家

捨舟陟伊岸，遠思一翛然。幽人田中廬，高柳當門前。微月照疏雨，夜花静凉天。相見愜始願，歡言殊未眠。

白雲泉煮茶

白雲在天不作雨，石罅出泉如五乳。追尋能自遠師來，題詠初因白公語。山中知味有高禪，採得新芽社雨前。欲試點茶三昧手，上山親汲雲間泉。物品由來貴同性，骨清肉膩味方永。客來如解吃茶去，何但令人塵夢醒。

海雲南軒

巖内古禪居，雲霞百頃餘。頻過如住近，久客似來初。露竹晴檐冷，松風夜閣虚。願陪賓主後，終老讀殘書。

曉發

忽念離家久，寒江冒曉行。遠帆疑不動，殘月似初生。樹密知村近，霜寒覺袂輕。老來應少出，訪舊獨多情。

晚步

客愁思散步，力疾下高堂。水暖知魚樂，林幽識蕙香。無風花信少，不雨菜畦荒。解后西鄰叟，閒談到夕陽。

獨坐

世味老來澹，閉門欣獨居。一間僧亦羨，多癖友常疏。竹露頭梳冷，茶煙夢覺初。詩懷并酒興，不樂復何如。

偶意

殘雪凈園池，春風動柳枝。貧還存舊業，身老見清時。留客嘗新酒，教孫誦古詩。青山頻在望，思欲問歸期。

次坦庵韻

乍逢雖少慰，遽别又長思。漫具尋山屐，空歌伐木詩。鶯啼憐日莫，花發笑年衰。蕭散江湖興，應知不可期。

輓友人醉死

自得杯中趣，俄然逝此身。是非塵境夢，生死醉鄉人。夜雨空尊泣，春雲畫翣新。老年哀易動，何况是比鄰。

次韻答王宗常

嗟君荒嶺外，高卧日蹉跎。古道人來少，閒門葉落多。家貧因世難，身病是詩魔。一自山中别，流年疾似梭。

獨　卧

高堂四壁空，白首卧衰翁。往事浮雲散，餘生落日同。早蟬鳴柳樹，晚蝶繞幽叢。惟有青山色，多情在望中。

吴中春感次韻

桃李於人强自開，江城寒食客歸來。宫蛙鳴處空存治，野鹿遊時尚有臺。春事夢中三月破，繁華去後幾時回。流傳庾信《江南賦》，不信當年事可哀。

湖州道中

百里溪流見底清，苕花蘋葉雨新晴。南潯賈客舟中市，西塞人家水上耕。岸轉青山紅樹近，湖摇碧浪白鷗明。棹歌誰唱彎彎月，仿佛吴儂《子夜》聲。

春望次韻

春城柳色幾家連，厨舍多時似禁煙。處處緑蕪生夜雨，村村白水落平田。花稀野圃東風外，人遠江天去雁邊。盡日百花洲上路，往來惟有一漁船。

山院

山院頻來即是家，鄰房幾處共煙霞。石池水碧連朝雨，金粟秋開滿樹花。入社陶公寧止酒，品泉陸子解煎茶。扁舟百里行非遠，黄髮應堪老歲華。

李宗嚴俞友立黄子仁余舊同學友也仲秋雨夜會宿小齋因成四韻

蟲鳴葉落不開門，秋雨凄寒夕氣昏。同學四人俱白首，偶成一宿共清樽。時平已許餘生在，世變寧將往事論。坐久話長窗影白，就牀猶剪燭花繁。

竹爐

緑玉裁成偃月形，偏宜煮雪向巖扃。虚心未許如灰死，古色人看似汗青。偶免樵柯供土銼，尚疑清籟和陶瓶。達人曾擬同天地，上有秋蟲爲篆銘。

秋日

百事年來盡懶爲，閉門高卧動經時。秋來深悟芭蕉喻，歲暮聊吟蟋蟀詩。巷陌草深人住少，湖田水没雁來遲。人生適意無貧賤，尊酒鱸魚且自持。

寄友

杏花落盡曉風顛，隱幾懷人白晝眠。寒食漸分新改火，春衣猶戀舊裝綿。陶潛入社何妨醉，齊己吟詩不廢禪。朝市悠悠塵土隘，莫教飛到白鷗邊。

山中留别

江天雲物已凄凄，老去應多少日思。荒稗滿田秋水後，平蕪連苑夕陽遲。眼昏每到看書覺，髮白非因覽鏡知。力疾杖藜猶可起，山中遠趁故人期。

逢故人夜飲話舊

風色蕭蕭木落天，故人解后會尊前。青燈照影冷清夜，白髮聽歌感少年。身未死前惟别苦，難相忘處是情牽。不因世故身親見，肯信人言海變田。

寄素庵

相逢白首樂新知，獨對青春動遠思。風雨空城花落後，池塘芳草燕來時。生前只有銜杯好，老去空成覽鏡悲。悵望孤帆斜日影，滄江猶負白鷗期。

寄江陰夏翁 雪州。

殘山剩水舊吴宫，幾度相期杖屨同。夜雨新晴桃葉渡，春寒已過杏花風。人生暮景方多暇，春事濃時一半空。解后逢人因問信，酒船何日過湖東。

二月二日寄友

頻年方節兩匆匆，往事閑思半夢中。江郭春寒連夕雨，海棠花信幾番風。萋萋遠浦迷芳草，歷歷青天没斷鴻。悵望思君無限意，扁舟一醉故人同。

冬日憶友

霜風切戾撼疏扉，老病支離掩弊衣。不久形容隨日變，無多親友逐年稀。池當北向冰容厚，爐到寒深火氣微。操瑟齊王門下客，兩年梅發未曾歸。

春思

積雨柴門草色新，一經白首又青春。也知性癖難趨俗，却喜身閒不屬人。冷食鄰家將禁火，軟泥門巷不生塵。高懷誰肯同消散，放棹煙江采白蘋。

雜興

一巷西風落葉，半窗斜日殘書。年老怕逢人事，天寒不出吾廬。

惜春

漠漠晴光淡淡天，山青水白景依然。杜鵑啼處花如雨，白髮傷春又一年。

逢故人

相逢喜見白頭新，頭白相逢有幾人。湖海年來舊知識，半隨流水半隨塵。

晚晴

水國秋來少見晴，夕陽忽映小窗明。西風颯颯林間葉，乍聽猶疑是雨聲。

却文師送菊

重重花葉鏡光中，在子還如在我同。萬朶寒香方丈室，不曾零落似霜風。

詠枝上殘花

半春日日雨兼風，野杏官桃到處空。此樹偶留三兩朶，依依殘影夕陽中。

天平寺看梨花

幾回扶醉繞花行，漠漠如雲映晚晴。白髮如今僧寺裏，雨中獨對過清明。

王高士履一百八首

履字安道，崑山人。篤志問學，博通群籍，教授鄉里，爲後進楷則。能詩文，工繪事。精於醫藥，盡得金華朱彦修之傳，著醫書累百卷。洪武十六年秋七月，遊華山，作圖四十幅、記四篇、詩一百五十首。自有華山以來，遊而能圖，圖而能記，記而能詩，窮攬太華之勝，古今一人而已。安道畫少師夏圭，評者謂行筆秀勁，布置茂密，作家士氣咸備。及遊華山，見奇秀天出，乃知三十年學畫不過紙絹相承，指爲某家數，於是屏去舊習，以意匠就天則出之。有問何師，則曰：「吾師心，心師目，目師華山。」又云：「先正言文章當使移易不動，慎勿與馬首之絡相似。余遊華之詩，敢謂軼昌黎而配少陵，庶免乎馬首之絡之弊而已。」余録安道詩，並附其跋語於後，世之君子能以近代李于鱗之詩與記參互觀之，而爽然自失焉，於文章家正法眼藏，庶幾思過半矣夫。

入山

廬山秀在外，華山秀在裏。要識真面目，即彼鐵鎖是。鐵鎖懸當雲上頭，縱横曲直是誰謀。吾今判著浮生去，不見神奇不罷休。

玉泉院二首

百道泉回面面幽，琮琤音韻寄冥搜。兵餘道士渾隨俗，火後堂基獨占秋。塵迹未緣幽澗轉，野情先繞上峰流。院前洞有扶摇在，笑問如今得睡不。

棄瓢者厭喧，聽松者嫌静。兩翁總多事，未到相忘境。與物同委蛇，妙於無所期。此泉如此人不齊，道士弗愛我愛之。我欲賦詩泉上題，道士笑云泉不知。

瀑布

白練銀河與白龍，競搜幽語鬭新工。我心要鬭無搜處，移入玲瓏窈眇中。

鏡泉

微漣不動見容成，忘却蟬鳴與鳥鳴。忽有小風輕颭過，暗移清影上巖屏。

石關 即第一關。

裂石爲關似洞門，天慳神秀此相分。不曾臨澗先眠石，未暇登峰且看雲。鳥哢只從中界斷，松聲專許上方聞。誰人更似周徵士，不怕鍾山孔氏文。

上方峰

金仙不可覔，徙倚娑羅陰。壁底野情重，峰端煙樹深。暗憑懸鎖處，遥寄上雲心。待念飛黄子，忘形却試尋。鐵鎖高懸直壁青，上方形勝杳冥冥。西玄空通隔世路，金仙已跨摩雲翎。觱沸音中悵年晚，娑羅影裏問誰經。愛河未上超然岸，只到峰根看畫屏。

由上方峰根北轉遇三樵人

尋常笑疑客，病自杯方始。敗葉卒一鳴，攝吾縣藤裏。泠風分翏翏，送過回巒趾。三樵適相遇，問去青柯幾。含笑了無言，飄然自歌起。

青柯平

不識青柯義，崎崟獨此平。山當攀鎖處，微覺有松聲。古殿雲來往，遊人鳥送迎。神祇香火斷，連我困腸鳴。

日月巖

何年鬼斧鑿雙形，雖不流光却有名。忽悟此身渾曠在，帶將幽愧上巖崿。

千尺㠉百尺㠉

千尺亭亭百尺連，祇緣奇觀在層巔。欹斜朽級難爲步，飄忽飛魂只看天。雲谷可探神未許，松風宜聽耳無權。老夫敢向危中過，不是真僊也近僊。

老君離垢

綴木懸崖作徑通，下臨無底翠朦朧。丹元未上青琳館，龍曜先離紫極宫。下界紅塵終在地，上方清氣却隨風。險巇難斷憑陵輩，驚得幽人滿面紅。

蒼龍嶺

嶺下望嶺上，夭矯蜒蜿飛。背無一仞闊，旁有萬丈垂。循背匍匐行，視敢縱横施。驚魂及墜魄，往往隨風吹。午日曬石熱，手腹過蒸炊。大喘不可當，况乃言語爲。心急足自縛，偷眼群峰低。煙烘浪掩掩，日走金離離。松頭密如麻，明滅無斷期。誰知萬險中，得此希世奇。真勇是韓愈，乃作兒女啼。

鎮嶽宫

萬松深處敞彤扉，繞殿笙簧步懶移。忽見滿庭金瑣碎，一齊忘却聽聲時。

西峰

渭水載殘日，金蛇爛西遊。分光到巖阿，我我巖之幽。平田豁萬里，紫煙日邊浮。參差野人居，明滅蘆花洲。複嶺下迴抱，攢峰上森稠。大松紛仰干，數至幾萬休。崇岡草一無，鰲背闊且修。扶藜立背端，烈烈長風遒。鬱勃當此時，尚從隨風流。壯觀不可言，何山敢同仇。西方金屈蟠，氣發難自收。化作神秀區，厭低四嶽頭。吾今幸何深，頓愜半世謀。明當過南峰，今宵且夷猶。尋詩志所歷，一毛於九牛。

西嶽宮

東嶽行宫每每分，金方元氣祇孤尊。千秋像設嚴誰瀆，萬劫兵殘巋自存。肅肅陰風秋倍早，沉沉雲樹日長昏。杜陵老子何多累，空憶真源祇漫論。

巨靈跡

掌形雖謬是天成，足跡鐫來益可憎。真忘惱人禁不得，步將林裏聽松聲。

避詔巖二首

希夷先生愛睡者，睡去那知有晨夜。胡爲留迹與留聲，惹得丹青到林下。到時却避無乃遲，聲迹既留能致之。然非賣畚捫蝨漢，解識九五真龍飛。真龍未飛良有以，元元之依竟誰是。笑聲忽動墮驢時，徑入深山白雲裏。安期固是神仙倫，預項干劉能忘秦。未忍乘龍自長往，閒將瓜棗試時人。貪看萬松好，不覺到巖底。海波胡爲來，作此大奇偉。光藏不早決，犢棄洗耳水。使詔知所在，避亦太晚矣。可是龍與雲，不能載其體。

自避詔巖轉東至真武祠

金帝儼尊崇，高寒壓故宫。路回秋薜碧，門閉夕陽紅。畫壁埋蓬塊，珠櫳宿網蟲。腐牀留璲瑀，古帳失虬龍。有几承虚供，無碑表舊蹤。爐煙聊縹渺，檐鐸自玲瓏。東失天孫壯，西忘太白雄。大千驚聚掌，方寸快填空。郊島能持滿，關荆敢合從。未甘捫井手，不數盪雲胸。索價元譏彼，纓情豈在儂。清方排暑鬱，秀已洩春融。靈氣蟠幽壑，冷風吐暗松。衆雄分峛崺，群峭上攢叢。漲緑迷深淺，凝青護叠重。侶吁三十洞，嶕喜二千穹。道士雲含岫，畸人鳥脱籠。便當稱白石，何必待青童。榻曠從伸脚，庵低且鞠躬。危登傳寶蒷，闞水割非蒙。計飯懲過飽，窺糧怕倏窮。無眠憂噎雨，頻起看西東。暗霧層層豁，寒星點點通。明朝攜往識，分與滿山風。

百尺撞

撞義未能搜，風裾不少留。鏄延孤客步，級伴墮魂愁。杳樹披雲動，幽泉學壘流。自嗤如此險，閒處也還偷。

朝元洞

石壁天所成，洞以人力制。平處豈不多，取難非取易。老師若常侶，安得有此異。不知經營時，頓足在何地。工搜鬼神僻，妙磔造化秘。既非苟且爲，知歷幾百世。設使容易躋，再有誰可繼。我來覓幽勝，乃得理外意。闌憑無底谷，丈尺豈可計。松頭亂皺皺，壁脚插翠氣。扶闌試小瞰，神宅欻鼎沸。只爲定力微，惹彼林澗愧。古訓衡不騎，我却自買畏。閉眼待神歸，從容問何味。

賀師避静處

嵌石石闌裏，縋鎖索險極。鑿崖種銅橛，載板以西適。置屋何所憑，憑向突壁石。雖曰恃鎖過，朽板未我惜。上視不敢伸，下視不敢息。滿山皆静處，何故作此癖。師去今幾年，猶餘損神迹。我却固不往，聞言也心惕。託彼毛文鋒，定作半面識。

安真人肉身

塊石中分瞰底深，欒欒遺槁坐巖陰。如何不是子先輩，風淡月明無處尋。

龍神祠旁二鳥

祠邊兩小鳥，相依道人室。厨中炊飯香，即至不一失。啄粟就掌内，了無猜與栗。歲月知幾何，相忘祇如一。乃知豚魚信，固自我所出。幽幽入静極，籟盡山空虚。我輩若不來，鳥外其誰歟。形姓本不同，形性本不異。回首看流雲，悠然似吾意。

南峰頂

搔首問青天，曾聞李謫仙。頓歸貪静客，飛上最高巔。氣吐鴻蒙外，神超太極先。茅龍如可借，直到五城邊。

龍潭

二三淺坎在松根，傳説潛龍或上雲。直待虎頭來戰汝，蚤從南畝看飛塵。

水簾洞

隱在南峰背，如嫌世俗知。偶從清蔭裏，微見白光垂。飛濺隨風遠，琮琤上谷遲。衆仙閒出洞，可有在鈎時。

東峰

此峰佳勝減三峰，不斷幽期只有松。拜罷老君無託處，卷將餘意坐峰東。

東峰頂見黃河潼關

雙松陰底故臨邊，要見東維萬里天。山下有人停步武，望中疑我是神仙。地通荒楚延秋色，河借斜陽透野煙。敢問鬱華離垢後，有誰張口下層巔。

仙掌

崖壘泣膏脂，俄然掌似之。不窮親到實，那釋舊傳疑。巖壁何曾破，河流本自馳。是非無盡極，搔首看風枝。

捨身樹

絶谷抽巖直透雲，小松依壁寄危根。要吾也似輕生輩，待取他年問伯昏。

抛簡處

大地焦枯雨澤空，往曾抛簡震潭龍。只今無限焦枯地，汝却昏昏詐耳聾。

洗頭盆

窪水含清照面光，不妨陽亢與風狂。遊人若待仙人杖，先覓長生不死方。

宿玉女峰

假榻玉女峰，主人有深意。玄談出無語，妙語入不計。澄明縱横發，沕潏左右至。不言求生難，但曰待死易。色境透關過，總是平穩地。優遊卅五年，何曾有顛躓。隨時覉火食，無即行坐憩。既識上山真，寧迷下山僞。顔雖不桃花，亦不霜草悴。要之非矯亢，只是不出位。我生日奇蹇，未覺久自棄。一雨悟無學，恇然莽無寄。松林延幽風，倏忽天樂沸。如此有餘中，肯作希夷睡。

玉女峰待月

萬松林裏夜蕭蕭，月影來時轉寂寥。試看影從何處起，正東峰水上波摇。

月下觀諸峰

月下看山夜色多，剖藏無奈月明何。精神正在微茫内，不道龍蛇滿眼過。

枝梯

如此爲梯也可猜，不施工巧故危哉。知師擬判仙凡路，已過蒼龍嶺上來。

玉女殿

太極總先天，明星入道玄。玉漿含羽翰，璇蓋蕩雲煙。龍馬真隨化，神龜也得仙。滿庭松蔭好，匡坐聽風絃。

石龜

巴西晏後幾春秋，宴裏張鋋見汝不？豈怕子明饒舌輩，閉精行氣在山頭。

韓姑姑遺蜕

雲窗霧閤幔重重，青鳥丁寧是浪通。未是清風連蜕在，百千年後漏函中。

西峰東面蓮花形

玉井十丈花，欺我亦已久。巔池千葉蓮，尋池復何有。果是蓮峰望或開，記者之辭又爲繆。傳聞不足信，託意不足憑。窊隆偶爾如花形，便謂此山緣此名。我來覓勝勝已盈，誰真誰僞何須徵。世間圖謀多耳聽，未如吾眼真搜冥。我詩通我懷，不爲稽考作。且看鱗動衆山來，化作笙鐘滿林壑。

女道士室前夜見流火

光明儼如磷，流過松林間。神乎鬼乎那可知，睢盱睒睗驚僕眠。東坡定力人，胡乃空茫然。我雖未至見道邊，固知神與人非懸。存亡本常事，已付于不言。女冠掩户何爰爰，脱略之語復誰肩。此或摇其中，安能塊獨三十年。

入夜聞聲疑風雨大作不敢睡

松底踏碎月，過清寒不支。窈哉石房深，矮榻聊自宜。大聲忽怒濤，拉此窗與扉。初疑雷雨交，挾以群龍飛。又疑度朔輩，夜半窟宅移。蘇磴儵霡霂，那識吾是誰。止持三日糧，有計安能施。輾轉不可當，兩目無合時。所賴窗紙明，未受煙霧欺。久之聲漸吞，喜報幽田知。魄妖方擬過，壁隙光陸離。起視東風端，日色已滿枝。布襪青行纏，尚可迂闊爲。趣飯謝主人，厄陳聞仲尼。七日枵腹坐，更有誰能之。

都土地祠

香火蕭然棟宇卑，滿山松樹送靈吹。虚名止占都祠在，酹酒刲羊讓與誰。

坐松聲中了無它音

一味松風外，何曾寄雜聽。空聞歸淡漠，玄悟透沉冥。雷豈坤餘轉，萌非臘後青。有詩持换□，來製白雲亭。

鐵鏁

凡鐵鏁，乃鑿石爲竅，種大釘，綴鏁其上，故能久而無朽。然或間有綴於木橛者，回思始來，蓋掩於不知而不慄耳。

不似區區子午間，長教虞吏斷登攀。伯梁度世無尋處，卷取松風獨自還。

林中遥見白物如獸上下跳逸從者疑是野羊余因記韓衆衛叔卿之流皆常乘白鹿寄跡是山此或然歟

有鹿無仙鹿自奔，似騎黄鶴上秋旻。何當快與劉根約，白玉牀前看紫雲。

嶺下枯木

赤立已如神，東南一枝緑。名稱未能辨，奇怪不可讀。繁根萬蛇擁，石爲何罪束。曾無九方歅，駐彼遺外目。只疑夜雷風，竄入天飛族。濡毫狀彷彿，備一百不足。持向畫家流，休誇閉門獨。

嶺以上絶無鳥音寥闃不可勝既下忽聞喜而又作

相命相求萬緑中，如何不敢過蒼龍。關關一進兜玄國，便有雙柑斗酒風。

近日月巖處有大石如蒸餅狀無突陷可頓足然鑿石上爲小坎託足端恃鑠降登衆疑經始時不知何法先登以製坎鑠

半規盂覆斷攀援，林底林端接翠烟。莫向鑠中尋混敦，崇墉高處有冥筌。

下山近青柯平

奇秀掩巑岏，休論五十盤。半生貪偃蹇，從此解蹣跚。一澗破秋寂，萬松嘘晝寒。自知清太重，不敢再回看。

至青柯平覓來所置杖已失去

不是江心蟠石種，何緣無水也通神。只愁德裕真齡見，談著方兄與鐵君。

青柯平神祠旁井

與山俱生天所造，伯益前身此中老。雲安熱惱正紛紛，寥落寒清閉秋草。

路斷處以小枝横閣危石上接過

長有木犳懼，况此枝橋艱。目走崎崟外，神沉杳靄間。玉漿寧易許，熊果未輕頒。儻然齏粉去，何物尚浮環。

第二關其中風烈太甚不少息

陰風一何勁，箭發無停機。陽光雖回環，不敢關内窺。豈以塵躅來，俗塵與之飛。吾今洗心入，飽貯群清歸。入既不我嫌，歸胡尚餘威。老懷亦自堅，未伏十八姨。披襟掃苔卧，故待秋陽西。

關下林中二石如虎奇不可狀於是悟畫之所以然

描貌三十年，接折紙絹裏。槊礴謝班寅，微風走秋水。

初上山時過上方峰逢樵子余問青柯平尚懸幾里唯放歌去不吾對及吾下山至石關而數樵過樵問余來處曾見伐木者否余亦笑而不答戲賦六言詩高唱而下

昨問青柯遠近，長歌一是無聞。欲驗朋從何處，請君自上重雲。

逢雲歸可愛

一朵歸雲静，徘徊正好看。匆匆恐驚散，不敢上林端。

因樹木翳密不能冠巾但科頭上下然時被罥髮

如此頭顱已自休，但知疏懶送春秋。聊曾章甫趨南越，依舊華陽老故丘。暴露不愁蕭督見，釣牽還動管寧羞。明朝試問廬蒲嫳，也過名山樹下不？

適一峰在衆峰中特秀然不識其名

物不自名名于人，有名何似無名真。此峰偶爾忘主賓，桓伊吹笛王猷聞。我今别汝汝不語，却昔相隨與相處。儻然有客問何名，請上山頭自尋去。

經昨所驀之澗反有怯不自勝之意

礧礧布泓渟，琤潺四面并。試尋來處熟，忽動老心驚。石勢熊渠虎，風聲永固兵。自憐人我雜，無語看雲行。

隔林泉聲隨風出不得見

窈窕鏘鳴不見形，兩情相倚進無聲。閒雲忽似神交意，行到聲邊再不行。

古藤疑爲蛇惕然

神傷山行深，杜子豈欺我。古藤屈蟠處，欲進還不可。李廣石飲鏃，于兹見幺麽。絳宫一方寸，天淵復冰火。可係竟何時，含羞澗邊坐。

山中無竹

乾坤清氣浩莫主，團入兹山秀如許。清中猶帶鏡泉寒，無乃虚心苦難處。渭川川上隙地多，龍飛一夜風雷過。微形餘迹了不見，聞我武公《淇澳》歌。

聞王刁三洞在山外西崖上中藏古書甚多然無由至

幽經秘籙弱水外，何以得到兹山中。儻逢叔夜能相許，會伴長休學御風。

田至山口何山

出山何如入山時，得則歡喜失則悲。既非長往胡不歸，有形雖遠無形隨。同行之伴各有宜，故吾未辨今吾誰。圖中索驥徒爾爲，驪黄牝牡神持機。旁人不信微乎微，丹青詠歌還相知。不詩與圖形乃遺，詩之圖之形非迷。自賞未已復自嗤，欲言不言忽忘之。五十二歲氣日羸，今當與爾常别離，西風蕭蕭吹征衣。

山外

此嶽獨靈異，勿向草木指。迹不險與深，寧免復信耳。山陰雲際峰，翕忽未易擬。得形於前輩，得神於自己。轂也趁微風，文吾一池水。

玉泉院前亭上睡覺將治行而黃翁已遣僮以驪相候就宿其家戲題此於壁謝之

虚亭夢初斷，落日在林杪。行縢草屨正經營，山口宏聲遞空杳。亭邊引領感相慰，君意何多世何少。掀髯岸幘掉鞅出，淡淡荒煙送歸鳥。玉川吃茶尚生兩腋之清風，何况吾胸滿貯三峰之大好。不妨吐出與君看，但恐君家容不了。

黃翁置酒問所見

六年觀此怕登峰，雖與中鄰似不逢。一讓老夫判死去，却探吾趣酒杯中。

初擬下山謁華陰廟歸興急不果

東面神飛西向還，一心雙繫渺茫間。却隨驪子長鳴去，竟是真閒是假閒。

華陰駐馬橋見泉而思其源自山中出

一派泉過駐馬橋，意中尋到華山椒。明朝背汝西邊去，莫放潺湲恨裏遥。

騎驢行食所擕松實枕棗以適

灞橋風雪尋詩處，何似擕清啖果時。説與小僮渾未識，徐徐分付與斜暉。

華山西北夾路皆荷花望不知其頃之爲幾大石小石錯雜乎中邊詢之途人有老者云此地本山址昔因崩而下陷故水聚荷生

池蓮井蓮俱無徵，上峰下峰空復情。山崩地陷忽露形，爛熳化作千娉婷。水晶之宫秋眇冥，緑娟紅膩琉璃屏。俊驢健僕風泠泠，欲行不行杳難名。漢皋洛浦方合併，野人解唱江南聲。

至羅紋橋賣酒家作早食所止與少華相對

二華兄弟行，弟能如乃兄。與兄金蘭采，見弟寧無情。今將總相背，欲説誰解聽。僕夫往晨炊，孤立難自勝。高樹方掩冉，幽泉亦瓏玲。攜之以西還，雲盡秋冥冥。

過渭南

掛冠尋竹渭南村，那識無人與有人。但怪此心籠不住，時時飛上華山雲。

羅紋橋少憩

行到羅紋兩華昏，似憐重見故披雲。驚風忽自知吾意，拔取微青刦袂分。

初來穿林誤躡狹徑旁幾墮崖去及還見之作此自慰

覆舟無伯夷，禍及向誰咎。重經蹉跌處，翕忽神不守。除却夏侯公，誰復閉目走。垂堂豈無識，其奈摇中久。安能如芸夫，蚩蚩老南畝。爲眼不計脚，聊隨箇齊後。探幽非離群，契妙似獨有。淵乎真奇逢，可謂不吾負。神交自兹往，盟作忘年友。何必强求仙，直要騎毛狗。所困良匪薄，所驚亦復厚。持以問東坡，河豚此同否？

希夷匣棘梗不得入

攢棘欄人不許親，豈嫌吾迹帶囂塵。張超儻與誅茅地，突破門前五色雲。

石棋局

弈仙何處石枰空，細細松陰婉婉風。豈爲商山難固蒂，共呼風雨上飛龍。

摘澗上似橘者於上山之時然酸苦不可食有感於中下山重逢復摘之以玩因賦

似橘未挾霜，青青照泉水。長安不相見，觸下寧不喜。如何洞庭實，忽吐兹山裏。平生笑汝陽，涎流於麴車。乃知老饕心，不掩閒中跨。踞石覬大嚼，慰我燥且渴。童子擷得來，竟爲蜇慘遏。取貌失子羽，信言迷宰予。把之行且看，于以懲其餘。

樵聲蟬聲相雜

悠揚樵音窅窱中，似將律吕與蟬通。出山一見皆平地，尚待朝南暮北風。

小棘匝地掩脛挽衣步不得少縱

縱横攢叢如短莎，高低迎風摇翠波。摳衣蹐步猶我柁，探幽欲急反蹉跎，爾胡不去吴王宫裏伴蓬科？又何不去洛陽城内埋銅駝？豈來此山牽制畸人野客之經過？我生之餘知幾何，一到不再從爾多。儻或《考槃》爲你，當和丁丁歌。

覓毛女峰不見

不見其峰見別峰，于喁呼恨滿山風。因思珠翠逃秦日，拄杖看雲自熱中。

曾尋落雁峰不知所在疑即南峰異名至此見峰因而思峰

呼吸通帝座，峰指落雁尊。我已極其高，不見南峰鄰。南峰之上天可捫，清都有無我未聞。忽聞征雁急縹緲，注目送入南峰雲。

老君煉丹爐志雖載而不見

朱雀河車入道梯，聃翁何故也爲之。暮年豈有筌蹄累，付與剛風一陣飛。

始至玉泉院時從院外西轉將上因目擊洞中稍立以挹其概欲賦詩未暇今還至所立之地却賦此以補之

昨轉希夷洞，傍山兩畫屏。宿雲團滃白，微峭吐寒青。初晰雄噓彩，餘煙小遁形。勁風傳遠勢，連樹報繁聽。苔徑陰長澾，雲關窅不扃。氣從當夏肅，葉趁未秋零。玄化韜空曲，神機注眇冥。地闢才小試，靈景頓孤醒。真秘懷招拒，浮辭忽巨靈。茅龍將幾化，船藕是何齡。眇麼醯中蠓，浮游水面萍。未麾兒女戀，那得鳳凰翎。一任懸危鏁，須當到絶陘。只今酬願畢，詩以記曾經。

玉泉院中謁老子像

呼馬呼牛只舊情，我來不借仲尼聲。懸知苦厭支離説，安敢重翻十二經。

玉泉道士攜遊果園

清曠滿虚襟，飄飄正不任。道人初未曉，邀看棗桃林。幽鳥窺紅顆，泠風進緑陰。匆匆難大嚼，雙袖似囊深。

小峰當玉泉院前道士云此白鶴峰也昔金仙宫主始居於此因玄宗迹之遂跨鶴飛上上方峰故名

金仙曾此棲，必有奇勝處。我初入山口，意向三峰注。還時氣蕭颯，只可亭中住。神凝目力聚，併上峰頭去。流雲忽相知，油然滿峰樹。

贈玉泉道士

五十餘年擾擾間，每逢山處似無山。嵌巖窟裏尋三昧，神秀叢中見一斑。既解梯飈乘猛進，何須咋齒悔狂攀。它年儻許重相見，會向師前問九還。

卧玉泉院前亭上

危石戴修亭，流泉面面聲。便從深樾底，閑趁好風清。支體雖攢聚，精神正杳冥。籧篨知此意，陪到日西傾。

書希夷卧像洞壁

四百餘年睡未蘇，得非忘我更忘吾。近來片石蓑衣上，還想張良范蠡無。

余僮張一頗慧聞余有登山之謀力勸行及入山乃能體吾愛畫之癖當摹寫時每索奇石怪樹以報逮余還家爲圖間有忘者又能以其所記裨余余喜其弗俗也爲絶句以賞其異

只道余成解析薪，豈知清思也能分。子淵雖是吾宗族，斷不依它製約文。

遊華清池

胏浮山與華山鄰，不敢同清却占春。擬傍石蓮花畔浴，只疑猶帶范陽塵。

丘丈云灞橋東村墅陳用彬吾故人且愛客好事可一訪以資午食及款門通姓竟託疾弗接

堅忍黄腸虚，灞橋訪仁軌。斜陽欲墮地，門閉睡不起。囊空去家遠，魚待西江水。常聞字難煮，豈意今在己。無邊華嶽秀，總聚襟懷裏。如此又同人，宜乎澗林耻。

還入長安城東門

峨峨長安城，落日遊子入。東風捲清氣，欲進還自立。行人不相知，競逐短景忽。紆餘松聲窅，泱漭嵐氣濕。歸嬴紙窗明，拈毫以收拾。

至家以山中所得松實萬年松分遺友人翌日皆見過請談所遇

偶攜山物饋諸公，明日都來問所逢。心口未曾期吐露，圖詩先已解形容。玎玲環珮高低澗，縹緲簧笙遠近松。正御風將還白鶴，忽隨雲又上蒼龍。當門攢秀青巉絶，繞屋流陰素叠重。豈念頹齡蟠鼠思，故將奇遇送萍蹤。雖難似我飄翩步，還可平君蔕芥胸。語罷忽通南郭子，不知賓主更何從。

余從山回友人王橘洲以鵝酒見餉期共飲問所得詩以酬之

我自登山看白雲，鵝群何事特相分。此襟不許肥膻污，明日清茶説與聞。

鄉人徐仲瑜見訪談其曾至上方峰所見之詳因有失機之憾

直壁無恩鎖厭人，玄宫佳勝似迷津。不知商嶺真忘漢，將謂桃源獨避秦。遠樹摇情低野甸，斷雲攜恨捲秋旻。從今要我如君勇，待伴韋郎過兩塵。

嘗見石刻本華山圖以爲形似不過如此及既登而還重見於姜月心家不覺失笑因書此於其上

世間丹粉競紛紛，若箇能知僞裏真。但使初心隨眼轉，不妨延壽寫昭君。

至新豐丘丈寓所期與理舊情而吐今意不料已先我東還矣不勝悵然因爲是詩俟便寄與

太華天下特，故作四嶽冠。深深括神秀，眠到不忍换。捲命付鐵鏁，墜魄化白汗。險極豈不知，其奈癖未斷。會心難措辭，静處自把玩。厚哉丘丈德，遺此青玉案。我若圖報之，豈可錦繡段。拾遺老關陜，祇得平地看。乃知希世緣，不在計與算。古今多少慕，往往交臂散。吾緣獨何深，乃願在一日。歸鄉五千里，日夕方寸亂。嵯峨仙掌巖，縹緲雲臺觀。會訪扶搖公，與我分一半。

東峰楊道士所惠萬年松置之篋中時一玩之以寄遐想

間氣何私汝，無人見死期。可憐王景略，心在慕容垂。

時伺病隙完未完之圖而樓閣無緣僅規規然於僑居小草廬分積薪之半以屑就之

才非顧愷流，那敢建曾樓。不貴元君賞，寧分立本羞。小窗嫌送目，低宇禁撞頭。幸與毛元鋭，時時過白州。

圖成戲作此自慶

昌黎曾到不能畫，摩詰能畫不曾到。萬秀千奇不出山，秘作深深鬼神奥。海濱野客一何幸，直抵峰尖問蒼昊。笑呼二子看我盤礴於其間，石劍泉紳，積翠連天，無乃未了此山之真妙，何如野客負匱揭篋擔囊趨，一任山英指爲盜。貧兒暴富喜難説，時借長歌寫幽抱。不求沈□□□，不用皇甫謐序，草閣蓬窗且結忘形好。有人問道學誰家，待我尋思却回報。

帙成戲作此自譏

爲圖爲記復爲詩，畢弋罝罘也是癡。何似酒徒渾爛醉，不知天地與吾誰。

披圖喜甚復戲賦此

山林天地間，豈獨棲百靈。許作欲海岸，而乃落落星。我生素蟠霞外情，廣斥萬結千復縈。但聞喧豗噴激動地之怒霆，不逢巃嵸旁魄插天之翠屏。塌翼鎩翮嵩鶡并，從他九萬趨南溟。斷蓬一旦挽我伴遐征，翕忽迸落北斗城。招拒宛似宿有盟，期吾氣達青雲之上京。勇賈未數腰帶鞓，何必直躡鳳凰翎。乃知不待龍嶠經，羽人幽子紛相迎。烹芝采薇敞巖扃，未暇雲惚恍，泉瓏玲，存冥注險扶至精。步不在趾意以行，五十二年滓穢羶且腥。電飛泡滅霜葉零，誰爲擁腫木，誰爲浮游萍。左招呼子先，右招衛叔卿。茅龍白鹿，羽蓋霓旌，南峰上頭如幔亭。須臾泮散入杳冥，萬松擁翠風泠泠。歸尋故吾了無形，唯見攢巒叢崿逼塞絳宫之虛明。深青淺青秀難名，彼承此接不可勝。擬煩夸娥二子，未敢以使令。醉呼元鋭處晦及陶泓，相與羿送楮先生①。

①原注：「余自少喜畫山，模擬四五家，餘三十年，常以不得逼真爲恨。及登華山，見奇秀天出，非模擬者可模擬。於是屏去舊習，以意匠就天則出之，雖未能造微，然天出之妙，或不爲諸家畦徑所束。雖然，李思訓果孰授歟？有病余不合家數者，則對曰：『只可自怡，不堪持贈。』畸叟書。　昌黎《南山》詩二百四句，鋪叙詳，文采瞻，議者

謂其似《上林》、《子虚賦》，才力小者不能到，是固然矣。然余竊觀之，其『吾聞京城南，兹維群山囿』、『東西兩際海』、『西南雄太白，突起莫間籦。藩都配德運，分宅占丁戊。逍遥越坤位，詆訐陷乾寶』、『昆明大池北』、『前尋徑杜墅，坌蔽畢原陋』、『初從藍田入』等十餘句，可以施之於終南外，此則凡大山皆有之，皆可當，不獨終南也，移此以指它山，誰曰不可。况又每有梗韻生意，使文辭牽綴而義理不得通暢者，固才力小者不能到，但恐非終南之本色耳。故先正謂文章當使移易不動，慎勿與馬首之絡相似。竊謂縱不宜規規然傳神寫照，亦豈宜泛泛然駕虚立空。非駕虚立空，雖不足以成文，然終無一主十客之理。務駕虚立空以誇其多，雖多亦奚以爲乎？少陵則不然，其自秦入蜀詩二十餘篇，皆攬實事實景以入乎華藻之中，既不傳神寫照，又不駕虚立空，是故高出人表而不失乎文章之所以然也。余平生讀之，未始不起夫仿之之心，然迹囿一隅，不得騁心縱目於所之之勝而止。今也幸於兹遊，故得以償其昔之所欲而不能遂者。然余也安敢自謂軼昌黎而配少陵哉？不過庶免乎馬首之絡之弊而已。雖然，神秀無匹如此，未始遊者得徵亦以余爲駕虚立空而近於誣人哉？畸叟又書。」

王教讀行一十一首

行字止仲，長洲人。髫時從其父爲閶門南市人，市藥，籍記藥物。應對如流，迨晚爲主嫗演説稗官詞話，背誦至數十本。主人翁異之，授《魯論》，翌日已成誦，乃令遍閲所庋書。年未弱冠，辭去，授徒於城北望齊門。議論踔厲，貫穿今古，家徒壁立，幾無留册。詢所學，曰：「得之藥肆翁耳。」張氏據吴，隱居教授。洪武初，群庠延爲經師。時訓導無常禄，猶儒生衣巾。弟子員心易之，以《五經》雜進問難，肆應不窮，皆吐舌嘆服。晚年，謝生徒，居石湖之濱。郡守魏觀徒行訪之，不肯出。洪武二十六年，凉國公藍玉謀叛，止仲以西塾連坐，并其子阿定伏誅。初，止仲好談兵，兩浙兵興，默坐籌勝負，出與所親決，不失一二。吴中恃多壘，炮石自固，止仲私語曰：「兵法不云『柔可制剛』」，植篙籐幀而偉者，繫布於其端，如栟櫚然，人出没其下，雖炮至，布隨之低昂，則人無害，而石可盡矣。」後開平兵至，果用是計。止仲益喜自負。往遊都門，人或尼之，笑曰：「虎穴中好休息也。」凉國延教其子孫，止仲數以兵法進説，凉國大喜，頗與商舉事，卒用是敗。止仲好從釋老遊，深契道衍，以爲盍有所待，不當以其法老。有贈道衍文二首，在《楮園集》中。

題自作畫并序

戊辰三月望，過湯氏小林居，時中留宿漉酒之餘，適水墨在案，因灑翰滿紙，不覺淡雲濃樹，隱映虚遠，而青山穆然，自不改色。予方嘆静者有常，而動者無滯，時中乃曰：「是足爲畫也已。」明日，裝演成卷徵題，爲寫當時意趣如此。

高館良宵睡思遲，葛巾重著半醺時。都將滿抱林泉興，付與閒窗墨半池。

滕用亨諸篆體歌

維周大篆成史籀，宣聖傳經制蝌蚪。總因倉頡見鳥迹，象形置書變來久。李斯小篆類玉箸，鐘鼎魚蟲分衆手。碧霄鸞鳳漫迴翔，滄海蛟螭互蟠紐。有如垂露楊柳葉，或似委薤劍環首。許慎程邈評已彰，餘子紛紛亦何有。有唐陽冰號高古，嘗拓鴻都嶧山譜。新泉丹井尚幸存，纓絡麒麟折釵股。刻符摹印氣候形，義理深關非小補。南陽髯翁學古書，雅與秦漢參錙銖。古文奇字蕩胸臆，豈若俗工訛魯魚。自言初習勝國時，玉雪左丞吾所師。荻莖錐沙指畫腹，廿年勤苦求妍姿。嗚呼方今世雍熙，明良際遇千載期。大書功德勒金石，絶勝草草人間碑。

高房山寒江孤島圖

千山萬山重復重，烟嵐草樹深莫窮。高堂大軸示寬廣，要以筆力誇奇雄。青紅蒼翠滿縑素，缺處殘碧分遥峰。雖云眼底供一快，未見闊遠開心胸。歷觀畫史每如是，意謂此法由來同。昨嘗凌秋溯楊子，一舸縹緲乘長風。洪波吞天渺無際，出没但有孤輪紅。中泠盤陀瞬息過，回首浮玉雲濤中。乃知山水有佳處，到此始覺飛埃空。當時海嶽應飽見，落墨便自超凡庸。不將層疊競工巧，遂使氣象齊鴻蒙。平生愛畫惟愛此，苦恨妙法無能攻。九州之表有人物，意匠仿佛宗南宫。莫言未入米家奥，百年猶數房山翁。兹圖咫尺便千里，生綃數幅徒爲功。亦知盤礴意有在，正欲逐米追高蹤。愛之歌詠乃常理，好事況有天隨宗。同觀何人江海客，氣似貫月書艎虹。文辭瀾翻沛難禦，奔走風雨驅豐隆。古稱珠玉在我側，濡翰自愧言非工。黄塵城郭久見困，何地閒静能相容。詩成忽復三嘆息，矯首長望青冥鴻。

題趙元臨高房山鍾觀圖

北苑貌山水，見墨不見筆。繼者惟巨然，筆從墨間出。南宫實游戲，父子並超軼。豈曰董是師，賡歌偶同律。高侯生古燕，下筆蜕凡骨。春容米家氣，犖確老僧質。沄沄水墨中，探破造化窟。嘗圖得鍾觀，景象照雲日。長松更飛泉，霞彩互飄欻。今朝見兹畫，臨寫意無失。慘澹入窈冥，棱層隔岑蔚。乃知趙雲子，後欲復奇逸。高堂時一舒，六月氣蕭瑟。平生丘壑性，塵土欣已拂。因之興我懷，山中斸苓朮。

次韻楊孟載見寄

懷刺歸來卧枕書，白雲滿榻閉門初。草《玄》未信揚雄病，禮法從知阮籍疏。短障夕陽悲蟋蟀，方塘秋水老芙蕖。南村口燥呼難得，一任狂風捲弊廬。

次韻高季迪見寄

廿載誰詢獨處情，翛然江郭養餘清。老顔照水同梅瘦，短髮臨風鬬雪明。寒雁聯行輕落渚，晚鴉結隊遠歸城。匆匆歲暮相思切，又辱沙塘折簡行。

次韻沈學庵閑居雜興三首

庭户無塵雜，軒楹净掃除。爐煙消晚坐，簾日照晨梳。清逸吟邊興，騫騰醉裏書。時看問奇者，來覓子雲居。

樹影覺秋疏，山光映晚除。溪毛和雨薦，石髮任風梳。艾蒳窗餘篆，芸暉架有書。呼兒具毫楮，應欲賦閑居。

閒懷聊自適，老態詎難除。白髮從千丈，清風每一梳。衆峰陪獨詠，孤枕伴群書。况有能吟侶，時來慰索居。

集外詩二首

秀野軒詩

高館罷零雨，前榮揚微風。霏霏碧蘿花，吹落酒罍中。移席俯流水，揮絃度秋鴻。遥思獨樂意，邈哉誰與同。

題雲林畫

每看新圖憶舊遊，遠情閑景共悠悠。亂鴻沙渚煙中夕，黄葉江村雨外秋。亂後得安翻訝夢，醉來因感却生愁。那能便結滄洲伴，重向煙波覓釣舟。

謝處士應芳三十六首

應芳字子蘭，武進人。耿介尚節義，作爲文章，咸有根柢。元末，徙居吴之葑門，避兵吴淞江上。所至，人欽其德，延致恐後。築室松江之旁。年逾八十，歸隱横山，自號龜巢老人，故以名其集。范陽盧熊曰：「閩人張志道評先生之詩，雅正純潔，可與傅與礪相伯仲。識者以爲名言。」子蘭著《辨惑編》四卷，亦昌黎《原道》之類。丙戌五月，余於南城中見其稿本，塗乙宛然。次日復簡視之，不可復得矣，爲之憮然。附記於此。

竹素齋

天人交敷，犧畫馬圖。文明九丘，科斗六經。於昭日星，漆書汗青。姬公宣尼，斯文緝熙。爲世範儀，百家之多。繼聖惟軻，如江如河。竹兮素兮，文所寓兮。開牖户兮，爾於其中。樸斫磨礱，德業攸崇。

苟習其辭，舍己弗治。雖多奚爲，余言若兹。亶弗爾欺，亦以自規。

淮夷篇

大邦浙河西，吴郡稱第一。淮夷著柘黄，來作豺虎窟。交鄰無善道，西顧拒勁敵。一鶚嬰罔羅，同氣頓蕭瑟。正朔仍奉漢，天恩滿牀笏。賦粟歲倍蓰，郿塢金日積。非無舶棹風，海運不掛席。包藏狼子心，反覆莫可測。臺閣兩重臣，忍爲梟獍食。井蛙自尊大，出入復警蹕。愛弟日寵驕，開府門列戟。提兵幾百萬，勢熱手可炙。甲第連青雲，圊溷亦丹碧。瑶池長夜飲，天魔舞傾國。帷幄皆面諛，忠鯁即擯斥。權門競豪奢，婪夫務懷璧。淮南舊巢穴，坐視成棄擲。出師理侵疆，所向輒敗績。鄰兵賈餘勇，一舉數州得。群凶納降去，斂戍獨堅壁。奈何圍數重，樓櫓比如櫛。炮車拂雲漢，晝夜飛霹靂。寵弟既齏粉，左右皆股栗。短兵屢相接，苗獠與戮力。南濠百花洲，流血水盡赤。閉關甫期月，人面多菜色。蔬茹猶八珍，骸骨爨下析。衆叛已不知，豕突猶親出。前徒忽投戈，回騎不數匹。一炬齊雲樓，紅粉隨煙滅。縛虎送臺城，咆哮氣方息。嗟哉爾淮夷，亡命起倉卒。衡行十五載，貴富亦已極。雕墻底滅亡，斯理信弗忒。

歸故里

憶昔走避兵，棄别鄉井去。意將朝莫歸，行行重回顧。安知逾一紀，方踏去時路。四郊皆蔓草，白日暝如霧。披榛訪閭里，隔水拜丘墓。傷哉脊令原，黄蒿走狐兔。别墅破垣在，郵亭乃新作。鄰兒二三輩，衡茅晝扃户。初若不相識，熟視肖厥父。坐久泣且言，爲我話親故。什九死兵戈，餘亡不知處。其詞吐未終，我淚已如注。對食不能餐，相期歸蟻聚。吾將語吾兒，賣書買農具。歸耕滆上田，宜若烏反哺。吾其正丘首，此心庶無負。

簡張希尹

余生寡諧俗，老去得知己。論交固云晚，莫逆良可喜。聯翩諸侯客，寂寞著書事。夜分青藜光，日並烏皮几。幾回論班馬，一笑易亥豕。烟雲揮灑外，風月吟嘯裏。蚶杯酌流霞，猷爐爇沈水。佳哉《水調》詞，清我塵俗耳。朱絃聽者希，《白雪》和能幾。别來懷盍簪，夢見承倒屣。帷林大江邊，瓢巷横山趾。秋風響梧葉，甘雨熟菰米。相望不三舍，相過堪一葦。詩筒繼元白，通家猶孔李。况于阿戎談，亦與諸任齒。尚友古之人，厥德薰晋鄙。

聽雨

客來帷林候漁父，爨舍坐聽三日雨。諸生讀書喧兩廡，商羊飛來立當寧。雨聲書聲雜蛙鼓，蚓歌似亦諧宫吕。青苔上階菌生柱，敗壁淋漓籀文古。齋僮不敢開牖户，風撼庭柯嘯饑虎。南山石爛成糞土，天漏誰能爲天補。去年旱魃走吴楚，田家什九悲魚釜。麥秋一飽方自許，莫教又作飛蛾舞。

倪元鎮過婁江寓舍因偕智愚隱遊姜公墩得如字

秋暑賈餘勇，懷抱方焚如。故人江上來，風雨與之俱。遂令沸羹鼎，化爲寒露壺。幽尋陟崇丘，飄飄素霞裾。同遊得名緇，吟嘯興不孤。大樹倚高蓋，小酌歡有餘。三江五湖上，群峰開畫圖。獨憐我鄉土，煙塵尚模糊。安知覲虞世，得此暇日娱。一笑百慮忘，松風奏笙竽。

逸庵詩爲吴子明賦

日高三丈餘，先生睡初起。澱山小湖邊，草亭修竹裏。消摇漉酒巾，傲兀燒香几。放鶴上晴霄，觀魚戲春水。世事了不聞，無勞洗吾耳。

祭顧仲瑛詩

嗚呼玉山翁，先世吴右族。生逢全盛時，當路屢推轂。辭榮樂蕭散，竟韞石中玉。早持萬金産，轉手授家督。不爲五嶽遊，家園蒔花竹。讀書數千卷，旁覈聃與竺。非無酒如澠，過客佳乃肅。徒見駟馬車，未若一儒服。緇黄粲然者，待遇情亦篤。常言性嗜詩，雋永過粱肉。興來抉雲漢，毫端注飛瀑。詞林采英華，琰刻播芬馥。詩名滿朝野，嘯傲心自足。世故一變更，十室九顛覆。幽棲綽山下，人疑王官谷。時余逃難來，憔悴如病鵠。踵門通姓字，一見已刮目。夜飲嘉樹軒，明朝杯又續。高堂桂花秋，金釵翦銀燭。雙歌棹𦨭船，洗我愁萬斛。一留兩月餘，坐客常五六。寫圖紀觴詠，墜水亦有曲。連牀可詩齋，清話屢同宿。擇鄰爲移家，歲晚安且燠。奈何鼙鼓聲，又若雷震屋。妻人悉驚散，我亦猿共木。萍漂甫里東，賣文如賣卜。感翁數相過，饋則慰窮蹙。翁亦客檇李，遠避賦蛇毒。山川鬱相望，詩筒時往復。陵谷復一變，翁歸理松菊。松鞠理未能，蒺藜伐困辱。余舟榜笠澤，訪舊宿西塾。夜深屏輿隸，促膝寫心腹。春風舊池館，荒烟秋草緑。朝廷更化初，召役事重繆。挈家赴臨濠，星言去程速。送行愧鄒遊，口占謝龜縮。詩去秋復春，客來書滿幅。念我及兄輩，舉室蒙記録。自言多疾疢，經年在牀蓐。鬱攸妻驚嚇，使我長觳觫。尚須手顫定，親札寄篇牘。安知僅逾月，遽爾聞不禄。初疑傳者訛，細問泪盈掬。嗟余老異鄉，知己失鮑叔。蕪辭叙疇曩，悲吟甚于哭。神交死如生，歆此杯中醁。

至正丁酉冬崑山顧仲瑛會客芝雲堂適時貴自海上來以黄柑遺之仲瑛分餉坐客喜而有詩屬予及陸良貴袁子英等六客同賦

赤眉横行食人肉，逃我崑山采黄獨。上書不伏光範門，忍飢寧負將軍腹。玉山燕客客滿堂，黄柑新帶永嘉霜。分金四座炫人眼，漱玉三咽清詩腸。山中椰瓢大如斗，吴姬擘來薦春酒。酒酣遥指洞庭山，爲問木奴曾貢不。頻年兩浙閲兵戈，黄甘陸吉不相過。此時共食此佳果，胡不取醉花前歌。願言海内無征戰，漢廷還有傳柑宴。白髮吴儂能上天，野芹亦獻蓬萊殿。

石箭頭歌并序

吴人開渠，自望亭通漕湖，多得石箭頭。長洲徐伯昂持以見遺，請爲賦詩。

南山爛盡蒼雲根，飄風勢欲傾崑崙。老砮作鏃幾千載，神鑱鬼削秋無痕。沈沙不隨戈戟折，太陰玄精壯冰結。五丁手抉出重泉，猶帶堯時九烏血。鵂鶹驚破膽，罔兩走折足。獨有老於菟，坐嘯風滿谷。猿臂將軍骨已枯，蒼頭廬兒金僕姑，時乎時乎奈爾砮！

和顧仲瑛金粟冢燕集

我昔過北邙，立馬山之隈。爲問隴頭樹，皆云後人栽。生前尊酒誰不有，無人到此自對青山開。屋堆黄金五侯貴，難免白骨生蒼苔。道旁多棄夜光璧，爨下誰惜絲桐材。玉山先生達觀者，胸次不著閒悲哀。清秋攜客墳上飲，曲車載酒山童推。大笑胥魂乘白馬，深慚鯀魄化黄能。墓銘自製詩自挽，視身不翅輕於埃。鶴群長繞嘉樹舞，龜趺並載穹碑來。鸞翔鳳翥玉箸篆，虎踞龍蟠金粟堆。長吟復短吟，此興何悠哉。秋風無情摧萬物，芙蓉亦老胭脂腮。笑言他年翁仲共寂寞，何如此時賓客相追陪。功名本愁根，富貴真禍胎。百年能幾日，一日能幾杯，從兹秉燭長夜飲，猶恐四蛇二鼠忙相催。主人沈醉客亦醉，絶倒不顧旁人咍。北望中州數千里，人家盡作兵前灰。髑髏委荒郊，孰辨賢與才。伯夷空忍首陽餓，屈原徒作湘江纍。神仙初無不死藥，方士浪説尋蓬萊。君不見無邊之海白淼淼，無名之山青巍巍。長鯨噓吸成風雷，徐市一去何曾回。

盧□□尹宜興秩滿以兵亂久寓無錫今知崑山州與予叙舊言懷良有感慨作二詩貽之

我思陽羨茶，初生如粟粒。州人歲入貢，雷霆未驚蟄。天荒地老今十年，春歸又聞啼杜鵑。山中靈草化榛棘，白蛇何處藏蜿蜒。玉川先生一寸鐵，欲刳妖蟆救明月。丹霄路斷肝腸熱，還憶茶甌飲冰雪。

我思惠山泉，泠然響鳴琴。瓶罌走千里，煮茗清人心。向來刼火炎錫谷，神焦鬼爛猿猱哭。池邊橢石亦灰飛，此水依然瀉寒玉。若人飲泉五六年，一襟清氣清于泉。好爲吴儂洗煩熱，乘風歸報蓬萊仙。

贈楊君濟縣丞

我昔崑山鉏白雲，高軒訪我麋鹿群。我今長洲釣明月，君復過此寂寞濱。感君相知式相好，與君談笑開懷抱。坐分半席白甌沙，滿目青山浄如掃。社公雨晴風不作，村北村南花自落。勸農來往落花間，鷄犬不驚田舍樂。君歸哦松坐松陰，我舟更入菰蒲深。釣鉤無餌勿語人，但説烟波無處尋。

古鼎歌并序

蘇州萬壽寺舊藏古銅鼎，識者奇之。其識有「周康穆宫册錫寰用鄭伯姬」等語。大德中，任陽謝氏嘗欲以玉杯易之，時住山默翁師不從。後謝氏爲構佛殿，乃予之。至正丙申，謝遭兵，鼎因失去。甲辰夏四月，愚隱智公復得於軍人之手，耆舊聚觀，皆曰：「我山中故物也。」既而出鼎見示，并述其由，索詩以紀之。

碧雲師著金伽黎，空王殿前龍象隨。當階一卒送古鼎，狀若獻寶波斯兒。群緇聚觀方丈室，中有老僧前致詞。云是山中舊時物，立誦款識能無遺。文詞詰屈錯盤誥，字體隱伏蟠蛟螭。蒼姬訖録世屢改，不知何代來於斯。謝家寶樹修佛刹，巨構買與秦城齊。鼎兮鼎兮什襲去，歲經六紀今來歸。師聞此語重嘆息，兵火連年炎九域。金鐘大鏞棄道旁，總若沈沙銷折戟。鼎歸禪月獨無恙，護持信有天龍力。摩挲兩鉉濕煙霧，錯落丹砂映金碧。光如摩尼含五色，高比珊瑚長一尺。嗚呼！羲軒之鼎莫可求，禹鼎亦已淪東周。世所用者非爾儔，或膨豕腹徒包羞。調羹爾無與，覆餗爾不憂。歸來兮歸來，北山兮菟裘。汾陰自有爲時出，切莫放光驚斗牛。

具區耕隱歌爲盛徵士作

脱屣東華塵，結廬太湖濱。蓬藋開小徑，桑麻接比鄰。金門玉堂夢不到，烟蓑雨笠情相親。東風二月桃花雨，布穀飛來向人語。一犁初破隴頭春，黄犢出欄健如虎。西山不知誰采薇，南山不知誰采芝。我耕我田食我粟，歲晚復有冰壺齏。悲歌笑甯戚，夜半猶未已。人間閑是非，何用污牛耳。緑陰繫牛春晝閒，樵童隨我看青山。日莫歸來一壺酒，牛棘花前開笑口。笑問儂家子若孫，知我犁鋤佳趣否？豈不見蘇秦爲無二頃田，六印累累苦奔走。到了落禍阬，虚名何足取。鹿門龐，真我友。

莫春陪周明府過顧將軍祠下立碑

黄天蕩上將軍樹，樹下數家人姓顧。行人遥指若堂封，往事猶論麾扇渡。新祠畫藻烟霧濕，古木垂蘿鬼神護。長州縣令枉高蓋，短褐巢翁曳雙屨。海棠正落胭脂雪，山瓶爲酹金盤露。杜頭老鶴作人語，道旁騆騅隨車駐。《吴趨》一曲歌未了，蜀魄數聲春又莫。金戈鐵馬尚酣戰，白羽清風復誰睹。看碑莫怪客如雲，彼君子兮真可慕。

江貫道清江泛月圖

吾聞老郭之傳許與江，山水絶筆稱無雙。此圖夜景江所作，仿佛秋聲動林壑。長江澄澄月在水，遠山蒼蒼樹如蟻。如此江山夜放舟，若人真是逍遥遊。爾來一百四十載，改谷變遷圖畫在。世無蘇李兩詩仙，赤壁采石俱蕭然。老夫此興固不少，解裘亦足酤清醥。出門有礙行且休，不如燒香看畫樓上頭。

贈製筆王世超

時方用武我業儒，超也賣筆來吾廬。曰予製筆似輪扁，妙不能言徒嘆吁。宣城阻兵十三載，猶喜山中老毚在。拔來紫穎帶秋霜，製得筆成時世改。鄉年草創供玉堂，玉堂仙人雲錦裳。三縑一字不易得，筆價亦與時俱昂。莫怪年來棄如土，掃除風塵必斨斧。爾今賣筆我賣文，何異適越資章甫。呼兒爲我買一束，亟用寫成懷古録。一書永字三嘆賞，八法以之隨意足。我有佳音語爾知，用筆將見文明時。諸公筆諫佐明主，老我筆耕箋古詩。詩成未若相如倦，毛穎更須重作傳。牽聯爲爾書姓名，雪上溪山亦葱蒨。中秋適逢酒禁開，椰瓢酌我新緑醅。酒酣仰視月中兔，長嘯一聲歸去來。

寄盧公武兼問殷孝伯安信　時殷爲咸陽縣教官。

憶言雨別去塗難，喜得雲歸舊谷盤。郡乘手揮狐史筆，齋居頭戴鹿皮冠。草生林館皆書帶，竹老溪園可釣竿。爲問咸陽殷博士，有無書尺報平安？

吴下詠懷　八首

甫里水東頭，垂蘿繫客舟。客心清似水，吟鬢白於鷗。詞賦知無用，干戈苦未休。蓬窗三日雨，農事憶西疇。

五十不富貴，蹉跎又六年。新愁添鶴髪，故國暗狼煙。白帽看雲坐，青鐙聽雨眠。癡兒書懶讀，翻笑腹便便。

吴地方千里，齊民總荷戈。人生無可奈，天運竟如何。米市黄金賤，沙場白骨多。故山時一望，老眼淚縣河。

伐木燒官炭，中林霹靂飛。窮猿無可擇，飛鵲更何依。野雨生稊稗，山風長蕨薇。兒曹能采拾，猶足慰年饑。

吴女何多巧，《吴趨》變楚聲。市廛方易肆，朱粉復傾城。厭酒桃花塢，彈箏細柳營。將軍正年少，相顧若爲情。

闔閭城下柳，新種緑陰成。樹繫浮江馬，枝遷出谷鶯。朝家方用武，僧寺總屯兵。猶喜湖田熟，街頭米價平。

盡道從軍好，封侯甚不難。羽書才奏捷，相府即除官。西日長安遠，東風雨雪寒。此身知已誤，依舊著儒冠。

近聞哀痛詔，使者又江東。兵革何時已，車書四海同。落梅春雨後，芳草夕陽中。欲作菟裘計，桃源路不通。

避　雨

繫馬废亭東，題詩野店中。長河飛白雨，高樹灑清風。州界才相接，鄉音遽不同。齊梁陵寢地，猶得問樵翁。

題杜拾遺像

國破家何在，窮途更莫年。七歌同谷裏，再拜杜鵑前。胡羯長安滿，騎驢短褐穿。畫圖憔悴色，猶足見憂天。

董明府除夕惠炭

范叔寒多正不禁，烏薪意重比烏金。賒來脱粟忙炊飯，留得焦桐好製琴。環堵一龕春盎盎，麗譙三鼓夜沉沉。硯池冰釋龍香暖，寫我朝來抱膝吟。

煮茗軒

聚蚊金谷任葷羶，煮茗留人也自賢。三百小團陽羨月，尋常新汲惠山泉。星飛白石童敲火，煙出青林鶴上天。午夢覺來湯欲沸，松風初響竹爐邊。

萬法寺喜書

客來喜得平安信，蕭灑樓居日掩扃。潮近浪摇窗影白，地偏苔没屐痕青。群賢方結蓮花社，小楷尤抄貝葉經。歲晚歸舟經甫里，好尋漁父過寒汀。

洪武初聞顧仲瑛以召役入城嬰疾而歸尋喜勿藥作此問訊

聞道龐公近入城，還家風雨過清明。催租人去詩仍好，市藥童歸病已輕。尚喜竹林青笋出，不嫌花徑紫苔生。路逢緇侶傳安信，候問姑遲數日程。

遣興和馬公振韻

馬圖毋怪出河遲，世事方如理亂絲。蓮葉有巢龜已老，竹花無實鳳仍饑。籬邊艇子供垂釣，林下樵童許看棋。苜蓿一盤三丈日，山妻白首案齊眉。

顧仲瑛臨濠惠書詞甚慷慨詩以代簡

濠上人來書數行，開緘如對語琅琅。酒杯已辨弓蛇誤，藥杵無勞玉兔將。少待天公舒老眼，剩收雲母束歸裝。舊家池館花狼籍，春水依然緑漫塘。

陶南邨宗儀一十二首

宗儀字九成，台之黄巖人。少舉進士第，一不中，即棄去。務古學，出遊浙東，師張翥、李孝光〔一〕、杜本。抵淞，教授弟子。至正間，累辭辟舉。張氏開閫，辟軍諮，亦不受。洪武六年，守令舉人才，至京，以病固辭，得放歸。遭亂播遷，必以卷帙自隨。有田一廛，家於松南。作勞之暇，休於樹陰，有所得，摘葉書之，貯一破盎，去則埋樹下。如是十載，累盎至十數，編次成書，卷帙甚富。九成詩自叙洪武二十九年丙子率諸生赴禮部考試，讀《大誥》，賜鈔遣歸。而孫作小傳不載，豈其晚年亦曾列官教授耶？建文初尚在，亦其詩云。

〔一〕小傳無「光」字。

南郵雜賦 六首

屋小長林束，郵深四水通。睡因閒處熟，愁向醉時空。鵝鴨春波緑，牛羊晚照紅。歲輸公賦足，泚筆紀田功。

路直華亭谷，林藏處士家。葵菘浮雨甲，粳秫吐晴葩。埘羽肥堪縛，谿鱗巨易叉。客來留共酌，濁酒不須賒。

甲第多荒址，茅茨獨老翁。杖藜山遠近，舟楫泖西東。暮色蒹葭外，秋聲絡緯中。郊居端不惡，此趣許誰同。

槿樹成籬落，松脂化茯苓。閒開籠鶴栅，時過狎鷗亭。汗簡修書史，持杯閱酒經。塵纓終不縛，何愧草堂靈。

江海謀生拙，園田引興長。徑分黄菊本，池種白魚秧。瘞筆營山竁，横琴布石牀。俗氛飛不到，一曲水雲鄉。

草徑牛羊熟，雲林鳥雀馴。九峰三可攬，一室四無鄰。世治方爲樂，身安豈厭貧。凉風北窗下，未讓葛天民。

西湖紀興

浩浩春波闊，冥冥夜雨縣。笙歌傳别館，燈火隔疏煙。作客頻遷次，傷時更可憐。明朝晴未卜，還是醉湖船。

哭王黄鶴 乙丑九月初十日，卒於秋官獄。

人物三珠樹，才華五鳳樓。世稱唐北苑，我謂漢南州。大夢麒麟化，驚魂狴犴愁。平生衰老淚，端爲故人流。

曉起

豆苗引蔓上疏籬，桐樹吹花落釣磯。老我田園閒處好，故人書疏近來稀。挂巾蘿薜看雲起，沐髮滄浪待日晞。只怪平生詩癖在，形骸消瘦不勝衣。

樂静草堂爲衛叔静賦

屋繞芙蓉九叠屏，日長客去掩閒庭。巖花暖傍疏簾落，階草晴分汗簡青。温火試香删舊譜，汲泉煮茗續遺經。江南定有徵賢詔，太史方占處士星。

次韻答楊廉夫先生

移家正在小斜川，新買黄牛學種田。奏賦不騎沙苑馬，懷歸長夢浙江船。窗浮爽氣青山近，書染凉陰緑樹圓。樂歲未教瓶有粟，全資芋栗應賓筵。

夜　坐

披衣散髮坐南榮，漏點遲遲欲二更。風約沼萍雲影淡，月棲徑竹露華明。石牀凉意浮珍簟，寶鼎沈煙噴玉笙。世慮不關心似洗，此身只覺在蓬瀛。

邵貞溪亨貞〔一〕一十三首

亨貞字復孺，嚴陵人。徙居華亭，卜築溪上，以貞溪自號。博通經史，贍於文詞，工篆隸。與王原吉、申屠仲權、邾仲義交。嘗爲陶九成作《南邨草堂記》，洪武戊午歲也。復孺詩帖云：「僕從軍吴秀間，近始謁告還家。」有「儒冠不解明韜略」之句。錢應庚詩帖云：「復孺先生自軍中回署，其年至正乙巳也。」王原吉詩稱「復孺屯田」，復孺祭伯文云：「己亥之歲，以屯役宿留吴門」，則復孺蓋嘗有事行間。入國朝，爲松江府學訓導。卒年九十三。有《蛾術文集》十六卷、《娥術詞選》四卷。天啓辛酉，江陰李如一過赤岸田家，屋梁懸故紙一束，取視之，乃《蛾術》稿，復孺手筆，問其人，則復孺之後裔自雲間流寓赤岸也。集後有《學庵集句詩》一卷，云復孺之子伯宣所作，與劉昌、卞榮同時。復孺女嫁江陰張宣藻仲，即宋學士賦詩送張翰林藻仲歸娶者也。

〔一〕「貞溪」，原刻卷首目録作「處士」。

泖塘夜思

宿霧隨雲斂，寒星著水明。客舟移遠岸，戍柝報初更。老覺馳驅倦，愁思喪亂平。故人鷄黍約，歲晚更多情。

貞溪初夏六首

雨後深林竹笋肥，渡頭風急柳花飛。柴門不掩緑陰静，人在閒窗試苧衣。
緑陰桑柘滿高原，白水蒹葭接遠村。江上人家無俗事，輕舟載網過柴門。
巡檐燕子掠晴絲，隔水茶煙出院遲。草色入簾人不到，午風吹暖夢回時。
春水初收露淺沙，野人相見問年華。芒鞋竹杖前村路，煙樹深深叫乳鴉。
楝花風起漾微波，野渡舟輕客自過。沙上兒童臨水立，戲將萍藻飼黄鵝。

巷巷繅車桑繭熟，村村社鼓野神來。鵓鳩聲向樹陰裏，花下柴扉晝不開。

次韻答松雨上人 洪武庚申。

老來秖戀舊儒巾，放浪猶能矯俗塵。晚節黄花希晋士，《陽春白雪》愧巴人。高懷無出中邊事，末路何慚寂寞濱。但得交情似支遁，白頭相見只如新。

南金錢先生應庚暮春過溪上旋即返棹早秋成四韻奉寄

桃花浪裏泊扁舟，草草相逢恨莫留。一自春風來折簡，幾番夜月獨登樓。塵蹤偃蹇長懷舊，蓬鬢蕭疏又見秋。爲報故人安好在，身閒不負遠公遊。

至日有寄南金兄奉寄

一從之子移家去，久矣溪居絶賞音。萬事無情空過眼，三年不見轉關心。春風彩筆新詩少，夜雨青燈舊夢深。今日柴門又冬至，野梅花下獨沉吟。

和曲江先生元夕壽伯翔翁作

青袍朝士識貞元，時論前修教子孫。彩筆自堪修五鳳，黄金誰復購《長門》。雨深燈火杯頻舉，夢入池塘草漸繁。兵後吴山春尚好，鶯花應滿舊家園。

泖濱見荷花二首

每愛西湖六月凉，水花風動畫船香。碧筒行酒從容醉，紅錦遊帷次第張。月殿承恩沾沆瀣，星槎流影下陂塘。江南秋冷紅衣落，離立西風舊恨長。

吴山風物久荒凉，十里紅蕖失舊香。貝闕珠宫渾寂寞，弓腰舞袖亦更張。馮夷鼓罷風生渚，太乙舟迷月暗塘。異縣相思正愁絶，一聲羌笛楚天長。

附見　邵伯宣一首

題徐景顔教諭縠江漁者卷

柯山青寖縠江波，有客長年被緑蓑。釣澤偶膺多士選，講帷仍賦散人歌。桃花白鷺忘機久，蓴菜鱸魚入夢多。遲子束書歸舊隱，水雲深處一經過。

謝瓊樹一首

倪瓚詩序曰：「延陵謝君，居亂世而有怡愉之色，隱居教授以樂其志。家無儲粟，不爲愁苦無聊之言。染翰吐詞，必以陶、韋爲準則。己酉春，携所賦示余，諷詠永日，其得之於義熙者多矣。」詩出朱存理抄本，其名未考。

初夏寄倪元鎮

溪上夜來雨，青林密如霧。日出檜柏香，沙静鳧鷟聚。野夫抱琴出，喜與樵者遇。黄鳥時一鳴，緑陰已無數。緩帶受迴風，席帽粘落絮。感物發長謡，放缺胡懷清。酤爲勞其生，終歲牽百慮。願言廬藿期，逍遥共遲莫。

【補詩】

韓高士奕一首

楞伽院

江左尚清談，方外多高士。春山煙雨中，半是禪棲地。

王教讀行一首

題畫

高館疏簾晚乍開，讀書聲裏故人來。山中本自無塵土，催得家僮掃緣苔。

謝處士應芳一首

簡錢士遠

一榻青苔對雪，五湖春水流嘶。欲遣長須覓酒，聊將短札題詩。